rororo

«Eine farbenfrohe Mischung aus Donna Leon und ‹Sissi›.» (Cosmopolitan)

«Endlich mal ein Krimi, der bis zur letzten Seite spannend ist.» (Bella)

«In der Lagunenstadt ermittelt ein neuer Commissario, von dem man gern mehr lesen möchte.» (Frau von Heute)

«Venedig als Wintermärchen, garniert mit k.u.k. Schmäh und Krimi-Spannung.» (TZ München)

«Unbedingt lesenswert.» (Westfälischer Anzeiger)

Nicolas Remin, 1948 in Berlin geboren, studierte Allgemeine und Vergleichende Literaturwissenschaft, Philosophie und Kunstgeschichte in Berlin und Santa Barbara, Kalifornien. Nach «Schnee in Venedig» und «Venezianische Verlobung» folgt nun der dritte Band seiner erfolgreichen Serie um Commissario Tron.

Nicolas Remin

Schnee in Venedig

Commissario Trons erster Fall

Rowohlt Taschenbuch Verlag

2. Auflage Oktober 2008

Ungekürzte Ausgabe
Veröffentlicht im
Rowohlt Taschenbuch Verlag,
Reinbek bei Hamburg,
Dezember 2006

Umschlaggestaltung any.way,
Wiebke Jakobs
(Foto: Massimo Mastrorillo / CORBIS)
Satz hanseatenSatz-bremen, Bremen
Druck und Bindung
CPI – Clausen & Bosse, Leck
Printed in Germany
ISBN 978 3 499 33241 8

Prolog

Venedig, Herbst 1849

«Es ist ein Wunder, dass sie noch lebt», sagte Dr. Falier zu dem grauhaarigen Priester auf der anderen Seite des Krankenbettes. Beide sahen sie auf das Mädchen herab, das mit geschlossenen Augen vor ihnen im Bett lag. Dr. Falier lehnte an der Fensterbank eines der sechs Fenster im Krankensaal für Frauen und Mädchen. Das Fenster stand eine Handbreit auf, und die Luft eines erstaunlich warmen Oktobertages strömte in den Saal. Dr. Falier hätte gerne ein paar Bäume vor den Fenstern gehabt, stattdessen sah er auf der anderen Seite des *Rio Ognissanti* eine graue Hausfassade, deren Putz abblätterte und vor der aufgehängte Wäsche im Wind flatterte. Das *Ospedale Ognissanti* hatte sich Dr. Faliers bescheidener Meinung zufolge zum besten Krankenhaus Venedigs entwickelt, seitdem er die ärztliche Leitung übernommen hatte – aber die Aussicht aus den Fenstern zum *Rio Ognissanti* hin, fand er, blieb grauenhaft.

Das Gesicht des Mädchens, in dem die Wangenknochen grotesk hervortraten, war bleicher als alles, was Dr. Falier jenseits des Grabes jemals gesehen hatte, und erinnerte ihn an eine noch unbemalte Karnevalsmaske. Ihre Atemzüge waren so flach, dass man sie auf den ersten Blick für tot halten konnte. Die Luft über ihrem Bett schien stillzustehen.

«Sie sieht aus wie …» Pater Abbondio – Dr. Falier war froh, dass ihm der Name des Priesters wieder eingefallen war – wusste offenbar nicht, wie der Satz weitergehen sollte, und beschränkte sich darauf, entsetzt den Kopf zu schütteln.

«Wie jemand, der seit zwei Wochen kaum Nahrung zu sich genommen hat und fast gestorben wäre», sagte Dr. Falier sachlich.

«War es richtig, dass wir sie nach Venedig gebracht haben?» Pater Abbondios Stimme klang besorgt.

Der Pater, dachte Dr. Falier, wäre ein gut aussehender Mann gewesen, wenn seine blauen Augen unter den buschigen Augenbrauen nicht außer Fasson geraten wären. Das linke Auge des Paters fokussierte nicht richtig. Dr. Falier hatte den Eindruck, dass nur das rechte Auge ihn ansah, während das linke zwischen dem Mädchen und dem Fußende des Bettes hin- und herpendelte.

Dr. Falier nickte. «Auf jeden Fall. Sie hätten ihre Wunden nicht versorgen können», sagte er. «Ich glaube nicht, dass der Transport im *sándalo* ihr geschadet hat.» Er schätzte, dass die Fahrt über die westliche Lagune mindestens vier Stunden gedauert haben musste.

«Ist sie wieder bei Bewusstsein?»

Dr. Falier lächelte matt. «Sie isst und trinkt ein wenig. Dafür braucht man nicht viel Bewusstsein.»

«Also hat sie nicht geredet.»

«Nein. Aber auch wenn sie reden könnte – es ist gut möglich, dass sie sich an nichts erinnert», sagte Dr. Falier. Das entsprach nicht ganz dem, was er dachte, aber er hatte seine Gründe zu schweigen. Er machte eine Pause, bevor er weitersprach. «Sie hatte Blutungen aus dem Unterleib. Es sieht fast so aus, als wäre sie …» Er hielt es für besser, das Wort nicht auszusprechen, zumal die Bestürzung in den Augen Pater Abbondios unübersehbar war. «Wie alt ist sie?», fragte Dr. Falier.

«Dreizehn.» Pater Abbondio kniff seine Mundwinkel bedrückt zusammen. «Sie stand kurz vor der Kommunion.»

«Weiß man inzwischen, was passiert ist?»

Pater Abbondio schüttelte den Kopf. «Es scheint keine Zeugen zu geben. Der Hof der Galottis», setzte er hinzu, «liegt außerhalb von Gambarare. Der Feldweg, der zum Hof führt, endet dort. Er ist praktisch eine Sackgasse.»

«Also hat niemand irgendetwas gesehen?»

«Dem Jungen, der sie gefunden hat, ist eine Militärpatrouille begegnet. Kroatische Jäger, die in Fusina stationiert sind. Die Soldaten kamen angeblich direkt vom Hof der Galottis. Ich weiß, dass an diesem Tag Patrouillen unterwegs waren. Sie durchkämmen die Gegend immer noch nach Aufständischen.»

«Hat man den Kommandierenden Offizier befragt?»

Pater Abbondio zuckte mit den Schultern. «Die Carabinieri dürfen keine kaiserlichen Offiziere vernehmen.»

«Könnte es sein, dass der Vater des Mädchens jemanden versteckt hat?»

«Sie meinen, ob er ein Feind des Kaisers war?» Der Priester gestattete sich ein Lächeln. Seine

Augenbrauen flatterten nach oben wie kleine Engelsflügel. «Die Leute in Gambarare interessieren sich nicht für Politik, Dottore. Sie interessieren sich für ihren Mais und ihr Gemüse. Wenn sie nachdenken, dann denken sie darüber nach, wie sie über den Winter kommen.»

«Und der Aufstand der Venezianer?»

Pater Abbondio schwieg einen Moment. Dann sagte er: «Viele Pächter beliefern die kaiserliche Armee. Sie haben nichts gegen die Österreicher. Außerdem erschießen kaiserliche Soldaten nicht grundlos Zivilisten und setzen anschließend ihre Häuser in Brand. Wenn der Mann jemanden versteckt haben sollte, hätte man ihn verhaftet und vor Gericht gebracht, anstatt ihn und seine Frau einfach zu erschießen.»

«Wenn es keine Soldaten gewesen sind – wer dann?»

Pater Abbondio seufzte. «Ich weiß es nicht.» Sein Gesicht wirkte düster und angespannt. «Wird sie durchkommen?»

Der Priester stand noch immer am Fußende des Bettes, sein unstetes linkes Auge huschte über die schmale Gestalt des Mädchens. Dr. Falier registrierte die Flecken und abgewetzten Stellen auf seiner Soutane und tadelte sich dafür, dass er erst jetzt die stille Würde bemerkte, die diesen Mann umgab. Einen Augenblick lang zog er in Betracht, dem Priester zu sagen, was er gesehen hatte, aber dann entschied er sich dagegen. Es reichte, Pater Abbondio mitzuteilen, dass sie überleben würde.

Vor drei Tagen hatte ihn das Mädchen, das seine Augen noch nie geöffnet hatte, bei der morgendlichen Visite ein paar Sekunden lang angesehen. Er wusste, dass er diesen Blick niemals vergessen würde.

Dr. Falier kannte sich aus mit Blicken. Er kannte die Blicke von Sterbenden, die um einen letzten Aufschub oder einen leichten Tod baten, er kannte die vorwurfsvollen Blicke von Angehörigen, die dem Arzt die Schuld an ihrem Unglück gaben. Aber der Blick des Mädchens hatte um nichts gebeten, noch hatte ein Vorwurf in ihm gelegen. Dieser Blick (aus Augen, die das strahlende, helle Grün von Frühlingslaub hatten) war merkwürdig emotionslos gewesen, und genau das hatte ihn in Verwirrung versetzt. Dr. Falier hatte nicht in die Augen eines Kindes geblickt, sondern in die Augen einer Frau, die wusste, was mit ihr geschehen war, und die entschlossen war, nichts zu vergessen. Die Botschaft war so klar und eindringlich gewesen, dass Dr. Falier einen Moment lang davon überzeugt gewesen war, das Mädchen habe zu ihm gesprochen.

Dr. Falier hatte seinen Platz an der Fensterbank verlassen und stand jetzt dicht vor dem Bett des Mädchens. Er beobachtete, wie ihre Augenlider zuckten und sich ihre rechte Hand um den Saum der Bettdecke schloss. Die Würgemale an ihrem Hals waren noch immer deutlich zu erkennen.

«Sie kommt durch», sagte Dr. Falier. «Aber sie wird sich an nichts erinnern.»

1

Venedig, Februar 1862

Die grau gestreifte Katze, die gerade einen Fisch erbeutet hatte, drehte misstrauisch den Kopf, als die Contessa Farsetti den Campo della Bragora betrat. Über Nacht hatte es geschneit, und da der Schnee in der Morgendämmerung grau aussah, hob sich das Fell der Katze kaum von der knöchelhohen Schneedecke ab, die den Platz bedeckte. Ein paar Sekunden lang rührte sich die Katze nicht. Dann machte sie einen Satz, und Emilia Farsetti sah, wie sie wieder zwischen den Kisten verschwand, hinter denen sie hervorgekommen war.

Obwohl es Sonntag war und noch nicht einmal neun, hatte das kleine Café, das ein älteres Ehepaar an der Westseite des Campo betrieb, bereits geöffnet. Die Frau – eine rundliche Person, die mit einem Reisigbesen den Schnee vor dem Café wegfegte – nickte der Contessa freundlich zu, und diese erwiderte ihren Gruß in dem beru-

higenden Bewusstsein, dass die Frau nichts von ihr wusste – weder wer sie war, noch welchem Geschäft sie jeden Morgen nachging.
Zu Beginn dieser Tätigkeit im Herbst letzten Jahres hatte Emilia Farsetti auf dem Weg zur Arbeit noch wahre Höllenqualen ausgestanden. Sie hatte das schreckliche Gefühl gehabt, alle Leute, denen sie begegnete, würden hinter ihrem Rücken mit Fingern auf sie zeigen. Das war natürlich Unsinn. Die Zeiten waren nicht so, dass die Leute mit Fingern auf Frauen zeigten, die einer ehrlichen Arbeit nachgingen. Viele Frauen – auch Damen ihres Standes – taten jetzt Dinge, an die sie eine Generation zuvor nicht einmal im Traum gedacht hatten. Ihre Cousine Zefetta beispielsweise (immerhin eine geborene Priuli) lebte von Bekanntschaften, die sie in den Cafés an der Piazza machte, und sie selber hatte sich noch im letzten Winter als Putzmacherin durchschlagen müssen – in einer Stadt, in der es von Putzmacherinnen nur so wimmelte.
So gesehen war es ein Glück, dass ihr im Herbst letzten Jahres (von jemandem, der nicht wusste, wer sie war) die Arbeit angeboten wurde, der sie jetzt jeden Vormittag nachging. Die Arbeit wurde

anständig bezahlt, und außerdem eröffnete sie – wie Emilia Farsetti bald herausfand – die Möglichkeit lukrativer Nebenverdienste. Die Brosche, die sie kurz vor Weihnachten im Rahmen ihrer Tätigkeit hatte an sich bringen können, hatte ihr eine Summe eingebracht, mit der sie drei Monate über die Runden kam, doch in der Regel bestand ihre Beute lediglich aus vergessenen Taschentüchern, Kämmen, Schals oder Handschuhen.

Es war kurz nach neun, als Emilia Farsetti aus dem Gewirr der kleinen Gassen um den Campo della Bragora ins Freie trat und sich an der Riva degli Schiavoni, der breiten Uferpromenade zwischen dem Arsenal und dem Dogenpalast, nach rechts wandte. Zwar schneite es nicht mehr, aber der Himmel, der sich über der Lagune wölbte, sah immer noch aus wie ein dünnwandiger Sack, der jede Sekunde reißen konnte, um eine neue Ladung Schnee auf die Stadt herabzuschütten.

Zu ihrer Linken, wo ein Segelschiff neben dem anderen am Kai lag, säumte ein Wald aus Masten ihren Weg und hüllte sich in die Nebelschleier, die vom Wasser herüberwehten. Von der Isola di San Giorgio (es war zu dunstig, um die Kirche und die Klostergebäude auf der anderen Seite des Wassers zu erkennen) ertönte das trostlose Warnsignal eines Nebelhorns, und eine Dampferfregatte, die eine schwarze Rauchfahne hinter sich herzog, fiel schwermütig ein.

Emilia Farsetti schlug den Kragen ihres Umhangs hoch und beschleunigte ihren Schritt. Ein Windstoß blähte den Umhang auf wie ein kleines schwarzes Segel und ließ sie einen Moment lang die feuchte Kälte spüren, die von der östlichen Lagune her auf die Stadt wehte. Sie rechnete damit, dass die Rauchfahne der *Erzherzog Sigmund* jeden Augenblick aus dem Dunst auftauchen würde, denn Raddampfer des Österreichischen Lloyd verspäteten sich fast nie.

Aber es dauerte noch eine gute Stunde, bis die *Erzherzog Sigmund*, langsam wie eine Schildkröte, auf den Anleger zukroch. Das Schiff schien dem Sturm, dessen Ausläufer Venedig heute Nacht gestreift hatten, nur knapp entronnen zu sein.

Die *Erzherzog Sigmund* hatte den größten Teil ihrer Reling verloren, und selbst das Schanzkleid am Bug war eingedrückt, so als hätte ein riesenhaftes Meeresungeheuer dem Schiff einen Prankenhieb versetzt. Aus dem Schornstein, der in der Mitte abgeknickt war, sickerte der Qualm wie zäher schwarzer Schleim auf das Vorderdeck. Die Seitenabdeckungen der großen Radkästen hingen herab wie zerbrochene Flügel, und bei jeder Umdrehung der Schaufelräder schrammte Metall gegen Metall und erzeugte ein unangenehmes, schepperndes Geräusch. Auch die Passagiere, die mit steifen Beinen von Bord gingen, sahen aus wie Leute, die gerade aus einem verrückten Albtraum erwacht waren. Und wahrscheinlich – so hoffte Emilia Farsetti – alles Mögliche in ihren Kabinen vergessen hatten.

Als sie schließlich das Bordrestaurant durchquerte, um ihre Tätigkeit in den Kabinen der ersten Klasse aufzunehmen, war es kurz vor elf. In der linken Hand hielt sie einen Mopp und einen Eimer, in der rechten eine Kehrschaufel und einen Handbesen. Im Gang, von dem die Kabinen abgingen, fing sie an, *Gott erhalte Franz, den Kaiser* zu pfeifen. Emilia Farsetti hegte keinerlei patriotische Gefühle.

Die meisten Passagiere ließen die Kabinentür offen, nachdem sie ihre Kabine geräumt hatten, doch die Tür von Kabine Nummer vier war geschlossen. Das war merkwürdig, aber kein Grund zur Irritation. Emilia Farsetti drehte den

Türknopf nach links – ein großer Türknopf aus Messing, auf einer weiß gestrichenen Tür, die mit einer grünen Vier bemalt war – und trat ein.
Die Kabine enthielt die übliche Ausstattung: die Bettnische, in der zwei Personen Platz fanden, den eingebauten Schrank, zwei Stühle und einen Tisch. Vor der Bettnische, deren Vorhang zugezogen war, erspähte sie zwei Stiefel aus braunem Leder, daneben auf dem Stuhl einen achtlos hingeworfenen Gehrock und einen Zylinderhut.
Emilia Farsetti blieb abrupt stehen.
Ihr erster Gedanke war der, dass der Mann hinter dem Vorhang noch schlafen musste. Der zweite war, dass er sicher krank war. Zu einem dritten Gedanken kam sie nicht, denn plötzlich hörte sie sich, mit einer Stimme, die nicht ihre eigene war, sagen: *«Signore! Siamo arrivati a Venezia!»*
Dann hielt sie die Luft an und lauschte. Aber das Einzige, was sie hörte, war das Klopfen ihres Herzens und das Trippeln eines kleinen Tieres, das dicht über ihrem Kopf einen Hohlraum in der Kabinendecke entlanglief.
Die Ratten verlassen das Schiff, dachte sie. Sie hätte nicht sagen können, warum sie das dachte, aber

irgendwie schien es ein richtiger Gedanke zu sein.

Vierzehn Tage später wusste Emilia Farsetti, dass es klüger gewesen wäre, die Kabine sofort zu verlassen. Stattdessen blieb sie jetzt stehen und fing leise an zu singen: «*Non sai tu che se l'anima mia …*» Sie stellte fest, dass der Klang ihrer Stimme sie beruhigte.

Als sie den Vorhang vor dem Bett aufschob, sang sie immer noch, und vielleicht lag es an der Musik in ihrem Kopf, dass sie zuerst nur Einzelheiten sah: die Altersflecken auf der Hand des Mannes, das fliederfarbene Blumenmuster seiner Weste, das rötliche Haar des Mädchens und ihre weit aufgerissenen Augen. Dann schoss alles zu einem Bild zusammen, und sie musste die Hand auf den Mund pressen, um nicht zu schreien.

Der Mann, der vor ihr auf dem Bett lag, hatte die sechzig deutlich überschritten. Bis auf den Gehrock war er vollständig bekleidet. Er trug eine graue Hose mit Samtstreifen an den Seiten, unter der Weste ein gestärktes Hemd, am Kragen eine breite schwarze Schleife, die selbst im Tod noch sorgfältig gebunden war. Sein Kopf war leicht nach rechts gesunken, sodass die beiden Einschusslöcher auf der linken Seite seines Schädels nicht zu übersehen waren.

Hinter ihm, im rückwärtigen Teil des Alkovens, lag eine junge Frau. Sie war nackt, und im milchigen Licht, das in der Kabine herrschte, sah es so aus, als sei ihr Körper mit feinem weißem Puder bestäubt worden. Ihren Hals überzogen bläulich verfärbte Würgemale. Auf den Armen und auf dem Oberkörper waren Blutergüsse zu erkennen.

Emilia Farsetti öffnete den Mund, um zu schreien, aber alles, was sie zustande brachte, war ein heiseres Krächzen.

Großer Gott, dachte sie, *ich träume. Ich sollte mich in den Arm kneifen, um aufzuwachen.* Doch stattdessen tat sie etwas anderes. Sie schloss die Augen und fing an, langsam zu zählen. Als sie bei zehn angekommen war, wusste sie, was zu tun war.

Emilia Farsetti hielt die Luft an und trat vor den Schreibtisch. Dort stand ein Tintenfass, daneben lagen ein Federhalter, eine ausländische Zeitung und zwei Umschläge. Einer wies eine goldgeprägte Krone in der Ecke auf, der andere war groß und braun, aber nicht zu groß, um nicht unter ihre Schürze zu passen.

Sie horchte, ob sich auf dem Gang jemand näherte. Als sie nichts hörte, steckte sie beide Umschläge in den Rockbund unter ihrer Schürze.

Dann schrie sie.

Der Schrei kam direkt aus ihrem Zwerchfell und drang mühelos in alle Winkel des Schiffes. Er bewirkte, dass Kapitän Landrini auf der Kommandobrücke erschrocken seinen Kaffee verschüttete und der Hilfssteward Putz, ein buckliger Zwerg mit großen braunen Augen, das Tablett fallen ließ, das er gerade in die Küche tragen wollte.

Als sie in die Kabine stürzten, zuerst Putz und Kapitän Landrini, dann der Chefsteward Moosbrugger und ein Matrose, der gerade damit beschäftigt gewesen war, den Schnee vom Vordeck zu schippen, kauerte Emilia Farsetti auf dem Boden. Sie schrie so laut, dass die Eintretenden den Mann und das Mädchen auf dem Bett völlig übersahen.

2

Es war der Matrose, der die Leichen als Erster entdeckte. Da er stotterte und niemand ihn dabei verstand, war er gezwungen, Kapitän Landrini am Ärmel zu packen und ihn vor das Bett zu zerren. «Da!», sagte er.

«Da» war das einzige Wort, das er problemlos aussprechen konnte. Unter normalen Umständen hätte er versucht, einen ganzen Satz zu sagen, etwa: *Commandante, da liegen zwei Leichen auf dem Bett,* oder: *Ich glaube, der strenge Geruch kommt von diesem Bett her,* aber so, wie die Dinge lagen, war an vollständige Sätze nicht zu denken.

Kapitän Landrini, der sich inzwischen fragte, ob der Albtraum, in dem er die letzten zehn Stunden verbracht hatte, jemals enden würde, drehte den Kopf, und eine graue Schockwolke rollte über ihn hinweg. Dann traten die Einzelheiten wunderbar scharf hervor: der auf dem Rücken liegende Mann, sein Kopf mit den beiden Einschusslöchern in der Schläfe und dahinter das Mädchen, ebenso tot wie er, ihr Oberkörper übersät von Blutergüssen, ihr Hals voller Würgemale. Plötzlich hatte Landrini die unangenehme Empfindung, in einem Vakuum zu stehen, als wäre die Luft aus der Kabine gezogen worden und die Wände könnten jeden Moment nach innen einstürzen. Seine Stimme hüpfte unversehens um eine Oktave nach oben. «Wer ist dieser Mann? Und wer ist diese Frau?»

Großer Gott, immer wenn er sich aufregte, wurde seine Stimme schrill, und Landrini hasste es, wenn er sich so reden hörte. Aber Moosbrugger beachtete ihn gar nicht, sondern blickte mit herabgezogenen Mundwinkeln auf den Mann und das Mädchen nieder, so als würde er das Ergebnis eines bedauerlichen Servierfehlers betrachten.

«Bei dem Herrn handelt es sich um Hofrat Hummelhauser aus Wien», erwiderte Moosbrugger schließlich. «Er hat sich gestern Abend noch lobend über unsere Muscheln geäußert.»

Der Chefsteward war neben Landrini vor die Bettnische getreten, ein blütenweißes Handtuch über dem linken Arm, als wäre er im Begriff, eine Bestellung aufzunehmen. Landrini, dessen Uniformhose bis zu den Knien durchweicht war, fragte sich, wie Moosbrugger es fertig brachte, dass seine grüne Lloyduniform so makellos aussah, als hätte er sie eben frisch gebügelt aus dem Schrank geholt.

«Der Hofrat», fuhr Moosbrugger mit gleichmütiger Servierstimme fort, «war immer äußerst zufrieden mit unserem Service.» Wie üblich klangen seine Worte, als wären sie vorher sorgfältig geschliffen und poliert worden. Wer Moosbrugger nicht kannte, hätte vermutet, dass der Chefsteward über Humor verfügte, aber Landrini wusste, dass das nicht der Fall war. Moosbrugger hatte keinen Funken Humor.

Landrini räusperte sich, bevor er sprach, um nicht wieder eine Oktave nach oben zu rutschen. «Und die Frau?» Er hatte seinen Blick von dem toten Mädchen abgewandt, aber es war schwierig, das Bild wieder aus seinem Kopf zu vertreiben.

Moosbrugger hob bedauernd die Schultern. «Das entzieht sich meiner Kenntnis, Commandante. Die Kabine ist nur für eine Person gebucht worden.»

«Gab es allein reisende Damen in der ersten Klasse?»

Moosbrugger dachte kurz nach. «Nur die Fürstin von Montalcino.»

«Ist sie das?»

«Nein, Commandante.»
«Und wer *ist* sie?»
«Niemand aus der ersten Klasse. Vermutlich eine Person aus dem Zwischendeck. Ich nehme an, der Hofrat hatte etwas mit ihr zu besprechen. Dann hat sie wohl der Sturm überrascht, und sie konnte nicht mehr zurück in ihr Quartier.»
Landrini erschien die Annahme, dass der Hofrat und das Mädchen etwas zu *besprechen* gehabt hatten, grotesk. «Fragt sich nur, wobei sie der Sturm überrascht hat», sagte er.
«Wie meinen Sie das, Commandante?» Moosbrugger lächelte reflexartig – sein üblicher Gesichtsausdruck, wenn ein Gast eine Bestellung aufgegeben hatte, die eine Nachfrage erforderte.
Landrini sah Moosbrugger spöttisch an. «Ich glaube nicht, dass der Sturm den Hofrat und die Frau bei einer *Besprechung* überrascht hat.»
Moosbruggers Mund öffnete sich langsam und schloss sich wieder. Und dann konnte Landrini sehen, wie Verständnis in Moosbruggers Augen dämmerte. «Wollen Sie damit sagen, dass der Hofrat eine …», Moosbrugger stärkte sich durch ein kräftiges Schlucken, «dass der Hofrat ein Mädchen vom … *Hafen* in seiner Kabine hatte?»

«Die Eisenbahn aus Wien war pünktlich um zehn in Triest», sagte Landrini. Er registrierte befriedigt, dass er seine Stimme wieder vollständig unter Kontrolle hatte. «Also hatte der Hofrat zwei Stunden Zeit, um eine entsprechende Bekanntschaft zu machen und ihr ein Billett für das Zwischendeck zu kaufen.»

«Ich kann mir nicht vorstellen», sagte Moosbrugger, «dass der Hofrat ein Mädchen vom *Hafen …*»

«Hat er aber», unterbrach ihn Landrini. «Und irgendjemandem scheint es nicht gepasst zu haben.» Er wandte sich abrupt zur Tür. «Lassen Sie die erste Klasse absperren», sagte er. «Und ziehen Sie den verdammten Vorhang zu.» An den Matrosen gewandt befahl Landrini: «Du gehst zur Wache an der Piazza und holst ein paar Polizisten. Sag, dass wir zwei Tote haben. Vermutlich werden sie jemanden zum Palazzo Tron schicken, um Commissario Tron zu holen.»

«Dieser Commissario bewohnt einen eigenen Palazzo?» Moosbrugger hatte seine Stimme am Ende des Satzes ein wenig angehoben, sonst hätte Landrini die Frage für eine Feststellung halten können. Sie standen auf dem Gang, und Lan-

drini sah zu, wie Moosbrugger die Kabine des Hofrats abschloss. Er nickte. «Seine Mutter, die Contessa Tron, ist die Eigentümerin.»
«Was bringt einen Conte dazu, als Polizist zu arbeiten?», fragte Moosbrugger. Der Umstand, dass ein Conte, der seinen eigenen Palazzo bewohnte, bei der Polizei tätig war, schien Moosbrugger mehr zu irritieren als die beiden Leichen, die sie eben gefunden hatten.
«Was bringt Sie dazu, als Steward zu arbeiten, Moosbrugger?»
Moosbruggers Augenbrauen hoben sich. «Ich muss meinen Lebensunterhalt bestreiten, Commandante.»
«Der Conte ebenfalls», sagte Landrini.

3

Der Dackel der Contessa, eine sechzig Zentimeter lange, sabbernde Röhre, hatte sich durch den Türspalt gezwängt und hechelnd Trons Schlafzimmer durchquert. Auf dem Bettvorleger sprang er ab und landete auf Trons Laken, doch bevor seine feuchte Zunge Trons Gesicht erreichen konnte, schleuderte ihn ein energischer Fausthieb auf den Bettvorleger zurück.

Einen kindischen Augenblick lang war Tron stolz darauf, wie schnell und präzise er reagiert hatte: sich auf den Rücken gedreht und die geballte Faust nur nach Geräusch nach vorne schnellen lassen. Und dann – *wumm!* – den Köter voll in die Rippen getroffen, ihm vielleicht sogar ein paar Rippen *gebrochen* – nicht schlecht für einen Mann, der direkt aus dem Tiefschlaf kam, dachte Tron.

Er schloss die Augen, atmete heftig aus wie nach einer schweren Anstrengung und ließ sich wieder in die Kissen sinken. Der Hieb hatte ihn erschöpft. Tron fühlte sich auf einmal sehr müde – nicht nur übernächtigt. Es war die Müdigkeit gelebter Jahrhunderte, die sich in ihm eingenistet hatte und die kein Schlaf stillen konnte. Lange bevor dieser Palazzo gebaut worden war, in einer Zeit, als der größte Teil der Lagunenstadt noch aus schilfbedeckten Inseln bestand, hatten die Trons bereits in diesem Teil Venedigs gewohnt. Die Trons waren ein sehr altes Geschlecht. Sie waren so alt, dass es Tron manchmal fast peinlich war.

Als er die Augen wieder aufschlug, konnte er in unbestimmter Entfernung zwei blasse Striche aus mattem Licht erkennen – die dünnen Lichtstreifen, die sich morgens oberhalb der Fenstervorhänge zeigten.

«Er wollte dir nur einen guten Morgen wünschen», sagte eine Stimme.

Tron drehte den Kopf und sah, dass Alessandro, Kammerdiener und Faktotum des Hauses, sein Schlafzimmer betreten hatte. Über seinem linken Arm lag ein Handtuch, in seiner rechten Hand trug er eine Kanne. Er durchquerte das Halbdunkel des Raumes (Tron hoffte, dass nichts auf dem Boden lag, was Alessandro ins Stolpern bringen konnte) und blieb vor dem Waschtisch stehen. Dann goss er das Wasser aus der Kanne in die Schüssel, und anschließend hörte Tron das vertraute Geräusch, mit dem Alessandro den Porzellankrug auf die Marmorplatte des Waschtisches stellte. Im Winter war das Wasser, das Alessandro ihm morgens brachte, warm.

Tron hatte sich aufgerichtet und hielt sein Nachthemd, auf dessen Vorderseite das Wappen der Trons eingestickt war, frierend zusammen. Alessandro, hoch gewachsen und weißhaarig, begann die Kerzen zu entzünden, und das Schlafzimmer trat nach und nach aus der Dunkelheit hervor: ein großer, spärlich möblierter Raum mit zwei Fenstern, vor denen zerschlissene Brokatvorhänge hingen. Neben dem Waschtisch stand ein Tafelklavier, darunter stapelten sich kniehoch Exemplare der Zeitschrift *Emporio della Poesia*, zu deren Herausgebern Tron gehörte. Die Stapel erklärten sich daraus, dass der Absatz der *Emporio della Poesia* zu Trons Kummer eher schleppend verlief, obwohl er bei jeder Gelegenheit um Abonnenten warb.

«Wie spät ist es?» Tron saß auf der Bettkante und angelte mit den Füßen nach seinen Pantoffeln. Das Zimmer, das unter seinem Blick beunruhigend geschwankt hatte, als er sich aufrichtete, stabilisierte sich langsam.

«Die Contessa erwartet dich zum Frühstück», sagte Alessandro, ohne sich umzudrehen. Er war damit beschäftigt, den gusseisernen Ofen in Gang zu setzen, der zwischen den immer noch verhängten Fenstern stand.

«Ich wollte an der Piazza frühstücken», erwiderte Tron. Schon der Gedanke an den eisigen Salon der Contessa jagte ihm einen Schauer über den Rücken. Die Räume in der Etage über ihm, der Ballsaal und die angrenzenden Salons, ließen sich der hohen Decken wegen im Winter kaum heizen.

«Du hattest der Contessa versprochen, mit ihr die Antworten auf die Balleinladungen durchzugehen», sagte Alessandro. Jetzt stand er neben Tron und reichte ihm die Kleidungsstücke, so wie er einst Trons Vater die Kleidungsstücke gereicht hatte. «Der Ball findet nächsten Sonnabend statt.»

Trons Kinn beschrieb eine unwillige Acht. Er warf Alessandro einen gereizten Blick zu. «Ich weiß, wann der Ball stattfindet», sagte er.

Solange er zurückdenken konnte, wurde am dritten Sonnabend im Februar im Palazzo Tron ein Maskenball veranstaltet – selbst im schlimmen Winter 1849, als die Österreicher die Stadt belagert hatten. Vielleicht lag es an der hartnäckigen Regelmäßigkeit, mit der die Contessa den Ball stattfinden ließ, dass sich mit den Jahren ein Nimbus um den Maskenball der Contessa Tron gebildet hatte. Jedenfalls wurde die Gästeliste der Contessa mit jedem Jahr mondäner – und die Ausgaben für den Ball immer gewaltiger. Andererseits war nicht zu bestreiten, dass der Palazzo Tron, der die übrige Zeit des Jahres in einem komatösen Tiefschlaf vor sich hin dämmerte, in der Ballnacht wieder zum Leben erwachte. Dann erzeugten Hunderte von Kerzen und ein in Reifröcke und Contouches gekleidetes Publikum die Illusion, das galante Jahrhundert wäre nie zu Ende gegangen – jedenfalls so lange, bis der letzte Gast den Ball verlassen hatte und der Palazzo Tron mit der Morgendämmerung wieder in seinen Schlaf versank – wie ein Vampir, dachte Tron.

«Vielleicht kann ich heute Nachmittag mit der Contessa reden», sagte er lustlos.

In Alessandros Stimme lag jetzt eine Spur von Ungeduld. «Die Contessa möchte jetzt mit dir darüber sprechen.»

«Ich habe Kopfschmerzen.»

«Das hatten wir bereits letzten Sonntag.»

«Mir ist schwindlig.»

«Das hatten wir Freitag.»

«Sag, dass ich dienstlich aus dem Haus muss.»

«Ich habe der Contessa versprochen, dass du dir heute Vormittag Zeit dafür nimmst, Alvise.»

Tron, inzwischen in Hose und Weste, war vor den Waschtisch getreten. Das Wasser in der Schüssel dampfte und roch angenehm nach Lavendel. Er tauchte den Lappen hinein und betupfte seine Augen und seinen Mund. «Diese Maskenbälle ruinieren uns noch», seufzte Tron. Dann legte er den Waschlappen auf die Marmorplatte des Waschtisches und spritzte sich ein wenig *Eau de Cologne* (das echte von *Farina Gegenüber*) in den Halsausschnitt. «Für den Putz zum Rio Tron hin ist kein Geld da. Aber für Lohndiener, Appetithäppchen und Champagner.»

Der Dampf aus der Schüssel hatte die untere Hälfte des Spiegels über dem Waschtisch beschlagen, sodass Tron sein Gesicht nur von der Oberlippe an klar erkennen konnte: die große Nase, darüber ein Paar blasse blaue Augen, die ihn unter leicht gesenkten Lidern anblickten und den Eindruck von Müdigkeit und Skepsis vermittelten.

Alessandro war neben Tron getreten und hielt ihm den Gehrock entgegen. «Hast du mit der Contessa über die Gästeliste gesprochen?», fragte Alessandro.

«Nein.»

«Dann weißt du es also noch nicht.»

«Was?»

«Dass sie auch Oberst Pergen einladen will.»
«*Pergen?*» Tron schüttelte ungläubig den Kopf. «Woher kennt sie Pergen überhaupt?»
«Sie hat den Oberst vor ein paar Tagen bei Nicolosa Priuli getroffen.»
«Dass Nicolosa Priuli Pergen empfängt, ist erstaunlich.»
«Weil Pergen Chef der Militärpolizei ist?», fragte Alessandro.
«Weil Nicolosa Priulis Bruder mit Garibaldi in Sizilien war und jetzt in Turin für den *Comitato Vèneto* arbeitet», sagte Tron. «Warum, in aller Welt, will die Contessa Pergen einladen?»
«Wegen der Villa in Dogaletto. Die Contessa hat sich über die niedrige Pacht beklagt, die die Armee für das Haus zahlt, und Oberst Pergen hat versprochen, mit dem Generalquartiermeister zu reden», erwiderte Alessandro. «Wir sind pleite, Alvise. Die Contessa muss noch die Musiker bezahlen, und sie weiß nicht, wie.»
«Warum sagt sie mir nichts?»
Alessandro zuckte die Achseln. «Weil sie genau weiß, wie du über den Ball denkst. Sind die Mieten schon kassiert worden?»
«Bei Volpis, bei Bianchinis, bei Marcovic, bei Gol-

dinis und bei Cestos war ich gestern. Bei Widmans tropft es wieder von der Decke. Da kann ich schlecht kassieren.» Tron dachte einen Moment lang nach. Dann sagte er: «Wir könnten den Tintoretto im grünen Salon verkaufen.»
«Wieder an Sivry?»
«Sivry hat immer gut gezahlt. Und sein Geschäft geht glänzend. Er hat den angrenzenden Laden dazugemietet. Immer mehr Kundschaft kommt aus den großen Hotels.»
«Das ist der letzte Tintoretto, den wir noch haben», gab Alessandro zu bedenken.
Tron warf ihm einen amüsierten Blick zu. «Wir haben schon lange keinen Tintoretto mehr. Im grünen Salon hängt eine Kopie. Das Original ist vor hundert Jahren nach Wien verschenkt worden. Aber das weiß Sivry nicht.» Er zupfte die Enden seiner dunkelblauen Halsbinde sorgfältig auf die gleiche Länge. «Was macht das Wetter?»
Anstatt zu antworten, zog Alessandro den Vorhang aus zerschlissenem Damast zurück und trat zur Seite.
Das Licht, das in das Zimmer flutete, kam von einem Himmel aus grauer Watte, über den sich unzählige weiße Striche zogen, und es dauerte ein

paar Sekunden, bis Tron begriffen hatte, dass es schneite.

«Es hat heute Nacht angefangen», sagte Alessandro. «Im Hof liegt der Schnee bereits knöchelhoch.»

«Ist noch Kaffee oben?»

«Ich kann dir frischen Kaffee bringen», sagte Alessandro.

Tron seufzte. «Sag der Contessa, dass ich komme.»

4

Als Kind war Tron davon überzeugt gewesen, dass sich der wahre Himmel an der Decke des Ballsaals des Palazzo Tron befand. Dem Himmel vor der Tür fehlten die Engel auf den Wolken, und schon daran erkannte Tron, dass er nicht echt war. Außerdem gab es Signor A. Pollo nicht, der, nur mit einem weißen Bettlaken bekleidet, in einem von vier Pferden gezogenen Wagen stand und jede Bewegung Trons mit seinen Augen verfolgte. Tron hatte sich damals immer gefragt, ob

Signor A. Pollo wohl mit Signor Pollo verwandt war, der im Winter alle vierzehn Tage das Brennholz brachte, aber als er sich bei Alessandro danach erkundigte, hatte der nur gelacht.

Auch jetzt hatte Signor A. Pollo Tron von seinem Sonnenwagen herab entdeckt, und Tron zwinkerte ihm zu. Der Ballsaal war eisig – Alessandro würde erst vier Tage vor dem Ball damit beginnen, die beiden großen Kachelöfen zu heizen –, so eisig, dass Tron durch die Sohlen seiner Stiefel hindurch die Kälte des Fußbodens spürte. Die zweite Tür auf der rechten Seite, eine Flügeltür, über der drei vergoldete Engel musizierten, führte in den Salon der Contessa. Tron drückte die Klinke und trat ein.

Der Salon enthielt ein halbes Dutzend Louis-Seize-Fauteuils mit fleckigen Bezügen, zwei Konsoltische mit Marmorplatten, über denen erblindete Spiegel hingen, und eine grün gefasste, mit chinesischen Motiven bemalte Kommode. Der Pleyel-Flügel, der im Sommer vor den Fenstern stand, war in die Mitte des Salons gerückt worden, um Platz für einen gusseisernen Ofen zu machen. Dünnes Winterlicht sickerte durch zwei große Fenster, die auf den Canal Grande blickten.

Es roch muffig, nach Kaffee und verschüttetem Likör.
Die Contessa saß dicht am Ofen, von der Taille abwärts praktisch bewegungsunfähig, weil Alessandro ihre Beine in eine dicke Wolldecke gewickelt hatte. Zu ihren Füßen stand ein qualmender *scaldino* (der Qualm war ein Indiz dafür, dass die glühende Holzkohle, mit der er gefüllt war, von schlechter Qualität war), in der linken Hand hielt sie die Gästeliste für den Maskenball.
«Setz dich, Alvise», sagte die Contessa, ohne von der Liste aufzusehen.
«Alessandro sagt, du hättest die Absicht, Oberst Pergen einzuladen.» Tron nahm vorsichtig auf einem der Sessel Platz.
Die Contessa nickte. «Allerdings.» Sie hielt ihre Augen immer noch auf die Gästeliste gerichtet.
«Glaubst du wirklich, dass der Oberst uns mit der Villa behilflich sein kann?», fragte Tron.
«Das hat er gesagt.»
«Und die anderen Gäste?»
«Wie meinst du das?» Die Stimme der Contessa klang gereizt. Zwar war sie sorgfältig geschminkt, aber im Moment sah sie aus, als hätte sie zum Pinsel gegriffen, um ihre Befürchtungen hinsichtlich

des Erfolgs ihres Maskenballes mit einem kränklichen Gelbweiß zu übertünchen. Ihr blasses Gesicht wirkte durch das dunkelgrüne Atlaskleid, das sie trug, noch bleicher. Im letzten Jahr war die Contessa siebzig geworden, aber sie war immer noch eine gut aussehende, deutlich jünger wirkende Frau, die, wenn es erforderlich war, einen beträchtlichen Charme entfalten konnte.

«Es kommen mindestens zwei Dutzend Leute, die Verwandte im Exil haben», sagte Tron zögernd. «Ich frage mich, ob es unter diesen Umständen taktvoll ist, ausgerechnet den Chef der kaiserlichen Militärpolizei einzuladen.»

Die Contessa schürzte unwillig die Lippen. «Es geht um einen *Maskenball*, Alvise. Der Oberst wird nicht in Uniform erscheinen. Außerdem», fügte sie hinzu, «wird er nicht der einzige Österreicher auf dem Ball sein.»

Tron beugte sich überrascht vor. «Welche Österreicher kommen denn noch?»

«Die Gräfin Königsegg und ihr Gatte.» Die Contessa hob die Augenbrauen und wartete einen Moment. Als Tron nicht reagierte, lächelte sie dünn. «Offenbar sagt dir dieser Name nichts.»

Tron schüttelte den Kopf. «Nein.»

«Die Gräfin ist die neue Oberhofmeisterin der Kaiserin. Ich bin über meine Großmutter mit ihr verwandt. Sie hat mir geschrieben, und daraufhin habe ich sie eingeladen. Es wundert mich, dass du den Namen der Oberhofmeisterin der Kaiserin nicht kennst.»

«Wir haben nichts mit der Kaiserin zu tun», sagte Tron. «Für die Sicherheit der kaiserlichen Familie ist Toggenburg zuständig.»

«Der Gerüchteküche zufolge» – in der sie fleißig den Löffel zu schwingen schien – «wäre der Stadtkommandant froh, wenn die Kaiserin wieder abreiste», sagte die Contessa. «Franz Joseph», fuhr sie lebhaft fort, «hätte die Kaiserin ohnehin lieber bei sich in Wien. Sie durfte nicht länger auf Korfu bleiben und wollte nicht zurück in die Hofburg. Also hat man sich auf Venedig geeinigt.»

«Woher stammt das?», erkundigte sich Tron.

«Von Loretta Pisani. Sie kennt einen Leutnant aus dem Gefolge der Kaiserin. Hast du sie mal gesehen?»

«Nur kurz, als sie im Oktober ankam», sagte Tron. «Ich war dabei, als sie von Bord ging. Sie ist groß und schlank. Soll das mein Frühstück sein?»

Die Contessa quittierte diese Frage mit einem

misstrauischen Blick. Auf dem Teller, den sie ihm hingeschoben hatte, lagen drei Löffelbiskuits. Tron war sich sicher, dass die Contessa vergeblich versucht hatte, die trockenen Biskuits an den Dackel zu verfüttern. «Beeil dich, wir wollen anfangen», gab sie kurz zurück.
In Trons Mund gab es einen unangenehmen Knacks, als er in einen der steinharten Löffelbiskuits biss. Mit dem Zeigefinger prüfte er seinen Schneidezahn. «Wir fangen an, wenn Alessandro mit dem Kaffee gekommen ist», sagte Tron.

Als aber Alessandro ein paar Minuten später die Tür des Salons öffnete, brachte er nicht das Tablett mit dem Kaffee, sondern blieb auf der Schwelle stehen. Sein Gesichtsausdruck ließ auf keine guten Nachrichten schließen. «Unten am Wassertor ist jemand von der Wache», sagte er ein wenig außer Atem.
«Und was will er?»
Alessandro räusperte sich. «Auf dem Lloyddampfer aus Triest sind heute Morgen zwei tote Passagiere entdeckt worden. In einer Kabine der ersten Klasse.» Es war nicht klar, ob das Bedauern in sei-

ner Stimme sich auf die Toten bezog oder darauf, dass Tron jetzt nicht dazu kommen würde, das versprochene Gespräch mit der Contessa zu führen.

«Ein Unfall?»

Alessandro schüttelte den Kopf. «Sie sind ermordet worden», sagte er. «Du sollst sofort kommen.»

Tron sprang auf. Ein Blick aus dem Fenster sagte ihm, dass es aufgehört hatte zu schneien, obwohl der Himmel immer noch voller dunkelgrauer Wolken war. Der letzte Mord im Sestiere San Marco hatte sich im Sommer vor zwei Jahren ereignet, als ein Gastwirt an der Piazza San Stefano den Liebhaber seiner Frau erstochen hatte. Tron hatte den Fall praktisch an Ort und Stelle aufklären können – der Mann hatte noch am selben Tag ein Geständnis abgelegt. Aber ein Mord auf einem Lloyddampfer war eine Nummer größer, und Tron war sich nicht sicher, ob er es unter diesen Umständen nicht vorgezogen hätte, mit der Contessa über die Rückläufe auf die Balleinladung zu reden. «Ich fürchte, ich muss weg», sagte er.

«Und wann hast du Zeit für mich?», fragte die

Contessa in gekränktem Ton, so als wäre dies alles eine Intrige Trons, die einzig den Sinn hatte, sich um das Gespräch zu drücken.
«Heute Abend», sagte Tron.

Eine halbe Stunde später stieg Tron am Molo aus der Gondel. Es war Punkt zwölf. Die Batterie auf der Isola di San Giorgio feuerte ihren mittäglichen Salut, und über der Kanone erhob sich ein kleines Rauchwölkchen.
Die Stadt war belebter, als Tron bei der Kälte erwartet hatte. Von allen Seiten strömten Menschen auf den Markusplatz, bildeten Ansammlungen vor den Cafés, fütterten Tauben oder riefen nach Kindern, die in der Menschenmenge verschwunden waren. Kaiserliche Offiziere, die weißen Offiziersmäntel lässig über die Schultern gehängt, standen in kleinen Gruppen zusammen und rauchten. Stände waren aufgeschlagen, an denen *galàni* verkauft wurden, Streifen aus süßem Teig, die in Schmalz gebacken und anschließend gezuckert wurden; daneben standen die Buden der *frittolini,* die warme Polenta mit frittiertem Fisch anboten. Der Schnee war größtenteils geräumt worden. Er lag in großen

Haufen vor den Arkaden der Biblioteca Marciana und unter dem Baugerüst vor dem Moloflügel des Dogenpalastes. Kinder kletterten auf den Schneebergen herum und bewarfen sich mit Schneebällen.

Die *Erzherzog Sigmund* lag fast unmittelbar hinter dem Ponte della Paglia, nur ein paar Schritte vom *Danieli*-Hotel entfernt. Es war ein weißer Raddampfer, das einzige Dampfschiff in einer langen Reihe von Segelschiffen, deren verschneite Takelagen sich bis zum Arsenal zu erstrecken schienen.

5

Sergente Bossi, der Tron auf Deck entgegenlief, war viel zu aufgeregt, um korrekt zu grüßen. «Die Leichen sind in der Kabine», keuchte er.

«Ist Dr. Lionardo benachrichtigt worden?»

Bossi schüttelte den Kopf. «Ich wollte ohne Sie nichts unternehmen, Commissario.»

«Dann schicken Sie jemanden los. Wie viele Leute haben Sie hier?»

«Nur noch Foscolo. Der steht unten vor der Kabine.»
«Dann soll Foscolo den Doktor holen», entschied Tron. «Weiß man, wer die Toten sind?»
«Ein Hofrat Hummelhauser aus Wien und eine junge Frau. Der Hofrat ist erschossen worden, und die junge Frau wurde erwürgt. Commandante Landrini wartet unten im Bordrestaurant auf Sie, Commissario.» Tron nahm das als Aufforderung, alle weiteren Fragen an Landrini zu stellen, und so war wohl auch die Geste Bossis zu verstehen, der mit der Hand auf den Eingang zum Bordrestaurant deutete.
Tron fand Landrini an einem der Tische, wo der Commandante mit andächtiger Miene eine Cremeschnitte verspeiste. Außer dem Kapitän hielten sich zwei weitere Personen im Bordrestaurant auf, ein älterer Mann im grünen Tuchfrack der Lloydstewards und ein Zwerg, der einen roten Kittel trug. Beide waren damit beschäftigt, Gläser in das Buffet zu räumen.
Landrini erhob sich, als er Tron in der Tür erblickte. «Es tut mir Leid, Commissario», sagte er, als sie sich die Hand gaben, so als hätte er höchstpersönlich zwei seiner Passagiere umgebracht,

nur um Trons Sonntagsruhe zu stören. Landrinis Händedruck war so kräftig, dass Tron glaubte, er könne das Splittern der Knöchelchen in seiner Hand hören.

Erst jetzt fiel ihm auf, dass er mitten in einer Pfütze stand und dass an der Backbordseite des Bordrestaurants Haufen von Glas zusammengekehrt worden waren. Eines der Restaurantfenster war zersplittert, und durch die Scherben hindurch sah Tron die Takelage des Schoners, der neben der *Erzherzog Sigmund* angelegt hatte. Ein paar Möwen flogen auf und wirbelten Schnee von den Rahen.

«Was ist mit Ihrem Schiff passiert?», fragte Tron.

Landrini zuckte die Achseln. «Wir sind in einen Sturm geraten. Es war verdammt knapp.» Er lächelte. «Kommen Sie. Ich bringe Sie hin.»

Landrini ging voraus, und Tron folgte ihm in einen Gang, an dem die Kabinen der ersten Klasse lagen. Vor der vierten Tür auf der rechten Seite blieb er stehen. Dann schloss er auf und trat beiseite.

Obwohl die Vorhänge vor den beiden Bullaugen aufgezogen waren, war es in der Kabine nicht viel heller als auf dem Gang. Während des

Sturms schien Feuchtigkeit eingedrungen zu sein; sie hatte die Luft der Kabine in den warmen Dunst eines Gewächshauses verwandelt. Über allem hing ein Geruch von Parfüm und abgestandenem Zigarrenrauch. Auf der linken Seite der Kabine sah Tron eine Nische, deren Vorhang geschlossen war.

«Auf dem Bett», sagte Landrini. Es war klar, was er meinte.

«Wer hat die Leichen gefunden?», erkundigte sich Tron.

«Die Putzfrau.»

«Wann?»

«Kurz vor elf Uhr. Sie hat so laut geschrien, dass wir alle angerannt kamen. Wir mussten sie nach Hause schicken, weil sie unter Schock stand.»

«*Wer* kam angerannt?»

«Moosbrugger, Putz, ein Matrose, der auf Deck war, und ich. Moosbrugger und Putz sind die beiden Stewards. Putz ist der Zwerg.»

«Stand der Vorhang offen?»

Landrini nickte.

«Wer hat ihn geschlossen?»

«Moosbrugger.»

«Dann bringen Sie ihn in die Position, in der Sie

ihn vorgefunden haben», sagte Tron. Er trat einen Schritt zur Seite, um Landrini an sich vorbeizulassen.

Der Vorhang aus rotem Samt schloss nach unten mit einer Reihe goldener Fransen ab und erinnerte Tron an die Vorhänge der Puppentheater, die an schönen Tagen auf dem Campo Santa Margherita aufgestellt wurden. Anstatt Tron den Rücken zuzuwenden, schob sich Landrini seitlich vor das Bett, als er den Vorhang zurückzog. Das erforderte eine kleine Verrenkung, aber offenbar wollte Landrini es vermeiden, einen Blick auf die Leichen zu werfen. Tron trat einen Schritt heran, und was er sah, schockierte ihn weniger, als er erwartet hatte.

Niemand konnte auf den Gedanken kommen, dass der Mann und das Mädchen nur schliefen, dafür waren die Zeichen eines gewaltsamen Todes zu deutlich: die Einschüsse im Kopf des Mannes, die Würgemale am Hals des Mädchens, die bandförmigen Blutergüsse an ihren Handgelenken, die darauf hindeuteten, dass man sie vor ihrem Tod gefesselt hatte. Aber das matte Winterlicht, das in die Kabine fiel, schien mit den Farben auch die Wirklichkeit aus den Dingen gewa-

schen zu haben. Mit ihren geöffneten Augen, die bewegungslos ins Leere starrten, schienen der Mann und das Mädchen in einer eigenen Realität zu existieren, von der weder Bedrohung noch Schrecken ausging.
Der Mann lag im vorderen Teil der Bettnische, das Mädchen lag hinter ihm. Zwischen den Toten steckte ein zerknülltes Laken, unter dem die rechte Hand des Mannes bis zum Handgelenk verschwand. Sie schien irgendetwas zu umklammern, über ihr beulte sich der Stoff des Bettlakens aus.
«Hat irgendjemand die Leichen berührt?», fragte Tron.
«Nein.» Landrini schüttelte den Kopf. «Ich habe die Kabine sofort verschließen lassen und einen Matrosen zur Wache geschickt. Moosbrugger sagt, der Hofrat fährt öfter mit uns», fügte Landrini hinzu.
«Und die Frau?»
«Steht nicht auf der Passagierliste der ersten Klasse. Der Hofrat hat sie möglicherweise am Hafen kennen gelernt.»
«Am *Hafen*?» Tron gab sich keine Mühe, seine Überraschung zu verbergen. «Kommt das öfter

vor, dass Passagiere der ersten Klasse sich Mädchen mit in die Kabine nehmen, die sie am Hafen kennen gelernt haben?»

Landrini zuckte die Achseln. «Das kann ich Ihnen nicht sagen, Commissario. Da müssten Sie Moosbrugger fragen.»

Tron beugte sich über das Bett und zog die Decke von Hummelhausers rechter Hand. Zum Vorschein kam ein zweiläufiger Derringer, wie Frauen und Spieler ihn gerne benutzen. Der Hofrat hatte die Waffe losgelassen, bevor der Tod eingetreten war, und Tron konnte sie vorsichtig unter den Fingern hervorziehen. Als er die Läufe nach unten klappte, sah er, dass die Kammern leer waren. Tron ließ die Läufe des Derringers wieder einrasten und legte die Waffe zurück.

«Selbstmord?» Landrini hatte seine Stimme am Schluss des Wortes angehoben, aber es war unklar, ob es sich um eine Frage oder um eine Feststellung handelte.

Merkwürdig, dachte Tron, dass viele Menschen die Vorstellung, jemand habe sich selber getötet, weniger erschreckt als die Vorstellung, dass ein Mord geschehen ist. Weil sie sich einen Selbstmord friedlicher vorstellen als einen Mord? Das

Mädchen sah nicht so aus, als wäre es einen friedlichen Tod gestorben.
Allerdings ergab die Vorstellung, der Hofrat könnte Selbstmord begangen haben, eine runde Geschichte, eine plausible Abfolge von Schuld und Sühne. Wahrscheinlich hatte sich das Mädchen noch freiwillig fesseln lassen. Aber dann waren die Dinge katastrophal aus dem Ruder gelaufen – Tron bezweifelte, dass der Hofrat die Absicht gehabt hatte, das Mädchen zu töten. Hatte er schließlich keinen anderen Ausweg mehr gewusst, als die Waffe gegen sich selbst zu richten?
Wenn die linke Hand des Hofrats nicht geöffnet gewesen wäre, hätte Tron die Flecken auf der Innenseite des Mittelfingers gar nicht gesehen. Im ersten Augenblick hätte er nicht einmal sagen können, was ihn an den Flecken so irritierte, aber dann begriff er. Es war der Umstand, dass sich die Flecken auf dem *linken* Mittelfinger des Hofrats befanden.
«Ich glaube nicht, dass es Selbstmord war», sagte Tron, indem er vor dem Bett in die Knie ging. «Aber vielleicht wollte jemand, dass es so aussieht.» Er zog ein weißes Taschentuch aus seinem Gehpelz und berührte es mit der Zungenspitze.

Dann wischte er mit der feuchten Stelle über die Flecken auf Hummelhausers Finger. Das Taschentuch verfärbte sich.
«Sehen Sie?» Tron drehte sich um und streckte Landrini das Taschentuch entgegen.
«Was?»
«Den Fleck auf dem Taschentuch.»
«Was ist das?»
«Tinte», sagte Tron. «Hummelhauser hat mit der linken Hand geschrieben. Aber kein Linkshänder begeht Selbstmord, indem er sich mit seiner rechten Hand zweimal in die linke Schläfe feuert.»
Tron erhob sich und trat einen Schritt zurück. Der Hofrat lag auf dem Rücken, hart am Rand des Bettes. Die Weste und der Schalkragen waren ein wenig verrutscht, aber nichts an der Kleidung Hummelhausers war zerrissen oder schien durch Gewalteinwirkung in Unordnung geraten zu sein. Selbst seine Beine lagen ordentlich nebeneinander, fast parallel zur Bettkante ausgerichtet. Plötzlich hatte Tron das Gefühl, als läge der Eindruck des Inszenierten nicht nur an dem roten Samtvorhang, der ihn beim Anblick der Koje an eine Theatertragödie denken ließ.
Tron schüttelte den Kopf. «Vielleicht hat es gar

keinen Kampf gegeben», sagte er. «Die Schüsse könnten auf einen Mann abgegeben worden sein, der entweder schlief oder bewusstlos war.»

«Aber wer sollte den Hofrat erschossen haben?»

Tron zuckte die Achseln. «Das weiß ich nicht. Aber es scheint kein Selbstmord gewesen zu sein.»

«Wie werden Sie vorgehen?»

«Ich werde zuerst mit den Stewards sprechen, dann mit den Passagieren der ersten Klasse», sagte Tron. «Sorgen Sie dafür, dass Moosbrugger und Putz das Schiff vorerst nicht verlassen.»

6

Die nächsten anderthalb Stunden verbrachte Tron damit, Hummelhausers Kabine und sein Gepäck gründlich zu durchsuchen und Bossi ein Verzeichnis der Gegenstände aus dem Besitz des Hofrats zu diktieren.

Schließlich umfasste die Liste knapp siebzig Positionen, aber keine gab einen Aufschluss über den Hergang oder das Motiv des Verbrechens.

Tron fand ein Billett der Südbahn, ausgestellt für den 13. Februar 1862, und mit demselben Datum die Rechnung einer *Pensione Winckelmann* – also hatte der Hofrat eine Nacht in Triest verbracht, bevor er nach Venedig weiterreiste.

Eine lederne Aktentasche enthielt, säuberlich zwischen zwei Pappdeckel geschichtet, Ausschnitte aus Mailänder und Turiner Zeitungen über die Aktivitäten des *Comitato Vèneto,* einer verbotenen Organisation von erbitterten Gegnern Österreichs, außerdem einen nicht verschlossenen Umschlag, adressiert an Oberst Pergen, mit einem Bericht über die politische Einstellung kroatischer Unteroffiziere.

Tron legte sämtliche Papiere in die Aktentasche zurück – er würde morgen mit Oberst Pergen Kontakt aufnehmen müssen. Möglicherweise würde die Militärpolizei den Fall dann an sich ziehen, aber vorläufig sprach nichts dafür, dass dieses Verbrechen einen politischen Hintergrund hatte.

Als er das Bordrestaurant wieder betrat, wartete Moosbrugger bereits auf ihn. Der Steward stand hinter dem Buffet, und das Erste, was Tron auffiel, war die penible Sauberkeit, die der Chefsteward ausstrahlte. Der dunkelgrüne Tuchstoff seiner Lloyduniform schien eben erst gebügelt und abgebürstet worden zu sein, seine Uniformknöpfe blitzten. Tron sah unwillkürlich auf Moosbruggers Hände, um festzustellen, ob der Chefsteward die Bürste, die er benutzt hatte, noch in der Hand hielt, doch als Moosbrugger hinter dem Buffet hervorkam, hielt er keine Bürste, sondern einen Papierbogen im Kanzleiformat in der Hand – zweifellos die Passagierliste.

«Bitte, nehmen Sie Platz.» Tron lächelte verbindlich und wies auf einen Stuhl auf der anderen Seite des Tisches, an den er sich gesetzt hatte.

Der Steward hob den Stuhl um ein paar Zentimeter an, vermutlich um Tron das Geräusch zu ersparen, mit dem die Stuhlbeine über den Fußboden gescharrt hätten. Dann nahm er Platz, ohne sich anzulehnen – mit Bewegungen, für die Tron nur das Wort «sorgfältig» einfiel. Die Passagierliste legte er vor sich auf den Tisch, den unteren Rand parallel zur Tischkante.

Tron sah Moosbrugger direkt in die Augen, als er die erste Frage stellte: «Lieben Sie Ihre Arbeit, Signor Moosbrugger?»

Das war keine der Fragen, die Moosbrugger erwartet hatte; umso bemerkenswerter war die Schnelligkeit, mit der die Antwort kam. Ohne einen Moment zu zögern oder die Stimme zu heben, sagte Moosbrugger: «Die Passagiere und der Commandante sind mit meiner Arbeit immer sehr zufrieden gewesen, Commissario.» Abgesehen von einem ausgeprägten österreichischen Akzent war Moosbruggers Italienisch fließend.

Tron erneuerte sein verbindliches Lächeln. «Was vermutlich dazu führt, dass Ihnen Ihre Arbeit in der Regel Freude bereitet.»

Moosbrugger nickte gemessen. «Ja, das könnte man sagen.»

«Und wie lange sind Sie jetzt beim Lloyd?»

Wieder kam Moosbruggers Antwort ohne Zögern. «Seit fünf Jahren.»

«Und auf der *Erzherzog Sigmund*?»

«Seit zwei Jahren. Die *Erzherzog Sigmund* ist vor zwei Jahren vom Stapel gelaufen, und ich war von Anfang an dabei. Zusammen mit Commandante Landrini und Signor Putz», setzte er noch hinzu.

«Wann haben Sie den Hofrat gestern Nacht zum letzten Mal gesehen?»

Diesmal überlegte Moosbrugger einen Moment.

«Kurz vor eins im Bordrestaurant. Er saß mit Leutnant Grillparzer aus Kabine fünf zusammen an einem Tisch.»

«Hatten Sie den Eindruck, dass sich die Herren kannten?»

«Da bin ich überfragt. An diesem Tisch hat Putz bedient.»

«Wo sind Sie und Putz während des Sturms gewesen?»

«Im Zwischendeck.»

«Soll das heißen, dass sich während des Sturms kein Besatzungsmitglied in der ersten Klasse aufgehalten hat?»

Moosbrugger nickte. «Man konnte die erste Klasse weder betreten noch verlassen. Es waren nicht nur die Fenster und die Bullaugen verschalkt, sondern auch alle Zugänge.»

Das würde bedeuten, dachte Tron, dass der Name des Mörders auf der Passagierliste stehen musste, falls der Mord während des Sturms begangen worden war. «Wann hat der Sturm eingesetzt?»

«Um zwei. Gegen fünf hat er plötzlich abgeflaut. Wir haben kurz nach fünf damit begonnen, das Restaurant aufzuräumen.»

«Wie laut war es während des Sturms?»
«So laut, dass wir schreien mussten, um uns zu verständigen.»
«Und bei normaler Fahrt? Hätte man einen Schrei aus einer Kabine der ersten Klasse gehört?»
«Ja, sicher.»
«Dann kann sich das Verbrechen also nur während des Sturms zugetragen haben», folgerte Tron. «Was wissen Sie über das Mädchen, das der Hofrat in seiner Kabine hatte?»
«Commandante Landrini glaubt, dass der Hofrat sie am Hafen kennen gelernt und in seine Kabine geschmuggelt hat.»
«Wenn der Hofrat noch kurz vor eins im Bordrestaurant war, schien er es nicht eilig gehabt zu haben, ins Bett zu kommen», sagte Tron. «Was merkwürdig ist, wenn man annimmt, dass in der Kabine eine junge Frau auf ihn wartete.»
Moosbrugger betrachtete die Fingerspitzen seiner rechten Hand, als hätte er sie noch nie gesehen. Schließlich sagte er: «Vielleicht war das Mädchen zu diesem Zeitpunkt noch nicht in seiner Kabine.»
«Sie meinen, sie ist erst später gekommen?»
Auf Moosbruggers Stirn bildeten sich mehrere

parallel verlaufende Falten. «Ja, aber das ist eigentlich unmöglich. Sie konnte nach ein Uhr nicht mehr durch das Restaurant gehen, und der Zugang zum Vorderdeck wird um halb eins verschlossen.»

«Vom wem?»

«Von Putz. Er hat auch gestern abgeschlossen.»

«Gibt es einen Hauptschlüssel für die Kabinen?»

«Selbstverständlich.»

«Hat auch Putz einen Hauptschlüssel?»

«Wir beide haben einen Hauptschlüssel.»

«Dann könnte Putz das Mädchen um halb eins in die erste Klasse und in die Kabine des Hofrats gelassen haben.»

Moosbrugger schüttelte den Kopf. «Das ist völlig undenkbar. Ich kann mir nicht vorstellen, dass er …» Der Steward verstummte und starrte auf seine manikürte linke Hand, als wären seine Finger Puzzleteilchen, die nirgendwo passten.

Trons Blick fiel auf die Passagierliste. «Gestatten Sie?»

Auf der Liste standen vier kaiserliche Offiziere, zwei ausländische Ehepaare und ein paar italienische und österreichische Zivilisten; alles Namen, die Tron nichts sagten – bis auf einen, der ihn erröten ließ wie einen pubertierenden Jüngling. Er sah verstohlen von der Liste auf, aber Moosbruggers Blick war immer noch auf seine Hand gerichtet.

Tron war der Principessa di Montalcino zum ersten Mal begegnet, als es im Herbst letzten Jahres um eine Erweiterung ihrer Ladenräume an der Piazza ging (der Principessa gehörte die größte Glasfabrik auf Murano), und Tron hatte damals die Zielstrebigkeit beeindruckt, mit der die Principessa verhandelte. Dabei war sie das, was man eine «gut aussehende Frau» nennen konnte: hoch gewachsen, schlank, mit blonden Haaren und einer angenehmen Altstimme.

Tron hatte gehofft, sie wiederzusehen, und tatsächlich waren sie sich zwei Wochen später im Fenice begegnet. Er hatte sich verbeugt, und die Principessa hatte seinen Gruß erwidert, aber sie hatte nicht zu erkennen gegeben, dass sie ein Gespräch wünschte.

Seitdem ertappte sich Tron dabei, wie er bei allen möglichen Gelegenheiten an die Principessa dachte, sich ihr Botticelli-Profil vorstellte und versuchte, ihre warme, klare Stimme heraufzubeschwören. Ihr Bild schien im Hintergrund seiner Gedanken zu lauern und unversehens nach vorne zu springen, so wie das Geheimfach eines Sekretärs, wenn man die Feder berührte. Venedig war eine kleine Stadt, aber merkwürdigerweise hatten sich seine Wege mit denen der Principessa nie mehr gekreuzt.

Moosbruggers Räuspern holte Tron wieder in die Gegenwart zurück. «Wer hatte die Nachbarkabinen des Hofrats?», fragte Tron.

Moosbrugger musste nicht nachdenken, um Trons Frage zu beantworten. «Die Principessa di Montalcino und ein Leutnant Grillparzer.»

Tron beugte sich über den Tisch. «Diese Principessa di Montalcino – ist sie öfter Passagier auf Ihrem Schiff?»

Moosbrugger schüttelte den Kopf. «Mit uns fährt sie fast nie. Aber sie benutzt häufig die *Prinzessin Gisela*.»

«Und was wissen Sie über Leutnant Grillparzer?»

«Er ist bei den kroatischen Jägern. Ich glaube nicht, dass er schon einmal mit uns gefahren ist.»

Tron hatte keine weiteren Fragen mehr an den Steward. Also stand er auf, und Moosbrugger erhob sich ebenfalls. Vom Campanile schlug es zwei. Es klang gedämpft, so als würde der Schneeteppich, der über der Stadt lag, den Schall der Glocken daran hindern, sich auszubreiten.

«Schicken Sie mir Signor Putz herein», sagte Tron.

7

Putz näherte sich dem Tisch, an dem Tron saß, mit schnellen, beflissenen Schritten, so als hätte er eine Bestellung aufzunehmen. Mit seiner langen Nase und seinem großen Kopf, der tief zwischen den Schultern steckte, erinnerte er Tron an eine Figur aus einem deutschen Märchen, das ihm Alessandro als Kind vorgelesen hatte. Der Hilfssteward hielt seinen linken Arm angewinkelt, und beim Gehen bewegte sich der Arm hin und her wie der Kolben einer Dampfmaschine. Tatsächlich schnaufte Putz auch ein wenig, als er vor Trons Tisch zum Stehen kam. Tron hätte es nicht überrascht, wenn Putz einen Pfiff ausgestoßen hätte und Dampf aus seinen Nasenlöchern gezischt wäre, aber der Hilfssteward beschränkte sich darauf, die Augen niederzuschlagen und auf Trons erste Frage zu warten.

Tron hatte plötzlich die Vision, wie Putz als Hauszwerg im Palazzo Tron zu seiner Unterhaltung jonglieren und Purzelbäume schlagen würde (oder in der Küche kochen, wie in diesem deutschen Märchen), und da er sich für diesen Gedanken schämte, es geradezu abstoßend fand, dass er überhaupt so etwas dachte, stand er erschrocken auf, umrundete den Tisch und gab Putz die Hand. «Ich freue mich, dass Sie Zeit für mich haben, Signor Putz», sagte er. Dann deutete er lächelnd auf den Stuhl, auf dem auch Moosbrugger gesessen hatte.

«Grazie, Commissario», sagte Putz, der so viel Höflichkeit offenbar nicht erwartet hatte. Seine Stimme war hell, fast ein wenig schrill. Ebenso wie Moosbrugger schien auch Putz das Geräusch zu verabscheuen, das Stuhlbeine erzeugen, wenn sie über den Fußboden gezogen werden. Aber im Gegensatz zu Moosbrugger, der den Stuhl mit einer Hand angehoben hatte, war Putz gezwungen, die Lehne mit den Armen zu umfassen, um den Stuhl hochzuheben. Dann kletterte er auf die Sitzfläche und schwieg.

«Signor Moosbrugger hat erwähnt, dass es Ihre Aufgabe ist, den Zugang zum Vorderdeck abzuschließen», eröffnete Tron das Gespräch. «Das haben Sie auch gestern Nacht getan, nehme ich an.»

«Jawohl», bestätigte Putz.

«Und dabei ist nichts vorgefallen, was man als ungewöhnlich bezeichnen könnte?», erkundigte sich Tron.

Putz blieb stumm, nur sein Blick wanderte langsam die Tischkante entlang von links nach rechts. Da Tron die Erfahrung gemacht hatte, dass hartnäckiges Schweigen sich öfter als effektiver erwies als bohrendes Nachfragen, schwieg er ebenfalls. Schließlich machte Putz einen tiefen Atemzug und fragte: «Hat Moosbrugger es herausgefunden?»

«Was?»

«Dass der Zugang zur ersten Klasse bis zum Sturm offen war.»

«Woher wissen Sie das?»

Putz seufzte. «Weil ich den Schlüssel nicht finden konnte. Sehen Sie hier», sagte er, indem er an seinem Gürtel nestelte und zwei kleine Schlüssel herauszog, die an einem gemeinsamen Ring befestigt waren. «Ein Schlüssel ist für den Zugang zum Vorderdeck, der andere ist der Hauptschlüssel für die Kabinen. Nur, als ich gestern Nacht den Zugang zum Vorderdeck abschließen wollte, konnte ich sie nicht finden. Ich hatte sie wohl verloren.»

«Signor Moosbrugger hat erwähnt, dass Sie ungewöhnlich lange weg waren», sagte Tron.

«Ich wusste, dass es ihm auffallen würde.»

«Was haben Sie dann getan?»

«Ich bin zurück ins Restaurant gegangen», antwortete Putz.

«Offenbar ohne Signor Moosbrugger Bescheid zu sagen. Sonst hätte er es mir gegenüber erwähnt.»

«Nein», sagte Putz leise.

«Hat sich der Schlüssel wieder angefunden?»

«Heute Morgen vor dem Buffet. Wahrscheinlich ist er gestern Nacht darunter gefallen und dann während des Sturms wieder hervorgerutscht.»

Tron hatte das Gefühl, dass Putz die Wahrheit sagte. Allerdings musste dann jemand anders das Mädchen in Hummelhausers Kabine gelassen haben.

«Stimmt es, dass Sie gestern Nacht am Tisch des Hofrats bedient haben?»

Putz nickte. «Das ist richtig. Der Hofrat saß zusammen mit einem Leutnant der kroatischen Jäger am Tisch zehn.»

«Hatten Sie den Eindruck, dass sich die Herren kannten?»

«Auf jeden Fall. Die Herren haben sich ja gestritten.»

«*Gestritten?* Signor Moosbrugger hat mir nichts von einem Streit erzählt.»

«Signor Moosbrugger war nicht die ganze Zeit im Restaurant. Er hat es kurz vor dem Ende der Öffnungszeit verlassen.»

«Ist er lange weg gewesen?»

Putz überlegte kurz. «Vielleicht fünf Minuten, und länger hat der Streit auch nicht gedauert. Dann ist der Leutnant aufgestanden und gegangen.»

«Und der Hofrat?»

«Hat bezahlt und ist ebenfalls gegangen. Er hat auch die Rechnung für den Leutnant beglichen. Das war Punkt ein Uhr. Ich habe zufällig auf die Uhr gesehen.» Putz deutete auf die runde Wanduhr, die über dem Buffet hing. «Kurz danach kam Signor Moosbrugger zurück, und wir haben angefangen, die Tische abzuräumen.»

«Der Hofrat war ein Stammgast auf diesem

Schiff», sagte Tron. «Wäre es möglich, dass Stammgäste sich gewisse Freiheiten herausnehmen, die von der Besatzung stillschweigend geduldet werden?» Schnell fügte er hinzu: «Ich glaube nicht, dass jemand Schaden nimmt, wenn allein reisende Passagiere die Überfahrt in Gesellschaft verbringen.» Er lächelte, um deutlich zu machen, dass er nicht zu den bigotten Sittenwächtern zählte, aber Putz erwiderte sein Lächeln nicht. Stattdessen sagte er: «Ich verstehe nicht, was Sie meinen, Commissario.»

Zum ersten Mal während ihres Gespräches blickte Putz auf, und Tron stellte fest, dass Putz' Iris fast die gleiche Farbe hatte wie seine Pupille, ein kaltes Dunkelbraun, eingeschlossen in einen graubraunen Kreis. Zugleich sah er, dass Putz Angst hatte und dass Putz wollte, dass er diese Angst sah. Putz öffnete den Mund, seine Lippen bewegten sich, aber bevor er etwas sagen konnte, brach er ab und drehte sich um.

Oberst Pergen stand so plötzlich im Raum, als wäre er aus dem Nichts aufgetaucht. Der Oberst hatte seine Zeit nicht damit verschwendet, anzuklopfen oder an der Tür stehen zu bleiben, sondern eilte mit schnellen Schritten auf den Tisch zu, an dem Tron mit Putz saß. Tron stellte sich unwillkürlich vor, wie der Oberst die letzte halbe Stunde unentwegt in Bewegung gewesen sein musste – von dem Moment an, da ihn die Nachricht von den Ereignissen auf der *Erzherzog Sigmund* erreicht hatte, bis zu dem Moment, an dem er, ein wenig außer Atem, vor Trons Tisch zum Stillstand kam.

«Ich habe es eben erst erfahren», sagte Pergen, ohne sich die Mühe zu machen, Tron zu begrüßen. «Der Hofrat sollte eigentlich erst morgen ankommen. Mit der *Prinzessin Gisela.*» Ohne Pause fragte er: «Wo sind die Leichen?»

«Noch in der Kabine. Dr. Lionardo ist benachrichtigt worden», sagte Tron.

Vielleicht empfand Oberst Pergen sein grußloses Eindringen als unhöflich, vielleicht dachte er auch an seine Begegnung mit der Contessa Tron – jedenfalls lächelte er auf einmal. Das Lächeln kam völlig unerwartet und enthüllte die andere Seite Pergens: Der Oberst war ein hoch gewachsener Mann, der Tron um einen Kopf überragte und mit seinem gepflegten Schnurrbart und dem gut geschnittenen Gesicht das Musterbild eines kaiserlichen Offiziers abgab. Wie bei kaiserlichen

Offizieren üblich, hatte der Oberst seinen weißen Offiziersmantel nicht übergezogen, sondern nur lässig über die Schultern gehängt. Kein Wunder, dachte Tron, dass die Contessa von Oberst Pergen beeindruckt war.

«Was ist das hier?» Pergen hatte die Passagierliste auf dem Tisch entdeckt.

«Die Passagierliste, Herr Oberst.»

«Gestatten Sie?» Pergen zupfte seine Handschuhe aus hellgrauem Wildleder von den Fingern und nahm den Bogen in die Hand. Sein Blick wanderte die Reihe der Namen auf und ab. Schließlich blieb er an einem Namen hängen, und Tron sah, wie sich seine Brauen zusammenzogen. Dann nickte der Oberst grimmig. «Sie können gehen», sagte er zu Putz, ohne ihn anzusehen. Er wandte sich an Tron, die Augen immer noch auf die säuberlichen Spalten von Moosbruggers Passagierliste gerichtet. «Sagt Ihnen der Name Pellico etwas, Commissario?»

«Nein.» Tron sah ihn fragend an.

«Pellico leitet das Waisenhaus auf der Giudecca, das *Istituto delle Zitelle*», sagte Pergen. «Aber das ist nicht seine einzige Beschäftigung.» Er machte eine Pause, bevor er weitersprach. «Der Hofrat hatte etwas in seiner Kabine, das Pellico um jeden Preis an sich bringen musste.»

«Würden Sie mir verraten, worum es geht?», fragte Tron, der kein Wort verstand.

Pergens Lächeln erreichte nicht seine Augen. «Um einen Anschlag auf das Leben der Kaiserin», sagte er.

8

«Hummelhauser hat für den Ballhausplatz gearbeitet», sagte Pergen. «Der Hofrat war zuständig für die Bündelung und die Aufbereitung von Informationen aus dem Veneto. Er kam alle zwei Monate nach Venedig. In der Regel sprach er mit mir oder mit Toggenburg. Seine Berichte landeten direkt auf dem Schreibtisch Seiner Majestät, des Kaisers. Der Hofrat war nicht besonders beliebt», fuhr Pergen fort, «aber meistens hatte er mit seinen Einschätzungen Recht. Er hat 1856 den Verlust der Lombardei prophezeit und ein Jahr später dazu geraten, einen gewissen Giuseppe Garibaldi zu liquidieren.»

Bei dem Wort *liquidieren* entblößte Pergen lächelnd eine Reihe kräftiger Zähne. Dann nahm er einen Schluck von dem Kaffee, den Putz gebracht hatte, und zündete sich eine Zigarette an.
«Vor drei Tagen erhielt ich ein Telegramm von Hummelhauser. Der Hofrat war auf Hinweise darauf gestoßen, dass eine Gruppe von ehemaligen Exilanten ein Attentat auf die Kaiserin plant. Er wollte mich morgen im *Danieli* treffen, um mir entsprechende Unterlagen zu übergeben.»
Der Oberst hatte Trons Polizisten inzwischen durch ein halbes Dutzend kroatischer Jäger ersetzt. Drei Soldaten bewachten den Zugang zum Schiff, zwei weitere waren auf Deck postiert. Bis auf einen Sergeanten, der die Tür sicherte – wobei völlig unklar blieb, gegen *wen* –, waren Tron und Pergen allein im Bordrestaurant.
Sie hatten jeden Koffer Hummelhausers zum zweiten Mal durchsucht, jedes Wäschestück umgedreht und jeden Fetzen Papier genau geprüft, aber die Unterlagen, nach denen Pergen suchte, blieben verschwunden.
«Und Sie meinen, Pellico wusste, dass der Hofrat mit diesen Unterlagen unterwegs war?», fragte Tron.

Pergen nickte. «Ich kann Ihnen nicht sagen, wie er es erfahren hat. Offenbar hat er mehr gewusst als ich. Er war sogar darüber informiert, dass Hummelhauser einen Tag früher als geplant in Venedig eintreffen würde.»

«Was enthielten diese Unterlagen?», fragte Tron.

«Die Namen der Verschwörer, den Ort und den Zeitpunkt des Attentats.»

«Wer weiß noch von diesem Komplott?»

«Niemand. Der Hofrat wollte, dass ich alles für mich behalte, um eine Überreaktion Toggenburgs zu vermeiden.»

«Werden Sie den Stadtkommandanten nun informieren?», erkundigte sich Tron.

«Mir wird nichts anderes übrig bleiben», sagte Pergen.

«Ich verstehe nicht, was dieses Attentat bezwecken soll. Denken die, dass sich die Österreicher nach einem Anschlag aus dem Veneto zurückziehen werden?»

«Nein. Aber Toggenburg wird Leute verhaften lassen, die völlig unschuldig sind, und jeden Tag ein Dutzend Razzien veranstalten. Venedig würde zum Pulverfass, das jederzeit in die Luft fliegen kann. *Das* wollen die.» Der Oberst trank

einen Schluck Kaffee. Dann zog er nervös an seiner Zigarette und sagte in die aufsteigende Rauchspirale: «Begreifen Sie jetzt, warum ich diese Papiere dringend finden muss?»
«Was haben Sie vor?»
«Pellico zu verhaften und sein Haus zu durchsuchen.»
«Wenn er überhaupt noch in der Stadt ist.»
«Das ist er. Pellico hält seine Stellung als Direktor des *Istituto delle Zitelle* für eine perfekte Tarnung.»
«Eine perfekte Tarnung wofür?»
Pergen warf Tron einen misstrauischen Blick zu. Die Frage schien wie ein Gesuch an eine innere Behörde zu gehen, um dann mit einem Stempel bewilligt zu werden. Daraufhin sagte er: «Pellico koordiniert die Aktivitäten des *Comitato Vèneto*.»
«Und warum haben Sie ihn nicht schon lange verhaftet?»
«Weil es klüger war, ihn und sein Netz vorläufig zu beobachten», sagte Pergen. «Wir wussten, dass Pellico nach Triest gefahren war. Aber wir kannten den Grund nicht. Dass seine Reise mit den Entdeckungen Hummelhausers zu tun ha-

ben könnte – darauf ist niemand gekommen. Erst im Nachhinein passt alles zusammen.»

«Vielleicht *zu* gut», sagte Tron. «Sind Sie sicher, dass es nicht eine ganz andere Erklärung für den Mord an dem Hofrat geben könnte? Es soll gestern Nacht im Bordrestaurant zu einem Streit zwischen Hummelhauser und einem gewissen Leutnant Grillparzer gekommen sein.»

«Und?»

«Vielleicht sollte man dem Leutnant ein paar Fragen stellen. Ich würde gerne wissen, worum es bei diesem Streit gegangen ist.»

Pergen tat Trons Vorschlag desinteressiert ab. «Sie würden nur Ihre Zeit verschwenden.»

«Und das Mädchen?», gab Tron zu bedenken.

«Was soll mit dem Mädchen sein?»

«Wenn sie eine Zeugin war, die Pellico in die Quere gekommen ist – warum hat er sie dann erwürgt und nicht erschossen?»

«Weil ein Derringer nur zwei Schüsse hat, Commissario.»

«Sie glauben, Pellico hat das Mädchen erst gesehen, als er seinen Derringer bereits leer gefeuert hatte?»

Pergen nickte. «Ich denke, so war es. Der Sturm,

die schlechte Beleuchtung. Als er sie entdeckte, blieb ihm nichts anderes übrig, als sie zu erwürgen.»

«Das erklärt nicht die Misshandlungen.»

Pergen grinste, und Tron stellte fest, dass ihm der Oberst schlagartig unsympathisch wurde. «Männer schlagen in der Hitze des Gefechts bisweilen über die Stränge.»

«Die Bisse auf dem Oberkörper – nennen Sie das *über die Stränge schlagen*?»

«Wenn die Frau nicht damit einverstanden gewesen wäre, hätte sie um Hilfe geschrien.» Pergen machte ein gleichgültiges Gesicht.

«Hat sie wahrscheinlich auch», sagte Tron. «Aber in dem Sturm hat sie niemand gehört. Ich finde, wir sollten die Passagiere aus den Nachbarkabinen vernehmen. Leutnant Grillparzer und die Principessa di Montalcino. Wenn Sie einverstanden sind, könnte ich mit der Principessa ...»

«Das wird nicht nötig sein, Commissario.» Pergen schien es auf einmal sehr eilig zu haben. «Wir haben den Täter, und wir haben ein Motiv. Außerdem ist dies kein Fall für die venezianische Polizei», setzte er noch hinzu. «Vergessen Sie das nicht.» Er lächelte, um die Wirkung dieser schroffen Warnung zu mildern. «Würden Sie hier bleiben, bis die Leichen abgeholt werden?»

Der Soldat salutierte, als Pergen den Salon verließ, und der Oberst erwiderte den Gruß durch ein leichtes Senken seines Kopfes. Tron hörte, wie seine Schritte auf den Decksplanken leiser wurden und sich entfernten.

Eine halbe Stunde später erschien nicht Dr. Lionardo, sondern ein Stabsarzt, dem Tron noch nie begegnet war. Vier Sanitäter trugen zwei schwarz lackierte Särge in die Kabine des Hofrats, und Tron stand daneben, als die beiden Leichen in die Särge gebettet wurden. Die Sanitäter arbeiteten schnell und behutsam, sie bezeugten den Toten einen sachlichen Respekt, der Tron angenehm berührte. Die Särge erinnerten ihn an Gondeln, und Tron dachte: *Sie könnten sie an ihr Boot hängen und an einer Schleppleine hinter sich herziehen, wie kleine Schiffchen.*

Aber das taten sie nicht. Stattdessen luden sie die Särge auf eine zweiruderige Barke, die am Heck des Dampfers festgemacht hatte. Erst steuerte die Barke die Dogana an, dann wandte sie sich nach rechts in die Mündung des Canal Grande.

Es hatte wieder angefangen zu schneien, und da es völlig windstill war, fielen die Flocken fast senkrecht vom Himmel.

9

Tron sah die Frau, als er vom Heck des Schiffes auf die Gangway zulief. Sie stand am Ende der Gangway und hatte bereits die rechte Hand auf die Reling der *Erzherzog Sigmund* gelegt. Mit der linken hielt sie einen Schirm über ihren Kopf, um den Schnee abzuwehren, und sie blickte sich unschlüssig um. Einen Moment lang (während sein Herz anfing, wie verrückt zu hämmern) dachte Tron, seine Phantasie hätte ihm einen Streich gespielt, aber als er näher kam, sah er, dass sie es tatsächlich war.

Die Principessa di Montalcino trug einen schlichten, streng auf Taille gearbeiteten Wollmantel, der ihr bis zu den Knöcheln reichte und an den Ärmeln und am Kragen von einer breiten Pelzborte gesäumt war. Trotz des Schirms über ihrem Kopf trafen einzelne Schneeflocken ihr

Gesicht. Eine Schneeflocke landete auf der Oberlippe der Principessa, von wo ihre Zunge sie entfernte.
Himmel, wurden andere Männer auch so weich in den Knien, wenn die Principessa ihre Achataugen auf sie richtete? Tron hatte völlig vergessen, wie grün ihre Augen und wie makellos ihr Teint waren – eine Makellosigkeit, die durch ein paar kokette Sommersprossen an ihrer Nasenwurzel noch betont wurde. Ihr Haar war nachlässig hochgesteckt, als hätte sie lediglich die Absicht gehabt, kurz vor die Tür zu treten. Sogar im matten Licht dieses Februartages leuchtete es wie von einer unsichtbaren Lichtquelle bestrahlt.
Tron lächelte, als er vor der Principessa zu stehen kam. Er hoffte, dass sie sein Lächeln erwidern würde, aber sie musterte ihn nur ungeduldig und sagte in ihrem makellosen Toskanisch: «Ich vermisse einen Ring, Commissario. Wahrscheinlich habe ich ihn heute Nacht in meiner Kabine verloren.»
Sie hatte *Commissario* gesagt – wenigstens erinnerte sie sich an ihn.
Die Principessa deutete mit dem Kinn über ihre Schulter. «Was machen die Soldaten hier? Die

wollten mich zuerst gar nicht auf das Schiff lassen.»
«Es gab einen Zwischenfall auf See», sagte Tron vorsichtig. «Die Militärpolizei ermittelt.»
«Nicht Sie?»
«Ich bin nur für San Marco zuständig.» Das entsprach nicht ganz der Wahrheit, aber eine direkte Lüge war es nicht.
«Ein Unfall?»
Tron wünschte, er wäre der Principessa unter anderen Umständen begegnet. Er schüttelte den Kopf. «Es geht um einen Mord.»
Für jemanden, der gerade erfahren hat, dass in seiner unmittelbaren Nähe ein Mensch ermordet worden ist, reagierte die Principessa ausgesprochen gelassen, fand Tron. Nur in ihren grünen Augen funkelte kurz etwas auf. Einen Moment lang hatte Tron das unsinnige Gefühl, dass sie bereits wusste, was geschehen war. Eine Hand voll Schnee wehte von ihrem Schirm herab und landete auf seiner Schulter.
«Dürfen Sie mir verraten, wer ermordet worden ist, Commissario?» Die Stimme der Principessa klang so, als würde sie sich nach dem Wetter erkundigen.

«Ein Hofrat aus Wien», sagte Tron. Er hielt es für besser, das Mädchen vorerst noch nicht zu erwähnen.
«Gibt es bereits einen Verdächtigen?»
«Das müssen Sie die Militärpolizei fragen.»
«Ist ein Offizier in die Sache verwickelt?»
«Wie kommen Sie darauf?»
Die Principessa sah Tron ausdruckslos an. «Weil die Militärpolizei ermittelt und weil es gestern im Bordrestaurant einen Streit zwischen einem Offizier und einem älteren Herrn gab. Ich saß am Nebentisch.»
«Bei dem älteren Herrn handelte es sich um den Hofrat. Haben Sie verstehen können, worum es bei diesem Streit ging?»
«Nein. Aber ich hatte den Eindruck, dass es ein ziemlich erbitterter Streit war, obwohl die Herren nicht laut gesprochen haben. Steht der Offizier unter Verdacht?»
«Die Militärpolizei hält ihn für unschuldig», sagte Tron.
Etwas in seinem Tonfall schien die Principessa stutzig gemacht zu haben. Sie sah Tron aufmerksam an. «Und Sie? Halten Sie ihn nicht für unschuldig?»

«Ich hätte ihn vernommen, wenn mir der Fall nicht entzogen worden wäre», sagte Tron.

«Entzogen?»

«Eine Stunde nachdem ich die Ermittlungen aufgenommen hatte, ist die Militärpolizei an Bord aufgetaucht.»

«Um den Fall zu übernehmen?»

Tron nickte.

«Was hätten Sie diesen Leutnant gefragt, Commissario?» Der Schneefall hatte sich verstärkt, aber trotzdem machte die Principessa keine Anstalten, sich von der Stelle zu rühren. Der Fall schien sie zu faszinieren.

«Worum es bei diesem Streit gegangen ist», antwortete Tron. «Und ob er etwas über das Mädchen weiß, das der Hofrat in seiner Kabine hatte.»

Die Principessa hob die Augenbrauen. «Der Hofrat hatte ein *Mädchen* in seiner Kabine?»

«Sie ist ebenfalls getötet worden.»

«Wer war dieses Mädchen?»

«Jemand vom Hafen», sagte Tron.

«Wollen Sie damit sagen, das Mädchen war eine …» Die Principessa zog es vor, den Satz nicht zu beenden.

«Es sieht ganz danach aus.»
«Hat Ihnen die Militärpolizei erklärt, warum der Offizier als Täter nicht in Frage kommt?», erkundigte sich die Principessa.
«Ja, aber ich weiß nicht, ob …»
«Ob Sie darüber sprechen dürfen?»
Tron nickte. «Das Verbrechen scheint einen politischen Hintergrund zu haben. Das sagt jedenfalls der ermittelnde Offizier.»
«Sie hören sich nicht an, als wären Sie davon überzeugt, Commissario.»
Tron seufzte. «Wenn der Chef der Militärpolizei der Ansicht ist, dass es sich hier um einen politischen Fall handelt, ist die Meinung der zivilen venezianischen Polizei nicht von Belang.»
«Ihr Vorschlag, den Offizier zu vernehmen, ist also zurückgewiesen worden.»
«Oberst Pergen hat ausgeschlossen, dass der Leutnant etwas mit dem Fall zu tun hat.»
Die Principessa zog die Stirn in Falten. «Sagten Sie Oberst *Pergen*?»
«Er leitet die Ermittlungen. Kennen Sie ihn?»
Die Miene der Principessa war ausdruckslos. «Wir kennen uns … von früher.» Einen Moment lang blickte sie über Trons Schulter hinweg in

den fallenden Schnee. Dann sagte sie, ohne ihn anzusehen: «Denken Sie, das Militär will irgendetwas unter den Teppich kehren?»
Tron zögerte mit seiner Antwort. «Ich würde es nicht ausschließen.»
«Und das stört Sie nicht?» Die Stimme der Principessa schien einen tadelnden Unterton zu haben.
«Auch wenn es mich stören würde – ich könnte nichts unternehmen. Die zivile Polizei darf keine Soldaten vernehmen. Und Offiziere schon gar nicht. Der Leutnant wird sich weigern, mit mir zu sprechen.»
Die Principessa überlegte einen Moment. Dann sagte sie: «Ich kann Ihnen ein paar Zeilen an Generalleutnant Palffy mitgeben.»
«Generalleutnant Palffy?»
«Der Chef der kroatischen Jäger. Wir sind miteinander bekannt. Der Generalleutnant könnte diesen Grillparzer anweisen, mit Ihnen zu sprechen.»
Offenbar ging die Principessa davon aus, dass ein paar Zeilen aus ihrer Feder genügten, um diesen Palffy nach ihrem Willen zu beeinflussen. Tron fragte sich, was für eine Art von Bekanntschaft zwischen ihnen existieren mochte. Und er

fragte sich, warum die Principessa wollte, dass er die Ermittlungen fortsetzte.

Er schüttelte den Kopf. «Wenn ich mit Grillparzer rede, wird Oberst Pergen davon erfahren. Das kann ich nicht tun.»

Die Principessa winkte ab. «Natürlich können Sie das, Commissario. Und ich weiß, dass Sie es tun werden», fügte sie energisch hinzu.

Tron musste lächeln. «Was macht Sie da so sicher?»

Diesmal erwiderte die Principessa sein Lächeln. Ihr Lächeln machte sie so schön, dass es Tron einen Augenblick lang den Atem raubte. Ihre Hand, sanft wie der herabrieselnde Schnee, berührte seinen Arm. «Weil es Sie mehr gestört hat, dass Pergen Ihnen die Ermittlungen entzogen hat, als Sie zugeben. Und weil mir irgendetwas sagt, dass ein Mann wie Sie so etwas nicht einfach hinnimmt.» Ernst fügte sie hinzu: «Besuchen Sie mich morgen Nachmittag und berichten Sie mir von Ihrem Gespräch mit dem Generalleutnant.»

Wie? Hatte sie tatsächlich gesagt: *Besuchen Sie mich morgen Nachmittag*?

Tron musste über seine Antwort nicht lange nachdenken. «Ich gehe gleich dort vorbei», sagte er.

Eine halbe Stunde später (die Principessa hatte ihren Ring tatsächlich gefunden und ein paar Zeilen an den Generalleutnant geschrieben) standen sie wieder am Ende der Gangway. Es hatte aufgehört zu schneien, aber von der Lagune her war ein Wind aufgekommen, der den Schnee auf dem Deck der *Erzherzog Sigmund* verwirbelte. Die Principessa hatte die Hände tief in den Taschen ihres Mantels vergraben. Den Kopf hielt sie gesenkt, sodass Tron ihre Augen nicht erkennen konnte.

«Passt es Ihnen um fünf, Commissario?»

Tron verneigte sich. «Principessa?»

«Ja?»

«Warum wollen Sie, dass ich die Ermittlungen fortsetze?»

Die Principessa stieß die Luft aus, als hätte sie lange Zeit den Atem angehalten. Einen Augenblick schaute sie Tron einfach nur an. Schließlich sagte sie: «Warum machen *Sie* weiter, Commissario? Warum gehen Sie jetzt zu Palffy?»

Dann drehte sie sich auf dem Absatz um, ohne auf eine Antwort zu warten. Tron sah, wie sie die Gangway hinunterlief und sich auf der Riva degli Schiavoni nach links wandte. Sie hinterließ eine Reihe kleiner Fußstapfen im Schnee, und hinter dem Ponte della Paglia verlor Tron sie aus den Augen.

10

Der unversiegelte Umschlag mit dem Brief der Principessa an Generalleutnant Palffy steckte in der Innentasche von Trons Gehrock und knisterte verlockend, als er die Riva degli Schiavoni betrat. Da Tron das Briefgeheimnis heilig war, hatte er nicht die Absicht, den Brief zu lesen – auch wenn er wahrscheinlich wichtige Aufschlüsse über das Verhältnis der Principessa zu Generalleutnant Palffy geben konnte.

Kurz hinter dem Ponte della Paglia kam Tron zu der Überzeugung, dass unter bestimmten Umständen das Briefgeheimnis nur für *versiegelte* Umschläge galt. Also trat er unter die Arkaden des Palazzo Ducale und las, was die Principessa an Palffy geschrieben hatte. Immerhin ging es um die Aufklärung eines Doppelmordes.

Die Zeilen der Principessa bestätigten seine Befürchtung. Die Principessa und der Generalleutnant standen auf vertrautem Fuß miteinander. Sie schrieb:

Lieber Palffy,
bitte vermitteln Sie ein Gespräch zwischen Commissario Tron und Leutnant Grillparzer. Es geht um ein Verbrechen, das sich heute Nacht auf einem Lloydschiff ereignet hat.
Commissario Tron sagt Ihnen, warum Oberst Pergen nichts davon erfahren darf.
Sehe ich Sie morgen Abend bei den Contarinis?
Maria Montalcino

Missbrauchte ihn die Principessa womöglich als Postillon d'Amour? Einen fürchterlichen Augenblick lang sah er den Generalleutnant vor sich: groß gewachsen und schlank, mit schneidigem Schnurrbart und blitzendem Blick – ein uniformierter Salonlöwe.
Zwanzig Minuten später bat der Ordonnanzoffizier, dem Tron zuvor den Brief der Principessa übergeben hatte, ihn in das Büro des Generalleutnants. Als Tron ihn sah, hätte er fast erleichtert aufgelacht.

Generalleutnant Palffy war eindeutig kein Salonlöwe, sondern ein großer, hagerer Mann, den Tron auf Ende sechzig schätzte. Sein Schädel war oben kahl und wurde eingerahmt von zwei großen, weit abstehenden Ohren, die sich wölbten wie zwei kleine Segel. Man hätte Palffy für eine komische Figur halten können, wären da nicht seine Augen gewesen, die Intelligenz und Humor versprühten und Tron neugierig musterten.
Palffy rückte einen Bugholzstuhl (auf dem eine Katze gesessen hatte) heran und wartete höflich, bis Tron saß, bevor er sich selber auf der anderen Seite des Schreibtisches niederließ. Dann sagte er ohne Einleitung und in einem Ton, als hätten sie sich bereits eine Weile unterhalten: «Lesen Sie die *Stampa*, Commissario?» Palffys Italienisch war fließend, seine Stimme warm und kultiviert. Er wies mit der Hand auf eine italienische Zeitung, die vor ihm auf dem Tisch lag. Offenbar hatte er eben darin gelesen.
Die *Stampa* war eine Turiner Tageszeitung. Sie durfte im österreichischen Venedig weder verkauft noch über die Grenze gebracht werden. Natürlich wusste Palffy das. Tron fragte sich, was der Generalleutnant von ihm erwartete.

«Die *Stampa di Torino* steht auf dem Index, Herr Generalleutnant», sagte er vorsichtig. «Wir sind gehalten, alle Exemplare zu konfiszieren.»

«Was häufig vorkommt?»

«Es ist erstaunlich, mit welcher Selbstverständlichkeit man in den Cafés an der Piazza eingeschmuggelte Exemplare verbotener auswärtiger Zeitungen liest.»

«Wo Ihre Leute sie dann konfiszieren?»

«Auf der Stelle.»

«Was geschieht mit den konfiszierten Exemplaren?»

«Sie werden abends in die Questura gebracht.»

«Um dort von Ihnen gelesen zu werden?» Plötzlich lächelte Palffy. Es war ein ungezwungenes, offenes Lächeln. Tron stellte fest, dass ihm der Generalleutnant sympathisch war.

«Im Rahmen meiner amtlichen Informationspflicht», sagte Tron. Er lächelte ebenfalls.

«Haben Sie die *Stampa* vom Freitag gelesen?»

Tron schüttelte den Kopf. «Noch nicht, Herr Generalleutnant.»

«Garibaldi ist auf seiner Rundreise durch die Lombardei in der letzten Woche vom Bischof von Cremona empfangen worden», sagte Palffy nachdenklich. «Er hält überall feurige Reden, und das Publikum antwortet begeistert mit der Losung *Roma e Venezia.*» Er hielt einen Moment inne. «Meinen Sie, er wird uns angreifen?»

«Er kann höchstens ein paar hundert Mann auf die Beine stellen.»

«Sizilien hat er mit tausend Mann erobert. Die andere Seite hatte dreißigtausend Soldaten», entgegnete Palffy.

«Venedig ist nicht Palermo. Und die kaiserliche Armee ist nicht zu vergleichen mit der Armee des Königs beider Sizilien. Das weiß Garibaldi. Außerdem bräuchte er die Unterstützung Turins. Die er nicht bekommen dürfte.»

«Was sagen die Venezianer zu Garibaldis Reise durch die Lombardei?»

Tron wählte eine diplomatische Formulierung. «Es besteht eine gewisse Neigung, sich dem neuen italienischen Königreich anzugliedern.»

«Bei Ihnen auch? Sie können offen reden, Commissario.»

Eigenartigerweise hatte Tron tatsächlich das Gefühl, dass er offen reden konnte. «Wir würden die Abhängigkeit von Österreich gegen die Abhängigkeit von Turin eintauschen.»

«Und die Volksentscheide? In Sizilien und Neapel? Sind das keine Bekenntnisse zur italienischen Einheit?»

«Sie sind eine Absage an die alten Verhältnisse, aber keine Liebeserklärung an Turin», sagte Tron.

«Ohne Turin gibt es keine politische Einheit Italiens.»

«Vielleicht. Aber wenn wir Italien angegliedert werden, wird das Veneto von einem Turiner Präfekten verwaltet und der Bürgermeister von Venedig vom König ernannt.»

«Sie meinen die Oktoberdekrete?»

Tron nickte. «Ein klarer Rückschritt, verglichen mit der Verwaltungsreform Maria Theresias. Es wird nichts mehr geben, was die Gemeinden selbständig entscheiden dürfen.»

«Sie sprechen nicht wie ein italienischer Patriot, Commissario.» Der Generalleutnant lächelte wieder. «Aber ich nehme nicht an, dass Sie hier sind, um über Politik zu reden. Die Principessa schreibt, dass Sie mit Leutnant Grillparzer sprechen möchten.»

«Ist er im Haus?»

«Nein.» Palffys Gesicht wurde ernst. «Was war los auf dem Schiff?»

Tron setzte ihn ins Bild. Er erwähnte auch, aus welchen Gründen Pergen ihm den Fall entzogen hatte.

«Und was möchten Sie von Leutnant Grillparzer wissen, Commissario?», fragte Palffy, als Tron seinen Bericht beendet hatte.

«Leutnant Grillparzer hatte die Kabine neben der des Hofrats. Vielleicht hat er irgendetwas gehört oder gesehen. Außerdem gab es auf dem Schiff zwischen Hofrat Hummelhauser und Leutnant Grillparzer einen Streit. Der Kellner sagte, die Herren schienen sich zu kennen.»

Palffy stand so heftig auf, dass die Katze, die sich zu seinen Füßen zusammengerollt hatte, einen Satz machte. «Das stimmt», sagte er. «Sie kennen sich tatsächlich.» Er hielt inne, um seine Worte abzuwägen. Tron sah, wie er die Uniformjacke glatt strich und sich anschließend mit der rechten Hand über den Kopf fuhr, als wären dort noch Haare. «Hören Sie, Commissario», sagte er schließlich. «Ich lasse mich nicht gerne über das Privatleben meiner Offiziere aus. Aber die Principessa scheint zu wünschen, dass Sie die Ermittlungen noch ein wenig fortführen. Ich weiß nicht, weshalb sie diesen Wunsch hat, aber meistens weiß sie ganz genau, was sie tut.» Palffy machte wieder eine Pause. «Der Leutnant spielt», fuhr er fort. «Er hat Schulden in beträchtlicher Höhe. Im Ridotto ist er gesperrt. Jetzt spielt er in illegalen Casinos.»

«Hier in Venedig?»

Palffy nickte. «Ich hatte beantragt, ihn zu versetzen. Aber Toggenburg hat abgelehnt.»

«Woher nimmt Leutnant Grillparzer das Geld?»

«Er hat Kredit, weil er eine Reihe von Leuten davon überzeugt hat, dass er bald reich sein wird. Der herzkranke Bruder seiner Mutter ist ein wohlhabender Mann, und Grillparzer ist sein einziger Erbe.» Palffy verscheuchte die Katze, die sich auf seinem Stuhl niedergelassen hatte, und setzte sich wieder. Dann sagte er so ruhig, als machte er eine Bemerkung über das Wetter: «So, wie es aussieht, ist der Leutnant jetzt am Ziel seiner Wünsche. Der Hofrat war Grillparzers Onkel.»

Tron spürte, wie sein Puls sich beschleunigte. «Das klassische Motiv», sagte er. «Halten Sie es für möglich, dass Leutnant Grillparzer seinen Onkel getötet hat?»

Palffys Antwort kam ohne Zögern. «Meine Dienstzeit endet im Dezember dieses Jahres», sagte er. «Ich glaube nicht, dass ich Lust habe, darüber nachzudenken. Sie finden Leutnant Grillparzer im *Casino Molin*.»

«Das illegale Casino an der Sacca della Misericordia?»

«Genau das», sagte Palffy. «Und dann wäre da noch etwas, Commissario. Sie scheinen nichts davon zu wissen.» Er machte eine kleine Pause, bevor er weitersprach. «Moosbrugger betreibt auf der *Erzherzog Sigmund* ein Bordell.»

Einen Moment lang war Tron überzeugt, sich verhört zu haben.

«Ohne Wissen des Kapitäns und mit einem kleinen und exklusiven Kundenkreis», fuhr Palffy fort. «Hofräte, Generäle, Erzherzöge. In der Regel avisieren die Herren telegraphisch ihre Ankunft. Die Damen kommen mit einem Billett zweiter Klasse an Bord, und Moosbrugger führt sie dann in die Kabinen.»

«Seit wann macht er das?»

Palffy zuckte die Achseln. «Es soll damit angefangen haben, dass Moosbrugger ein Auge zudrückte, wenn sich hoch gestellte Passagiere Mädchen mit auf die Kabinen nahmen. Irgendwann hat er sich dann entschlossen, die Sache selber in die Hand zu nehmen. Ich kann mir vorstellen, dass auch der Hofrat auf Moosbruggers Kundenliste stand.»

«Großer Gott, das hätte ich nie für möglich gehalten.» Tron musste an die penibel korrekte Erscheinung des Chefstewards denken. «Wie soll ich jetzt vorgehen?»

«Reden Sie mit Leutnant Grillparzer. Teilen Sie ihm mit, dass sein Onkel ermordet worden ist. Wenn Grillparzer das Schiff als Erster verlassen hat, wie Sie sagten, dürfte er das noch nicht wissen. Beobachten Sie seine Reaktion.»

«Habe ich ohne weiteres Zutritt zum Casino?» Tron wusste, dass es Dutzende von illegalen Spielcasinos in Venedig gab. Oft waren bestimmte Prozeduren einzuhalten, wenn man Einlass finden wollte.

«Kennen Sie die *Pensione Seguso*?»

Tron nickte.

«Fragen Sie den Portier nach Carlo, dem Gondoliere», sagte Palffy. «Bitten Sie Carlo, Sie nach Canareggio zu bringen. Erwähnen Sie den Rio di San Felice. Er wird Sie am Wassertor des Palazzo Molin absetzen. Leutnant Grillparzer trägt einen

Schnurrbart. Sie erkennen ihn an einem kleinen roten Muttermal über der linken Augenbraue. Er spielt nur Roulette.»

11

Seitdem Tron vor drei Jahren Commissario von San Marco geworden war, hatte er vier illegale Casinos in seinem Sestiere geschlossen und ein fünftes auf Anweisung Spaurs hin ein halbes Jahr geduldet. Die vier Casinos, die Tron schließen ließ, waren Hinterhofcasinos mit zwei oder drei Spieltischen und Sägespänen auf dem Fußboden. Das fünfte illegale Casino wurde von einem ehemaligen Rittmeister der Linzer Dragoner im Ballsaal des Palazzo Duodo betrieben. Dort arbeiteten die Croupiers im Frack.

In diese Kategorie gehörte eindeutig auch das *Casino Molin*, denn der livrierte Diener, der den Gästen im Vestibül aus den Mänteln half, warf einen skeptischen Blick auf Trons abgewetzten Gehrock. Ein hagerer, elegant gekleideter Herr, der vor der Garderobe stand und Tron vage bekannt vorkam, musterte ihn ebenfalls misstrauisch.

Im Ballsaal stellte Tron fest, dass er selbst in einem Gehrock aufgefallen wäre, der weniger schäbig aussah als seiner. Die Herren waren entweder im Frack oder in Uniform gekommen, falls sie es nicht vorgezogen hatten, in Kostümen des *Settecento* zu erscheinen. In diesem Fall trugen sie Kniebundhosen und zierliche Degen an der Seite, die Damen in ihrer Begleitung Contouches und seidene Reifröcke – offenbar hatten viele Gäste die Absicht, sich nach dem Besuch des Casinos auf einem der zahlreichen Maskenbälle zu vergnügen.

Der Ballsaal des *Casino Molin* war deutlich größer als der Ballsaal des Palazzo Tron. Wer immer dieses Casino betrieb – er hatte bei der Renovierung an nichts gespart. Die Wände waren mit Feldern von zinnoberroter Seide bezogen, die von schmalen Goldleisten umrahmt wurden. In jedem der Felder war – auf Spiegeln aus getriebenem Messing – ein halbes Dutzend Kandelaber befestigt. Das Kerzenlicht der Kandelaber brachte das Gold der Leisten zum Leuchten, und das Glühen des Goldes und der zinnoberroten Seide ließ all

die lachenden Gesichter und glänzenden Roben noch prächtiger erscheinen.
Tron warf einen Blick in die Menge und schätzte, dass sich vielleicht hundertfünfzig Personen im Ballsaal des *Casino Molin* versammelt hatten. Die Gäste standen in lockeren Gruppen zusammen oder drängten sich um die fünf Roulettetische, die im Saal aufgestellt waren. Vier Schritte vor ihm sah Tron die Gräfin Wetzlar auf den Fürsten Schwarzenberg einreden. Hinter ihnen stand der preußische Konsul Graf Bülow im Gespräch mit einem kahlköpfigen Offizier, der seiner Uniform nach ein Generaloberst der Innsbrucker Kaiserjäger sein musste. Der Konsul schien gerade einen Witz erzählt zu haben, denn der Generaloberst brach in brüllendes Gelächter aus. Erstaunlich, dachte Tron, mit welcher Unbefangenheit sich die Herren in einem Casino zeigten, von dem sie wissen mussten, dass es illegal betrieben wurde.
Zwei Minuten später hatte Tron Leutnant Grillparzer an einem der Roulettetische entdeckt. Der Leutnant war in die weiße Abenduniform der kroatischen Jäger gekleidet, und das kleine Muttermal über dem linken Auge machte es leicht,

ihn zu identifizieren. Ansonsten entsprach Leutnant Grillparzer der Klischeevorstellung eines kaiserlichen Offiziers: Er hatte breite Schultern, ein gut geschnittenes Gesicht und einen unternehmungslustigen Schnurrbart. Wahrscheinlich war Grillparzer, vermutete Tron, auch ein guter Tänzer.

Der Leutnant saß zwischen zwei Herren im Frack, und vor ihm stapelten sich die gewonnenen Jetons. Offenbar hielt seine Gewinnsträhne noch an, denn jedes Mal, wenn die Kugel zur Ruhe kam, glitt der Rechen des Croupiers über den Filz und schob Grillparzer weitere Jetons zu.

Plötzlich kam Tron sich albern vor. Hatte er wirklich die Absicht, Grillparzer mitzuteilen, dass sein Onkel ermordet worden war? Jetzt, in diesem Augenblick, wo sich der Leutnant mitten in einer Glückssträhne befand? Wenn Tron ihn jetzt ansprach, würde es keine Minute dauern, bis man ihn, Tron, aus dem Casino werfen würde. Außerdem hätte der Leutnant morgen früh nichts Besseres zu tun, als sich bei Pergen zu beschweren, der sich seinerseits sofort bei Spaur beschweren würde. Die ganze Situation war absurd und pein-

lich – genauso peinlich wie ein schäbiger Gehrock unter all den eleganten Gesellschaftsanzügen.
In diesem Moment berührte ihn jemand an der Schulter, und eine höfliche, aber energische Stimme sagte: «Die Casinoleitung würde Sie gerne sprechen, Signore.»
Tron drehte sich um und sah, dass die Stimme einem breitschultrigen Mann gehörte, der den blasierten Gesichtsausdruck eines Kellners im *Danieli* hatte. Einen Moment war Tron irritiert. «Wer will mich sprechen?»
«Die Casinoleitung. Ich muss Sie bitten, mir zu folgen, Signore», sagte der Mann.
Ein zweiter Angestellter des Casinos hatte sich drohend neben seinem Kollegen aufgebaut. Sie eskortierten Tron durch den Ballsaal ins Vestibül zurück. Dort schoben sie ihn durch eine Gruppe österreichischer Offiziere und führten ihn in einen Flur, der an einer Tür endete. Einer der Männer stieß sie auf.
Wie viele alte venezianische Palazzi war auch der Palazzo Molin im Laufe der Jahrhunderte immer wieder verändert und umgebaut worden. Es war nicht ungewöhnlich, dass man von einem Ballsaal des 18. Jahrhunderts ein Treppenhaus be-

trat, das hundert Jahre älter war und zu Räumen führte, die noch älter waren. Der Raum, in dem Tron nun stand, schien aus den Jahren zu stammen, in denen Albrecht Dürer die Lagunenstadt besucht hatte. Er war niedriger als die anderen Räume des Palazzos, hatte Wände, die mit verblichenem hellgrünem Stoff bespannt waren, und eine unverkleidete Holzdecke.

Fünf Schritte von ihm entfernt saß der hagere Mann, der ihn im Vestibül misstrauisch gemustert hatte, und sah ihm aufmerksam entgegen. Er saß hinter einem großen Tisch, der mit Türmen aus Münzen und Jetons bedeckt war.

«Du solltest dich etwas besser anziehen, Tron», sagte der Mann. Dann stand er auf, brach in Gelächter aus und streckte ihm seine Hand entgegen. «Setz dich.»

«Zorzi?», fragte Tron.

Die Erinnerung war wie ein aufschnappendes Messer. Mein Gott, wie lange war das her? Vierzig Jahre? Fast fünf Jahre lang hatten sie im *Seminario Patriarcale* nebeneinander gesessen, in der verhassten schwarzen Schuluniform, die sie wie kleine Priester aussehen ließ, und hatten im Winter mit vor Kälte geröteten Fingern in ihre Hefte geschrieben. Waren sie damals befreundet gewesen? Wahrscheinlich. Tron wusste es nicht mehr. Er konnte auch nicht mehr sagen, wann sie einander aus den Augen verloren hatten. Irgendwann war Zorzi aus der Stadt verschwunden. Tron erinnerte sich nicht an seinen Vornamen. Sie hatten sich immer mit dem Familiennamen angesprochen.

«Seit wann bist du wieder in Venedig?» Merkwürdig, dachte Tron, jemanden zu duzen, den man praktisch nicht kannte.

«Seit einem Jahr», sagte Zorzi. «Ich habe in Turin gelebt.»

«Und der Palazzo Zorzi?», fragte Tron. Und dann fiel ihm noch etwas ein: «Und die Bibliothek deines Vaters?»

«Ist nach dem Tod meiner Mutter verkauft worden. Das Haus soll abgerissen werden.» Zorzi versuchte zu lächeln, aber er brachte nur eine Grimasse zustande.

«Ist das dein Casino?»

«Ich bin ein paar Leuten verantwortlich, die ihr Geld hier investiert haben.»

«Woher wusstest du, dass ich hier bin?», erkundigte sich Tron.

«Weil ich dich im Vestibül gesehen habe. Ich

konnte dich zuerst nicht einordnen. Aber es war kein Problem, dich zu beschreiben, als ich meine Leute bat, dich zu holen.» Zorzi lächelte. Er warf einen Blick auf Trons schäbigen Gehrock.

«Ich hatte keine Ahnung, wie vornehm es hier zugeht», verteidigte sich Tron.

«Du bist dienstlich hier?»

«So ungefähr.»

Zorzi schichtete ein paar Jetons von einer Säule auf die andere. «Wenn meine Informationen stimmen, ist Grillparzers Onkel in der letzten Nacht ermordet worden. Auf einem Schiff, das auch der Leutnant benutzt hat.»

«Du kennst den Leutnant?»

«Wir waren um zwölf hier verabredet. Grillparzer hat mir Geld geschuldet. Eine ziemlich hohe Summe. Dann ist er gegangen und vor zwei Stunden wieder erschienen. Leitest du die Ermittlungen?»

«Oberst Pergen hat den Fall übernommen.»

«Weil Grillparzer unter Verdacht steht?»

«Pergen hält ihn für unschuldig.»

«Und du?»

«Der Hofrat war ein reicher Mann», sagte Tron. «Grillparzer ist der einzige Erbe seines Onkels.»

«Und trotzdem schließt Pergen aus, dass er der Täter ist?»

Tron nickte. «So ist es. Und ich frage mich, warum.»

«Dann dürfte dich interessieren, was vorhin passiert ist. Pergen war vor einer Stunde hier. Er wollte wissen, ob Grillparzer im Casino ist.»

«Warst du dabei, als Pergen hier eintraf?»

«Ich stand im Vestibül.»

«Und dann?»

«Hat Pergen den Leutnant gesucht. Nach ein paar Minuten kam er mit Grillparzer zurück und hat mich gefragt, wo sie ungestört reden könnten. Ich habe mein Büro zur Verfügung gestellt. Die Unterredung schien in keinem sehr freundlichen Ton zu verlaufen. Oberst Pergen ist danach wütend die Treppen hinuntergestürmt und hat noch auf den Stufen nach seinem Gondoliere geschrien.»

«Und Grillparzer?»

«Hat anschließend weitergespielt. Hast du immer noch vor, mit ihm zu reden?»

«Ich weiß es nicht. Ich habe bereits mehr erfahren, als ich erwartet hatte.»

«Was wolltest du von ihm?»

«Sehen, wie er reagiert, wenn man ihn auf den Tod seines Onkels anspricht.»

Zorzi machte ein nachdenkliches Gesicht. Dann sagte er: «Ich glaube nicht, dass er es war. Grillparzer ist ein Typ, der kein Risiko eingeht. Er spielt nie besonders hoch, und meistens steigt er rechtzeitig aus.»

«Es scheint ihm aber nicht viel zu nützen.»

«Du meinst, weil er öfter verliert als gewinnt?» Zorzi lachte. «Das liegt in der Natur der Sache. Aber er verliert weniger als andere Spieler.» Wieder fing er an, die Jetons auf seinem Schreibtisch umzuschichten. «Spielst du?»

«Du weißt doch, was ich verdiene.»

«Es macht Spaß, Tron.»

«Das kann ich nicht beurteilen.»

«Dann probier es aus. Hier, nimm.» Zorzi zählte eine Hand voll Jetons ab. «Fünf weiße und fünf schwarze. Gib sie wieder an der Kasse ab, wenn du gehst.»

«Und wenn ich verliere?»

«Dann haben wir unsere Jetons bereits zurück.»

«Und wenn ich gewinne?», fragte Tron.

«Du schuldest dem Casino fünf schwarze und fünf weiße Jetons», sagte Zorzi. «Darüber hinaus schuldest du uns nichts. Geh in den hinteren Salon», fuhr er fort, ohne Tron Zeit für eine Erwiderung zu lassen. «An den Roulettetisch am Fenster. Fang erst an zu spielen, wenn ein anderer Croupier gekommen ist. Und hör auf, wenn du dreimal hintereinander verloren hast.»

«Ist das ein Witz?»

«Das machen alle so, Tron», sagte Zorzi beleidigt.

«Was heißt alle? Pergen auch?»

«Alle. Weshalb, meinst du, können wir uns hier halten?» Er zuckte die Achseln. Dann sagte er: «Also gut. Was kann ich sonst für dich tun?» Er erneuerte sein Lächeln, aber diesmal war es das Lächeln eines alten Freundes, der bereit war, ihm zu helfen.

Tron gab Zorzis Lächeln zurück. «Die Augen für mich offen halten.»

«Du glaubst wirklich, dass Grillparzer seinen Onkel getötet hat?»

«Ich weiß nur, dass die Sache stinkt, Zorzi.»

«Mord stinkt immer.»

«Mich interessiert, ob Pergen den Leutnant deckt», sagte Tron. «Und wenn, dann würde ich gerne wissen, weshalb.»

«Also glaubst du, dass es Grillparzer war.»

«Zumindest hatte er ein Motiv.» Tron stand auf und gähnte.
Zorzi sagte: «Wir haben immer zwei Gondeln für die hohen Tiere in Bereitschaft. Eine davon kann dich nach Hause bringen.»
«Ich kann zu Fuß gehen.»
«Jetzt übertreibst du es. Ich bestehe darauf.»
«Na gut», sagte Tron, der auch fand, dass er jetzt übertrieb.
Als er ein paar Minuten später in der Gondel des Casinos saß (eine Gondel mit einer extrem luxuriösen Polsterung und einer *felze*, die innen mit frivoler roter Seide ausgeschlagen war), fragte sich Tron, was ihn dazu bewogen hatte, das Angebot Zorzis, an einem der Roulettetische ein wenig zu spielen, so brüsk zurückzuweisen. Weil er das Geld nicht brauchte? Eindeutig nein. Weil er seine Unbestechlichkeit demonstrieren wollte? Gleichfalls nein. Tron hatte ein kleines Nebengeschäft, solange es sich im Rahmen hielt, noch nie zurückgewiesen. Oder hatte er so reagiert, weil er Zorzi glauben machen wollte, dass er es nicht nötig hatte, Gefälligkeiten anzunehmen? Ja, wahrscheinlich – irgendetwas in der Richtung. Das war natürlich albern. Denn

dass die Trons pleite waren, wusste Zorzi. Und wenn er es nicht wusste, dachte Tron, dann hatte Zorzi es seinem abgewetzten Gehrock angesehen.

12

Der Raum, in dem sie erwacht, ist vollständig dunkel, trotzdem weiß sie mit dem ersten wachen Atemzug, wo sie sich befindet. Es ist der Geruch ihres Schlafzimmers, der es ihr verrät, der feuchte Muff, der in den Gardinen hängt, der Fäulnisgeruch der Teppiche, den auch die Öfen, die seit ihrer Ankunft ständig beheizt werden, nicht vertreiben können.

Sie hat der Wastl verboten, sie zu wecken. Wozu sollte sie aufstehen? Die Kinder sind wieder in Wien, also gibt es niemanden, der morgens hinter den Türen ihres Schlafzimmers auf sie wartet. Elisabeth liebt den Zustand halber Bewusstlosigkeit, der es ihr gestattet, über ihren Aufenthaltsort im Unklaren zu bleiben. Heute, im Halbschlaf, als sie irgendwann in der Nacht erwachte, war sie

minutenlang davon überzeugt, daheim zu sein, am Starnberger See, und hat unwillkürlich auf den Atem ihrer Geschwister und das Tapsen der Hunde gelauscht.
In Possenhofen fing der Tag mit Hundegebell an. Hier in Venedig ist es das Geschrei der Möwen, das sie morgens weckt. Die Möwen erwachen mit der Dämmerung und geraten sofort in Streit. Sie unternehmen Sturzflüge vor ihren Fenstern oder drehen schreiend Pirouetten hinter den drei oder vier Stofflagen, die vor den Scheiben befestigt sind. Gegen sieben dann stürzt das Geläute der *marangona* vom Campanile auf sie herab, so laut manchmal, dass das Glas auf ihrem Nachttisch anfängt zu klirren.
Elisabeth richtet sich auf. Im Dunkeln tastet sie nach dem Klingelzug am Kopfende ihres Bettes und zieht ihn herab.

Als die Tür sich öffnet, fällt ein langes Rechteck fahlen Lichts auf den riesigen Aubusson-Teppich, der über den Terrazzofußboden gebreitet ist, und dann steht die Wastl vor ihr, das Frühstückstablett in den Händen. Elisabeth erkennt die Kaffeekanne, die Tasse und den silbernen Brotkorb, daneben den Stapel mit Umschlägen unterschiedlichen Formats: die tägliche Post. Die Wastl hat die Augen niedergeschlagen und erwartet Anweisungen darüber, wo Elisabeth das Frühstück zu sich zu nehmen wünscht.

«Am Tisch», sagt Elisabeth. «Aber lass die Post hier.»

Also wird sie aufstehen und am Tisch frühstücken. Der Tisch steht direkt am Fenster. An schönen Tagen gestattet er einen weiten Blick auf das Becken von San Marco, aber heute ist die Luft hinter den Scheiben wie Milch – Elisabeth bezweifelt, dass sie die paar hundert Meter bis zur Salute sehen kann. Sie steht auf und schlüpft ohne die Hilfe der Wastl in ihren Morgenmantel.

Dann nimmt sie den Poststapel vom Nachttisch und sieht ihn durch, während sie langsam zum Tisch schreitet. Alles, was sie nicht interessiert, lässt sie zu Boden fallen: einen Brief ihrer Cousine, den Speiseplan des heutigen Tages, das Programm eines Militärkonzerts auf der Piazza, ein Schreiben des Patriarchen von Venedig.

«Wo ist die Post aus Wien?»

«Da war nix, Kaiserliche Hoheit.» Die Wastl dreht

sich um und deutet einen Knicks an, ein Zeichen dafür, dass sie verlegen ist.

«Was soll das heißen? Da war nichts?»

Elisabeth sieht, wie die Wastl das Tablett mit der Milch und den Semmeln auf den Tisch stellt. Das macht die Wastl, ohne dass man etwas hört, was wichtig ist, weil Elisabeths Geräuschempfindlichkeit unmittelbar nach dem Erwachen besonders groß ist.

«Da ist was passiert, Kaiserliche Hoheit.» Leichtes, nervöses Beugen der Knie.

«Was?»

«Dem Hofrat ist was zugestoßen, Kaiserliche Hoheit.» Wieder die Andeutung eines Knickses.

«Welchem Hofrat? Und hör auf, nach jedem Satz zu knicksen.»

«Der die Post hatte, Kaiserliche Hoheit.» Wieder setzt das Knie zur Beugung an, wird diesmal aber rechtzeitig abgefangen, sodass nur noch ein Zucken übrig bleibt.

«Ich versteh gar nichts», sagt Elisabeth jetzt mit einem kleinen Lächeln, das der Wastl zeigen soll, dass die kaiserliche Hoheit ihr nicht grollt. «Hol die Königsegg her.»

Die Wastl ist achtzehn Jahre alt und mit ihrer

rundlichen Figur, ihrem schwarzen Kleid, der weißen Schürze und dem weißen Häubchen ein erfreulicher Anblick. Sie hat weiße, regelmäßige Zähne, auf die Elisabeth neidisch ist, und kleine schwarze Augen, die ihr etwas Mausähnliches geben. Sie kann das Badewasser, ohne zu messen, auf eine perfekte Temperatur bringen, und sie kann Elisabeth die Haare so sanft waschen, dass es nirgendwo ziept. Die Wastl ist eine perfekte Zofe, nur wenn sie eine Frage beantworten muss, wird sie jedes Mal rot und beginnt zu stottern.

Es dauert fast eine Viertelstunde, bis die Königsegg auftaucht, was völlig unverständlich ist, weil es kurz nach neun ist und die Königseggs sich gestern Abend bereits um zehn zurückgezogen haben – die Oberhofmeisterin wegen angeblicher Kopfschmerzen und Königsegg unter dem Vorwand, noch ein paar Regimentskameraden im Café Quadri zu treffen, obwohl die ganze Stadt weiß, dass er eine Affäre mit einer Soubrette vom Fenice hat. So betrachtet sind die Königseggs eine Idealbesetzung für Elisabeth, denn nichts wäre in ihrer Situation unerträglicher als die ständige Konfrontation mit einer glücklichen Ehe.

Jawohl, es ist unbestreitbar, dass Elisabeth, nachdem ihre eigene Ehe sich als Fehlschlag erwiesen hat und nur noch aus Gründen der Staatsräson fortbesteht, eine gewisse Befriedigung darin findet, ein ähnliches Missgeschick auch bei anderen festzustellen. Das findet sie selber nicht in Ordnung und tadelt sich dafür – trotzdem ist es so.
Nicht, dass sie ihre Oberhofmeisterin nicht schätzt – im Gegenteil. Sie schätzt sie schon deshalb, weil ihr Anblick sie jedes Mal an den Sieg erinnert, den sie über ihre Schwiegermutter errungen hat. Seit Januar ist die Königsegg ihre Oberhofmeisterin und nicht mehr die furchtbare Esterhazy, die ihre Schwiegermutter ihr vor die Nase gesetzt hat, als sie 1854 frisch verheiratet nach Wien kam. Und natürlich war es auch ein Sieg, dass sie von Korfu nicht direkt nach Wien zurückging, sondern erst mal nach Venedig, und dass auch noch die Kinder für drei Monate kommen durften – alles dies gegen den erbitterten Widerstand der Erzherzogin Sophie.
So gesehen könnte Elisabeth mit sich zufrieden sein, aber sie ist es nicht, denn Venedig geht ihr auf die Nerven. Morgens Nebel, abends Nebel und zwischen den Nebeln Schneefall und

feuchte, dunkle Tage, die sich endlos hinziehen und an denen sich Elisabeth ernsthaft fragt, ob es je Todesfälle aus bloßer Langeweile gegeben hat. Was ist, wenn ihr Herz sich ebenso langweilt wie sie und vor lauter Langeweile einfach aufhört zu schlagen? Oder ihre Lunge vor lauter Langeweile aufhört zu atmen?
Speziell die Abende ziehen sich endlos hin: Während sich alle Welt auf Maskenbällen vergnügt, bleibt ihr nichts anderes übrig, als ihre Fotografien zu ordnen, Briefe zu schreiben oder mit den Königseggs Karten zu spielen. Den Besuch der offiziellen, vom Militär organisierten Maskenbälle hat sie abgelehnt, und auf die venezianischen Maskenbälle, die *echten* Maskenbälle, die im Moment überall stattfinden, lädt man sie aus politischen Gründen nicht ein. Das versteht Elisabeth ja, aber ein wenig kränkt es sie schon.

Elisabeth hat immer gefunden, dass die Art, wie jemand die Klinke herabdrückt, bereits alles über diese Person sagt. Franz Joseph zum Beispiel kann den Raum, in dem sie sich aufhält, nicht betreten, ohne vorher einen kurzen Augenblick vor der Tür innezuhalten. Manchmal hört Elisabeth dann ein kurzes Räuspern oder ein Atmen. Sie vermutet, dass seine Hand dann bereits über der Klinke schwebt, senkrecht darüber in zehn Zentimeter Abstand – Franz Joseph ist in diesem Stadium des Vorgangs voll auf das Türöffnen konzentriert. Dann senkt sich die Klinke rasch, aber nicht *zu* rasch nach unten, und zwar ohne am Anschlag ein übermäßiges Geräusch zu verursachen, was darauf hindeutet, dass der Kaiser seine Kraft angemessen dosiert. Eine mechanische Apparatur, eine Apparatur zum Türöffnen, würde auf diese Weise funktionieren, ruhig, präzise, mit exakten und genau abgemessenen Bewegungen. Dazu passt dann der Gesichtsausdruck des Kaisers über seiner makellos sauberen Uniformjacke, eine Art geometrisches Lächeln, das sie sechs Jahre lang charmant gefunden hat, aber nun nicht mehr.

Die Königsegg hingegen kann keine Tür öffnen, ohne sich unweigerlich mit der Klinke zu verheddern. Sie begreift nicht, dass eine Klinke, nur zur Hälfte heruntergedrückt, die Tür nicht öffnet. So funktionieren Klinken nicht, und die Königsegg muss es jedes Mal aufs Neue lernen, was in der Praxis bedeutet, dass die Tür vergeblich gedrückt wird, die Klinke anschließend scheppernd nach oben schnappt und die Königsegg es noch einmal versucht, um dann schließlich, wenn sie es endlich geschafft hat und leicht atemlos im Zimmer steht, zu sagen: «Irgendetwas stimmt mit der Klinke nicht, Kaiserliche Hoheit.»

Heute Morgen trägt die Oberhofmeisterin ein orientalisch aussehendes Gewand aus dunkelrotem Samt, eine Mischung zwischen Morgenmantel und Krinoline, eine Art Hauskleid, was völlig unangemessen ist, denn schließlich ist sie die Hofdame der Kaiserin, protokollarisch betrachtet die zweite Dame des Reiches, und so ein nachlässiger Aufzug gehört sich nicht, auch wenn die erste Dame des Reiches geräuschvoll ihre morgendliche Schokolade schlürft.

Aber Elisabeth sagt nichts. Erstens hat die Königsegg das Aussehen einer Frau, deren Nacht ausgesprochen unglücklich verlaufen ist, und zweitens will Elisabeth wissen, was auf dem Postschiff mit dem Hofrat passiert ist. Denn irgendetwas *ist* auf dem Schiff passiert, das hat sie dem Gesicht der Wastl deutlich angesehen.

Vielleicht hat der Sturm, der gestern Nacht über die Dächer des Palazzo Reale pfiff, ihre Post über Bord geweht? Womöglich zusammen mit dem Hofrat? Elisabeth braucht dringend eine aufregende Geschichte, damit dieser Tag nicht genauso langweilig wird wie alle anderen.

«Die Wastl behauptet, meine Post sei verschwunden», sagt Elisabeth.

Die Königsegg steht vor dem Frühstückstisch der Kaiserin und knetet das Taschentuch, das sie in der Hand hält. Ihre Augen sind gerötet.

«Sie dürfen sich setzen, Gräfin.»

Elisabeth könnte der Königsegg sagen, dass kein Mann es wert ist, sich seinetwegen die Augen rot zu weinen, aber das würde in eine Unterhaltung münden, die sie im Moment nicht wünscht. Jetzt wünscht sie ein Gespräch über die Umstände, unter denen ihre Post verschwunden ist.

«Die Wastl meinte, dass irgendetwas mit dem Hofrat passiert ist.»

Die Königsegg nickt. Sie setzt sich steif auf den Stuhl, und Elisabeth kann deutlich sehen, wie sie sich bemüht, nicht länger an das zu denken, was der Graf ihr angetan hat, sondern sich auf die kaiserliche Frage zu konzentrieren.

«Es gab einen Überfall auf die Kabine des Hofrats. Der Hofrat ist dabei getötet worden», sagt

die Königsegg lahm. «Der Mann, der in die Kabine des Hofrats eingedrungen ist, hat den Hofrat getötet.»
Elisabeth schließt die Augen. Sie atmet ein und hält einen Moment lang die Luft an. «Ist er gefasst worden?»
«Nein.»
«Es bringt jemand auf einem Lloydschiff einen Passagier der ersten Klasse um und kann ohne weiteres entkommen?»
«Das Verbrechen ist erst entdeckt worden, als alle Passagiere das Schiff bereits verlassen hatten.»
«Woher wissen Sie das alles?»
«Vom Verlobten der Wastl. Der ist Bursche von Pergen. Die beiden haben sich gestern gesehen. Die Wastl hat es mir eben erzählt.»
«Wer ist Pergen?»
«Ein Oberst aus dem Stab Toggenburgs. Er leitet die Ermittlungen. Die Sache ist politisch. Mehr weiß ich auch nicht.»
«Politisch? Hat die Wastl gesagt, warum?»
«Sie hat nur gesagt, dass die Ermittlungen zuerst von der venezianischen Polizei geführt wurden. Den Commissario hat Oberst Pergen dann weggeschickt.»

«Welchen Commissario?»
«Der zuständig ist für San Marco. Ein Venezianer.»
«Was wissen Sie noch?»
«Es hat eine zweite Leiche gegeben. Eine Frau, die sich in der Kabine des Hofrats aufgehalten hat», sagt die Königsegg mit einer Stimme, die verrät, dass sie mit ihren Gedanken ganz woanders ist.
Und jetzt muss Elisabeth wieder tief Atem holen. Eine zweite Leiche! Eine Frau! Und sie, Elisabeth, mittendrin, weil auch ihre Post von dem grausigen Geschehen betroffen ist! «Weiß man, wer diese Frau war?»
«Nein. Aber die Wastl sagt, sie war jung.» Die Königsegg putzt sich die Nase. Dann sagt sie in demselben lahmen Ton, in dem sie die ganze Zeit geredet hat und der Elisabeth langsam anfängt zu ärgern: «Sie ist vor ihrem Tod gefesselt und misshandelt worden.»
Elisabeth muss zum dritten Mal Atem holen. «Wer hat dieses Mädchen vor ihrem Tod misshandelt? Der Hofrat oder der Mörder?»
Die Königsegg macht ein ratloses Gesicht. «Das kann ich nicht sagen.»

«Hat es Sinn, wenn ich noch einmal mit der Wastl rede?»
«Ich denke, sie hat mir alles erzählt, was sie weiß.»
«Wie kommt meine Post normalerweise in den Palazzo Reale?»
«Die Kurierpost läuft über das Büro des Stadtkommandanten. Ein Leutnant aus der Kommandantur bringt sie zu uns.»
«Dann wäre also Toggenburg dafür zuständig, uns eine Erklärung für das Ausbleiben der Post zu liefern.»
Das ist keine Frage, sondern eine Feststellung, insofern kann sich die Königsegg darauf beschränken zu nicken.
Elisabeth beschließt, Toggenburg in den Palazzo Reale zu bitten. «Habe ich morgen Termine?», fragt sie. Das ist eine überflüssige Frage, denn sowohl Elisabeth als auch die Königsegg wissen, dass Elisabeth noch nie einen «Termin» in Venedig gehabt hat und auch nie einen haben wird.
Die Königsegg denkt ein wenig nach, um die Form zu wahren. Dann schüttelt sie den Kopf: «Nein, Kaiserliche Hoheit. Keine Termine.»
«Schreiben Sie ein paar Zeilen an Toggenburg»,

sagt Elisabeth, nachdem sie noch einige Augenblicke nachgedacht hat. «Ich will ihn morgen um elf Uhr bei mir sehen. Erwähnen Sie ausdrücklich, dass ich Aufklärung über den Verbleib meiner Post wünsche. Erwähnen Sie ebenfalls, dass ich Briefe Seiner Majestät des Kaisers erwartet hatte. Das wäre alles.»

Die Königsegg macht den vorgeschriebenen Hofknicks (den sie vor zwanzig Minuten unterschlagen hat, was Elisabeth nicht entgangen ist) und geht zur Tür, aber auf halbem Weg, bevor sie ihren üblichen Kampf mit der Klinke wieder aufnimmt, fällt Elisabeth noch etwas ein.

«Finden Sie raus, wie dieser Kommissar heißt, dem Oberst Pergen den Fall entzogen hat, dieser Einheimische», sagt sie. «Dann soll die Wastl kommen und mir beim Anziehen helfen. Und drücken Sie die Klinke bis zum Anschlag nach unten.»

13

Zwei Stunden später hob Johann-Baptist von Spaur, Polizeipräsident von Venedig und passionierter Liebhaber tierischer Innereien, im mäßig besetzten Speisesaal des *Danieli*-Hotels den Blick von seinem Lungenhaschee. Die meisten Kellner standen untätig herum, und die wenigen Gäste – ein paar kaiserliche Offiziere und ein Dutzend Hotelgäste – verloren sich in dem großen Raum. Am Nebentisch saß ein französisches Ehepaar, das neugierig auf Trons und Spaurs Teller schielte – Innereien standen nicht auf der Speisekarte.

«Schmeckt es Ihnen, Commissario?» Spaur strich die Serviette glatt, die ihm aus dem Kragen quoll.

«Ausgezeichnet», sagte Tron. Er war darauf konzentriert, ausschließlich durch den Mund zu atmen, um einen Teil seiner Geschmacksempfindungen zu blockieren. Manchmal schien sich die gewürfelte Masse unter dem Rahm zu bewegen, dann musste er die Augen schließen. Das Gericht hieß *Salonbeuscherl*, weil man für die Zubereitung Wein anstelle von Essig benutzt hatte.

Als Tron vor drei Jahren sein Amt antrat, hatte er Spaur gegenüber erwähnt, dass er das *Wort* Beuscherl mochte, weil ihm die durch das *l* gebildete Form der Verkleinerung gefiel, die alles so lieb und süß machte: das Schweindl, das Schatzl, das Supperl. Er hatte nicht das Beuscherl selber gemeint, aber Spaur verstand es so, und Tron hatte nie den Mut gefunden, das Missverständnis zu korrigieren. Infolgedessen saß er jeden Montag im Speisesaal des *Danieli* und verspeiste Innereien: Netzmagen und Pansen, gebratene Kalbslunge und Ragouts aus Rindsherzen.

«Man kann auch Schnittlauch auf den Rahm streuen», sagte Spaur, ganz in die Betrachtung seines Beuscherls versunken.

«Anstelle der gehackten Petersilie?»

Spaur nickte. «Obwohl man Schnittlauch eigentlich für Kuttelgeröstl nimmt. In Röllchen geschnitten.»

«*Kuttelgeröstl?*»

«Sie schneiden gekochte Kutteln in feine Streifen und braten sie zusammen mit Zwiebeln, Knoblauch, Speck und Kartoffelscheiben. Auf die gebratenen Kutteln streuen sie in Röllchen geschnittenen Schnittlauch. Noch einen Löffel, Commissario?»

Wie immer wartete Spaur nicht auf Zustimmung, sondern hatte bereits den Servierlöffel in die Hand genommen, um Tron eine weitere Portion auf den Teller zu häufen.

Die Ränder der Essteller waren mit ägyptischen Motiven verziert. Zweimal schaffte Tron es, seinen Geschmackssinn völlig auszuschalten, indem er sich in den Anblick eines Horusfalken vertiefte. Horusfalken und Papyrusblätter waren mit einer Schablone auf den Tellerrand gemalt worden, in Gold und in Grün. Die Umrisse glichen sich, aber es schien Unterschiede im Farbauftrag zu geben. Wenn man intensiv nach Abweichungen suchte, vergaß man, was die Gabel zum Mund führte. Tron stellte fest, dass das Grün der Palmen fast unmerklich changierte.

Da Spaur Tischgespräche über Verbrechen verabscheute, musste Tron den Kaffee abwarten, bis er den Polizeipräsidenten ins Bild setzen konnte. Als er seinen Bericht beendet hatte, sah ihn Spaur mit unverhohlener Skepsis an.

«Sie behaupten also, dass es Leutnant Grillparzer

war, der den Hofrat getötet hat, und dass Oberst Pergen ihn deckt?»

Spaur leerte den Cognac, den der Kellner gebracht hatte, in seinen Kaffee. Sein Gesicht, bereits gerötet vom Konsum einer Flasche Barolo, hatte inzwischen die Farbe reifer Tomaten angenommen.

«Ich behaupte weder das eine noch das andere. Ich hätte nur gerne ein paar Erklärungen.»

«Wofür?» Spaur hob das leere Glas über seinen Kopf – das Signal an den Ober, ihm einen neuen Cognac zu bringen.

«Eine Erklärung für den Streit, den der Hofrat im Bordrestaurant mit seinem Neffen hatte. Und eine Erklärung dafür, warum Leutnant Grillparzer von Bord gegangen ist, ohne sich danach zu erkundigen, wie der Hofrat den Sturm überstanden hat. Und schließlich hätte ich gerne gewusst, aus welchem Grund Pergen den Leutnant im Casino Molin aufgesucht hat und warum sie sich dort gestritten haben.»

Spaur lächelte. «Das sind eine Menge Fragen. Ich bezweifle, dass Pergen und der Leutnant Ihnen darauf Antworten geben werden.»

«Das bezweifle ich auch. Aber ich nehme an, dass

eine Kopie meines Berichtes auch an Toggenburg gehen wird.»

«Was für ein Bericht?» Das Lächeln verschwand abrupt aus Spaurs Gesicht.

Tron versuchte, möglichst unschuldig auszusehen. «Der Bericht, den ich schreiben werde.»

«Worüber? Darüber, dass Sie die Ermittlungen hinter dem Rücken der Militärpolizei fortgesetzt haben? Darüber, dass Sie Oberst Pergen eine Strafvereitelung unterstellen?»

Tron sagte: «Der Bericht wird lediglich ein paar Tatsachen festhalten. Die Schlussfolgerung daraus können andere ziehen.»

«Und wer sind diese anderen? Toggenburg?»

«Zum Beispiel.»

«Sie haben nur eines dabei vergessen, Commissario.»

«Und was?»

Das Lächeln, das Spaur über den Tisch schickte, war ausgesprochen kühl. «Dass dieser Bericht vorher über meinen Schreibtisch geht. Und ich werde den Teufel tun, ihn an den Stadtkommandanten weiterzuleiten.»

«Und warum nicht?»

Jetzt war Spaurs Lächeln eisig. «Weil ich einem

Mann, der ein Attentat auf die Kaiserin verhindern will, nicht unterstellen kann, er hätte bei seinen Ermittlungen ganz andere Motive.»
«Sie meinen, dass Toggenburg Oberst Pergen glaubt?»
«Der Stadtkommandant ist zutiefst davon überzeugt, dass jeder Italiener einen Dolch im Gewand führt. Natürlich wird er Pergen glauben.» Spaur trank einen Schluck Kaffee. «Franz Joseph kommt in Kürze nach Venedig. Das ist nicht der geeignete Zeitpunkt für ein Kompetenzgerangel zwischen uns und den Militärbehörden.»
Tron sagte: «Ich könnte versuchen, mit ein paar Passagieren zu reden. Inoffiziell.»
«Ich habe bereits mit einem geredet. Inoffiziell. Gestern Abend, mit meinem Neffen. Ignaz Haslinger. Ignaz war in dieser Nacht ebenfalls Passagier auf der *Erzherzog Sigmund.* Ist kurz nach Mitternacht mit einer doppelten Dosis Laudanum eingeschlafen und erst am nächsten Morgen wieder erwacht. Sagt, er hätte nicht einmal gemerkt, dass sie einen höllischen Sturm hatten.»
Spaur wirkte auf einmal amüsiert. «Sie können gerne mit ihm reden. Ich glaube, er wird Ihnen

gefallen, Commissario. Ignaz ist literarisch sehr interessiert. Vielleicht abonniert er den *Imperio della Poesia.*»

Die *Spaur* bisher noch nicht abonniert hatte, dachte Tron, obwohl er dem Polizeipräsidenten sogar einen Rabatt angeboten hatte. Natürlich wusste Spaur ganz genau, dass die Zeitschrift nicht *Imperio*, sondern *Emporio della Poesia* hieß.

Tron fragte: «Und was mache ich mit Moosbrugger?»

«Moosbrugger?» Spaur sah aus, als hätte er gerade eine tote Maus in seinem Salonbeuscherl entdeckt.

«Moosbrugger ist der Chefsteward der *Erzherzog Sigmund.* Er betreibt offenbar eine Art …»

Spaur unterbrach ihn. «Bordell auf dem Schiff. Ich weiß, wer Moosbrugger ist und was er treibt. Was haben Sie mit ihm vor?» Der Polizeipräsident heftete einen nervösen Blick auf Tron.

«Sie wissen Bescheid?» Tron gab sich keine Mühe, seine Überraschung zu verbergen.

«Commissario, es wissen praktisch alle Bescheid. Moosbrugger macht das seit zwei Jahren. Ich sehe übrigens nicht, dass irgendjemand dadurch zu Schaden käme.»

«Das mag ja sein. Aber ich bezweifle, dass er das darf.»
Spaur blickte von seinem Teller auf. «Worauf wollen Sie hinaus?»
«Wenn irgendjemand weiß», sagte Tron, «was sich in dieser Nacht wirklich zugetragen hat, dann ist es Moosbrugger. Und der kann kein Interesse daran haben, dass sein Geschäft auffliegt.»
«Sie wollen also zu ihm gehen und ihn vor die Alternative stellen, entweder zu reden oder aufzufliegen.»
Tron nickte. «So ungefähr.»
Spaur seufzte. «Ich fürchte, Sie haben keine Ahnung, in welches Wespennest Sie Ihre Hand da stecken. Moosbrugger ist einflussreicher, als Sie denken.»
«Wie soll ich das verstehen?»
«So, dass man besser die Finger von ihm lassen sollte.» Spaur versenkte seine Gabel in einen der Marillenknödel, die er sich noch bestellt hatte. «Ich kann Ihnen verraten, was passieren wird, wenn Sie mit ihm reden», fuhr er fort, ohne Tron anzusehen.
«Und was?»
Spaur schluckte den Bissen hinunter und legte

die Gabel auf den Teller. «Moosbrugger wird Ihnen nicht das Geringste sagen. Er wird alles abstreiten. Sie haben keinen Beweis für Ihre Behauptung, und Sie werden auch niemanden finden, der öffentlich erklärt, dass er die Dienste Moosbruggers in Anspruch genommen hat. Das weiß Moosbrugger. Nach Ihrem Gespräch wird er sich an irgendeinen guten Kunden wenden. An einen Hofrat, einen Botschafter oder an jemanden aus dem Generalstab. Der wird zu Toggenburg gehen, und Toggenburg wird mir den Wink geben, Sie zurückzupfeifen. Wenn ich mich weigere, bin ich erledigt. Und wenn Sie Moosbrugger weiter belästigen, sind *Sie* erledigt. So einfach ist das.»

«Und was soll ich jetzt tun?»

«Die Akte schließen. Damit aufhören, Ihre Ermittlungen hinter Pergens Rücken fortzusetzen. Und Ihren absurden Plan fallen lassen, einen Bericht zu schreiben.» Spaur stach so heftig in einen Marillenknödel, als wolle er ein kleines, gefährliches Tier töten. «Und dann kann ich Ihnen noch etwas verraten, Commissario.»

«Was?»

«Man erzählt sich, Moosbrugger habe über jeden einzelnen Kunden Buch geführt. Und die Telegramme aufbewahrt, mit denen die Herren sich auf der *Erzherzog Sigmund* avisiert haben. Wenn das stimmt, hat er seine Kunden in der Tasche.»

Spaur kippte den zweiten (oder dritten?) Cognac in seinen Kaffee und nahm anschließend einen kräftigen Schluck aus der Tasse, bevor er sich dem letzten seiner Marillenknödel widmete. Seine Gesichtsfarbe hatte sich inzwischen in ein leuchtendes Rotviolett verwandelt. Tron bezweifelte, dass Spaur heute noch zu ernsthafter Arbeit in der Lage sein würde, aber das von Spaur zu erwarten wäre auch niemandem in den Sinn gekommen.

«Exzellenz?»

Die Stimme hinter Trons Rücken hatte zu Spaur gesprochen. Der hob sein rotviolettes Gesicht aus der Betrachtung des Marillenknödels und sah auf.

Tron drehte sich um. Einen Moment lang dachte er, Grillparzer würde vor ihm stehen. Aber es war nur ein Leutnant in der Uniform der kroatischen Jäger, der einen Umschlag in der Hand hielt und salutierte.

Spaur nahm den Umschlag und wog ihn in der Hand. Er war braun und auf der Rückseite mit einem roten Dienstsiegel verschlossen. So dünn, wie er war, konnte er höchstens zwei Bogen enthalten.

«Würden Sie mir verraten, worum es geht, Leutnant?»

Das Gesicht des Leutnants war ausdruckslos, als er sagte: «Der Lloydfall ist gelöst, Exzellenz.»

Spaur hätte beinahe den Umschlag auf den Marillenknödel fallen gelassen. «Wie bitte?»

Der Leutnant sprach jedes einzelne Wort noch einmal so langsam aus, als wäre es ein Tropfen Öl, der ins Wasser fällt und einen Moment darauf liegen bleibt, bis der nächste folgt. «Der Lloydfall ist gelöst, Exzellenz.»

Spaur wartete, bis der Leutnant den Speisesaal verlassen hatte, bevor er das Siegel erbrach. Er fischte seinen Kneifer aus der Brusttasche seines Gehrocks, setzte ihn auf und begann, den Brief zu lesen. Dann las er ihn zum zweiten Mal, und Tron sah, wie er ungläubig den Kopf schüttelte.

«Es scheint, als hätte Pergen mit seiner Vermutung Recht gehabt.»

Tron beugte sich über den Tisch. «Pellico?»

Spaur nickte. «Oberst Pergen hat ihn noch gestern Abend verhaftet. Er hat den Mann gestern

Nacht verhört und das Verhör heute Vormittag fortgesetzt.»
«Und?»
«Der Oberst ist davon überzeugt, dass er den richtigen Mann verhaftet hat.»
«Liegt ein Geständnis vor?»
Spaur schüttelte den Kopf. «Das konnte leider nicht mehr unterzeichnet werden, schreibt Pergen.»
«Warum nicht?»
Spaurs Gesicht war ausdruckslos. «Weil Pellico tot ist. Hat sich aufgehängt. In einer Verhörpause. Oberst Pergen wertet das als Schuldgeständnis.»
«Dann hätte der Oberst diesen Fall in erstaunlich kurzer Zeit gelöst.»
«Eine bewundernswerte Leistung.»
«Es sei denn, man findet, dass er diesen Fall *zu* schnell gelöst hat», sagte Tron.
Spaur musterte Tron mit zusammengekniffenen Augen. «Was wollen Sie damit andeuten?»
«Ich hätte es lieber gesehen, wenn es eine Anklage und ein Verfahren gegen Pellico gegeben hätte», sagte Tron.
«Trauen Sie Oberst Pergen nicht?»
«Der Selbstmord Pellicos lässt eine Reihe von

Fragen offen, die nur Pellico hätte beantworten können. Abgesehen davon finde ich es bemerkenswert, dass Oberst Pergen einen Leutnant ins *Danieli* schickt, um uns mitzuteilen, dass der Fall gelöst ist. Eigentlich muss er davon ausgehen, dass ich gar nicht mehr ermittle.»

«Vielleicht hat Pergen erfahren, dass Sie gestern im Casino Molin waren.»

«Offenbar will er mich so schnell wie möglich wissen lassen, dass ich keinen Grund habe, die Ermittlungen fortzusetzen», sagte Tron.

Spaur schob den Teller mit dem Marillenknödel zur Tischmitte und löste die Serviette aus seinem Kragen. «Den haben Sie auch nicht, Commissario. Vergessen Sie den Lloydfall. Und vergessen Sie auch, was Sie über Moosbrugger erfahren haben.»

14

Als Tron zwei Stunden später an der Dogana aus der Fähre stieg und sich nach rechts wandte – der Palazzo der Principessa lag zwischen dem Rio

San Vio und der Accademia –, stellte er fest, dass er auf seinem alten Schulweg entlanglief und dass die Tage, in denen er das *Seminario Patriarcale* neben der Salute besucht hatte, inzwischen fast vierzig Jahre zurücklagen. Damals hatte es die gusseiserne Brücke noch nicht gegeben, die jetzt Dorsoduro mit San Marco verband, ganz zu schweigen, dachte Tron seufzend, von solchen Dingen wie Eisenbahnen, Dampfschiffen und Gasbeleuchtungen – alles Erfindungen, die er im Grunde seines Herzens für überflüssig hielt.

Am Rand des Campo San Vio, auf dem eine einsame Pinie stand, deren Zweige sich unter der Last des Schnees nach unten senkten, blieb Tron stehen, um noch einmal zu rekapitulieren, was er über die Principessa wusste. Er musste sich eingestehen, dass es nicht sehr viel war – seltsam in einer Stadt wie Venedig, in der niemand vom Klatsch verschont blieb, schon gar nicht eine junge Witwe, die so reich und so attraktiv war wie die Principessa di Montalcino. Lag es an der Aura frostiger Unnahbarkeit, die sie umgab? Eine Aura, spekulierte Tron weiter, die sie vielleicht nur deshalb kultivierte, weil sich dahinter etwas ganz anderes verbarg? Oder war sie tatsächlich nur eine energische junge Frau, die mit beträchtlichem Erfolg die Geschäfte ihres verstorbenen Gatten weiterführte und darin ihren Lebensinhalt sah? Tron wusste es nicht. Er war sich noch nicht einmal darüber im Klaren, woher die Principessa ursprünglich kam. Stammte sie wirklich aus Florenz? Ihr lupenreines Toskanisch deutete auf eine Herkunft aus der Toskana (und eine sorgfältige Erziehung) hin, aber irgendetwas sagte Tron, dass ihr Toskanisch einfach *zu* makellos war, um echt zu sein.

Er blickte auf, als zwei Möwen schreiend eine Pirouette über seinem Kopf drehten und dann über dem Campo kreisten, unschlüssig, wo sie sich niederlassen sollten, vielleicht weil die Schneedecke sie verwirrte, die seit gestern auf den Dächern und den Gassen der Stadt lag. Ein Windstoß fegte über den Campo San Vio, wirbelte Schnee zu Trons Füßen auf und hätte fast seinen Zylinderhut vom Kopf geweht. Mit der linken Hand schlug er den Kragen seines Gehpelzes hoch, die rechte legte er im Weitergehen vorsichtshalber auf die Krempe seines Zylinders.

Zweihundert Meter weiter, hinter der kleinen

Brücke, die den Rio San Vio überquerte, lag der Hintereingang des Palazzo Contarini del Zaffo, und natürlich täuschte die unscheinbare Pforte den Besucher über die wahren Ausmaße des Palazzos, den die Principessa bewohnte.

Tron zog den eisernen Klingelzug herunter und hörte im Inneren des Gebäudes eine Glocke anschlagen. Kurz darauf öffnete ein junger Mann die Tür, der wie der Kommis einer Haushaltswarenhandlung gekleidet war. «Sie wünschen?» Der Blick, mit dem er Tron musterte, besagte, dass er Wichtigeres zu tun hatte, als Besuchern die Tür zu öffnen.

«*Buon giorno*», sagte Tron. «Commissario Tron. Ich bin mit der Principessa verabredet.»

Die Miene des Kommis wurde schlagartig beflissen. Er verneigte sich sogar. «Verzeihung. Wenn Sie mir bitte folgen würden, Commissario.»

Der Kommis ging voraus, und Tron folgte ihm durch einen Flur. Dann gelangten sie wieder ins Freie, liefen über einen gepflasterten Innenhof, auf dem sich große Kisten stapelten, und betraten den eigentlichen Palazzo, dessen Vorderfront am Canal Grande lag. Sie durchquerten ein Kontor, das voller Schreibtische stand, an denen Angestellte saßen und Akten bearbeiteten. Am Ende des Kontors öffnete der Kommis eine Tür und trat zur Seite, um Tron in einen Raum zu lassen, bei dem es sich offenbar um das Büro der Principessa handelte.

«Wenn Sie bitte warten würden, Commissario.»

Der Raum war nicht viel größer als der Salon der Contessa. Eine Wand wurde von Aktenschränken eingenommen, die übrigen Wände bedeckten Bilder. Tron erkannte eine Kopie von Tizians *Ländlichem Konzert*, daneben hing eine Kopie der *Himmlischen und der irdischen Liebe*, die Tron vor Jahren in der Villa Farnese in Rom gesehen hatte. Bei den restlichen Gemälden handelte es sich vermutlich um Originale. Zwei größere Gemälde – eines zeigte eine *Sacra Conversazione*, das andere einen Herrn und eine Dame an einem Brunnen – schienen von Palma Vecchio zu stammen und erinnerten Tron an zwei Palma Vecchios, die noch in seiner Kindheit im Salon seiner Mutter gehangen hatten, aber irgendwann in den zwanziger Jahren verkauft worden waren.

Die Mitte des Raumes nahm ein riesiger Refektoriumstisch ein, den die Principessa offenbar als Schreibtisch benutzte. Tron erkannte amüsiert einen Eingangs- und einen Ausgangskorb – genauso wie in seinem Büro in der Questura. Ein Tischchen, das von zwei Sesseln flankiert wurde, stand vor einem der Fenster. Die Bilder, ein antiker Marmorkopf auf dem Tischchen (und ein zweiter auf dem Schreibtisch), ein großer Aubusson-Teppich, der die winterliche Kälte milderte, die vom Fußboden aufstieg – alles das flüsterte Reichtum.

Als die Principessa erschien, trug sie auf der Nase einen Kneifer und unter dem Arm einen Stoß Akten. Sie legte die Akten auf dem Schreibtisch ab, bevor sie Tron die Hand gab.

«Was ist in diesen Kisten, die auf dem Hof stehen?», erkundigte sich Tron.

«Glas», sagte die Principessa. «Wir exportieren inzwischen auch nach Amerika.» Sie versuchte vergeblich, den Stolz in ihrer Stimme zu unterdrücken. «Mein Mann hat mir zwei Glasfabriken auf Murano hinterlassen.»

«Wir haben früher auch Glas hergestellt», sagte Tron melancholisch.

«In Murano?» Die Principessa hob interessiert die Augenbrauen.

Tron schüttelte den Kopf. «Nein, hier in Venedig. Das war, bevor die Glasöfen nach Murano verlegt wurden.»

«Das muss lange her sein.»

Tron nickte. «Ist es auch. Mindestens vierhundert Jahre.»

Die Principessa sah Tron überrascht an. «Dann sind Sie einer von *den* Trons?»

Tron zog als Antwort die Schultern hoch. «*Die* Trons gibt es nicht mehr. Es gibt nur noch mich und meine Mutter.»

«Sind Sie …»

«Nein. Ich bin nicht verheiratet.» Tron lachte. «Weder mit einer Frau noch mit meinem Beruf.»

«Sind Sie bei Palffy gewesen, wollte ich fragen.»

Tron räusperte sich verlegen. «Gleich nach unserem Gespräch auf dem Schiff.»

Sie hatten sich in den Sesseln zu beiden Seiten des Tischchens niedergelassen, Tron in der aufrechten Haltung eines Mannes, der weiß, wie er sich in Gegenwart einer Dame zu benehmen hat, die Principessa lässig zurückgelehnt und mit

übereinander geschlagenen Beinen. Ihre Miene war ruhig, aber sie spielte nervös mit ihrem Kneifer, der an einer dünnen Kette auf ihre Brust herabhing.
«Konnte der Generalleutnant Ihnen behilflich sein?», fragte die Principessa.
«Er hat mir gesagt, dass Leutnant Grillparzer Schulden in beträchtlicher Höhe hatte und dass der Hofrat sein Onkel war», antwortete Tron. «Hummelhauser ist ein reicher Mann gewesen, und Grillparzer war sein einziger Erbe.»
«Sie hatten also Recht mit Ihrem Verdacht.»
«In gewisser Weise hatte ich Recht mit meinem Verdacht. Aber Leutnant Grillparzer ist es nicht gewesen.»
Die Principessa runzelte die Stirn. «Jetzt kann ich Ihnen nicht folgen, Commissario.»
«Die Militärpolizei hat noch gestern Abend einen anderen Mann verhaftet. Dieser Mann hat eine Art Geständnis abgelegt. Es handelt sich um einen Passagier namens Pellico. Er war Direktor des Waisenhauses auf der Giudecca.»
Einen Moment lang starrte ihn die Principessa wortlos an. Dann nahm sie eine Zigarette aus einem silbernen Kästchen, das vor ihr auf dem

Tisch stand, und zündete sie an. Tron sah zum ersten Mal in seinem Leben, wie eine Frau ganz selbstverständlich rauchte, und er war eindeutig fasziniert. Die Principessa inhalierte, atmete aus und sah schweigend dem Rauch nach. Schließlich sagte sie: «Das ist völlig unmöglich, Commissario.» Ihre rechte Hand, in der sie die Zigarette hielt, zitterte.

«Kannten Sie Pellico?»

«Gut genug, um Ihnen zu versichern, dass er es nicht gewesen ist.»

«Haben Sie ihn auf dem Schiff gesprochen?»

«Ich wusste gar nicht, dass er an Bord war. Offenbar ist er in Triest sofort in seine Kabine gegangen. Und beim Frühstück habe ich ihn nicht gesehen. Aus welchem Grund soll er den Hofrat getötet haben?»

«Es ging um Unterlagen über ein geplantes Attentat auf die Kaiserin. Diese Unterlagen hatte der Hofrat in seiner Kabine.»

Die Principessa starrte Tron ungläubig an. «Um *was*, bitte?»

«Um ein Attentat.»

«Das müssen Sie mir genauer erklären.»

Tron zuckte die Achseln. «Viel mehr weiß ich

auch nicht. Nur dass die Verschwörer verhaftet worden wären, wenn diese Papiere Venedig erreicht hätten.»

«Also musste Pellico den Hofrat töten, um diese Papiere an sich zu bringen. Ist das die Logik?»

Tron nickte. «So ungefähr.»

Die Principessa hielt kurz die Luft an. Dann sagte sie: «Das ist grotesk, Commissario. Das ist vollkommen grotesk.»

«Darf ich fragen, woher Sie Pellico kennen?»

«Aus meiner Tätigkeit im Beirat des *Istituto.* Ich habe den Sitz von meinem Mann übernommen. Außerdem» – sie machte eine kurze Pause, bevor sie weitersprach – «haben wir auch privat miteinander verkehrt, als der Fürst noch lebte.»

«Halten Sie es für möglich, dass Pellico Verbindungen zum *Comitato Vèneto* hatte?»

«Der *Comitato Vèneto* wäre von allen guten Geistern verlassen, wenn er ein Attentat auf die Kaiserin in Erwägung ziehen würde.»

«Hatte Pellico Verbindungen zum *Comitato*?», beharrte Tron.

«Es gab Leute, die diesen Gerüchten geglaubt haben.»

«Und Sie?»

Die Principessa strich mit der Hand über den antiken Mädchenkopf auf dem Tischchen. «Pellico hatte große Sympathien für die italienische Einigungsbewegung, aber er war kein Fanatiker. Andererseits hat er nie ein Hehl aus seinen politischen Überzeugungen gemacht. Und für Pergen mag die Untersuchung eine Rolle gespielt haben, die seit ein paar Wochen gegen Pellico lief.»

Tron beugte sich auf seinem Sessel nach vorne. «Welche Untersuchung?»

«Pellico war Jurist. Er hat vor dreißig Jahren eine lateinische Abhandlung über den Tyrannenmord geschrieben. Über den Tyrannenmord in der Antike.»

«Und diese Abhandlung soll ihn jetzt in Schwierigkeiten gebracht haben?»

«Diese Abhandlung ist vor zwei Jahren ins Italienische übersetzt und in Turin als Broschüre veröffentlicht worden. Man hat sie auf die Liste der verbotenen Bücher gesetzt und ein förmliches Verfahren gegen Pellico eingeleitet. Die Affäre kam sogar im Beirat zur Sprache. Der Beirat hat sich übrigens geschlossen hinter Pellico gestellt.»

Die Principessa gab ein abfälliges Schnauben

von sich. «Die ganze Angelegenheit ist einfach albern.»
«Offenbar war Pergen über das Verfahren informiert und ist deshalb sofort auf Pellico gekommen», sagte Tron. «Aber eins verstehe ich nicht.»
«Was?»
«Pellico hat – jedenfalls nach Einschätzung Pergens – eine Art Geständnis abgelegt. Er hat sich in seiner Zelle erhängt.»
Mit einem Ruck, so als habe ein Marionettenspieler plötzlich an den Schnüren gezogen, fuhr die Principessa in ihrem Sessel hoch. «Er hat sich erhängt?»
«In einer Verhörpause. Für Oberst Pergen kommt das einem Geständnis gleich.»
Die Augen der Principessa funkelten wie poliertes Silber. «Oberst Pergen ist ein Narr. Um ein freundliches Wort zu gebrauchen.»
«Was für einen Grund könnte Pellico sonst gehabt haben, sich zu töten?», fragte Tron.
«Es gibt tausend Gründe, sich umzubringen, Commissario.»
«Dann nennen Sie mir Pellicos Grund.»
Die Principessa zündete sich eine neue Zigarette an. Sie inhalierte, stieß den Rauch wieder aus

und blickte durch die Rauchkringel hindurch zur Decke. Dann sagte sie mit tonloser Stimme: «Pellico fing vor zwei Jahren – nach dem Tod seiner Frau – zu trinken an. Mir hat er einmal gesagt, er trinke, weil er nicht den Mut habe, sich zu töten. Offenbar hat er inzwischen den Mut dazu gefunden. Es ist genauso traurig wie banal.»

«Und was bedeutet das?», fragte Tron.

«Dass es Pellico nicht gewesen ist», sagte die Principessa. «Sein Selbstmord war kein Geständnis.»

«Also hat Pergen den Fall an sich gezogen, weil er Leutnant Grillparzer aus bestimmten Gründen decken will», überlegte Tron.

«Welche Gründe können das sein?», fragte die Principessa.

«Ich weiß es nicht. Ich weiß nur, dass sie sich kennen und dass Pergen mir das verschwiegen hat.»

«Und das Attentat auf die Kaiserin – ist das eine Erfindung Pergens?»

Tron zuckte die Achseln. «Vielleicht brauchte Oberst Pergen schnell irgendeine Geschichte.»

«Sind diese Papiere aufgetaucht? Die Unterlagen über das Attentat?»

«In der Mitteilung Pergens an Spaur war davon

nicht die Rede. Aber das muss nichts zu bedeuten haben.»

«Was haben Sie jetzt vor?»

«Pergen wird übermorgen einen offiziellen Bericht über diesen Fall vorlegen. Den will ich abwarten.»

«Um was zu tun?», fragte die Principessa.

«Das kommt auf den Bericht an.»

«Ich fahre am Donnerstag nach Verona und bin erst Sonntag wieder zurück.»

«Wir könnten uns …», begann Tron.

Die Principessa unterbrach ihn. «Lieben Sie Verdi?»

Tron nickte.

«Dann besuchen Sie mich doch Mittwoch in meiner Loge. Es gibt den *Rigoletto*.»

15

Am 16. Februar 1862, einem Dienstag, sitzt Elisabeth am Schreibtisch des Kaisers und wartet auf Toggenburg. Aber eigentlich ist es Toggenburg, der im Vorzimmer auf Elisabeth wartet. Für elf

Uhr bestellt, hat man ihm höflich bedeutet, dass Ihre Kaiserliche Hoheit noch nicht bereit sei, ihn zu empfangen, und so wartet man gegenseitig aufeinander, denkt Elisabeth, wie bei einer schlecht koordinierten Verabredung, bei der die eine Person im Café Florian sitzt, die andere im Café Quadri.

Das Arbeitszimmer des Kaisers dient zugleich als Audienzzimmer, denn es ist groß genug, um die Eintretenden ein paar Sekunden marschieren zu lassen, bevor sie den Weg zum Schreibtisch des Kaisers zurückgelegt haben – Sekunden, in denen ihnen die Macht des Allerhöchsten deutlich werden soll, speziell wenn der Kaiser nicht geruht, von seinen Akten aufzusehen, ja er noch nicht einmal zu erkennen gibt, dass er den Besuch, der vor ihm steht, registriert hat. Dann muss man warten, bis Franz Joseph den Blick hebt.

Das kann er gut, denkt Elisabeth. Es soll Leute geben, die zehn Minuten vor dem Schreibtisch des Kaisers gestanden haben, und dann hat er sie nicht einmal angesehen, als er mit ihnen gesprochen hat. Das ist seine allerneueste Masche. Er sieht Leuten, die er verabscheut, nicht in die

Augen, sondern starrt ihnen hartnäckig auf den Kragen, so als wäre dort ein monströser Fleck.
Elisabeth wird den Stadtkommandanten zehn Minuten vor dem kaiserlichen Schreibtisch warten lassen. Außerdem wird Toggenburg eine halbe Stunde im Vorzimmer sitzen, bevor man ihn vorlässt. Das ist eine Variante, die der Kaiser nicht praktiziert, aber es gibt nichts, was man nicht noch verbessern könnte.
Elisabeth trägt ein Kleid aus schwarzem Chiffon mit einem hochgestellten, aus Spitzen gearbeiteten Kragen. Das Kleid macht sie älter, aber genau so will sie es haben. Sie ist fünfundzwanzig, aber im Moment legt sie keinen Wert darauf, auch so jung auszusehen.
Wie verabredet öffnen sich um halb zwölf die Flügeltüren des kaiserlichen Arbeitszimmers, und am oberen Rand ihres Gesichtsfeldes erscheint etwas Hellblaues, das größer wird und sich langsam nähert. Elisabeth blickt nicht auf, sie hört nur, wie Toggenburg den Weg zu ihrem Schreibtisch einschlägt und schließlich respektvoll stehen bleibt. Zweifellos erwartet er von ihr, dass sie das Wort an ihn richten wird.
Aber sie ist immer noch mit gerunzelter Stirn in

das Studium eines dünnen Aktenkonvolutes vertieft, das auf dem kaiserlichen Schreibtisch zurückgeblieben ist. Sie stellt fest, dass es sich – in gestochener Kanzleischrift geschrieben – um eine Verordnung über die Tierkadaverbeseitigung im Landkreis Bozen handelt – interessant insofern, als diese Akte bestätigt, dass der Kaiser sich tatsächlich um die lächerlichsten Kleinigkeiten persönlich kümmert, was er ihr gegenüber immer abstreitet. *«… ist insbesondere Wert darauf zu legen, dass speziell die Innereien der befallenen Tiere einer gesonderten Entsorgung zugeführt werden, um die Gefahr der Ausbreitung von …»*, liest sie, bevor sie angewidert abbricht und, viel früher als ursprünglich geplant, zu Toggenburg sagt:

«Es tut mir Leid, dass Sie warten mussten, Herr General.»

Sie lehnt sich in ihrem Sessel zurück und begeht den zweiten Fehler. Ihr Blick sollte an Toggenburgs Kragenspiegel hängen bleiben, doch stattdessen rutscht er höher und landet unversehens in seinen Augen. Eigenartigerweise nimmt sie weder Erregung noch Ungeduld wahr. Toggenburgs Gesicht ist glatt, nicht einmal die Augenbrauen sind emporgezogen.

Der Stadtkommandant steht vor ihr wie ein herrschaftlicher Diener, den Oberkörper leicht nach vorne geneigt, auf den Lippen ein höfliches Lächeln. Er trägt die hellblaue Generalsuniform der Kaiserjäger und hat seine Orden angelegt. Elisabeth erkennt den Kronenorden in Gold, das Ritterkreuz des Leopoldordens und den Maria-Theresia-Orden. Toggenburg ist ein hagerer Mann um die sechzig mit zurückweichenden, fast weißen Haaren. Sein Schnurrbart ist dicht und kräftig, mit Spitzen, die buschig nach oben zeigen.

«Nehmen Sie Platz, Herr General.»

Toggenburg schlägt die Hacken zusammen. Er salutiert, indem er seine rechte Hand zur Schläfe schnellen lässt, und nimmt Platz. Jetzt sitzt er in militärischer Haltung auf der Stuhlkante und zupft seine Handschuhe von den Fingern.

«Sie wissen, weshalb ich Sie hergebeten habe, Herr General?»

«Kaiserliche Hoheit vermissen Ihre Post.»

«Was ist mit meiner Post passiert? Die Gräfin Königsegg sprach von einem Zwischenfall.»

Toggenburg hebt sein Kinn. «Es hat tatsächlich einen Zwischenfall gegeben. Hofrat Baron Hummelhauser, der die Briefschaften Seiner Kaiserlichen Hoheit in seiner Kabine hatte, ist einem Verbrechen zum Opfer gefallen. Er ist in seiner Kabine getötet und ausgeraubt worden. Alle Papiere, die er mit sich führte, sind verschwunden.»

«Und warum ermittelt das Militär und nicht die venezianische Polizei?»

Toggenburg beugt sich vor und entblödet sich nicht, seine Stimme zu einem Flüstern abzusenken. «Es gibt Hinweise darauf, dass ein Anschlag auf die Familie des Allerhöchsten vorbereitet wird. Der Hofrat hatte diesbezügliche Unterlagen an Bord.»

«Die jetzt verschwunden sind – mit meinen Briefen.»

Toggenburg nickt. «Aber wir haben den Täter. Oberst Pergen hat ihn bereits verhaftet. Es handelt sich um den Direktor des *Istituto delle Zitelle*.»

«Wie soll der Anschlag ausgeführt werden und von wem?»

«Das wissen wir nicht.»

«Dann verhören Sie diesen Pellico.»

«Das wird nicht möglich sein. Der Mann hat sich

in einer Verhörpause erhängt. Und da die Unterlagen, die Hofrat Hummelhauser Oberst Pergen übergeben wollte, verschwunden sind, kann niemand sagen, wann und an welchem Ort der Anschlag stattfinden soll.»

«Ich bin also gefährdet.»

«Nicht im Palazzo Reale, Kaiserliche Hoheit.»

«Was soll das heißen?»

«Dass Kaiserliche Hoheit den Palazzo Reale im Augenblick nur unter Bedeckung verlassen sollten.»

«Ich gehe nie ohne Begleitung aus.»

«Ich bezweifle, dass die übliche Begleitung in der Lage ist, einen ernsthaften Anschlag abzuwehren.»

«Und Ihre Bedeckung – wie würde die aussehen?»

«Hundert Mann würden für den Schutz Ihrer Kaiserlichen Hoheit ausreichen, falls es sich um das Betreten der Piazza oder um einen Spaziergang durch eines der anschließenden Stadtquartiere handelt.»

«Sagten Sie *hundert* Mann?»

Toggenburg verzieht keine Miene. «Zwanzig Mann in zwei Zehnerstaffeln bilden einen doppelten Sperrkreis um Kaiserliche Hoheit, weitere zwanzig Mann sichern die Flanken und den Operationsraum in Bewegungsrichtung Kaiserlicher Hoheit. Weitere sechzig Mann, hauptsächlich Scharfschützen aus den kroatischen Jägerregimentern, würden die Route Kaiserlicher Hoheit in den Seitengassen und an strategisch wichtigen Punkten absichern.»

«Das würde bedeuten, dass ich Ihnen vorher die Route unserer Spaziergänge bekannt geben müsste.»

Toggenburg senkt bejahend seinen Kopf. «Am besten ein, zwei Tage im Voraus, Kaiserliche Hoheit.»

«Und mein Spaziergang heute Nachmittag auf der Piazza?»

«Ich werde entsprechende Anweisungen geben. Ein Teil der Bedeckung wird in Zivil vorgenommen. Der innere Kreis um Kaiserliche Hoheit wird von kroatischen Jägern in Zivilkleidung bereitgestellt.»

«Das alles ist lächerlich. Was wäre die Alternative zu diesen Maßnahmen?»

Toggenburg hebt die Schultern. Er bringt es sogar fertig, einen bedauernden Tonfall in seine

Stimme zu legen. «Eine sofortige Evakuierung Kaiserlicher Hoheit.»
«Meine Rückkehr nach Wien?»
«So schnell wie möglich.»
«Ist das Ihr Vorschlag?»
«Es steht mir nicht zu, Kaiserlicher Hoheit Vorschläge zu unterbreiten.»
«Werden Sie einen offiziellen Bericht über diesen Vorfall verfassen?»
«Er wird spätestens morgen vorliegen.»
«Geht eine Kopie dieses Berichtes nach Wien?»
«Selbstverständlich.»
«Erwähnt der Bericht auch das Mädchen?», fragt Elisabeth. Sie bemüht sich, ihre Frage möglichst beiläufig klingen zu lassen.
«Das Mädchen?»
Elisabeths Mund verzieht sich zu einem dünnen Lächeln. «Es soll auf der *Erzherzog Sigmund* noch eine zweite Leiche gegeben haben.»
Jetzt zögert Toggenburg, bevor er antwortet. «Der Hofrat hatte Besuch, als Pellico in die Kabine eindrang, um sich in den Besitz der Unterlagen zu bringen.»
«Besuch?»
Einen Moment lang flattern die Augenbrauen

Toggenburgs wie zwei aufgescheuchte Schmetterlinge. Dann sagt er: «Von einer Dame, die ebenfalls auf der *Erzherzog Sigmund* nach Venedig gereist ist. Es scheint sich um eine Italienerin aus Triest gehandelt zu haben.»

«Um welche Zeit ist das Verbrechen verübt worden?»

«Nach Mitternacht.»

«Hmm, dann scheint diese Dame ihm sehr nahe gestanden zu haben. War der Hofrat verheiratet?»

«Der Hofrat war Junggeselle.»

«Wird die Dame in Ihrem Bericht erwähnt?»

Toggenburg lächelt gezwungen. Dann räuspert er sich. «Ich hielt es nicht für angemessen, einen Mann, der in Erfüllung seiner Pflichten gefallen ist, unnötig zu kompromittieren.»

«Und was tun Sie, um die verschwundenen Unterlagen und meine Post zu finden?»

«Es finden Hausdurchsuchungen und Razzien statt. Oberst Pergen ist fest entschlossen, die Unterlagen zu finden.»

Elisabeth erhebt sich, um zu signalisieren, dass die Audienz beendet ist. «Noch etwas, Herr General.»

«Kaiserliche Hoheit?»
«Dieses Mädchen – wie ist es getötet worden?», fragt Elisabeth.
Toggenburgs Antwort kommt schnell und ohne dass der Stadtkommandant nachdenken muss.
«Sie wurde erschossen, Kaiserliche Hoheit.»

Elisabeth ist der festen Überzeugung, dass Männer nicht in der Lage sind zu lügen, ohne sich dabei zu verraten. Franz Joseph zum Beispiel kann keine Lüge aussprechen, ohne dabei auf seine Schuhspitzen zu starren und anschließend nervös an seinem Schnurrbart zu zwirbeln. Als der Stadtkommandant ihr erzählt hat, dass sein Bericht nicht die Empfehlung enthält, sie nach Wien zurückzuholen, hat er gelogen. Elisabeth hat es am Ausdruck in seinen Augen gesehen. Aber als sie ihn gefragt hat, wie das Mädchen gestorben ist, da hat er nicht gelogen – was nur heißen kann, dass man ihn selber belogen hat.
Denn irgendetwas sagt Elisabeth, dass das, was die Wastl der Königsegg erzählt hat, der Wahrheit entspricht. Demnach hat dieser Oberst Pergen den Stadtkommandanten belogen. Aber warum? Weil er wusste, was Toggenburg hören

wollte? Weil er es für besser hielt, das wegzulassen, was nicht ins Bild eines politisch motivierten Verbrechens passte?
Die Version Pergens ist eindeutig. Der Hofrat wird in seiner Kabine erschossen, damit der Täter die Papiere an sich nehmen kann. Und das Mädchen, eine Zeugin, muss beseitigt werden. Das ist logisch und plausibel. Und solange die Papiere nicht gefunden werden, folgt aus dieser Version genau das, was Toggenburg will: dass Elisabeth gezwungen ist, entweder im Palazzo Reale zu hocken oder Venedig zu verlassen.
Nur: Unplausibel wird diese Version dann, wenn man weiß, dass das Mädchen erwürgt und zuvor misshandelt wurde. Denn kann man sich diesen Hofrat wirklich als mordendes Monstrum vorstellen? Elisabeth, die in Erfahrung gebracht hat, dass der Hofrat die sechzig bereits überschritten hatte, glaubt nicht daran. Und dieser Pellico? Erstens findet Elisabeth, dass sein Tod sein Geständnis erheblich relativiert, und zweitens (wenn er es überhaupt war) ist es extrem unwahrscheinlich, dass er entweder vor oder nach der Ermordung des Hofrats einen weiblichen Passagier der *Erzherzog Sigmund* gefesselt, misshandelt

und erwürgt hat. Übrig bleibt der Schluss, dass an der Geschichte etwas faul ist.
Und was hat dieser Italiener, überlegt Elisabeth weiter – was hat dieser Commissario Tron herausgefunden? Warum hat Oberst Pergen ihn noch am Tatort abserviert? Aber diesen Commissario in den Palazzo Reale zu bitten, entscheidet Elisabeth, wäre ein Fehler. Toggenburg würde davon erfahren und womöglich auf den Gedanken kommen, dass sie der offiziellen Version dieses Verbrechens nicht traut.
Man müsste, denkt Elisabeth, während sie am Fenster steht und auf die Piazza San Marco hinabblickt – man müsste mit dem Verlobten der Wastl Kontakt aufnehmen. Und zwar *direkten* Kontakt, denn die Vorstellung, die Wastl dazwischenzuschalten, gefällt ihr nicht. Und wenn es stimmt, was die Wastl gesagt hat, nämlich dass ihr Verlobter seinen Herrn nicht ausstehen kann, dann könnte der Bursche bereit sein, ein wenig zu plaudern.

16

Alessandro beugte sich schnaufend über den Frühstückstisch, um der Contessa Kaffee nachzuschenken. Die Kaffeekanne war aus Silber, ebenso das Tablett auf dem Tisch und der aufwendig gearbeitete Brotkorb, in dem drei steinharte Brötchen lagen. Silbernes Geschirr zu verkaufen lohnte sich nicht. Der venezianische Markt war damit völlig übersättigt. Tron hatte es noch nicht einmal versucht.

«Meinst du nicht, dass Signor Widman übertreibt, Alvise?» Das schmale Gesicht der Contessa wirkte gereizt. Aus ihrer halb zum Mund geführten Kaffeetasse stieg Dampf auf wie Rauch aus einer Opferschale. Der Kaffee, der aus Sparsamkeitsgründen immer mehrmals aufgebrüht wurde, war heiß und wirkte der Kälte entgegen, die aus dem eisigen Terrazzofußboden in die Beine kroch – besonders wenn man ihn aufhübschte, wozu die Contessa vorzugsweise Grappa verwandte. «Was genau hat er denn gesagt?»

«Dass es seit Sonntagnacht mehr als nur tropft. Was offensichtlich zutrifft, die ganze Zimmerdecke war feucht.»

«Und jetzt?»
«Signor Widman sagt, dass er sich um das Dach kümmern kann. Nur will er bezahlt werden.»
Die Contessa runzelte die Stirn. «Um welche Summe geht es?»
«Um ungefähr den Betrag, den wir in diesem Jahr für Lohndiener und Musiker ausgeben», sagte Tron. Der Satz war kaum heraus, da bereute er ihn schon.
Die Contessa sah ihn nicht an. Ihr Blick wanderte über die fleckige Brokatbespannung der Wände, blieb an der zerschlissenen Polsterung der Fauteuils hängen und strich dann langsam über die Risse in der Decke des Salons. Als sie sprach, erschrak Tron über die Resignation in ihrer Stimme. «Dieser Palazzo frisst uns auf, Alvise.»
Tron seufzte. «Wir werden irgendwann die Hauptetage vermieten müssen. Das machen inzwischen fast alle.»
«Und mein Maskenball?» Die Stimme der Contessa klang eher traurig als feindselig.
«Dann vermieten wir nur im Sommer.»
Die Contessa wischte Trons Vorschlag mit einer müden Handbewegung vom Tisch. «Was ist mit

dem Tintoretto, den Alessandro gestern zu Sivry gebracht hat?»

«Ich gehe auf dem Weg zur Questura bei Sivry vorbei.»

«Wird das Geld für das Dach reichen?»

«Meine Leute haben Widmans Sohn im *Café Florian* mit einer Turiner Zeitung erwischt. Ich müsste ihn vorladen, aber ich kann auch dafür sorgen, dass die Angelegenheit fallen gelassen wird. Dafür arbeitet Widman vermutlich für einen Preis, den wir verkraften können.» Tron versuchte zu lächeln.

«Wann gehst du?»

«Gleich nach dem Frühstück.»

Die Contessa drehte den Kopf und warf einen flüchtigen Blick auf den bleiernen Himmel hinter dem Fenster. «Falls es wieder anfängt zu schneien», sagte sie, «setz deine Strickmütze unter dem Zylinderhut auf. Sonst erkältest du dich und musst am Sonnabend das Bett hüten.» Sie ergriff ihr Brötchen und tauchte es entschlossen in ihren Kaffee – mit dem Gesichtsausdruck einer Frau, die vor nichts mehr zurückschreckt.

Aber als Tron eine halbe Stunde später den Palazzo verließ, hatte es überraschend aufgeklart. Normalerweise hätte er den Weg über den Rialto eingeschlagen, doch verführt von dem unerwartet schönen Wetter, wandte er sich am Campo San Cassiano nach Süden. Zehn Minuten später stand er vor der Frari-Kirche – ein wichtiges Bauwerk für die Trons, denn sie enthielt das Grabmal Niccolò Trons, des einzigen Dogen, den die Familie Tron in ihrer Ahnenreihe vorweisen konnte.

Für Tron verbanden sich mit der Frari-Kirche die frühesten Kindheitserinnerungen: wie er an der Hand seines Vaters vor dem Grabmal des Dogen stand und dem Vortrag des Vaters über die vergangene Größe des Hauses Tron lauschte. Anscheinend hatten sie die Kirche immer im Sommer besucht, denn seine Erinnerungen waren mit lastender Hitze verknüpft und der wohltuenden Empfindung der Kühle, die in dem großen Kirchenschiff auch im Hochsommer herrschte. Gewöhnlich pflegte sich Trons Vater nach dem Besuch der Kirche in einer kleinen *locanda* gegenüber der Südfassade ein Glas Wein zu genehmigen, und Tron stellte gerührt fest, dass es die *locanda* immer noch gab. Wie lange war das jetzt her? Auf jeden Fall über vierzig Jahre, länger als ein halbes Leben – Jahrzehnte, in denen die Stadt langsam dem Verfall anheim gefallen war, während sie zugleich durch die Erfindung der Eisenbahn und des Dampfschiffes leichter erreichbar geworden war als jemals zuvor.

Die schwere Tür an der Südfassade fiel krachend hinter ihm ins Schloss, als Tron die Kirche betrat. Der Tür, dachte Tron, waren die Tizians und Bellinis in der Kirche genauso gleichgültig wie dem Kirchendiener. Der hob bei Trons Eintreten nicht einmal den Kopf, sondern fuhr ungerührt fort, den Schmutz von einem Teil der Kirche in den anderen zu fegen.

Der Gottesdienst war vor einer halben Stunde zu Ende gegangen, und die einzigen Besucher waren eine kleine Gruppe von Fremden, die sich vor dem Hochaltar versammelt hatten, um die *Assunta* Tizians zu bewundern, und ein einzelner Mann, der, nur wenige Schritte von der Gruppe entfernt, direkt vor dem Grabmal Niccolò Trons stand. Tron wartete ein paar Minuten, doch als der Mann keine Anstalten machte, sich von der Stelle zu rühren, trat er neben ihn.

1476 erbaut, füllte das Grabmal den unteren Teil

der Wandfläche der Apsis vollständig aus. Niccolò Tron war einmal liegend zu sehen, in Marmor gehauen, hoch über Trons Kopf auf seinem Sarkophag. Weiter unten stand er auf zwei Beinen, ein würdiger älterer Herr in der Amtstracht der Dogen – dessen Anblick allerdings nach kurzer Zeit ermüdete, sodass der Blick des Betrachters weiterschweifte zu einer der allegorischen Damen an seiner Seite: In ein hauchdünnes, «nasses» Gewand gekleidet, das ihren Körper fast unverhüllt zeigte, schien sie nach einem lebendigen Modell gearbeitet worden zu sein. Tron hatte sich immer gefragt, wer das unbekannte Mädchen gewesen sein mochte, das den Betrachter vierhundert Jahre später immer noch entzückte.

Offenbar hatte der Mann ihn nicht bemerkt, jedenfalls trat er plötzlich zur Seite und stieß mit Tron zusammen. Zwei schwarze Zylinderhüte fielen auf den Boden. Tron und der Mann bückten sich gleichzeitig, um ihre Hüte wieder aufzuheben.

«Entschuldigen Sie», sagte Tron.

«Oh, es war meine Schuld», erwiderte der Mann höflich. Er deutete eine kleine Verbeugung an. Dann trat er einen Schritt zurück und sagte: «Ich mag die Caritas auf der linken Seite des Dogen.»

Tron hatte bei dieser Bemerkung ein anzügliches Lächeln auf dem Gesicht des Mannes erwartet, ein Augenzwinkern unter Männern, aber in dem Gesicht des Mannes war keine Spur davon zu entdecken. Davon angenehm berührt, sagte Tron: «Wahrscheinlich hat Antonio Rizzo für die Figur der Eva im Dogenpalast dasselbe Modell benutzt.»

«Sie meinen die Eva am Arco Foscari?»

Tron nickte. Offenbar kannte sich der Mann in Venedig aus. Er hielt auch keinen Reiseführer in der Hand, sondern lediglich seinen Zylinderhut und einen Spazierstock.

«Weiß man, wer diese Frau gewesen ist?», erkundigte er sich.

Tron hob bedauernd die Schultern. «Über Rizzos persönliche Verhältnisse ist kaum etwas bekannt.» Ihm jedenfalls nicht.

Tron schätzte den Mann auf Ende vierzig, nicht ganz so jung, wie er im ersten Moment angenommen hatte – wahrscheinlich hatte er sich durch die helle Stimme und das dichte schwarze Haar, das noch keine Spur von Grau aufwies, täuschen lassen. Hoch gewachsen und schlank, sah der Mann in seinem gut geschnittenen Gehrock und seinem lässig über die Schultern gehängten

Gehpelz ausgesprochen elegant aus. Sein Mund war schmal, mit Lippen, deren Winkel aufwärts gebogen waren, was darauf schließen ließ, dass er gern lachte. Im Knopfloch seines Gehrocks prangte eine weiße Nelke, die ihm einen Einschlag ins Extravagante gab. Tron wusste, dass man auch im Winter in Venedig frische Blumen bekommen konnte – jedenfalls wenn man über die nötigen Mittel verfügte. Seinem Akzent nach kam der Mann aus Österreich oder Süddeutschland. Sein Italienisch war fließend.

«Sind Sie von hier?» Der Fremde lächelte höflich, als müsste er sich für diese indiskrete Frage entschuldigen.

Tron gab sein Lächeln zurück. «Ich bin von hier.»

Der Mann drehte seinen Kopf zur Seite und ließ seinen Blick kurz über die *Assunta* schweifen. «Ohne Frage ein Privileg», sagte er. Tron klassifizierte ihn vorläufig als wohlhabenden Privatgelehrten.

«Beschäftigen Sie sich mit Kunst?», erkundigte sich Tron.

Der Fremde schüttelte den Kopf. «Mit Gas.»

«Wie bitte?»

«Mit der Erweiterung des Rohrnetzes», erklärte

der Fremde. «Wir wollen das Gas auf die andere Seite des Canal Grande bringen.»

«Wer ist wir?»

«Die *Imperial Continental Gas Association.* Ich bin der Direktor der Wiener Niederlassung.»

«Die englische Gesellschaft, die den Gasometer bei San Francesca della Vigna gebaut hat und die Gasbeleuchtung auf dem Markusplatz installiert hat?», fragte Tron.

«Die seit zwanzig Jahren Wien beleuchtet und ein paar Dutzend andere europäische Städte ebenfalls», ergänzte der Mann stolz.

«Wofür braucht man auf der anderen Seite des Canal Grande Gas?», wollte Tron wissen.

«Für die Straßenbeleuchtung, Signore.»

«Die Bürger Venedigs sind zufrieden mit dem, was sie haben.»

«Mit Ölfunzeln vor den Schreinen der Heiligen Jungfrau an den Straßenecken?» Der Fremde machte ein entsetztes Gesicht.

«Den Leuten reicht das.»

«Und der Fortschritt?»

Tron brauchte einen Augenblick, um zu begreifen, dass der Fremde es vollkommen ernst meinte. Ein Irrer, entschied Tron, aber trotzdem sympathisch. Immerhin hatte der Mann andächtig vor dem Grabmal Niccolò Trons gestanden.

«Vor hundert Jahren», sagte Tron schärfer als beabsichtigt, «war Venedig noch eine blühende Stadt. Da gab es keine Dampfschiffe, keine Eisenbahnen, keine Telegraphen und auch kein Gaslicht.» Dann fügte er in konziliantem Ton hinzu: «Vermutlich wohnen Sie im *Danieli* und freuen sich jeden Tag über die Gasbeleuchtung, die Ihre Gesellschaft dort installiert hat.»

Der Fremde schüttelte den Kopf. «Ich wohne im Palazzo da Mosto.»

«Ich dachte, der Palazzo da Mosto steht leer.»

«Im Moment jedenfalls nicht», sagte der Fremde. Dann streckte er plötzlich seine Hand aus. «Haslinger aus Wien.»

Tron schüttelte Haslingers Hand. «Mein Name ist Tron.»

Haslingers Blick fixierte die Figur Niccolò Trons, dann Tron und anschließend wieder den Dogen. «Ist der Doge einer Ihrer …?»

Tron nickte.

Haslinger öffnete langsam seinen Mund und schloss ihn wieder. «Dann sind Sie also …»

Tron musste lächeln. «Alvise Tron.»

«*Commissario* Tron. Ich weiß genau, wer Sie sind. Wir haben gestern Abend über Sie gesprochen. Spaur und ich.»

Diesmal war es Tron, der überrascht war. «Ignaz Haslinger? Der Baron hatte erwähnt, dass ein Neffe von ihm auf der *Erzherzog Sigmund* gereist ist.»

Haslinger nickte. «Der bin ich. Wir haben gestern Abend zusammen gegessen.»

«Sie wissen, was passiert ist?»

«Ja, natürlich. Wir haben ausführlich darüber gesprochen. Aber ich konnte leider nichts dazu sagen. Ich habe …»

«Durchgeschlafen. Laudanum. Ich weiß.»

«Ja, leider.» Haslinger machte ein nachdenkliches Gesicht. «Ein Attentat auf die Kaiserin. Was soll damit erreicht werden? Und wer steckt dahinter? Meinen Sie, Garibaldis Rundreise durch die Lombardei hat etwas damit zu tun?»

Tron schüttelte den Kopf. «Das ist nicht der Stil Garibaldis.»

«Wessen Stil ist es dann?»

«Das müssen Sie den ermittelnden Offizier fragen.»

«Diesen, äh …»

«Oberst Pergen», sagte Tron.

Haslinger sah Tron aufmerksam an. «Spaur meint, Sie hätten Zweifel daran, dass es wirklich dieser Pellico gewesen ist.»
«Ich hätte mir einen ordentlichen Prozess gewünscht. Nicht diesen Selbstmord ohne ein richtiges Geständnis.»
«Werden Sie die Ermittlungen fortsetzen?»
Sie standen immer noch vor dem Grabmal Niccolò Trons, des Dogen, und Tron, der Commissario, fragte sich, was wohl sein Ahnherr, der ein kluger Mann gewesen sein musste, zu einer solchen Frage gesagt hätte. «Ich weiß es nicht», antwortete Tron.
Haslinger lächelte. Ein, zwei Minuten lang schwiegen beide. Dann sagte Haslinger unvermittelt: «Sind Sie auf dem Weg in die Questura?»
«Ja, aber ich muss vorher zum Markusplatz.»
«Ich kann Sie mitnehmen. Meine Gondel wartet am Ponte dei Frari.»
Tron lehnte Haslingers Angebot höflich ab. «Danke, aber ich gehe lieber zu Fuß.»

«Phantastisch», sagte Haslinger, als sie ein paar Minuten später draußen vor der Kirche standen. Tron sah zum Himmel auf und musste Haslinger

Recht geben. Ein kräftiger Westwind hatte alle Feuchtigkeit aus der Luft geweht. Es herrschte ein unvenezianisch klares Licht, in dem alles so aussah, als wäre es mit dem spitzen Bleistift gezeichnet. An solchen Tagen konnte man vom Altan des Palazzo Tron aus die Alpen sehen.

Zwei Offiziere in Begleitung von zwei jungen Frauen in taillierten Reisekostümen überquerten den Ponte dei Frari und liefen an ihnen vorbei. Einer der Offiziere bemerkte etwas zu der Frau an seiner Seite, die daraufhin zu lachen begann.

«Das hätte es zu meiner Zeit nicht gegeben», meinte Haslinger kopfschüttelnd. «Offiziere, die am helllichten Tag mit jungen Damen durch die Stadt spazieren.»

«Sie waren Offizier?»

«Bei den Linzer Dragonern. Aber im Sommer 1848, nach der Rückeroberung Mailands, da ...», Haslinger suchte nach den richtigen Worten, «... da ging es nicht mehr. Ich habe um meine Entlassung gebeten.»

«Und warum?», fragte Tron.

Haslinger schwieg. Ein paar Sekunden lang blickte er ins Leere. Dann hob er resignierend die Schultern und lächelte melancholisch.

«Ich kann kein Blut sehen», sagte er.
Tron sah ihm nach, wie er zu seiner Gondel ging. Er fragte sich, warum ein Mann, der kein Blut sehen konnte, überhaupt Soldat geworden war.

17

Elisabeth betritt den Markusplatz an der Schmalseite des lang gestreckten Trapezes, das die Piazza San Marco bildet. Der Nieselregen hat aufgehört, und im Windschatten der neuen Prokurazien ist es für einen Februarnachmittag erstaunlich warm. Wie immer, wenn Elisabeth spazieren geht, ist sie mit kleinem Gefolge unterwegs. Neben den Königseggs begleiten sie nur noch zwei Leutnants in Zivil. Die Leutnants halten sich in der Regel ein paar Schritte abseits; auf diese Weise bleibt der private Charakter ihrer Spaziergänge gewahrt. Das hat Elisabeth immer an Venedig gefallen – dass die Leute hier kein Aufhebens um ihre Person machen. Wer sie erkennt, guckt entweder indigniert weg – viele Italiener verhalten sich so, und in gewisser Weise hat Elisabeth

Verständnis dafür – oder senkt respektvoll die Augen. Offiziere grüßen sie, indem sie die Hand an ihre Kopfbedeckung legen, manche Herren lüften den Zylinder und deuten eine Verbeugung an. In Wien wäre das undenkbar, einfach ein paar Schritte vor die Tür zu gehen – es würde sofort ein Auflauf entstehen, und außerdem gehört es sich nicht.

Zehn Schritte weiter fragt sie sich, warum sie nicht sofort bemerkt hat, was los ist, denn eigentlich sind die Soldaten auf dem oberen Umgang der Basilika ebenso wenig zu übersehen wie die Herren in den schwarzen Gehröcken, die mit kräftigen Spazierstöcken bewaffnet sind und allesamt graue Zylinder tragen – Elisabeth schätzt, dass es sich um mindestens sechzig Männer handelt. Sie haben einen Sperrbezirk um sie gebildet, der mit jedem ihrer Schritte vorrückt, die Menschen auf der Piazza wegschiebt und seitlich abdrängt, sodass langsam ein leerer Raum um sie und ihr Gefolge entsteht.

Die Choreographie der militärischen Aufführung ist perfekt. Alle Bewegungen in diesem Ballett der Zylinderträger erreichen mühelos ihren Zweck: ein menschenleeres Oval um sie zu ziehen, auf dem sie die Piazza überquert wie auf einer Bühne. Elisabeth, die inzwischen vermeidet, etwas anderes anzusehen als das Pflaster vor ihren Füßen, kommt trotzdem nicht umhin festzustellen, dass die emsige Bewegung, die vor ihrer Ankunft auf der Piazza geherrscht hat, einem angespannten Stillstand gewichen ist. Wer eben noch damit beschäftigt war, Tauben zu füttern oder sich fotografieren zu lassen, widmet sich jetzt der Beobachtung der Kaiserin – Italiener, Fremde und Angehörige der in Venedig stationierten Waffengattungen haben eine zwei, drei Reihen tiefe Arena um sie gebildet, aus der jetzt mehrere hundert Augenpaare auf sie gerichtet sind.

Die Rufe setzen ein, nachdem Elisabeth sich umgedreht und langsam (sonst sieht es nach Flucht aus) den Rückweg angetreten hat. Zuerst hört sie nur eine einzelne Stimme. Dann kommen weitere dazu, und schließlich rufen viele Stimmen immer lauter und schneller etwas Viersilbiges, das Elisabeth erst versteht, als auch die Fremden mitschreien, vermutlich weil sie glauben, Giuseppe Verdi sei irgendwo auf der Piazza. Die Menge ruft *Viva Verdi*, aber niemand muss Elisabeth sagen, dass nicht Giuseppe Verdi gemeint ist, sondern das Akronym *VERDI*, das für Vittorio Emanuele Re D'Italia steht.

18

Der Kunsthändler Alphonse de Sivry war Anfang der fünfziger Jahre in Venedig aufgetaucht – ein rundlicher, an ein Marzipanschwein erinnernder Franzose, der ein stark französisch gefärbtes *Veneziano* sprach und seit sechs Jahren ein elegantes Ladengeschäft direkt am Markusplatz unterhielt. Spezialisiert auf Gemälde und Kupferstiche des *Settecento*, genoss er unter den vornehmen Fremden, die den Winter in Venedig verbrachten, bald einen guten Ruf – er verkaufte nur erste Namen, verlangte seriöse, nicht übermäßig hohe Preise und sorgte mit großer Zuverlässigkeit für den Transport der Gemälde in die jeweiligen Heimatländer.
Tron mochte ihn, denn zu den Annehmlichkeiten der Geschäftsbeziehung mit Sivry gehörte, dass der Kunsthändler es mit der Authentizität

der Zeichnungen und Gemälde, die Tron ihm in regelmäßigen Abständen verkaufte, nicht sonderlich genau nahm.
Trons Vater hatte, bevor er in den dreißiger Jahren an der Cholera gestorben war, seine freie Zeit damit verbracht, mit erstaunlicher Meisterschaft Zeichnungen im Stil Giovanni Bellinis anzufertigen – auf Papier aus dem 16. Jahrhundert, das eines Tages in großen Mengen im Palazzo Tron aufgetaucht war. Dass Trons Vater zeitgenössisches Papier benutzt hatte, war reiner Zufall. Tron war sich sicher, dass sein Vater keinen Augenblick daran gedacht hatte, seine Zeichnungen zu verkaufen – schon gar nicht als Originale Giovanni Bellinis –, aber als Tron Sivry eine der Zeichnungen anbot, zeigte sich dieser sehr interessiert und kaufte ihm nach und nach das ganze Konvolut zu einem anständigen Preis ab. Der Name Giovanni Bellini war zwischen ihnen nie gefallen – doch Tron wusste, dass Sivry die Blätter für Originale hielt, und er konnte eine Summe fordern, die Sivry für die Zeichnungen eines unbekannten Freizeitmalers nie gezahlt hätte. Das Geschäft hatte sowohl Sivry als auch Tron zufrieden gestellt, und mit den Jahren war eine fast herzliche

Beziehung zwischen dem Conte und dem Kunsthändler entstanden.

Tron fragte sich, ob Sivry wohl entdeckt hatte, dass es sich bei dem Tintoretto, den Alessandro ihm gestern gebracht hatte, um eine Kopie handelte. Wahrscheinlich, vermutete Tron, war es Sivry im Grunde egal, ob das Gemälde ein Original war oder nicht. Es reichte, dass das Porträt Almorò Trons extrem tintorettomäßig aussah: der diffuse Schatten unter der Nase, der mehlige Bart, der geraffte Vorhang im Hintergrund, die wie tote Fische herabhängenden Hände, das übliche Schafsgesicht. Es war ein Porträt, das auch ein Laie sofort als Tintoretto identifiziert hätte, und somit hervorragend für einen Verkauf an wohlhabende Fremde geeignet. Dass die Kopie, für die eine alte Leinwand verwandt worden war, erstklassige Qualität besaß, verstand sich von selbst.

Als Tron die Tür zu Sivrys Laden aufstieß, schlug im rückwärtigen Teil des Geschäfts, irgendwo hinter einem dunkelroten Brokatvorhang, eine Glocke an. Wie immer, wenn Tron Sivrys Geschäftsräume betrat, bewunderte er die gediegene Eleganz, die jeder Gegenstand und jedes Möbelstück dort ausstrahlte. Die Möbel im Palazzo Tron stammten ebenfalls zum großen Teil aus dem letzten Jahrhundert, aber während sie im Salon seiner Mutter von Jahr zu Jahr schäbiger aussahen, hatten sie hier – obgleich sie ihr Alter nicht verleugneten – den satten Glanz, den ihnen offenbar nur gute Geschäfte und solider Wohlstand verleihen konnten. Tron verstand, weshalb ein bestimmter Kundenkreis sich in Sivrys Geschäftsräumen wohl fühlte und vertrauensvoll bei ihm kaufte. Der Mann, sagten sich Sivrys Kunden, hatte es gar nicht nötig, sie zu betrügen.

Am Vorhang erschien eine beringte Hand und schob den Stoff beiseite. Wie üblich hatte Sivry einen Hauch Rouge auf den Wangen verteilt und verströmte einen diskreten Veilchenduft.

«Conte Tron!» Sivry streckte ihm die Hand entgegen und strahlte über das ganze Gesicht. Tron wusste, dass Sivry sich ehrlich freute, ihn zu sehen.

«Was war auf der Piazza los?» Tron waren vor dem Café Quadri ein Dutzend Offiziere aufgefallen, die aufgeregt miteinander geredet hatten.

«Die Kaiserin war auf der Piazza», sagte Sivry. Seine Miene verdüsterte sich.

«Sie ist täglich auf der Piazza, und niemand beachtet sie», sagte Tron.
«Aber heute war sie in Begleitung der halben kaiserlichen Armee unterwegs. Irgendjemand hat offenbar entschieden, dass die Kaiserin besser bewacht werden muss. Sie haben Schlagstöcke benutzt, wenn die Leute nicht schnell genug Platz machten.» Sivry schüttelte entsetzt den Kopf. «Als es mit den Rufen losging, ist die Kaiserin wieder in den Palazzo Reale geflüchtet.»
«Was für Rufe?»
«Hochrufe auf Verdi», sagte Sivry erschaudernd. «Einfach geschmacklos.» Himmel, Sivrys Stimme wurde richtig scharf. War der Franzose ein verkappter Monarchist?
Tron fragte: «Sind Sie der Kaiserin jemals persönlich begegnet?»
Sivry lächelte verklärt. «Die Kaiserin hat vor drei Wochen mein Geschäft besucht. In Begleitung einer Dame und eines Herrn. Sie hat meine Fotografien durchgeblättert.»
Er zeigte auf einen großen Tisch, der an der Rückwand des Ladens stand. Wo früher Kupferstiche mit Ansichten der Serenissima auslagen,

stapelten sich jetzt Fotografien. «Ich hatte Kundschaft, aber die Kaiserin bestand darauf zu warten.»

«Seit wann verkaufen Sie Fotografien?», fragte Tron. Erst jetzt fiel ihm auf, dass über dem großen Tisch zwei kolorierte Fotografien hingen: die eines Fischermädchens, dessen Kleid über die linke Schulter gerutscht war, und die eines Gondoliere, der eine Mandoline in der Hand hielt.

Sivry lächelte entschuldigend. «Ich muss mit der Zeit gehen, sonst kann ich mein Geschäft schließen.»

«Hat sich jemand für den Tintoretto interessiert?»

Sivry senkte traurig den Kopf. «Leider noch nicht.» Er dachte einen Moment lang nach. Dann sagte er: «Dieses Porträt ist ein wenig zu prägnant. Nichts für den Geschmack der breiten Masse.»

Tron hatte beim Abhängen des Bildes bereits festgestellt, dass das Porträt bei gutem Licht noch furchterregender aussah als in der Dämmerung des grünen Salons. Almorò Trons dunkelbraune Staatsrobe war voller grünlicher Flecken, und der Prokurator hielt etwas in der Hand, das wie

eine große Bürste aussah. Außerdem stellte man fest, dass der Prokurator schielte, wenn man genau hinsah.
«Was können Sie zahlen?», fragte Tron.
Sivry machte ein sorgenvolles Gesicht. «Höchstens vierhundert.»
«Sechshundert, und ich gebe Ihnen eine Quittung über siebenhundertfünfzig», sagte Tron.
«Vierhundertfünfzig, und Sie geben mir eine Quittung über achthundert», entgegnete Sivry. Er hatte das Bild sorgfältig untersucht und festgestellt, dass es sich um eine Kopie handelte. Er fragte sich, ob Tron es auch wusste.
«Einverstanden», sagte Tron.
Aha, er wusste es. Sivry streckte Tron die Hand entgegen. «Also fünfhundert.» Er hatte Mühe, sich ein Grinsen zu verkneifen. «Möchten Sie einen Blick auf die Fotografien werfen?»
Tron nickte. «Gerne.»
Er trat vor den Tisch, auf dem graue Schachteln mit Fotografien standen – keine Fotografien im gängigen Carte-de-Visite-Format, sondern im Format eines Briefbogens, wobei jede einzelne Fotografie auf Karton aufgezogen und mit einem Passepartout versehen worden war. Einer der

Kartons enthielt sepiafarbene Ansichten von Gebäuden, die den Canal Grande säumten.
Die fotografische Reise begann am Bahnhof und bewegte sich auf der linken Seite des Canal Grande in Richtung Piazza. Nicht nur die prominenten Palazzi des Canal Grande schienen das Interesse des Fotografen erregt zu haben. Tron entdeckte den Palazzo da Mosto und das kleine Lagerhaus am Traghetto Garzoni, und auch der neuen gusseisernen Brücke an der Accademia war eine Aufnahme gewidmet.
An der Piazza hatte der Fotograf kehrtgemacht und sich der rechten Seite des Canalazzo zugewandt. Tron sah eine Fotografie der Dogana und des Palazzo Dario (die Salute fehlte), dann kam ein Bild des Palazzo Balbi-Valier, des Palazzo Foscari und des Palazzo Pisani-Moretta. Tron fragte sich, während er eine Fotografie nach der anderen aus dem Karton hob, ob der Fotograf auch den Palazzo Tron in die Sammlung seiner Motive aufgenommen haben mochte. Und tatsächlich lag unter der Fotografie von San Stae eine Fotografie des Palazzo Tron, mit seiner bröckelnden Fassade, dem kleinen und dem großen Wassertor, davor die Gondel der Contessa.

Albernerweise erfüllte ihn der Anblick mit Rührung und zugleich mit einem Gefühl der Sympathie für den unbekannten Fotografen, der den Palazzo Tron für wert befunden hatte, in seine Galerie aufgenommen zu werden.
Tron legte die Ansicht des Palazzo Tron zur Seite und sah, dass nur noch eine Fotografie übrig geblieben war. Er hatte ein Bild des Fondaco dei Turchi erwartet oder eine Ansicht von San Simone Piccoli, stattdessen zeigte die letzte Fotografie (die wohl versehentlich in die Serie geraten war) eine junge Frau und einen älteren Mann, die vor einer gemalten Gondel standen und sich an den Händen hielten. Beide trugen Kostüme des *Settecento*, der Mann Kniebundhosen, eine Perücke und ein Spitzenjabot, die Frau einen Reifrock. Die junge Frau hatte Tron nie gesehen, aber bei dem Mann hätte er schwören können, dass er ihm schon einmal irgendwo begegnet war. Aber wo?
Tron brauchte eine halbe Minute, um zu der Überzeugung zu gelangen, dass die Begegnung erst vor kurzem stattgefunden hatte, eine weitere halbe Minute, um zu erkennen, dass es sich um Hofrat Hummelhauser handelte. Der Hofrat und die junge Frau hatten die übliche, leicht

verkrampfte Haltung von Leuten eingenommen, die für eine Fotografie posieren – wegen der langen Belichtungszeiten durfte man sich vor der Kamera nicht bewegen.

Während die Miene des Hofrats den Stolz auf die junge Frau an seiner Seite nicht verhehlen konnte, hatte die junge Frau einen verlegenen Gesichtsausdruck – fast so, als würde sie etwas Verbotenes tun. Wer war sie? Eine Karnevalsbekanntschaft? Offenbar musste es sich um mehr gehandelt haben, denn mit einer flüchtigen Karnevalsbekanntschaft hätte der Hofrat kein Fotoatelier aufgesucht. War sie seine Verlobte? Hatte Hummelhauser die Absicht gehabt, eine wesentlich jüngere Frau zu heiraten? Oder war die attraktive junge Frau an der Seite des Hofrats seine Geliebte?

Die Stimme Sivrys riss Tron aus seinen Betrachtungen. «Gefallen Ihnen die Fotografien, Commissario? Es ist auch eine Fotografie des Palazzo Tron dabei. Tommaseo meint, man könnte eine Serie zu zwölf Fotografien in einer hübschen Mappe herausbringen.»

Trons Augenbrauen zogen sich ruckartig nach oben. «Sagten Sie *Tommaseo*?»

«So heißt der Fotograf, der mich beliefert.»
«*Pater* Tommaseo?» Tron war sich ziemlich sicher, dass auf der Passagierliste auch ein Priester gestanden hatte. Ein *Pater* Tommaseo.
Sivry nickte. «Pater Tommaseo von San Trovaso. Er hat sich im Pfarrhaus ein Fotoatelier eingerichtet. Jede Lira, die er verdient, geht an die Armenkasse der Gemeinde. Besuchen Sie ihn ruhig, wenn Sie Abzüge des Bildes vom Palazzo Tron brauchen. Der Pater fertigt auch Porträts an. Er war Weihnachten sogar in Wien, um den Erzbischof von Salzburg zu fotografieren.»
«Dann stammt diese Fotografie vermutlich auch von Tommaseo.» Tron nahm das Bild des Hofrats vom Stapel und reichte es Sivry.
«Wo haben Sie das her?»
«Es lag unter dem Stapel», sagte Tron.
«Die Aufnahme muss versehentlich in diesen Karton geraten sein. Ich werde sie Pater Tommaseo zurückgeben.»
Tron lächelte verbindlich. «Vielleicht bitte ich den Pater um ein paar Abzüge unseres Hauses. Ich könnte gleich bei ihm vorbeigehen. Wenn Sie möchten, nehme ich ihm das Bild gleich mit.»
Einen Augenblick lang befürchtete Tron, dass

Sivry sein Angebot ablehnen würde, aber der sagte nur: «Ich werde Ihnen einen Umschlag dafür geben.»

«Das wäre sehr freundlich.» An der Tür drehte sich Tron noch einmal um. «Falls Sie einen Kunden aus dem Ausland für das Bild finden sollten, könnte ich mit der Ausfuhrgenehmigung behilflich sein. Ich kann Ihnen bescheinigen, dass es sich um eine Kopie handelt.»

Sivry lächelte. «Auf einem Briefbogen der Questura?»

Tron nickte ernst. «Auf einem offiziellen Briefbogen der Questura.» Nachdem er das gesagt hatte, musste er heftig lachen, und Sivry fiel in seine Heiterkeit ein. Der Kunsthändler konnte gar nicht aufhören zu lachen, und während sich die Tür hinter ihm schloss, fragte sich Tron, was Sivry an seinem Hilfsangebot so komisch fand. Tron hatte immer wieder bemerkt, dass ihm der französische Humor fremd war.

Als er die Piazza betrat, waren die Offiziere vor dem Café Quadri verschwunden. Auf der Höhe des Campanile kamen ihm zwei maskierte Damen in Reifröcken entgegen. Sie hatten hochgetürmte, gepuderte Frisuren und unterhielten sich lebhaft. Zweifellos kamen sie von einem Maskenball, der sich nicht in der Morgendämmerung aufgelöst, sondern bis in den späten Nachmittag gedauert hatte. Als sie näher kamen, hörte Tron, dass es sich bei einer der Damen um einen Mann handelte.

Im venezianischen Karneval war fast alles gestattet. Niemand nahm Anstoß daran, dass Männer Maskenbälle in Frauenkleidern und Frauen Maskenbälle in Männerkleidern besuchten, und zweifellos gab es inzwischen auch unzählige Fotografien, die Frauen in Kniebundhosen und Männer in Reifröcken zeigten. Aber irgendetwas sagte Tron, dass es sich bei der Fotografie des Hofrats und der jungen Frau nicht um eine Karnevalsfotografie handelte.

19

Elisabeth ist die Treppen hochgeeilt und hat die Flügeltür zum Audienzraum des Kaisers so schnell aufgerissen, dass niemand ihr beim Öffnen zuvorkommen konnte. Im Audienzraum ist

sie zum Fenster gelaufen und hat, atemlos vor Wut auf Toggenburg, die Gardine zur Seite gezogen.
Die uniformierten Soldaten auf der Basilika und dem Uhrenturm haben sich nicht vom Fleck gerührt. Auch die Soldaten in Zivil sind noch da. Sie stehen in kleinen Gruppen auf der Piazza und gucken sich unsicher um. Elisabeth kann sich vorstellen, was die kommandierenden Offiziere jetzt überlegen: Wird die Kaiserin zurückkommen, oder ist der heutige Ausflug beendet? Zwei uniformierte Offiziere gehen von Gruppe zu Gruppe und geben Anweisungen. Toggenburg ist nirgendwo mit bloßen Augen zu entdecken, aber Elisabeth weiß, dass er auf der Piazza ist und den Einsatz beobachtet hat.
«Das Fernrohr.» Elisabeth streckt ihre Hand nach hinten aus, ohne ihren Blick von der Piazza zu nehmen.
Sie braucht ein paar Sekunden, um scharf zu stellen, und dann bewegt sich ein kreisrunder Ausschnitt über den Platz, es ist, als würde sie selber auf der Höhe des ersten Stockwerks über die Piazza schweben. Der Ausschnitt gleitet über zwei Kinder, die Tauben nachjagen, und über ei-

nen Maroniverkäufer, der einem Leutnant der Linzer Ulanen eine Tüte heiße Kastanien verkauft.
Den Stadtkommandanten entdeckt sie vor dem Café Quadri, eingerahmt von einem halben Dutzend seiner Offiziere. Vermutlich ist auch dieser Oberst Pergen dabei, denkt Elisabeth, aber sie weiß es nicht. Sie hat diesen Pergen nie gesehen. Der Stadtkommandant nimmt den Rapport eines seiner Offiziere ab. Als der Mann fertig ist, grinst Toggenburg breit, und sie sieht, wie er dem Mann auf die Schulter klopft.
Elisabeth dreht sich so abrupt um, dass ihr Fernrohr fast die Nase der Königsegg streift. Der Graf und die Gräfin haben nicht verstanden, was sich in der letzten halben Stunde ereignet hat, und erwarten Aufklärung.
«Toggenburg hat mir heute Morgen mitgeteilt, dass ein Attentat auf mich stattfinden soll», sagt Elisabeth. «Der Hofrat hatte entsprechende Unterlagen an Bord. Deshalb ist er ermordet worden.»
Inzwischen haben die Dienst habenden Geister die Kaiserin im Audienzraum entdeckt, und da Elisabeth nicht den Wunsch geäußert hat, den Raum zu verlassen, hat die Wastl *scaldini* herbei-

geschafft. Einer steht zu ihren Füßen, der andere vor einem Sofa mit durchgesessener Polsterung, auf dem die Königseggs Platz genommen haben. Elisabeth sitzt am Schreibtisch des Kaisers.
«Ist das der Grund für diesen Einsatz?» Königsegg hat seine Hände über dem *scaldino* ausgestreckt. Jetzt reibt er demonstrativ seine Finger aneinander, um anzudeuten, dass er lieber in der gut geheizten Suite der Kaiserin sitzen würde als im eisigen Audienzzimmer des Kaisers.
Elisabeth nickt. «Wir müssen jeden Ausgang anmelden. Zwei Tage vorher.»
«Was weiß man über diese … Attentatspläne?» Die Königsegg ist zusammengezuckt, als das Wort Attentat fiel.
«Überhaupt nichts», sagt Elisabeth. «Die Unterlagen, die der Hofrat in seinem Gepäck hatte, sind verschwunden. Der Täter konnte zwar gefasst werden, hat sich aber in einer Verhörpause erhängt. Er hat praktisch nichts gesagt.»
«Und das Mädchen?», fragt Königsegg. Der Graf hat sich inzwischen so weit über den *scaldino* vor seinen Füßen gebeugt, dass sein Oberkörper fast eine waagerechte Position eingenommen hat und er den Kopf in den Nacken drehen muss, wenn

er mit der Kaiserin spricht. Das ist nicht die Haltung, in der ein Oberhofmeister mit der Kaiserin redet, aber Elisabeth ist ihm dankbar dafür, dass er das Gespräch in die richtige Richtung lenkt.
«Toggenburg hat gesagt, sie wäre ebenfalls erschossen worden. Weil sie eine Zeugin gewesen sei.»
«Aber sie ist erwürgt worden!», ruft die Königsegg empört aus. Die Gräfin will nicht als jemand dastehen, der Gerüchte kolportiert.
Elisabeth runzelt die Stirn. «Das würde bedeuten, dass irgendjemand Toggenburg etwas Falsches gesagt hat.»
Der Graf ist in dieser kleinen Runde der Spezialist fürs Militärische, formal betrachtet ist er immer noch Generalmajor. «Man erzählt seinem Vorgesetzten das, was er hören möchte», sagt er. «Und Toggenburg möchte das hören, was ihm einen Grund gibt, Maßnahmen zu ergreifen. Also wird der Oberst alles das in seinen Berichten weglassen, was nicht auf einen politischen Fall hindeutet. Etwa die Tatsache, dass das Mädchen erwürgt und vorher misshandelt worden ist. Wollen Kaiserliche Hoheit Toggenburg darüber aufklären?»

Elisabeth schüttelt den Kopf. «Erst wenn ich mehr weiß. Außerdem wird er mich nach meiner Quelle fragen. Und ich kann ihm schlecht sagen, dass meine Quelle der Verlobte meiner Zofe ist. Ein Militärangehöriger, der über diese Dinge vermutlich gar nicht sprechen darf.»

«Vielleicht sollte man mit diesem Commissario Kontakt aufnehmen», schlägt die Königsegg vor.

Königsegg macht ein skeptisches Gesicht. «Das wird nicht möglich sein, ohne dass Toggenburg davon erfährt.»

Elisabeth sagt: «Toggenburg schien auf diesen Tron nicht gut zu sprechen zu sein.»

Die Königsegg beugt sich überrascht nach vorne. «Sagten Sie *Tron*, Kaiserliche Hoheit?»

Elisabeth nickt. «Ich glaube, so hieß der Mann. Toggenburg hat den Namen erwähnt. Warum fragen Sie?»

«Weil wir eine Einladung zu einem Maskenball der Trons haben. Die Trons bewohnen einen Palazzo am oberen Ende des Canal Grande. Wir sind miteinander verwandt.»

«Wann?»

«Jetzt am Sonnabend.»

«Werden Sie hingehen?»

«Nun, falls Kaiserliche Hoheit …»
«Wie viele Trons gibt es in der Stadt?»
Die Königsegg zieht die Schultern nach oben. «Das weiß ich nicht. Aber es müsste festzustellen sein, ob es sich um dieselbe Familie handelt.»
Elisabeth nickt. «Wenn es so ist, ergäbe sich eine Möglichkeit, mit dem Commissario zu sprechen, ohne dass Pergen davon erfährt. Was aber nicht bedeutet, dass wir in der Zwischenzeit untätig sein sollten.»
«Und was schlagen Kaiserliche Hoheit vor?», fragt Königsegg.
«Dass wir versuchen sollten, möglichst viel von dem Burschen Pergens zu erfahren.»
«Ich könnte versuchen, die Wastl entsprechend zu instruieren, bevor sie sich mit ihrem Verlobten trifft.»
«Meinen Sie, die Wastl kann das? Die richtigen Fragen stellen und sich die Antworten merken?» Elisabeth macht kein Hehl aus ihrer Skepsis.
«Ich sehe keine andere Möglichkeit.»
«Vielleicht sollte man mit dem Burschen Pergens in direkten Kontakt treten», sagt Elisabeth langsam. «Jemand müsste die Wastl begleiten. Wissen Sie, wo die beiden sich normalerweise treffen?»

«In einer Gaststätte in Dorsoduro», sagt die Königsegg.
«Wann hat die Wastl frei?»
«Donnerstagabend.»
Königsegg ergreift das Wort. «Und wer wird die Wastl begleiten?»
Elisabeth steht so schnell auf, dass die Gräfin und der Graf sie verdutzt anstarren. Sie tritt ans Fenster, schiebt den Vorhang zur Seite und blickt hinaus. Zwei Laternenanzünder laufen von einer Laterne zur anderen, legen ihre Leitern an und entzünden das Gas. Die neue Gasbeleuchtung ist nicht besonders hell, aber sie gibt der Piazza San Marco etwas Wohnliches, verwandelt sie in einen riesigen Salon. Vom *Café Florian,* zehn Meter unter ihren Füßen gelegen und doch unerreichbar für sie, klingt Musik herauf.
Allein schon der Gedanke, in einen Mantel zu schlüpfen und ohne Begleitung über die Piazza zu laufen, ist ungemein reizvoll, ganz zu schweigen von der Vorstellung, die Königseggs auf diesen Maskenball zu begleiten. Auf einen echten venezianischen Maskenball! Einen Ball, der gar nicht zu vergleichen ist mit den öden Garnisonsbällen der kaiserlichen Armee, auf denen die

Offiziere jedes Mal strammstehen und die Hacken zusammenschlagen, wenn Elisabeth in ihre Nähe kommt. Elisabeth hat sich vorhin nichts anmerken lassen, als die Königsegg diesen Ball erwähnte, aber innerlich ist sie vor Neid fast geplatzt.

Sie dreht sich zur Königsegg um. «*Sie* werden die Wastl begleiten, Gräfin.» Dann ohne Pause weiter, in knappem Befehlston: «Die Wastl soll ihrem Verlobten eine Nachricht schicken und ihn darauf vorbereiten, dass sie am Donnerstag nicht allein zu ihrem Rendezvous kommen wird. Es wird eine Dame dabei sein, die ein paar Auskünfte wünscht. Stellen Sie der Wastl eine Gratifikation in Aussicht.»

«Aber ich …»

«Ein schlichtes Wollkleid wäre angemessen. Tragen Sie feste Schuhe. Ich nehme an, Sie werden sich zu Fuß zu dieser Gaststätte begeben. Wahrscheinlich wird es sich um ein eher schlichtes Wirtshaus handeln. Mit gescheuerten Tischen und Sägespänen auf dem Fußboden. Eine Gaststätte, in der sich Gondolieri und Fischer nach ihrem harten Tagewerk ein wenig Entspannung gönnen.»

Elisabeth muss einen Moment lang innehalten, um sich den Gastraum mit den gescheuerten Tischen und den Sägespänen auf dem Fußboden vorzustellen. An den Wänden hängen Fischnetze, und zwischen den Tischen tanzt eine glutäugige Italienerin eine Tarantella. Wieder stellt sie fest, dass sie neidisch auf die Königsegg ist. Aber sie kann diesen Gedanken nicht weiterverfolgen, denn irgendetwas scheint mit der Königsegg zu geschehen.
Die Oberhofmeisterin hat eine Art Starre befallen. Ihre Augen sind weit aufgerissen. Das Einzige, was sich an ihr jetzt noch bewegt, ist ihr Mund, der sich langsam öffnet und schließt. Die Gräfin sieht aus wie ein Fisch in einem Aquarium.
Und dann geschieht etwas, mit dem Elisabeth nicht gerechnet hat. Die Königsegg bricht in Tränen aus. Es sind lautlose Tränen, die unter den Augenlidern der Gräfin hervorquellen, und nach einer Weile schluchzt sie: «Ich kann das nicht, Eberhard.»
Der Generalmajor Königsegg blickt Elisabeth an. In seinem Blick liegt eine Entschuldigung für die Tränen seiner Frau, aber zugleich signalisiert

sein Blick, dass die Königsegg es wirklich nicht kann und dass man sich etwas anderes ausdenken muss.

Und jetzt hat Elisabeth eine regelrechte Vision. Das Bild vor ihrem inneren Auge ist so klar und deutlich, als würde sie eine Zeichnung betrachten. Sie sagt: «Nun, es gäbe noch eine andere Möglichkeit. Wie wäre es, wenn …»
Aber sie spricht den Satz nicht zu Ende. Sie weiß, was sie sagen will, aber sie hat das Gefühl, dass es besser ist, vorerst zu schweigen. Es gibt tatsächlich noch eine andere Möglichkeit, und Elisabeth fragt sich, warum sie nicht früher darauf gekommen ist.
Das Einzige, was sie braucht, ist ein bisschen Watte, ein Paar flache Schuhe, ein schwarzes Kleid und ein wollenes Schultertuch. Elisabeth bezweifelt, dass die Königseggs von ihrer Idee begeistert sein werden, aber je länger sie darüber nachdenkt, desto mehr gefällt ihr der Plan.
Den Palazzo Reale zu verlassen dürfte kein Problem sein. Schwieriger könnte es werden, den Palast wieder zu betreten, zumal auf Anweisung Toggenburgs die Wachen verstärkt worden sind.

Aber Elisabeth weiß, wo Königsegg die Passierscheine aufbewahrt, Bögen in halbem Kanzleiformat mit dem Wappen des Kaisers, das auch ihr Wappen ist. Sie wird den Namen einer ihrer verheirateten Cousinen eintragen und den Passierschein selber unterschreiben.
Der Liederabend, den die Königseggs heute im Malibran besuchen, beginnt um acht. Elisabeth schätzt, dass sie den Palazzo Reale gegen sieben verlassen werden. Also hat sie mindestens drei Stunden, in denen niemand sie vermissen wird, Zeit genug für die kleine Probe, der sie sich unterziehen möchte, bevor sie den Königseggs ihren Vorschlag unterbreitet.
Wenn das Wetter sich hält, wird sie den schlichten Wollmantel tragen, den sie noch aus Madeira hat, an den Füßen ihre alten Stiefeletten, auf dem Kopf eine einfache Pelzmütze und dazu entweder Handschuhe oder einen Muff.

20

Auf dem Weg zu Pater Tommaseo fragte sich Tron, was den Entschluss ausgelöst hatte, die Fotografie an sich zu nehmen und sie selbst zu Pater Tommaseo zu bringen. Tat er es deshalb, weil er das Gefühl nicht loswurde, dass irgendetwas damit nicht stimmte? Dass sie eine Art Vexierbild war – ein Bild, das man nur lange genug betrachten musste, um etwas zu entdecken, das man normalerweise übersah?

Und war es nur ein Zufall, dass der Hofrat und der Pater vorgestern dasselbe Dampfschiff benutzt hatten? Oder gab es eine Verbindung zwischen den beiden, der nachzugehen sich vielleicht lohnte? Tron kannte Kollegen, die sich weigerten, an Zufälle zu glauben. Er sah das anders. Dass Tommaseo und Hummelhauser denselben Dampfer benutzt hatten, musste nicht unbedingt etwas bedeuten, aber es konnte nicht schaden, dachte Tron, Pater Tommaseo ein paar Fragen zu stellen.

Der Himmel hatte sich wieder bezogen, als Tron eine halbe Stunde nach seinem Besuch bei Sivry den Rio San Trovaso erreicht hatte. Er überquerte die kleine Brücke, um auf die andere Seite des Kanals zu gelangen, und lief um die Kirche herum zum Pfarrhaus. Dann zog er den eisernen Klingelzug nach unten, der neben der Tür angebracht war, und wartete.

Die Tür wurde nach dem ersten Klingeln von einer Frau unbestimmten Alters in gestärktem Kittel und weißer Haube geöffnet. Ihre Gesichtshaut war ungesund bleich, fast so weiß wie ihre Haube; sie machte den Eindruck, als sähe sie selten oder nie das Licht des Tages. Ihre kleinen, geröteten Augen musterten Tron misstrauisch. «Sie wünschen?»

«Ich möchte Pater Tommaseo sprechen», sagte Tron, der nicht wusste, was er von diesem Empfang zu halten hatte.

«Darf ich fragen, wer Sie sind?»

«Commissario Tron. Vom Sestiere San Marco.»

«Und worum geht es?»

«Das möchte ich dem Pater lieber selber sagen», erwiderte Tron.

Die Frau musterte ihn noch einmal und gelangte offenbar zu dem Schluss, dass von Tron keine Gefahr drohte. «Dann kommen Sie», sagte sie knapp. Sie drehte sich um, ging voraus und überließ es Tron, die Tür hinter sich zu schließen. Am Ende eines dunklen Flurs hielt sie vor einer Tür und klopfte.

«Gehen Sie nur hinein», meinte sie, ohne auf eine Antwort von drinnen zu warten. «Pater Tommaseo sagt immer, seine Tür steht jederzeit offen.»

Der Mann, der Pater Tommaseo sein musste, saß an einem Tisch und schrieb. Als Tron eintrat, hob er den Kopf, stand auf und kam ihm entgegen. Er streckte seinem unbekannten Besucher eine kräftige, behaarte Hand entgegen und lächelte, ohne dass das Lächeln seine Augen erreicht hätte. Für einen großen, breitschultrigen Mann war sein Händedruck überraschend schlaff. Tron schätzte Tommaseos Alter auf knapp sechzig. Der Pater hatte dichte graue, in eleganten Wellen nach hinten fallende Haare. Seine Nase war groß und fleischig und bog sich zu einem vollen, sinnlichen Mund herab. Zugleich lag etwas Unerbittliches über dem Gesicht des Priesters – etwas, das Tron an die Züge Savonarolas erinnerte.

«*Buon giorno*», sagte der Pater. «Was kann ich für Sie tun, Signor …»

«… Tron», sagte Tron.
Der Pater zog überrascht die Augenbrauen nach oben. «*Commissario* Tron?»
Tron nickte. «Ich bin gekommen, um Ihnen …»
Aber bevor er etwas sagen konnte, hatte ihn Pater Tommaseo unterbrochen. «Entschuldigen Sie, Commissario. Nehmen Sie doch Platz. Hier.» Er holte einen Bugholzstuhl, der an der Wand gestanden hatte, stellte ihn vor den Schreibtisch und wartete, bis Tron saß, bevor er sich selber wieder setzte. «Ich weiß, was Sie zu mir geführt hat», sagte er. «Diese Geschichte auf der *Erzherzog Sigmund,* richtig?» Er fuhr fort, ohne Trons Antwort auf diese Frage abzuwarten. «Aber der Fall ist ja inzwischen aufgeklärt.» Der Pater machte ein erschüttertes Gesicht. «Direttore Pellico. Wer hätte das gedacht?»
Jetzt war es an Tron, überrascht zu sein. «Woher wissen Sie das? Es stand kein Wort davon in der Zeitung.»
«Ich weiß es», sagte Pater Tommaseo, «weil ich am *Istituto* Bibelkunde unterrichte. Das *Istituto* ist in heller Aufregung.» Er runzelte nervös die Stirn. «Aber wenn der Fall gelöst ist – was führt Sie dann zu mir, Commissario?»

Tron lächelte. «Ich bin wegen Ihrer Fotografien gekommen.»
Pater Tommaseos Gesicht erhellte sich. «Sie waren bei Signor Sivry?»
«Monsieur de Sivry sagte, Sie würden mit dem Erlös aus Ihren Fotografien den Etat der Armenkasse aufbessern.»
Tommaseo nickte. «Wenn ich nicht fotografieren würde, wäre das Elend in meinem Sprengel noch größer.»
«Ist es nicht ungewöhnlich, dass ein Priester fotografiert?», fragte Tron.
Von der anderen Seite des Tisches traf ihn ein tadelnder Blick. «Wenn der Herr nicht gewollt hätte, dass wir fotografieren», entgegnete Pater Tommaseo in belehrendem Ton, «wäre es ein Leichtes für ihn gewesen, uns die Kenntnis der erforderlichen Stoffe, die Kenntnis des Silbernitrats und der Gallussäure, vorzuenthalten.» Er lächelte selbstgefällig.
«Zweifellos», sagte Tron.
Pater Tommaseo beugte sich vor. «Sind Sie wegen der Fotografien gekommen, die ich vom Palazzo Tron gemacht habe?»
«Nein, eigentlich nicht», sagte Tron. Er zog die

Fotografie Hummelhausers aus dem Umschlag und legte sie auf den Tisch. «Eine Ihrer Fotografien ist offenbar versehentlich unter die Venedig-Ansichten geraten, die Sie Monsieur de Sivry geschickt haben.»

Tommaseos Gesicht zeigte nicht den geringsten Ausdruck, als er das Foto erkannte. «Oh, der Hofrat», war sein einziger Kommentar.

«Sie kannten Hummelhauser also», sagte Tron. Das war keine Frage, sondern eine Feststellung.

Pater Tommaseo zuckte die Achseln. «*Kannte* ist zu viel gesagt.» Er zögerte, bevor er weitersprach. «Der Hofrat ist vor vier Wochen in meinem Atelier gewesen.» Der Pater deutete auf eine Tür, hinter der sich offenbar das Atelier befand. «Unangemeldet. Aber ich hatte Zeit. Und ich kann es mir nicht leisten, einen Kunden abzuweisen.»

«Sie wussten nicht, mit wem Sie es zu tun hatten?»

Pater Tommaseo schüttelte den Kopf. «Nein. Der Hofrat hat sich mit einem italienischen Namen vorgestellt, obwohl sein Italienisch nicht besonders gut war.»

«Mit welchem Namen?»

«Ballani. Er hat eine Adresse am Campo Santa

Margherita angegeben.» Pater Tommaseo sah Tron an, so als würde er eine Reaktion erwarten. Als dieser schwieg, fragte er: «Sie sind im Bilde?»

«Worüber?»

Der Pater schien erstaunt zu sein. «Ich dachte, das wäre der Grund, aus dem Sie gekommen sind.»

«Vielleicht erklären Sie mir, worum es geht, Pater Tommaseo.» Tron war bemüht, die Ungeduld aus seiner Stimme herauszuhalten.

Der Pater lächelte dünn. «Haben Sie sich die Fotografie genau angesehen? Zum Beispiel die Hand der Frau? Ihre Handgelenke? Ihr Kinn? Ihre kräftigen Arme? Der Schatten auf der Oberlippe?» Er schob Tron die Fotografie über den Tisch zurück.

Tron beugte sich über das Bild und begriff plötzlich, was Pater Tommaseo meinte. Warum nur hatte er die ganze Zeit das Offensichtliche übersehen? Die Frau besaß das kräftige Kinn und die kräftigen Handgelenke eines Mannes. Der Schatten auf der Oberlippe waren Bartstoppeln, die auch eine sorgfältige Rasur nicht hatten tilgen können. Tron sah Pater Tommaseo an. «Wollen Sie damit sagen, dass diese Frau in Wahrheit …»

Pater Tommaseo nickte grimmig. «Diese Frau ist ein Mann.»

«War Ihnen das bekannt, als Sie die beiden fotografiert haben? Ich meine, wenn schon auf der Fotografie zu erkennen ist, dass diese Frau in Wahrheit ein Mann ist, dann hätte es Ihnen doch …»

«… an Ort und Stelle auffallen müssen.» Pater Tommaseo seufzte. «Ich verstehe, was Sie sagen wollen, Commissario. Aber die Antwort ist: Nein. Wenn ich gewusst hätte, was gespielt wird, hätte ich die Herren selbstverständlich sofort gebeten, mein Atelier zu verlassen.» Der Pater zuckte hilflos mit den Achseln. «Ich muss völlig blind gewesen sein.»

«Hat denn diese angebliche Frau gar nicht gesprochen, als sie bei Ihnen im Atelier war? Sie hätten doch an der Stimme erkennen können, dass es sich nicht um eine Frau gehandelt hat.»

«Das konnte ich nicht, denn nur der Hofrat hat gesprochen. Der Mann, der sich Ballani nannte.» Pater Tommaseo stieß ein wütendes Schnauben aus. «Vermutlich hat mich die Großzügigkeit des Hofrats geblendet. Er hat, bevor wir ins Atelier gegangen sind, eine größere Summe in den Opferstock gesteckt. Sollte ich ihm unterstellen, dass seine Frau in Wirklichkeit ein Mann ist? Was, wenn ich mich getäuscht hätte? Es gibt viele Frauen, die …» Pater Tommaseo hielt inne – vielleicht weil er im Begriff war, sich auf ein Gebiet zu begeben, von dem er als Priester keine Ahnung haben durfte. «Die nicht so schön sind wie die Heilige Jungfrau», sagte er schließlich.

«Und wie haben Sie erfahren, wen Sie in Wirklichkeit fotografiert hatten?»

«Meine Haushälterin, Signora Bianchini, hat es mir gesagt.» Tommaseo schüttelte fassungslos den Kopf. «Dieser Mann war so töricht, sich von ihr zu verabschieden.»

Tron hob die Augenbrauen. «Er hat *gesprochen*?»

Tommaseo nickte grimmig. «An der Tür. Mit der Stimme eines *Mannes.* Signora Bianchini hat sich natürlich gefragt, was hier gespielt wurde. Sie missbilligt ohnehin schon, dass ich fotografiere. Und sie hat mir indirekt unterstellt, dass ich …» Tommaseo ließ den Satz unvollendet und beschränkte sich darauf, seine Arme empört zu heben.

«Und Sie würden kategorisch ausschließen, dass

es sich dabei um eine harmlose Karnevalsfotografie handelt?», fragte Tron, obwohl ihm klar war, dass es in der Welt des Paters für harmlose Karnevalsfotografien keinen Platz gab.

Diesmal war das Lächeln des Paters so scharf, dass es die Luft vor seinem Gesicht zu zerschneiden schien. «Nein, Commissario», sagte er langsam. Als er weitersprach, ließ er einen gehörigen Abstand zwischen seinen Worten, so als würde er mit einem Begriffsstutzigen reden. «Ich habe diese Fotografie genauestens studiert. Das war ein *Erinnerungsfoto.* Zur Erinnerung an … Unaussprechliches.»

«Und jetzt fühlen Sie sich hintergangen. Ist es so?»

Tommaseo blickte auf, und wieder konnte Tron die mühsam gezügelte Wut des Priesters spüren. «Ich wundere mich, dass Sie mir solch eine Frage stellen, Commissario», sagte Pater Tommaseo. «Zwei Männer machen mich zum Werkzeug ihrer Sudeleien – und Sie fragen mich, ob ich mich hintergangen fühle?» Er schüttelte fassungslos den Kopf.

«Und was haben Sie getan, als Ihnen klar wurde, was es mit diesem Foto auf sich hat?»

«Ich habe mich an den Patriarchen gewandt, um ihn um geistlichen Rat zu bitten.»

«Und wie hat der Patriarch reagiert?»

«Er hat das gesagt, was Sie gesagt haben, Commissario. Dass es sich um eine Karnevalsfotografie handelt.» Pater Tommaseos Züge verhärteten sich. «Mir blieb also nur noch das Gebet.»

«Worum haben Sie gebetet?»

«Darum, dass der Herr die Sünder, die seine Diener verhöhnen, bestraft», sagte Pater Tommaseo. Ein zufriedenes Lächeln breitete sich über seinem Gesicht aus. «Und meine Gebete wurden erhört.» Er drehte seine Augen zur Zimmerdecke, so als würde er in ständigem Kontakt mit dem Herrn stehen. «Ich will diese Tat nicht rechtfertigen», fuhr er fort. «Aber wer immer den Hofrat getötet hat, ist auch ein Werkzeug des Herrn gewesen.»

Tron geriet kurz in Versuchung, dem Pater zu erklären, wie unwahrscheinlich es war, dass der Herr für solch ein Vergehen (Tron bezweifelte, dass es überhaupt eins war) die Todesstrafe aussprechen würde. Stattdessen fragte er ruhig: «Hat der Hofrat Ihnen eine Anschrift hinterlassen?»

«Sie meinen, dieser … Ballani?» Pater Tommaseos Stimme triefte vor Verachtung.

Tron nickte. «Signor Ballani.»
«Ja.» Pater Tommaseo griff zu einem Ordner, der auf seinem Schreibtisch lag, und entnahm ihm ein Blatt. «Campo Santa Margherita 28.» Er zog seine Mundwinkel angewidert nach unten. «Vermutlich die Adresse dieses Mannes.»
Tron steckte die Fotografie wieder in den Umschlag zurück und erhob sich. «Ich nehme nicht an, dass Sie etwas dagegen haben, wenn ich diese Fotografie dort abgebe.»
Der Pater sah Tron ausdruckslos an. «Zwei Lire.»
«Wie bitte?»
«Diese Fotografie kostet zwei Lire», sagte Pater Tommaseo kalt. «Sie könnten sie mir bezahlen und sich dann das Geld zurückgeben lassen.»

21

Tron trat auf den Campo San Trovaso hinaus, zurück in die Kälte und den Schnee, und stellte fest, dass das schöne Wetter, das er am Vormittag so genossen hatte, nun endgültig verflogen war. Der Wind hatte gedreht und kam jetzt von Norden. Am Boden fegte er Schnee gegen die Hauswände, am Himmel, der verhangen und bösartig aussah, trieb er schieferfarbene Wolken auf die Stadt zu. Als Tron die Fondamenta di Borgo erreicht hatte, fielen die ersten Schneeflocken auf ihn herab, und wenn er den Blick hob, blickte er in Millionen schräg fallender Flocken, die nach Süden getrieben wurden.

Während Tron den Ponte dei Pugni überquerte und die Via Terrà Canal entlang zum Campo Santa Margherita lief, überlegte er, wie die Reaktion Tommaseos auf den Tod des Hofrats zu bewerten war. Die Genugtuung, die der Priester über den Tod Hummelhausers zum Ausdruck gebracht hatte, war unübersehbar gewesen. Wahrscheinlich kam Pater Tommaseo, der von seiner moralischen Überlegenheit über den Rest der Welt felsenfest überzeugt war, gar nicht der Gedanke, dass er sich damit verdächtig machen könnte. Oder – das war die andere Möglichkeit – konnte es sein, dass es Pater Tommaseo war, der Hummelhauser und das Mädchen getötet hatte und sich jetzt, nach der Verhaftung Pellicos und dessen Tod, absolut sicher fühlte? Musste er diese Wendung nicht als einen Fingerzeig verste-

hen, dass der Herr seine Hand über ihn – sein Werkzeug – hielt?
Einen Augenblick lang versuchte Tron sich vorzustellen, wie Tommaseo mit wehender Soutane in die Kabine des Hofrats eingedrungen war, zwei Kugeln in Hummelhausers Schläfe gefeuert hatte und anschließend das Mädchen (das er im Eifer des Gefechtes vielleicht für einen Mann gehalten hatte) erwürgt hatte. Was sprach dagegen? Dass Tommaseo ein Priester war? Priester hatten, in der festen Überzeugung, den Willen des Herrn zu vollstrecken, schon weitaus schlimmere Dinge getan, als nur einen Mann und ein junges Mädchen zu töten. Und einem Mann wie Tommaseo, der trotz des religiösen Feuers, das in ihm brannte, eiskalt zu sein schien, war alles zuzutrauen. Was allerdings bedeuten würde, dass Grillparzer unschuldig war. Und der hatte ein wesentlich handfesteres Motiv als Tommaseo.
Die Nummer 28, die Adresse Ballanis, erwies sich als der kleine gotische Palast an der Westseite des Campo, fast direkt gegenüber der Scuola dei Varotari, einem kleinen, mitten auf dem Campo stehenden Backsteingebäude, vor dem zwei-

oder dreimal in der Woche der lokale Fischmarkt stattfand.

Obwohl es im Treppenhaus kalt und feucht war, schlug Tron eine Welle von undefinierbaren Essensgerüchen entgegen. Er musste zwei Treppen hinaufsteigen, um auf einer grün gestrichenen Tür, von der die Farbe abblätterte, den Namen *Ballani* zu entdecken. Da er nirgendwo einen Klingelzug entdecken konnte, klopfte er, und als sich nichts in der Wohnung rührte, klopfte er noch einmal.

Es dauerte Minuten, bis sich die Tür eine Handbreit öffnete und das Gesicht eines jungen Mannes auftauchte, das eine entfernte Ähnlichkeit mit dem Gesicht der Frau auf der Fotografie besaß. Allerdings war es schwierig, das Gesicht zu erkennen, denn mit der linken Hand presste der Mann einen Lappen auf eines seiner Augen. Außerdem war seine Oberlippe aufgeplatzt und stark geschwollen. Wenn es sich hier tatsächlich um Raffaele Ballani handelte, schien er in eine üble Prügelei geraten zu sein.

«*Sì?*» Er sah Tron fragend an, der plötzlich das Gefühl hatte, als würde der Mann einen Besucher erwarten.

«Signor Raffaele Ballani? Ich bin Commissario Tron vom Sestiere San Marco.»
Ballani öffnete die Tür etwas weiter und trat einen Schritt zurück, um Tron in die Wohnung zu lassen. «Dann kommen Sie rein», sagte er.
Im Flur war es nicht sehr hell, aber hell genug, um das Chaos zu erkennen, das in der Diele herrschte. Die Schubladen der Kommode, die neben der Wohnungstür stand, waren herausgezogen, und ihr Inhalt lag überall auf dem Boden verstreut. Vor einem Kleiderschrank an der gegenüberliegenden Wand stapelten sich in einem wirren Haufen Mäntel, Westen, Hosen, Hemden und Schuhe. Irgendjemand hatte die Kleidung Ballanis und die Schubladen der Kommode durchwühlt, wobei es ihm gleichgültig war, in welchen Zustand er die Diele dabei versetzte.
Ballani schien es für überflüssig zu halten, das Chaos in seiner Wohnung zu kommentieren. Stattdessen fragte er: «Haben Sie das Geld für mich?»
«Welches Geld, Signor Ballani?»
Ballani sah Tron irritiert an. «Das Geld, das mir Oberst Pergen versprochen hat.»
«Ich fürchte, ich kann Ihnen nicht ganz folgen, Signor Ballani.»

«Hat Sie Oberst Pergen nicht geschickt?»
Tron schüttelte den Kopf. «Ich bin von der zivilen venezianischen Polizei. Ich habe mit Oberst Pergen nichts zu tun.»
«Dann verstehe ich nicht, was Sie von mir wollen.»
«Ich bin hier, um Ihnen eine Fotografie zu bringen, die Sie noch nicht bei Pater Tommaseo abgeholt haben.» Tron zog die Fotografie aus dem Umschlag und reichte sie Ballani. «Der Pater sagte mir, sie sei vor etwa vier Wochen in seinem Atelier in San Trovaso aufgenommen worden. Hofrat Hummelhauser hatte sie unter dem Namen Ballani bestellt. Die Adresse, die der Hofrat angegeben hat, war Campo Santa Margherita 28.»
«Und weshalb bringen Sie mir diese Fotografie?»
«Weil ich Ihnen bei dieser Gelegenheit ein paar Fragen stellen wollte, Signor Ballani.»
«Worüber?»
«Vielleicht erst mal über den Besuch von Oberst Pergen», sagte Tron.
Ballanis Augenbrauen rückten irritiert nach oben. «Falls Ihr Besuch mit dem Mord auf der *Erzherzog Sigmund* zusammenhängt – ich dachte, da würde die Militärpolizei ermitteln.»

Tron nickte. «Das tut sie inzwischen auch. Oberst Pergen hat den Fall an sich gezogen. Aber es gibt trotzdem noch ein paar offene Fragen. Deshalb bin ich hier.»

«Obwohl es nicht mehr Ihr Fall ist?»

«Ja», sagte Tron schlicht.

Ballani warf einen kurzen Blick auf die Fotografie in seiner Hand, dann blickte er einen Augenblick lang Tron prüfend an. Schließlich seufzte er und sagte: «Gehen wir ins Wohnzimmer. Aber es sieht bei mir überall so aus», setzte er hinzu.

Ballani hatte untertrieben, denn das Zimmer, in das Tron kam, war in einem noch schlimmeren Zustand als der Flur. Der Fußboden war fast vollständig mit Papieren bedeckt, wobei es sich zum größten Teil um Noten handelte, die aus zwei großen Notenschränken stammten, deren Türen mit so viel Gewalt geöffnet worden waren, dass eine von ihnen schief in den Angeln hing. Ein Teil der Wandvertäfelung war heruntergerissen, vielleicht in der Annahme, dahinter könne sich ein Versteck befinden. Ballanis Sofa war der Länge nach aufgeschlitzt worden, sodass sich die zerfledderten Noten auf dem Fußboden mit Wolle und Rosshaar aus der Polsterung mischten.

Das Schlimmste aber waren die kläglichen Reste eines Cellos, das mitten im Raum lag. Die Decke war eingetreten worden, aus der linken Seite der Zarge war ein großes Stück herausgesplittert. Tron hatte nie ein Streichinstrument gespielt, aber der Glanz des Holzes und seine Patina sagten ihm, dass es sich um ein wertvolles Cello gehandelt haben musste.

Tron spürte auf einmal, wie er wütend wurde. Es war eine völlig unangemessene Wut – unangemessen, weil sie in einem krassen Missverhältnis zu den Gefühlen stand, die der Anblick der beiden Leichen auf der *Erzherzog Sigmund* bei ihm ausgelöst hatte. An Bord hatte er angesichts der Toten nicht mehr als ein professionelles Interesse empfunden – jetzt stieg eine Welle kochender Empörung in ihm auf.

Ballani war Trons Reaktion nicht entgangen. Er brachte ein schwaches Lächeln zustande. Mit der geschwollenen Oberlippe und dem Lappen, den er immer noch auf sein Auge gepresst hielt, sah sein Gesicht aus wie eine groteske Maske. «Oberst Pergen hat versprochen, mir den Verlust zu ersetzen», sagte er. «Aber ich glaube nicht, dass er weiß, was dieses Cello wert ist.»

Offenbar hatte sich Ballani auf Trons Klingeln hin von einer Art Diwan erhoben, der vor einem der beiden Fenster stand. Ob das Polster ebenfalls aufgeschlitzt worden war, konnte Tron nicht erkennen, denn über den Diwan war eine Decke gebreitet. Ballani legte sich wieder hin und bat Tron mit einer Handbewegung, auf einem Stuhl neben dem Diwan Platz zu nehmen. Dann nahm er den Lappen von seinem linken Auge, tauchte ihn in eine Schüssel, die auf dem Fensterbrett stand, und legte ihn wieder auf sein Auge zurück.

«Was ist hier passiert, Signor Ballani?», fragte Tron.

«Oberst Pergen hat mir gegen zwölf einen Besuch abgestattet. Er wollte wissen, ob der Hofrat Unterlagen bei mir aufbewahrt hatte. Als ich verneinte, hat er mich darauf hingewiesen, dass es schlimme Folgen für mich haben könnte, wenn ich nicht die Wahrheit sagte. Aber da der Hofrat nie irgendwelche Unterlagen bei mir aufbewahrt hatte, konnte ich dem Oberst nicht behilflich sein. Dann kamen eine Stunde später ein paar Rabauken, die meine Wohnung durchsucht haben, und als die wieder verschwunden waren, ist Pergen zum zweiten Mal gekommen. Er hat mich gebe-

ten, ihn zu benachrichtigen, falls doch noch Unterlagen des Hofrats bei mir auftauchen sollten.»
«Er hat nicht zugegeben, dass es seine Leute waren, die Ihre Wohnung verwüstet haben, oder?»
«Nein. Aber er hat gefragt, ob ich einen Arzt brauche, und mir dann Geld angeboten. Es wird nicht ausreichen, das Cello zu ersetzen, aber es ist besser als gar nichts.»
«Hat er Ihnen gesagt, dass er den Mörder des Hofrats gefasst hat?»
«Wollen Sie damit sagen, dass der Fall aufgeklärt ist?»
Tron schüttelte den Kopf. «Wahrscheinlich nicht, aber das wird Oberst Pergen anders sehen. Wie haben Sie von dem Mord erfahren?»
«Ich bin zum Lloydanleger gelaufen, als der Hofrat am Montagabend nicht gekommen ist – ich hatte ihn ja erst für Montag erwartet. Aber da lag nur die *Prinzessin Gisela,* und niemand konnte mir etwas sagen. Das wenige, das ich über den Mord erfahren habe, hat mir der Portier vom *Danieli*-Hotel erzählt. Der hat mir auch gesagt, dass die Militärpolizei ermittelt.»
«Auch dass in der Kabine des Hofrats die Leiche einer jungen Frau gefunden worden ist?»

Ballani hob ruckartig seinen Kopf. «Die *was*, bitte?»
«Die Leiche einer jungen Frau.»
«Nein, das wusste ich nicht. Wer ist diese Frau gewesen?»
«Eine Prostituierte. Offenbar hat der Hofrat sie in Triest am Hafen kennen gelernt und mit auf seine Kabine genommen.»
«Das ist völlig ausgeschlossen», sagte Ballani. «Der Hofrat machte sich nichts aus Frauen.»
«Woher wissen Sie das so genau?»
Trotz seiner geschwollenen Oberlippe lächelte Ballani. «Ich kenne den Hofrat seit vier Jahren.»
«Sie waren befreundet?», fragte Tron, bemüht, seine Frage beiläufig klingen zu lassen.
Ballani zog als Antwort eine Schulter hoch. Nach einer kleinen Pause sagte er, ohne Tron anzusehen: «Ich war Cellist im Fenice.»
«Man hat Sie entlassen?»
Ballani nickte.
«Und warum?»
«Ein Bruder von mir ist mit Garibaldi nach Sizilien gegangen. Und ich habe nie ein Hehl daraus gemacht, dass ich seine politischen Ansichten teile.»

Tron schüttelte den Kopf. «Es ist noch nie jemand aus politischen Gründen aus dem Orchester des Fenice entlassen worden, Signor Ballani.»
Ballani seufzte. «Gut, das war nicht der eigentliche Grund.»
«Und was war der eigentliche Grund?»
«Der Intendant des Fenice hat mir … Avancen gemacht.»
«Conte Manin?»
Ballani nickte. «Er hat mich regelrecht erpresst, dieses Schwein, und als ich nicht darauf eingegangen bin, hat er mich gefeuert. Unter dem Vorwand politischer Unzuverlässigkeit.» Er unterbrach sich, um den Lappen auf seinem Auge umzudrehen. «Einen Monat später habe ich Leopold auf der Piazza kennen gelernt. Wir haben uns von Anfang an gut verstanden.» Mit betont neutraler Stimme fügte er hinzu: «Ich war völlig abgebrannt, und er ist sehr großzügig zu mir gewesen.» Ballani dachte kurz nach. «Sind Sie sicher, dass es sich in der Kabine Leopolds wirklich um eine Frau gehandelt hat und nicht um …» Er zögerte, bevor er weitersprach. «Der Hofrat hatte diese Vorliebe für junge Männer, die …» Wieder zog er es vor, den Satz nicht zu vollenden.

Tron nickte. «*Ganz* sicher. Ich habe sie selber gesehen. Die Frau war nackt.»

Ballani schürzte nachdenklich die Lippen. Er schien über irgendetwas zu grübeln, und Tron hielt es für klüger, ihn nicht dabei zu unterbrechen. Nach einer Weile sagte Ballani: «Dürfen Sie mir verraten, aus welchen Gründen Oberst Pergen Sie von dem Fall abgezogen hat, Commissario?»

Tron entschloss sich, Ballani die Wahrheit zu sagen. «Weil es sich um einen politischen Fall handelt. Die Papiere, die der Hofrat in seiner Kabine hatte, sollen ein Attentat auf die Kaiserin betreffen.»

Ballani drehte seinen Kopf nach links und richtete sein gesundes Auge auf Tron. Aus dem Lappen, den er immer noch auf sein blaues Auge gepresst hielt, tropfte etwas Wasser und lief seine Wange herunter wie eine Träne. Dann verzog er seinen Mund mit der geschwollenen Oberlippe zu einer Grimasse, die wahrscheinlich ein zynisches Lächeln sein sollte. Er sagte: «Das ist Unsinn, Commissario. Es sind genau dieselben Papiere von der *Erzherzog Sigmund* verschwunden, die Pergen bei mir gesucht hat. Und die haben mit Politik nicht das Geringste zu tun.»

«Und womit sonst?»
«Erinnern Sie sich an den Selbstmord von Feldmarschallleutnant Baron Eynatten?»
«Dem Chef des Heeresversorgungswesens?»
Ballani nickte. «Er hat in der Untersuchungshaft Selbstmord verübt. Es ging um Unregelmäßigkeiten beim Nachschub für die kaiserliche Armee im Feldzug des Jahres 1859. Ich spreche von derselben Affäre, die ein Jahr später zum Selbstmord des Handelsministers geführt hat.»
«Was hat das mit Oberst Pergen und dem Hofrat zu tun?», fragte Tron.
«Es hat eine Reihe von Prozessen im Umkreis dieser Unterschlagungen gegeben, und in einem Prozess hat Pergen als Militärstaatsanwalt fungiert.» Ballani machte eine Pause, bevor er weitersprach. «Dieser Prozess endete mit einem Freispruch für den Hauptangeklagten. Unter interessanten Umständen, wie der Hofrat zufällig herausgefunden hatte. Dumm für Pergen war nur, dass sich auch noch Unterlagen angefunden hatten.»
Tron verstand immer noch nicht, worauf Ballani hinauswollte. «Sie meinen, diese Unterlagen betrafen …»
«… Pergens Rolle bei den Freisprüchen. Der

Oberst hat sich bestechen lassen. Die Unterlagen enthielten den Beweis dafür.»

«Dann wäre Pergen also erledigt gewesen, wenn diese Dokumente an die Obrigkeit geraten wären.»

Ballani senkte zustimmend den Kopf. «So ist es. Und ich weiß zufällig, dass der saubere Neffe des Hofrats mit Oberst Pergen bekannt ist.» Er sah Tron vielsagend an. Es war nicht nötig auszusprechen, was er damit andeuten wollte.

«Das sind schwerwiegende Anschuldigungen, die Sie gegen Oberst Pergen und Leutnant Grillparzer erheben», stellte Tron fest.

«Sie haben doch selber gesagt, dass es noch offene Fragen gibt. Jetzt wissen Sie, dass Sie Recht hatten.»

«Aber es gibt leider keine Beweise. Und ohne Beweise kann ich wenig unternehmen. Was denken Sie? Weiß Pergen, dass Sie über diese Papiere informiert sind?»

Ballani zuckte die Achseln. «Schwer zu sagen. Ich habe jedenfalls mit keinem Wort durchblicken lassen, dass ich im Bilde bin.»

«Und jetzt?»

«Warte ich darauf, dass mir jemand die vereinbarte Summe vorbeibringt und dass mein Auge wieder abschwillt.»

Tron erhob sich. «Sie haben mir sehr geholfen, Signor Ballani. Kann ich irgendetwas für Sie tun?»

Ballanis Antwort kam so schnell, als hätte er die Frage bereits erwartet. «Ich denke schon.»

«Und was?»

«Finden Sie heraus, wer den Hofrat wirklich getötet hat», sagte Ballani.

Im Hinausgehen warf Tron noch einen Blick zurück und sah, dass Ballani sich nicht vom Fleck gerührt hatte. Der Musiker starrte ihm nach, den Lappen auf sein verletztes Auge gepresst, so düster wie die trübe Lampe, die einen fahlen Schimmer auf sein Haar warf.

Wenn es stimmte, was Ballani erzählt hatte, dachte Tron, ergab plötzlich alles einen Sinn: die Hast, mit der Pergen den Fall an sich gezogen hatte, der Umstand, dass der Oberst ihm verschwiegen hatte, dass er Leutnant Grillparzer kannte. Und auch für den Streit zwischen Pergen und Grillparzer im Casino Molin war jetzt eine Erklärung möglich: Vielleicht hatte Grillparzer sich geweigert, dem Oberst die Papiere zu überlassen, oder hatte mehr dafür gefordert, als

Pergen zu zahlen bereit war. Andererseits blieb immer noch eine Reihe von Fragen offen: Was für eine Rolle spielte das Mädchen in diesem Verbrechen? War es nicht seltsam, dass jemand, der die Absicht hatte, einen Mord zu begehen, sich eine Prostituierte auf die Kabine bestellte? Und schließlich: Wie würde Spaur morgen auf die Geschichte Ballanis reagieren? Würde der Polizeipräsident sie – mit dem Hinweis auf fehlende Beweise – einfach abtun? Oder würde er sich sofort an Toggenburg wenden? Tron konnte sich weder das eine noch das andere vorstellen.

Draußen hatte der Schneefall nachgelassen, doch bis auf ein paar Kinder, die sich vergeblich bemühten, einen Schneemann zu bauen, war der Campo Santa Margherita menschenleer. Tron schlug den Kragen seines Mantels hoch und drückte seinen Zylinderhut fester auf den Kopf. Dann vergrub er die Hände in den Taschen seines Gehpelzes und setzte sich in Bewegung. An der Scuola dei Varotari kam ihm eine alte Frau entgegen, die einen mit Brennholz beladenen Schlitten zog. Hinter ihr stapfte ein hoch gewachsener Mann durch den Schnee, und im Vorbeigehen begegneten seine Augen den Augen Trons.

Es ging viel zu schnell, als dass sie sich hätten begrüßen können – wie es die Höflichkeit erfordert hätte –, aber es reichte aus, dass Tron Oberst Pergen erkannte; Oberst Pergen, der auf dem Weg zu Signor Ballani war.

22

Über Nacht hatte es erneut geschneit, und als Tron am nächsten Morgen zur Questura lief, musste er ohne Überraschung feststellen, dass niemand auf den Gedanken gekommen war, den Schnee in die Kanäle zu schieben oder wenigstens kleine Wege in die fußhohe Schneedecke zu fegen. Wie immer verließen sich die Veneziáner darauf, dass ein Wetterumschwung das Problem schon lösen würde, und schienen sich damit zufrieden zu geben, dass der Markusplatz, die Piazzetta und der vordere Teil der Riva degli Schiavoni durch den Einsatz eines kroatischen Jägerregiments vom Schnee befreit wurden.

Dabei war die Schneedecke so leicht, dass der Wind die oberste Schicht wie Eisnebel durch die Calles wehte – winzige weiße Kristalle, die schwerelos über den Campo schwebten. Bisweilen wirbelte der Nordwind, der seit gestern ununterbrochen über die Stadt fegte, den Schnee auch bis zu Trons Knien hoch, schichtete ihn zu hüfthohen Verwehungen auf oder formte ihn zu Sandhosen aus Pulverschnee.

Als Tron die Questura gegen elf Uhr erreichte, grüßte ihn die Wache am Campo San Lorenzo fast erstaunt. Offenbar hatte die halbe Questura den starken Schneefall zum Vorwand genommen, zu Hause zu bleiben, was plausibel war, denn in dem Maße, in dem der Schnee die Aktivitäten der Venezianer einschränkte, schränkte er auch die Aktivitäten derjenigen ein, die gegen Gesetze verstießen. Tron wusste aus Erfahrung, dass immer dann, wenn Hochwasser die Stadt heimgesucht oder es – wie heute – sehr stark geschneit hatte, die Zahl der begangenen Delikte drastisch sank – insofern war die Questura auch mit halber Besetzung durchaus in der Lage, alle aufkommenden Probleme zu lösen.

In seinem Büro beschäftigte sich Tron die erste Dreiviertelstunde erfolglos damit herauszufinden, welcher Esel heute Morgen seinen Ofen geheizt hatte. Der Ofen war lauwarm und rauchte, offenbar war nasses Holz verwendet worden. Die zweite Dreiviertelstunde war der Lektüre der *Gazzetta di Venezia* gewidmet, die auch heute – vermutlich auf Druck Toggenburgs – kein Sterbenswörtchen über die Morde auf der *Erzherzog Sigmund* brachte, sich aber auf der ersten Seite ausführlich mit der geplanten Erweiterung der Gasversorgung auf die andere Seite des Canalazzo beschäftigte und ausdrücklich erwähnte, dass dieses Projekt einem Wunsch des Kaisers entsprach.

Gegen halb zwei, als Tron sich mittlerweile fragte, ob auch Spaur es für überflüssig gehalten hatte, heute in die Questura zu kommen, steckte Sergente Bossi den Kopf in sein Büro. «Der Baron will Sie sprechen, Commissario.»

«Sofort?»

Der Sergente nickte. «Sofort.»

Einen Stock tiefer klopfte Tron an Spaurs Tür und drückte die Klinke hinunter, als von innen ein Brummen zu hören war, das als Aufforderung gelten konnte einzutreten.

Der Polizeipräsident hob den Kopf von dem Papier, das er gelesen hatte. Sein Gesichtsausdruck war ernst. «Nehmen Sie Platz, Commissario.»

Auf Spaurs Schreibtisch (der nur äußerst selten mit Akten in Berührung kam) lag heute ausnahmsweise eine Akte – vermutlich der Bericht Pergens. Daneben standen eine Kaffeekanne, eine Tasse und eine Schachtel Demel-Konfekt. Die kleinen, zusammengeknüllten Papierchen bezeugten, dass sich Spaur bereits reichlich aus der Schachtel bedient hatte. Und natürlich fehlte die Karaffe mit Cognac nicht, die zusammen mit einem kleinen Glas auf einem silbernen Tablett stand. Im Gegensatz zu Trons Büro war es bei Spaur wohlig warm. Der große Kachelofen gab so viel Hitze ab, dass sich Spaur sogar genötigt gesehen hatte, das Fenster eine Handbreit zu öffnen.

Spaur wartete, bis Tron sich gesetzt hatte. Dann sagte er ohne Einleitung: «Ich hatte heute Morgen ein Gespräch mit Oberst Pergen.»

«Über den Lloydfall?», erkundigte sich Tron.

Spaur nickte. «Er hat mich im *Danieli* aufgesucht. Beim Frühstück.»

Tron musste ein Lächeln unterdrücken. Der Oberst hatte gegen eine heilige Regel verstoßen, die er offenbar nicht kannte. Die Regel lautete: Niemals den Polizeipräsidenten beim Frühstück mit dienstlichen Angelegenheiten belästigen, so wichtig sie auch sein mochten.

«Und was hat er gewollt, Herr Baron?»

«Er wollte sich an meinen Tisch setzen.» Die Empörung in Spaurs Stimme war nicht zu überhören.

«An Ihren …»

«An meinen kleinen Zweiertisch, Commissario.» Den er deshalb bevorzugte, damit niemand auf den Gedanken kommen konnte, ihm Gesellschaft zu leisten.

«Und hat er sich zu Ihnen …»

Spaur schnaubte. «Er hat. Es war nicht zu vermeiden. Er hat sich einfach gesetzt. Ohne auf meine Aufforderung zu warten.» Der Blick, den er Tron dabei zuwarf, sagte deutlich, dass er den Oberst für einen Flegel hielt.

«Wollte er Ihnen den Bericht übergeben?» Tron warf einen fragenden Blick auf die Akte neben der Konfektschachtel.

Spaur schüttelte den Kopf. «Nein. Den Bericht hatte sein Adjutant bereits in die Questura gebracht. Er wollte mich sprechen. Beim Frühstück.»

«Und worum ging es?»

Spaur wickelte eine Trüffelkrokant-Praline aus dem Papier, steckte sie sich in den Mund und trank einen Schluck Kaffee. «Es ging um Ihren Besuch bei einem gewissen Albani.»

«Ballani.»

Spaur zuckte die Achseln. «Meinetwegen auch Ballani. Oberst Pergen hatte den Eindruck, dass Ihr Besuch bei Signor Ballani in Zusammenhang mit dem Lloydfall steht.»

Tron ließ dies unkommentiert. Stattdessen fragte er: «Hat er sich über mich beschwert?»

«Nein. Beschwert hat er sich nicht», sagte Spaur. «Er hat sich nur danach erkundigt, was Sie gestern bei diesem Ballani gemacht haben. Er hat Sie …»

Tron seufzte. «Gesehen, als ich gerade das Haus verlassen habe. Ich war mir nicht sicher, ob er mich erkannt hat.»

«Der Oberst schien etwas …» Spaur machte eine kleine Pause, um nach den richtigen Worten zu suchen. «Er schien ein wenig beunruhigt zu sein», sagte er schließlich. Er nippte an seinem Kaffee und warf Tron einen fragenden Blick zu.

«Er hat auch allen Grund, beunruhigt zu sein», sagte Tron.

«Weshalb?»

Tron berichtete, was er gestern in Erfahrung gebracht hatte, und beschränkte sich dabei auf die Aufzählung der Tatsachen: die Entdeckung der Fotografie bei Sivry, seinen Besuch bei Pater Tommaseo und sein Gespräch mit Ballani.

Spaur hatte ihm mit wachsender Aufmerksamkeit zugehört. Als Tron seinen Bericht beendete, ließ der Polizeipräsident die schokoladenüberzogene Kirsche fallen, die er ausgewickelt hatte. Er ergriff die Karaffe am geschliffenen Hals, als wolle er einen Kranich erdrosseln. Dann schenkte er sich ein Glas ein, stürzte es hinunter und sagte: «Wollen Sie behaupten, dass Leutnant Grillparzer von Oberst Pergen den Auftrag erhalten hat, den Hofrat zu töten und die Papiere an sich zu nehmen?»

«Die Schlussfolgerung haben Sie gezogen, Herr Baron.»

«Sie liegt auf der Hand», sagte Spaur. «Und sie liefert auch eine Erklärung für den Streit, den Grillparzer und Pergen im Casino Molin hatten. Grillparzer hat die Papiere behalten und …»

«… den Oberst damit erpresst», vollendete Tron den Satz.

«Und was erwarten Sie jetzt von mir, Commissario?» Spaur griff erneut nach der Karaffe mit dem Cognac. «Soll ich mich an Toggenburg wenden?» Er dachte nach. Schließlich schüttelte er den Kopf und sagte: «Das kann ich nicht.»

«Weil es zu wenig Beweise gibt?»

Spaurs Augenbrauen hoben sich resigniert. «Weil es überhaupt keine Beweise gibt.»

«Und die Tatsache, dass mir Pergen verschwiegen hat, dass er Grillparzer kennt?», warf Tron ein.

«Grillparzer könnte einer von Pergens Informanten sein. Was er Ihnen selbstverständlich nicht auf die Nase binden wird.»

«Was ist mit Ballanis Aussage?»

Spaur machte eine wegwerfende Handbewegung. «Ich rede von Beweisen, Commissario. Hat dieser Ballani irgendetwas, womit er seine Behauptung, dass Oberst Pergen sich hat bestechen lassen, belegen kann?»

Tron schüttelte den Kopf. «Nein. Aber man könnte sich die Prozessakten noch einmal ansehen. Ich könnte mir vorstellen, dass man etwas findet. Jetzt, wo man weiß, wonach man suchen muss.»

«Und wie soll ich an die Prozessakten herankommen, Commissario? Der Prozess, den Oberst Pergen geleitet hat, war ein Prozess vor einem Militärgericht. Aber für die Benutzung des Militärarchivs in Verona benötigen wir Toggenburgs Genehmigung. Und Toggenburg wird wissen wollen, aus welchen Gründen wir diese Akten brauchen.»

«Dann sagen Sie es ihm.»

Spaur stand abrupt auf. Er ging ans Fenster, öffnete einen Flügel und vertrieb zwei Tauben, die sich auf dem Fensterbrett niedergelassen hatten. Sie flogen auf, glitten wie gefiederte Gespenster über den Campo San Lorenzo und verschwanden über dem Giebel der Kirche. Spaur starrte ein, zwei Minuten lang aus dem Fenster. Dann kam er zurück und setzte sich wieder.

«Und was soll ich Toggenburg sagen, Commissario? Sie haben ein Foto, über dessen Bedeutung man streiten kann. Und Sie haben Aussagen, für die es keinerlei Belege gibt. Fest steht lediglich, dass Pergens Leute die Wohnung Ballanis durchsucht und sein Cello zerstört haben. Vielleicht will sich der Bursche ja nur an Pergen rächen.»

«Sie meinen, Ballani hat sich eine Geschichte zusammengebastelt?»
«Beweise hat er jedenfalls nicht. Können Sie ausschließen, dass Pergen nicht doch auf der Suche nach politischen Unterlagen war?»
«Natürlich nicht.»
«Sehen Sie? Ich kann schlecht zu Toggenburg gehen und sagen: Lieber Toggenburg, es war alles ganz anders, als es in dem Bericht Pergens steht. In Wirklichkeit steckt Oberst Pergen hinter dem Mord. Er hat den Hofrat durch seinen eigenen Neffen, den Leutnant Grillparzer, ermorden lassen. Und damit die Angelegenheit nicht ans Licht kommt, hat Oberst Pergen den Fall mit der originellen Behauptung an sich gerissen, es ginge um ein Attentat auf die Kaiserin. Anschließend hat er den unschuldigen Pellico verhaftet und so lange auf ihn eingeredet, bis der ein Verbrechen gestanden hat, das er gar nicht begangen hat. Das alles weiß ich von Commissario Tron, der, obwohl er bereits von dem Fall abgezogen war und keine Befugnisse hatte, sich überhaupt mit dieser Angelegenheit zu befassen, ein wenig auf eigene Faust ermittelt hat. Und der wiederum weiß, was ich Ihnen gerade erzählt habe, von einem ehemali-

gen Cellovirtuosen, der ein Verhältnis mit dem Hofrat hatte.»

«Ich gebe zu, dass sich das nicht sehr gut anhört. Aber wenn es stimmen würde, was Ballani sagt, dann könnte …»

«Wenn, würde, könnte.» Spaur warf sich ungeduldig auf seinem Stuhl zurück. «Das reicht nicht, Commissario. Begreifen Sie nicht? Sie haben nichts in der Hand. Dieser Ballani hat auch nichts in der Hand. Nur seine Geschichte. Und die wird ihm kein Mensch glauben.»

«Aber Sie halten es doch für möglich, dass er die Wahrheit erzählt, oder?»

Spaur zuckte die Achseln und steckte sich ein weiteres Stück Demel-Konfekt in den Mund. «Möglich ist fast alles. Aber darum geht es hier nicht.»

«Und wie, würden Sie vorschlagen, sollte ich jetzt vorgehen?»

«Sie gehen weder vor noch zurück, Commissario. Sie vergessen den Fall.»

«Ich könnte noch einmal mit Moosbrugger reden.»

«Warum?»

«Wenn es stimmt, dass der Hofrat sich nichts aus

Frauen gemacht hat, frage ich mich, wie das Mädchen in seine Kabine kam.»
«Denken Sie, Moosbrugger kann Ihnen das verraten?»
Tron nickte. «Vermutlich.»
Spaur überlegte einen Moment lang. Dann sagte er: «Gut. Dann reden Sie meinetwegen mit Moosbrugger. Aber fassen Sie ihn mit Samthandschuhen an. Dieser Oberkellner hat mehr Einfluss als Sie und ich zusammen. Und noch etwas, Commissario.» Spaur lehnte sich über den Tisch und dämpfte seine Stimme, so als würde jemand an der Tür lauschen. «Wenn Sie mit Moosbrugger reden, dann tun Sie das ohne mein Wissen. Ich habe Ihnen mitgeteilt, dass der Fall abgeschlossen ist und dass Oberst Pergen offenbar großen Wert darauf legt, dass Sie damit aufhören, in seinem Revier zu wildern.»
Der Polizeipräsident drehte den Kopf und sah zum Fenster. Ein kräftiger Windstoß hatte den Fensterflügel, der nur angelehnt gewesen war, weit aufgestoßen und eine Hand voll Schnee vom Fensterbrett auf den Terrazzoboden des Büros geweht. Spaur stand auf und lehnte den Fensterflügel wieder an, ohne ihn zu schließen.

«Die *Erzherzog Sigmund* nimmt ihren normalen Betrieb morgen wieder auf», sagte Spaur, als er Tron zum Abschied die Hand gab. «Sie müssten Moosbrugger also spätestens am Nachmittag auf dem Schiff erreichen.»

23

Elisabeth sitzt vor dem Spiegel, der auf ihrem Frisiertisch steht, und sagt «Pfeifkonzert». Sie könnte ebenso gut «Marmeladenbrot» oder «Ballhausplatz» sagen, es kommt nicht auf den Inhalt der Worte an, sondern darauf, wie sie die Worte aussprechen kann. Die Wattekügelchen, die sie sich in die Backen und unter die Oberlippe gestopft hat, sollen ihre Aussprache verfremden, aber sie nicht beim Sprechen behindern. Elisabeth möchte sich fließend unterhalten können, aber sie möchte auch, dass ihre Sprache ein wenig anders klingt.

Zwei Petroleumlampen, an beiden Seiten des Spiegels aufgestellt, werfen ein helles Licht auf ihr Gesicht. Wichtig ist, dass sie genau beobach-

ten kann, was in ihrem Gesicht vor sich geht, während sie ein Baumwollkügelchen nach dem anderen unter die Oberlippe und zwischen Zahnfleisch und Wange stopft.
Noch ist keine große Veränderung zu erkennen, aber sie merkt jetzt schon, dass die Kügelchen mehr auftragen als drücken werden – genau wie sie es will. Nun wirft sie nicht mehr jedes Mal, nachdem sie ein weiteres Kügelchen in ihrem Mund platziert hat, einen neugierigen Blick in den Spiegel. Im Gegenteil: Sie vermeidet es jetzt, in den Spiegel zu gucken, denn sie will keine langsame Verwandlung sehen, sondern den fertigen Effekt. Sie will sehen, was auch die Leute sehen werden, denen sie begegnen wird. Also fährt sie fort, sich in sorgfältigem Wechsel Watte in den Mund zu schieben, ein Kügelchen links, ein Kügelchen rechts. Sie tut es so lange, bis sich ihre Wangen im unteren Bereich sichtbar spannen und sie sich der heikelsten Partie zuwenden kann: der Polsterung zwischen Zahnfleisch und Oberlippe. Natürlich darf die Baumwolle nicht zu sehen sein, wenn sie den Mund öffnet, um zu sprechen, und selbstverständlich darf sie ihr nicht aus dem Mund fallen.

Acht Uhr, und die Glockenschläge des Campanile dringen in ihr Ankleidezimmer. Die Königseggs haben den Palazzo Reale vor einer halben Stunde verlassen, nicht ohne sich vorher von ihr zu verabschieden – mit schuldbewussten Mienen, denn de facto läuft es wieder mal auf einen dienstfreien Abend hinaus. Und die Wastl? Der Wastl hat sie gesagt, dass sie sich früh zu Bett legen möchte – das sagt sie immer, wenn sie nach dem Abendessen keine Störungen mehr wünscht, und vermutlich ist die Wastl jetzt auch gar nicht mehr in ihrem Kabuff auf der anderen Seite des Flures, sondern unten in der Küche – auch dort wäre sie per Klingelzug jederzeit erreichbar.
Elisabeth stopft sich ein letztes Wattekügelchen zwischen Wange und Zahnfleisch, sagt noch einmal «Pfeifkonzert», was inzwischen ein wenig wie «Cheifkonchert» klingt, aber immer noch gut verständlich ist, und blickt in den Spiegel.
Sie sieht das Gesicht einer Frau, die mindestens zehn Jahre älter ist als sie. Die Wattekügelchen haben den unteren Teil ihrer Wangen nach außen getrieben, zugleich hat sich ihr Unterkiefer ein wenig nach vorne geschoben, was ihr den Ausdruck eines jungen Rottweilers verleiht. Unten auf der

Piazza, denkt sie, könnte sie als robuste Offiziersgattin durchgehen oder als junge Gesellschafterin einer Generalswitwe, als Reisebegleiterin, die auch mal einen Koffer anpacken kann, ohne dass ihr ein Zacken aus der Krone fällt. Jedenfalls ist die Maskierung perfekt. Einmal, weil sie als solche nicht zu erkennen ist – es gibt genug Frauen mit dominanten Unterkiefern –, und zum Zweiten, weil die Kügelchen auch ihre Stimmlage verändert haben; Elisabeth spricht jetzt eine Tonlage tiefer, ihre Stimme hat ein knurrendes Timbre, das sie am liebsten sofort ausprobieren würde. *Chetzt geche ich chal runter auf die Chiazza,* sagt sie laut, wobei sie ihre Sprachbehinderung ein wenig übertreibt. Dann muss sie auf einmal loslachen und stellt dabei fest, dass sie das nicht darf, denn beim Lachen verrutschen die Kügelchen in ihrem Mund, und sie braucht eine Weile, um sie mit ihrer Zunge und dem Zeigefinger wieder an ihren Platz zu schieben.

Ein wenig später steht Elisabeth unter den Arkaden der neuen Prokurazien und schlägt den Kragen ihres braunen Stoffmantels hoch. Es ist fast windstill, Tauben flattern über der Piazza, die ansonsten erstaunlich leer ist. Zwei Priester überqueren den Platz, sie kommen von San Marco und gehen an einer Gruppe von Offizieren vorbei, die sich in der Mitte des Platzes versammelt haben; auf der anderen Seite der Piazza, vor den Pforten von San Marco, spielen ein paar Kinder. Die Luft ist frisch, fast mild. Es riecht nach Salz und nach gefrierendem Seetang, es ist derselbe Geruch, den sie morgens riecht, wenn die Wastl ihre Fenster öffnet, nur ist der Geruch hier ungleich intensiver, was Elisabeth unlogischerweise darauf zurückführt, dass sie zum ersten Mal seit ihrer Ankunft im Oktober vergangenen Jahres ohne ihre übliche Eskorte unterwegs ist – ohne die Königseggs und ohne das halbe Dutzend Offiziere, die für ihre Sicherheit sorgen.

Elisabeth setzt genussvoll einen Fuß vor den anderen, folgt sogar, wie ein Kind, für ein paar Schritte dem weißen Muster auf den Steinplatten, drei Schritte nach links, zwei Schritte nach rechts. Das Aufsetzen ihrer Füße auf die Platten spürt sie kaum, ihr kommt es vor, als würde sie eine Handbreit über dem Boden schweben, so leicht und schwerelos fühlt sie sich. Sie wird ein bisschen herumlaufen, vielleicht ein paar geröstete Maronen kaufen (sie hat einheimisches Geld eingesteckt) und dann bis zum *Danieli* oder wenigstens bis zum Molo vorstoßen – in ihrem braunen Wollmantel, der bis zu ihren Knöcheln herabreicht, den Schaft ihrer geknöpften Stiefel bedeckt und, da er verhältnismäßig eng anliegt, ihre schlanke Figur vorteilhaft betont, was wiederum den Herren gefällt.

So gesehen ist der Mantel ein wichtiger Teil ihres Plans, denn Elisabeth will auf der Piazza nicht nur eine stumme Vorstellung geben, sondern auch ein kleines Gespräch führen, was kein Problem sein dürfte.

Herren sprechen Damen auf der Piazza an. So ist das hier in Venedig, Elisabeth hat es von der Königsegg, ihrer Verbindung zur Außenwelt. Die Oberhofmeisterin kennt die venezianischen Gepflogenheiten, traut sich auch völlig allein in einheimische Geschäfte und weiß tausend Dinge, die Elisabeth nicht weiß, wie eben zum Beispiel, dass Herren auf der Piazza Damen ansprechen – einfach so ansprechen, ohne dass sie sich vorher bekannt gewesen wären. Insbesondere sind es kaiserliche Offiziere (deren elegante Uniformen wahrscheinlich speziell für diesen Zweck entworfen worden sind, denkt Elisabeth), die Damen auf der Piazza ansprechen – englische, deutsche und französische Damen, aber auch venezianische Ehefrauen. Für die, sagt die Königsegg, ist das normal, dass ein Fremder sie anspricht. Wenn eine venezianische Ehefrau einen Freund hat, dann gibt das keinen Skandal, sondern dann heißt der Freund einfach *Cicisbeo,* und der Ehemann, der vielleicht selber bei einer anderen Frau die Rolle eines *Cicisbeo* spielt, findet das völlig in Ordnung und unterhält sich mit dem *Cicisbeo* seiner Frau, sagt die Königsegg, so als wäre der ein völlig normaler Mensch und nicht jemand, den man im Duell umbringen muss. Elisabeth gefällt das. Ab und zu trifft nämlich auch sie auf Herren, die sie sich gut als ihren – wie war das Wort? – *Cicisbeo* vorstellen kann, aber sie bezweifelt, dass Franz Joseph in diesem Punkt mit ihr einer Ansicht ist.

Und dann ist Elisabeth in einem weiten Bogen, der sie am Uhrenturm und am Portal von San Marco vorbeigeführt hat, an der Piazzetta angelangt, steht am Fuß der Säule mit dem geflügelten Löwen und blickt auf den Bacino di San Marco. Vor San Marco hat sie eine Tüte mit heißen Maronen gekauft, hat mit einer Münze bezahlt, die sie nicht kannte, und Wechselgeld zurückerhalten, das sie ebenfalls nicht kannte. Natürlich ist wegen der Watte in ihrem Mund nicht daran zu denken, die Maronen zu essen, aber die Papiertüte, zusammengedreht aus der *Gazzetta di Venezia*, ist herrlich heiß und wärmt ihre Finger. Außerdem hat Elisabeth das Gefühl, dass die Tüte zu ihrer Tarnung beiträgt.

Sie hat vor, eine Viertelstunde auf der Piazza zu verweilen, ein Zeitraum, der auf jeden Fall ausreichen müsste, um sich von einem der Herren aus dem Offizierscorps ansprechen zu lassen. Dann wird sie zehn Minuten oder (wenn ihr der Offizier gefällt) auch ein bisschen länger mit ihm reden, um sich dann zu verabschieden und in aller Ruhe in den Palazzo Reale zurückzukehren, zu einem Zeitpunkt also, an dem die Königseggs noch im Malibran sind. Ein perfekter Plan und ein perfekter Abend für diesen Plan, denn der Himmel hat sich weiter aufgeklart, und sie sieht jetzt, kaum zu fassen, einen runden Mond über der Dogana aus den Wolken treten.

Elisabeth stellt fest, dass die Piazzetta jetzt plötzlich voller Menschen ist. Alle strömen sie zum

Molo, vielleicht um das Schauspiel des Mondes nicht zu versäumen, der wie ein riesiger Lampion über der Dogana und dem Giudecca-Kanal hängt und eine Garbe glitzernden Lichtes über das Becken von San Marco wirft. Das Offizierscorps, stellt Elisabeth weiter fest, ist unter den nächtlichen Besuchern der Piazzetta gut vertreten. Zwei Offiziere in den Uniformen des Linzer Pioniercorps gehen an ihr vorbei, ein paar Meter weiter sieht sie einen Rittmeister von den Grazer Dragonern eine Tüte *frittolini* verspeisen, und direkt vor ihr, so dicht, dass sein weißer Offiziersmantel sie fast berührt, ist ein Leutnant der Kaiserjäger stehen geblieben. Er hat ein kühnes Medaillenprofil, und Elisabeth (während ihr Herz heftig zu schlagen beginnt) hofft, dass er sich umdreht und sie anspricht, aber dann geht er weiter, sieht sich nicht einmal nach ihr um. Das ist enttäuschend, aber noch hat sie Zeit, denn es ist höchstens eine halbe Stunde vergangen, seitdem sie den Palazzo Reale verlassen hat. Sie dreht eine Acht auf der Piazzetta, dann noch eine, läuft zum Ponte della Paglia, macht am Fuß der Stufen kehrt und spaziert zurück, wobei ihr abermals Offiziere begegnen, einzeln oder in kleinen Gruppen. Wieder spricht niemand sie an, und langsam hat sie den Verdacht, dass das kaiserliche Offizierscorps den Anforderungen der Stadt nicht gewachsen ist.

Zwanzig Minuten später ist ihr Verdacht zur Gewissheit geworden. Denn sie hat so ziemlich alles versucht, ohne die Grenzen des Schicklichen zu überschreiten. Sie ist mehrmals stehen geblieben und hat sich hilflos umgesehen, als wüsste sie den Weg nicht – keine Reaktion von den beiden Kaiserjägern, die unmittelbar hinter ihr gingen, die Flegel sind einfach an ihr vorbeimarschiert. Sie hat, direkt vor den Augen eines Pionierleutnants, ihr Taschentuch fallen gelassen – der Bursche hat die Augen abgewendet und sich eine Zigarette angezündet. Das alles ist natürlich ein Skandal, und wären die Umstände, unter denen sie von den Manieren des Offizierscorps erfahren hat, nicht so ungewöhnlich, würde sie Franz Joseph davon berichten. So muss sie sich darauf beschränken, das Ende ihrer Exkursion ins Auge zu fassen, die jetzt vielleicht eine Stunde gedauert hat oder auch länger. Elisabeth weiß nicht mehr, wann genau sie den Palazzo Reale verlassen hat – aber auf jeden

Fall ist die Zeit gekommen, sich wieder auf den Rückweg zu begeben.

Aber genau das tut sie nicht. Anstatt sich umzudrehen (sie steht wieder zwischen den beiden Säulen) und über die Piazza zum Eingang des Palazzo Reale zu laufen, wendet sie sich nach rechts. Sie geht am *Café Oriental* vorbei, an Offizieren, die ihr wieder keinen Blick schenken, und macht erst ein paar Schritte hinter dem Ponte della Zecca Halt. Hier endet die Gasbeleuchtung, und ohne den Mond würden der kleine Abschnitt der Wasserpromenade und die Rückfront des Palazzo Reale in vollständiger Dunkelheit liegen.

Elisabeth, jetzt allein auf der Uferpromenade, blickt zu den Zimmern hoch, die sie seit Oktober letzten Jahres bewohnt. Auf den beiden unteren Etagen sind erleuchtete Fenster zu erkennen, aber die Etage, die sie zusammen mit den Königseggs bewohnt, ist dunkel, jedenfalls bis auf ein schwaches Licht, das, wenn sie richtig gezählt hat, aus dem Salon der Königseggs kommt, was bedeutet, dass sie eine brennende Petroleumlampe dort zurückgelassen hat – auf dem gräflichen Schreibtisch, an dem sie sich illegalerweise den Passierschein ausgestellt hat. Eine grobe Nachlässigkeit, es sei denn, dass es sich bei dem Licht nicht doch um Licht aus ihrem Schlafzimmer handelt, aber das hieße, dass sie sich in der Reihenfolge der Fenster geirrt hat.

Elisabeth setzt sich wieder in Bewegung, aber diesmal geht sie nach rechts, tritt in die Dunkelheit des kleinen Parks und hat plötzlich Schnee unter ihren Füßen. Vor einer Bank, auf der ein dickes weißes Polster liegt, bleibt sie stehen. Jetzt zählt sie zum zweiten Mal die Fenster ab, aber dieses Mal mit Hilfe des Zeigefingers, den sie auf die Fassade richtet. Elisabeth beginnt mit ausgestrecktem Arm und ausgestrecktem Zeigefinger auf der rechten Seite, dort, wo der Palazzo Reale an die Bibliothek stößt. Zwei Fenster für ihr Schlafzimmer, ein Fenster für ihr Ankleidezimmer, dann ein Mauerband, dann vier Fenster für den ersten ihrer Salons, dann wieder ein Mauerband und danach zwei weitere Fenster für den zweiten Salon, dann die Fenster des Esszimmers, schließlich die Fenster …

«Signora?»

Die Stimme, keine italienische Stimme, klingt laut und bellend. Elisabeth fährt auf dem Absatz herum.

24

Ein Ruderschlag, der die Gondel die letzten Meter vorantrieb, eine harte Drehung des Ruders in der *forcola,* dann das Anschlagen des Bugs an den steinernen Stufen vor dem Wassertor des Fenice – eine gute halbe Stunde vor dem Beginn der Vorstellung stieg Tron aus der Gondel.

Er gab seinen Mantel an der Garderobe ab, empfing einen der nummerierten rosa Zettel, wie sie das Fenice schon in seiner Kindheit benutzt hatte, und ging weiter ins Foyer. Dann schlenderte er ins Parkett, nahm auf einem der Klappsitze Platz, die für den Theaterarzt reserviert waren, und sah zu, wie sich das Parkett und die Logen langsam mit Einheimischen, vornehmen Fremden und kaiserlichen Offizieren füllten. Viele Offiziere trugen ihre Galauniform, so als würden sie mit der Anwesenheit der kaiserlichen Familie rechnen. Aber der Kaiser war in Wien, und davon, dass die Kaiserin die Absicht hatte, die Vorstellung zu besuchen, war Tron nichts bekannt.

Tron hatte die kaiserliche Loge nur einmal besetzt gesehen, das war noch zu Zeiten Kaiser Ferdinands gewesen, anlässlich der feierlichen Wiedereröffnung des in Rekordzeit wiederaufgebauten Fenice, ein Jahr nach dem großen Brand, der das Opernhaus 1836 vernichtet hatte. In der kaiserlichen Loge hatte ein bleicher, hagerer Mann gesessen, der das brausende *Vivat* der Offiziere, das ertönt war, als er die Loge betreten hatte, mit einem müden, fast peinlich berührten Lächeln quittiert hatte. Dass es zwölf Jahre später zu einem Aufstand der Venezianer kommen würde, hätte im Jahre 1837 niemand für möglich gehalten – und schon gar nicht, dass wiederum zwölf Jahre später die Einigung Italiens zum Greifen nahe war. Damals hatte Tron gedacht, dass die Österreicher ewig in Oberitalien bleiben würden. Inzwischen ging er wie alle Venezianer (und vermutlich auch die Österreicher selber) davon aus, dass die Tage der Herrschaft des Hauses Habsburg über das Veneto gezählt waren.

Kurz vor acht erschien Dr. Pastore, der Theaterarzt, um seinen Platz einzunehmen. Nachdem Tron ihn begrüßt hatte, stieg er langsam die Stufen zur Loge der Principessa hoch und dachte noch einmal darüber nach, was für Konsequenzen sich aus seinem Gespräch mit Spaur ergaben.

Der Polizeipräsident hatte ihm unmissverständlich klar gemacht, dass der Fall abgeschlossen war. Andererseits zweifelte Tron nicht daran, dass Ballani die Wahrheit gesagt hatte, und die Vorstellung, dass ein Mörder und sein Auftraggeber ungestraft davonkommen würden, störte ihn gewaltig.

Aber was konnte er unternehmen? Sich über Spaur hinweg an den Stadtkommandanten wenden? Oder gleich direkt an das Hauptquartier in Verona? Tron spielte kurz mit diesem Gedanken, verwarf ihn dann aber sofort. Spaur hatte Recht. Es gab einfach keinen Beweis für die Geschichte Ballanis, und niemand würde einem arbeitslosen Cellisten, der von Männerbekanntschaften lebte (Tron hatte den Verdacht, dass der Hofrat nicht der einzige Freund Ballanis gewesen war), Glauben schenken.

Und die Principessa? Würde sie Ballanis Version glauben? Wahrscheinlich, sagte sich Tron. Die Principessa war davon überzeugt, dass Pellico nicht als Täter in Frage kam – folglich musste jemand anders die Tat begangen haben, und die Geschichte Ballanis hatte zumindest den Vorteil, dass sie die Eile erklärte, mit der Oberst Pergen die Ermittlungen an sich gerissen hatte. Aber woher stammte das merkwürdige Interesse der Principessa an diesem Fall? Was hatte sie dazu bewogen, ihn zu Palffy zu schicken? Aus welchem Grund hatte sie ihn in ihrem Palazzo empfangen und eine Einladung in ihre Loge ausgesprochen? War es lediglich der Wunsch, Pellico rehabilitiert zu sehen, dem sie offenbar enger verbunden war, als sie zugab? Doch von Pellicos Verstrickung in die Morde hatte die Principessa bei ihrer ersten Begegnung auf dem Schiff noch nichts gewusst. Ihr Drängen, die Ermittlungen fortzusetzen, musste also einen anderen Grund gehabt haben. Aber welchen?

Tron hatte inzwischen den zweiten Rang des Opernhauses erreicht und betrat den Gang, an dem die Loge der Principessa lag. Er warf einen letzten Blick in einen der großen Spiegel, die überall an den Wänden befestigt waren, und stellte fest, dass ihm der Frack seines Vaters besser passte, als er gedacht hatte. Zwar spannte der Stoff ein wenig an den Schultern, und auch die Breite der Revers entsprach nicht mehr dem letzten Stand der Mode, aber ansonsten war seine Erscheinung tadellos. Tron drückte die Klinke der

Logentür nach unten, holte tief Luft und betrat die Loge der Principessa.

Sie drehte sich um, als er hereinkam, und einen Moment lang dachte Tron, er hätte sich in der Loge geirrt. Die Frau, die er im Halbdunkel des Gaslichts vor sich sah, schien auf den ersten Blick wenig mit der Frau gemein zu haben, die er bisher kannte – eine Frau, die ein eher sachliches Erscheinungsbild bevorzugte –, vermutlich, so begriff Tron jetzt, um nicht jeden Mann, dem sie begegnete, in äußerste Verwirrung zu stürzen. Dabei konnte man nicht einmal sagen, dass die Principessa für ihren Besuch im Fenice einen großen Aufwand betrieben hatte. Sie trug eine schlichte Krinoline aus mauvefarbener Seide, dazu lange, über die Ellenbogen reichende Handschuhe – einer wies koketterweise am Unterarm eine kleine Stopfstelle auf. Der Unterschied lag lediglich in der Art und Weise, wie sie ihre Haare heute Abend zurechtgemacht hatte. Sie waren hochgesteckt, gestatteten den Blick auf eine atemberaubende Nackenlinie und betonten ihr klassisches Botticelli-Profil.

Die Principessa, die sich ihrer Wirkung voll bewusst war, sah zu Tron auf. Ein Lächeln huschte über ihr Gesicht. Sie sagte – und es klang ehrlich: «Der Frack steht Ihnen gut, Commissario.»

Tron stieß den Atem, den er unwillkürlich angehalten hatte, aus. Er drehte die Augen nach oben und hob in komischer Verzweiflung die Arme. «Und Sie sehen aus wie …» Er brach ab, weil ihm kein Vergleich angemessen erschien, und sagte kopfschüttelnd: «Mir fehlen die Worte, Principessa.»

Die Principessa lachte. «Kommen Sie, Commissario, das ist hier kein Rendezvous.» Ihr Lachen war voller Wärme und strafte diesen Satz Lügen. Dann streckte sie Tron ihre Hand entgegen, und trotz seiner Verwirrung begriff er, dass sie keinen Handkuss von ihm erwartete. Sie wollte, dass er ihre Hand ergriff. Das tat Tron, und an seiner Hand zog sie ihn auf den Nebensitz.

«Was hat Spaur gesagt?», fragte sie ohne Überleitung in die ersten Takte der Ouvertüre hinein. Sie hatte sich zu Tron hinübergebeugt, und ihr Gesicht, das jetzt wieder einen ernsten Ausdruck angenommen hatte, war Tron so nahe, dass er jede ihrer Wimpern einzeln zählen konnte.

Tron begann mit der Entdeckung des Fotos bei Sivry, fuhr mit seinem Besuch bei Tommaseo und Ballani fort und schloss mit der Schilderung des Gesprächs, das er heute Vormittag mit Spaur geführt hatte.

Die Principessa hörte Tron schweigend zu. Als er seinen Bericht beendet hatte, hob sie resigniert die Schultern und meinte: «Also hat Ihnen Spaur nicht geglaubt.» Das schien sie nicht sonderlich zu überraschen.

«Spaur bezweifelt, dass Ballani mir die Wahrheit gesagt hat.»

«Ballani hat keinen Beweis für das, was er Ihnen erzählt hat», sagte die Principessa. «Und Spaur braucht etwas Handfestes, wenn er sich an Toggenburg wendet.»

«Halten *Sie* Ballanis Geschichte für plausibel?»

«Immerhin erklärt sie, warum Pergen Ihnen den Fall sofort entzogen hat. An das Attentat habe ich nie geglaubt.» Die Principessa sah Tron aufmerksam an. «Sie gehen also davon aus, dass Grillparzer den Hofrat im Auftrag Pergens getötet hat.»

Tron nickte. «Wenn Pergen rechtzeitig am Schiff gewesen wäre, hätte Grillparzer nichts befürchten müssen. Aber dann reiste der Hofrat überraschend einen Tag früher nach Venedig, und Landrini hat die Wache an der Piazza benachrichtigt und nicht die Militärpolizei.»

«Und Sie waren bereits vor Ort, als Pergen ankam.»

«Womit Pergen nicht gerechnet hat. Er musste schweres Geschütz auffahren, um mich wieder loszuwerden», sagte Tron.

«Das Attentat», stellte die Principessa fest. «Pergen hat den Namen Pellicos auf der Passagierliste gesehen und von dem Verfahren gewusst, das gegen Pellico wegen dieser wissenschaftlichen Abhandlung lief. Er hat Ihnen also das Märchen von einem Attentat auf die Kaiserin aufgetischt. Dann hat er Pellico verhaften lassen. Um zu zeigen, dass er es ernst meint, und um Zeit zu gewinnen. Dass Pellico sich in seiner Zelle erhängen würde – damit hat Pergen sicherlich nicht gerechnet. Aber es war ein Glücksfall für ihn.»

«Und es hätte funktioniert», sagte Tron. «Pergen konnte nicht ahnen, dass ich Ihnen begegnen und zwei Tage später bei Sivry auf die Fotografie von Hummelhauser und Ballani stoßen würde. Grillparzer hat nicht nur ein Motiv gehabt, seinen Onkel zu töten, sondern zwei. Es passt alles zusammen.»

«Bis auf eine Kleinigkeit.»
«Was meinen Sie, Principessa?»
«Ich meine das Mädchen. Ein Mann, der die Absicht hat, auf der *Erzherzog Sigmund* einen Mord zu begehen, holt sich keine Zeugin an Bord.»
«Warum nicht? Grillparzer könnte das Mädchen an Bord geholt haben, um sich ein Alibi zu beschaffen. *Nein, Herr Richter. Der Herr Leutnant ist die ganze Nacht bei mir in der Kabine gewesen.*»
Die Principessa schüttelte den Kopf. «Niemand hätte ihr geglaubt.»
«Und was folgt daraus?», fragte Tron.
«Dass es wahrscheinlich nicht Grillparzer war, der das Mädchen getötet hat», sagte die Principessa.
«Aber wenn es weder Hummelhauser noch Grillparzer war – wer war es dann?», fragte Tron.
Die Principessa warf ihm einen Blick zu, den er nicht deuten konnte. «Eine dritte Person», sagte sie. «Ein Passagier, der sich ein Mädchen bestellt hat, es misshandelt und dann erwürgt hat. Und als er feststellen musste, dass er die Leiche nicht über Bord werfen konnte, hat er sie in der Kabine des Hofrats deponiert.»
«Aber wie konnte dieser Passagier wissen, dass

der Hofrat tot war und seine Kabine nicht verriegelt?»

Die Principessa zuckte die Achseln. «Das kann ich Ihnen nicht sagen. Ich bin mir nur ziemlich sicher, dass es nicht Grillparzer war, der das Mädchen getötet hat.»

«Das würde bedeuten», sagte Tron langsam, «dass in dieser Nacht *zwei* Verbrechen stattgefunden haben, die ursprünglich nichts miteinander zu tun hatten.»

Die Principessa nickte. «Das heißt es wohl.» Dann fragte sie unvermittelt: «Hatte das Mädchen Bisswunden?»

Tron gab sich keine Mühe, seine Überraschung zu verbergen. «Woher wissen Sie das?»

«Ich wusste es nicht. Aber es hat vor einem halben Jahr am Gloggnitzer Bahnhof in Wien einen Mord gegeben. Das Mädchen wurde gefesselt, erwürgt und hatte Spuren von Bissen.»

«Hat man den Täter gefasst?»

«Das müssen Sie Ihre Kollegen in Wien fragen. Ich weiß von diesem Verbrechen, weil ich im August in Wien war. Es stand in allen Zeitungen.»

«Vom Gloggnitzer Bahnhof fahren die Züge nach Triest ab», sagte Tron nachdenklich. «Ich werde noch einmal mit Moosbrugger sprechen. Er muss den Namen des Mannes kennen.»

Die Principessa sah ihn ausdruckslos an. «Meinen Sie, er wird reden?»

«Ich denke schon, dass er reden wird», sagte Tron.

Aber wenn dies hier ein Rendezvous sein sollte, konnten sie nicht die ganze Zeit über Verbrechen sprechen. Also legte Tron seine rechte Hand auf der samtüberzogenen Brüstung der Loge neben die Hand der Principessa und registrierte befriedigt, dass sie keine Anstalten machte, ihre Hand wegzuziehen. Er würde nachher versuchen, seine Fingerspitzen unter die ihren zu schieben oder – falls das zu kühn war – ihren kleinen Finger mit seinem kleinen Finger zu berühren.

Drei Stunden später warteten sie auf der steinernen Plattform vor dem Wassertor des Fenice auf die Gondel der Principessa, und Tron versuchte, sich an das prickelnde Gefühl in der Magengrube zu erinnern, das er gespürt hatte, als sein kleiner Finger den kleinen Finger der Principessa berührt hatte. Sie hatte ihre Hand nicht weggezogen, hatte sogar später in der Pause eine flüch-

tige Minute lang ihre Hand auf seinen Arm gelegt. Da war das Prickeln in Trons Magengrube so stark gewesen, dass er Schwierigkeiten gehabt hatte zu sprechen.
Um sie herum standen ein Dutzend Leute, die ebenfalls auf ihre Gondel warteten. Die Gondeln mit ihren kleinen Öllämpchen am Bug verstopften den halben Rio Fenice und stauten sich vor den Stufen am Wassertor. Er fragte sich, wie gewaltig der Andrang von Gondeln früher gewesen sein mochte, als ein erheblich größerer Teil der Gäste mit Gondeln gekommen war.
Tron erwartete nicht, dass die Principessa ihm anbieten würde, ihn nach Hause zu bringen, und er hatte auch nicht vor, sie darum zu bitten. Er wollte nichts überstürzen. Es reichte ihm völlig, dass die Principessa sich wie selbstverständlich bei ihm eingehakt hatte – mit einer Bewegung, die völlig sachlich war und keine Spur kokett. Sie schwiegen beide, und einen Augenblick lang gab sich Tron der Illusion hin, dass sie sich schon lange kannten.
«Commissario?»
Tron löste widerwillig den Arm aus seiner Verschränkung mit dem Arm der Principessa und

drehte sich um. Unmittelbar hinter ihm stand ein englisches Ehepaar, aber hinter dem Ehepaar reckte sich ein eleganter Herr im Frack – der Mann, der ihn angesprochen hatte.

Es war Haslinger, der über das ganze Gesicht strahlte. Er hatte seine rechte Hand erhoben und winkte Tron zu, indem er die Finger so bewegte, als übte er Tonleitern. Haslinger drängte sich an den Engländern vorbei. «Commissario», wiederholte er, diesmal so laut, dass Tron das Gefühl hatte, alle auf der Plattform starrten ihn an.

Als Haslinger vor ihnen stand – die Principessa hatte sich ebenfalls umgedreht –, blieb Tron nichts anderes übrig, als den Ingenieur und seine Begleitung miteinander bekannt zu machen.

Die Principessa streckte – fast widerwillig, wie Tron registrierte – die Hand aus, und Haslinger beugte sich galant über ihre Finger, um einen Handkuss anzudeuten.

An die Prinzessin gewandt sagte Tron: «Signor Haslinger ist auch Passagier auf der *Erzherzog Sigmund* gewesen.»

«Ich weiß.» Die Stimme der Principessa klang scharf. «Als ich das Bordrestaurant betrat, verließen Sie es gerade», sagte sie zu Haslinger.

Etwas schien Haslinger zu irritieren. Er hatte seinen Blick auf die Principessa geheftet und wiegte nachdenklich den Kopf. «Kann es sein, dass wir uns irgendwo begegnet sind, Principessa?»

«Natürlich.» Die Principessa lächelte schmal. Sie musterte Haslinger mit einem Ausdruck, den Tron nicht deuten konnte. «Auf dem Schiff.»

Der Ingenieur schüttelte den Kopf. «Nein, das meine ich nicht. Auf dem Schiff habe ich Sie offenbar nicht zur Kenntnis genommen.» Er verstummte und zog die Stirn in Falten. «Sind Sie öfter in Wien, Principessa?»

«Nicht besonders häufig», antwortete sie.

«Nun, dann …» Haslinger vollendete den Satz nicht. Stattdessen zuckte er resigniert die Achseln. Auf einmal schien er es sehr eilig zu haben, sich zu verabschieden.

«Wie lange kennen Sie ihn?», fragte die Principessa, nachdem Haslinger in der Menge verschwunden war.

«Seit gestern», sagte Tron. «Wir haben uns zufällig kennen gelernt. Haslinger ist ein Neffe von Spaur. Er ist auf dem Schiff mit einer doppelten Dosis Laudanum in sein Bett gekrochen und erst in Venedig wieder aufgewacht.»

«Er hat Ihnen also nicht helfen können?» Die Principessa sah Tron mit messerscharfem Blick an.

«Nein.» Tron seufzte. «Haslinger hat alles verschlafen. Auch den Sturm.» Er sah, wie die Principessa ihren Mund öffnete, um etwas zu erwidern, es dann aber vorzog zu schweigen.

Als die Gondel der Principessa kam, reichte sie Tron zum Abschied die Hand. «Ich bin am Sonntag wieder in Venedig», sagte sie in sachlichem Ton. Allerdings hielt sie dabei Trons Hand ein paar Sekunden länger fest als nötig – so jedenfalls erschien es ihm. «Sie könnten mir dann erzählen, was Moosbrugger gesagt hat.»

«Wieder um vier?», fragte er.

Aber die Principessa hatte bereits einen Fuß auf dem Dollbord der Gondel und konnte nur noch nicken. Dann sah Tron, wie ihre Gondel durch die wartenden Boote manövrierte und schließlich unter dem Ponte Fenice verschwand.

25

Elisabeth benötigt eine Sekunde, um zu erkennen, dass es sich um drei kroatische Jäger handelt, weitere zwei Sekunden, um deren Dienstgrade zu identifizieren. Der Mann, der sie angesprochen – angebellt – hat, ist ein Leutnant. Die beiden anderen Soldaten, die zwei Schritte hinter ihm stehen, sind Sergeanten.

«Ja, bitte?»

Mit scharfer Stimme und vom Gipfel ihrer kaiserlichen Autorität herab gesprochen, sind das zwei Wörter, die ihr sofort Respekt verschaffen, aber den kaiserlichen Gipfel hat sie vor rund einer Stunde verlassen, und ihrer Stimme ist sie sich nicht sicher.

«Sie sprechen Deutsch, Signora?»

Der Leutnant hat stechende Schweinsäuglein, lange, nach vorne gebogene Schneidezähne und eine breite, rüsselartige Nase. Soll sie verlangen, seinen vorgesetzten Offizier zu sprechen? Nein, entscheidet Elisabeth. Sie will keinen weiteren Offizier, sie will keine Fortsetzung des Gesprächs, womöglich im Wachlokal an der Piazza, in dem es heller ist als hier, in der Dämmerung des klei-

nen Parks. Also sagt sie, höflich, aber nicht ohne Bestimmtheit:
«Würden Sie mir verraten, worum es geht, Leutnant?»
Jetzt bricht der Leutnant in ein meckerndes Lachen aus. Er lacht, ohne den Kopf zu bewegen und ohne seinen Mund dabei mehr als einen schmalen Spalt weit zu öffnen. Kleine Dampfwolken strömen aus seiner Nase, während er lacht.
«Vielleicht verraten Sie mir, was *Sie* hier machen, Signora.»
«Einen Spaziergang.»
«Sie macht einen Spaziergang.» Wieder das meckernde Lachen und ein Blick auf die Sergeanten, mit dem der Leutnant sie auffordert, in sein Gelächter einzustimmen, doch die Sergeanten bleiben stumm. Elisabeth hat den Eindruck, dass ihnen der ganze Auftritt peinlich ist.
«Ist das verboten?», fragt Elisabeth.
Aber der Leutnant antwortet nicht. Er hat seine Mundwinkel energisch nach unten gezogen, was bewirkt, dass seine Oberlippe weiter nach vorne rutscht und er mehr denn je einem Nagetier ähnelt.
«Sichern», befiehlt er.

Zum ersten Mal auf ihrer Exkursion hat Elisabeth das Gefühl, dass sie in Schwierigkeiten steckt. Das Bild, das sie vor sich sieht, ist außerordentlich deutlich. Es ist nicht nur ein Bild, denn es beinhaltet zugleich einen bitteren Geschmack auf der Zunge, den Geruch des Wachlokals an der Piazza (es riecht nach Zigarettenrauch und abgestandenem Essen) und die Kälte des Raumes, die von den Steinfliesen durch ihre Beine in ihren Körper fließt. Sie sitzt auf einem harten Holzstuhl, und um sie herum steht ein Haufen aufgeregter Offiziere, die wild durcheinander schreien. Sie haben ihren Passierschein überprüft, Kontakt mit dem wachhabenden Offizier im Palazzo Reale aufgenommen und festgestellt, dass eine Gräfin Hohenembs im Palazzo Reale vollständig unbekannt ist. Sie haben die Kaiserin, die den Passierschein unterschrieben hat, wecken lassen – oder wollten sie wecken lassen, was sich aber deshalb als unmöglich herausgestellt hat, weil – großer Gott – die Kaiserin verschwunden ist, folglich entführt, und jeden Augenblick wird Toggenburg eintreffen, denn niemand außer ihm kann in einer solchen Situation die Verantwortung übernehmen.

Elisabeth sagt mit einer Stimme, die vielleicht deshalb so ruhig ist, weil es nicht ihre eigene ist: «Ich glaube nicht, dass ich Sie begleiten werde, Leutnant.»

Eigentlich müssten die beiden Sergeanten sie jetzt abführen und auf die Wachstube bringen, aber sie tun es nicht. Sie stehen einfach nur da und warten ab. Und der Leutnant, der jetzt den Befehl geben müsste, sie auf die Wache zu bringen, steht ebenfalls nur da.

Das ist ein guter Anfang, und als Elisabeth weiterspricht, klingt ihre Stimme fest und sicher. Sie spricht im Alt der Hohenembs, mit der sie sich in diesem Augenblick vollständig identifiziert: gute Freundin der Kaiserin, seit einer Woche zu Besuch, eben mal kurz vor die Tür, um Luft zu schnappen.

«Ich glaube, Sie werden einen Blick in meine Legitimation werfen», sagt sie, «und sich anderen kriegerischen Aufgaben zuwenden, es sei denn, Sie halten meinen Aufenthalt an diesem Ort nicht für sicher. In diesem Fall dürfen Sie mich mit Ihren Männern bis auf die Piazzetta begleiten.» Ein kühles, arrogantes Lächeln auf den Leutnant herab, dann ohne Pause weiter. «Ich wollte ein paar

Schritte vor die Tür, um den Mond zu betrachten, und habe mich gefragt, ob ich oben im dritten Stock mein Licht angelassen habe. Im Übrigen wird Ihre Kaiserliche Hoheit es zu schätzen wissen, wie sehr man um Dero Sicherheit besorgt ist.»

Elisabeth hat zügig gesprochen, aber nicht schnell. Die Wattekügelchen in ihrem Mund haben eine Position gefunden, die es ihr ermöglicht, mühelos zu artikulieren. Während des Sprechens hat sie den Passierschein aus der Tasche ihres Mantels gezogen und ihn dem Leutnant gereicht. Der hält ihn sich tatsächlich vor die Nase und studiert ihn sorgfältig im Mondlicht. Jetzt kann Elisabeth beobachten, welche Wirkung der unerwartete Anblick des kaiserlichen Wappens in den niederen Rängen der kaiserlichen Armee entfaltet. Zuerst wandern die Augenbrauen des Leutnants nach oben, dann spiegelt sich Ratlosigkeit in seinen Zügen, schließlich offene Bestürzung.

«Gräfin Hohenembs?»

Elisabeth nickt ungnädig, denn die Frage ist überflüssig, ihr Name steht in den Papieren, die der Leutnant eben gelesen hat.

«Durchlaucht sind Gast im Palazzo Reale?»

«So ist es», sagt Elisabeth. «Wie Sie sehen, hat Ihre Majestät diesen Passierschein mit eigener Hand unterschrieben. Wie ist Ihr Name, Herr Leutnant?»

«Kovac, Durchlaucht. Zweites kroatisches Jägerregiment.»

«Würden Sie mir verraten, was das alles zu bedeuten hat, Leutnant Kovac?»

«Der Stadtkommandant hat eine erhöhte Sicherheitsstufe für den Palazzo Reale angeordnet, Durchlaucht.»

«Gibt es einen besonderen Grund dafür?»

«Nein, Durchlaucht. Es ist üblich, dass sich die Sicherheitsstufen hin und wieder ändern. Das geschieht, um der Dienstroutine entgegenzuwirken.»

«Ich verstehe.»

Kovac, dessen Zappeln sich verstärkt hat, scheint es jetzt eilig zu haben, den Schauplatz seines Irrtums zu verlassen. Seine beiden Sergeanten haben auf einen Wink von ihm die Positionen an ihrer Seite geräumt und wenden sich zum Gehen. Eines aber hat Leutnant Kovac noch auf dem Herzen. «Werden Durchlaucht gegenüber Ihrer Kaiserlichen Hoheit erwähnen, dass …»

Elisabeth unterbricht ihn. Ihr Lächeln ist warm und huldvoll. «Sie haben nur Ihre Pflicht getan, Leutnant Kovac.»
Und jetzt lächelt auch Kovac. Dann schlägt er die Hacken zusammen, salutiert und tritt den Rückzug an. Elisabeth blickt den Soldaten hinterher, als sie den Park verlassen und die Uferpromenade betreten. Ihre Silhouetten verschmelzen mit der eines Mannes, der einen Hund an der Leine führt, und am Ponte della Zecca verliert Elisabeth den Leutnant und seine beiden Sergeanten aus den Augen.
Ein angenehmer Mann, dieser Kovac, denkt Elisabeth, während sie ebenfalls den Park verlässt und auf der Promenade mit den Füßen aufstampft, um den Schnee von ihren Stiefeln zu schütteln. Kein eleganter Frauenheld, kein Casanova, aber ein Mann, der seine Pflichten ernst nimmt, sich für das Leben der Kaiserin in die Bresche wirft und sich auch nicht scheut, wenn es ihm notwendig erscheint, kaltblütig eine nächtliche Verhaftung vorzunehmen.
Aber vor allen Dingen ist er ein Mann, der weiß, dass es sich in Venedig für einen kaiserlichen Offizier gehört, Damen anzusprechen – not-

falls auch mit unkonventionellen Mitteln, wenn es die Umstände erfordern. Und auf einmal kommt es Elisabeth lächerlich vor, dass sie auch nur einen Augenblick lang geglaubt hat, Kovac hätte ernsthaft vorgehabt, sie zu verhaften. Der Leutnant hat lediglich versucht, ihre Bekanntschaft zu machen – auf seine ganz eigene Art und Weise.

Er muss sie beobachtet haben, keine Frage. Er muss gesehen haben, wie sie zwischen der Piazzetta und dem Ponte della Paglia gependelt ist, und bestimmt hat er genau registriert, dass niemand sie angesprochen hat. Wie nahe ist er ihr gekommen, ohne dass sie ihn bemerkt hat? Sicherlich so nahe, dass er eine Ähnlichkeit ihrer beider Physiognomien, insbesondere des Unterkiefers, bemerkt hat, und das muss ihn regelrecht scharf auf sie gemacht haben – vielleicht hat sie ihn an seine kroatische Mutter erinnert.

Und als er sie am Ponte della Zecca gesehen hat, ist er ihr mit seinen Mannen gefolgt und hat zugeschlagen. Nicht um sie auf die Wache zu schleppen – im Nachhinein erscheint es grotesk, dass sie das jemals geglaubt hat –, nein, um ein Gespräch einzuleiten, sich im Gespräch von

ihrer Unschuld überzeugen zu lassen und um vielleicht später die beiden Sergeanten wegzuschicken. Die Kovac-Methode. Vielleicht etwas brutal, aber auf jeden Fall wirksam. Darüber, wie weit sie führt, kann sie nur spekulieren, aber Elisabeth weiß, dass die Wege der Liebe oft seltsam sind, und auszuschließen ist gar nichts.
Dass es sich dann bei der Dame um einen Gast der Kaiserin gehandelt hat, muss ihn schockiert haben, und selbstverständlich hat für ihn in diesem Moment die Devise gegolten, die Operation so schnell wie möglich abzubrechen.
Merkwürdig, denkt Elisabeth, indem sie auf den Palazzo Reale zuläuft und dabei ein paar Tauben aufscheucht, wie klar und deutlich doch vieles im Nachhinein ist – und wie vieles, was uns an Ort und Stelle verwirrt und in Panik versetzt, sich im Rückblick als völlig harmlos erweist.
Die Leichtigkeit, die sie gespürt hat, als sie vorhin (wie lange ist es her? Eine Stunde? Zwei Stunden?) den Palazzo Reale verlassen hat, ist zurückgekehrt, und wieder folgt Elisabeth, wie ein Kind, dem Muster auf der Pflasterung der Piazza, zwei Schritte nach links, drei Schritte nach rechts. Sie

muss den Impuls zu hüpfen gewaltsam unterdrücken.

Elisabeth betritt den Palazzo Reale kurz vor zehn. Die beiden Sergeanten, die vor dem Eingang Wache stehen, winken sie gelangweilt an den Leutnant weiter, der im Vorraum an einem Schreibtisch sitzt, raucht und den *Giornale di Verona* liest. Als der Leutnant den Schriftzug der Kaiserin unter ihrem Passierschein erkennt, springt er auf und schlägt die Hacken zusammen – wie Kovac.

Die Begegnung mit dem Burschen Pergens dürfte kein Problem werden, dessen ist Elisabeth sich jetzt sicher. Morgen hat die Wastl ihren freien Tag, und morgen Abend wird eine Gräfin Hohenembs, die in Wahrheit die Kaiserin von Österreich ist, ein Gespräch mit dem Verlobten der Wastl führen.

26

Die Contessa saß in der Küche des Palazzo Tron und versuchte vergeblich, die Kälte zu ignorieren, die der Küchenfußboden ausstrahlte. Die

Kälte drang durch die Sohlen ihrer Filzpantoffeln in ihre Beine, lief wie eiskaltes Wasser über ihren Rücken und kroch hoch bis in die Finger.

Direkt vor ihr auf dem Küchentisch stand ein Teller mit den Resten einer Schokoladentorte, daneben eine Likörflasche und ein Glas. Sie trug einen verschlissenen Morgenmantel, darüber einen Umhang aus Wolle, auf dem Kopf eine Nachtmütze. In der Hand hielt sie einen Bogen aus fast kartonstarkem Papier, in dessen obere linke Ecke das Wappen der Morosinis geprägt war.

Vor einer halben Stunde war sie in ihrem Bett erwacht und hatte festgestellt, dass es erst kurz nach Mitternacht war. Sie hatte versucht, wieder einzuschlafen, aber es war ihr nicht gelungen. Ob es an der Einladung lag, die sie erhalten hatte, oder an den Anfällen von Heißhunger, die sie hin und wieder nachts überkamen, konnte sie nicht sagen.

Die Contessa atmete tief ein und versuchte, die Füße auf die Sitzfläche ihres Stuhls zu ziehen, wie sie es als junges Mädchen immer getan hatte, aber sie schaffte es nicht. Seufzend legte sie den Bogen, den sie immer noch in der Hand hielt, zurück auf den Tisch.

Eine Million Goldflorin, dachte sie.

Sie ergriff die Flasche, schenkte das Glas bis knapp unter den Rand voll und leerte es in einem Zug. Das wiederholte sie zweimal, bevor sie ausatmete und sich zurücklehnte. Ihr Blick fiel auf die gegenüberliegende Wandfläche, und sie registrierte den abblätternden Putz, die feuchten Stellen über dem Fußboden und das zerbrochene Fenster, das notdürftig mit einer Holzplatte geflickt worden war.

Eine Million Goldflorin, wiederholte sie flüsternd.

Dann nahm sie die Spielkarten aus der Schublade des Küchentisches und legte eine Patience aus.

Als Tron, der kurz vor halb eins am Wassertor des Palastes aus der Gondel gestiegen war, die Küche betrat, blickte die Contessa nur flüchtig auf.

«Anzolo Morosini wird im März heiraten», sagte sie, ohne die Augen von ihrer Patience zu nehmen. «Eine junge Amerikanerin aus, äh, Bos…»

«Boston. An der Ostküste Amerikas.» Tron hatte sich gesetzt und damit begonnen, seine weißen Handschuhe von den Fingern zu zupfen. «Ist das die Einladung?»

Anstatt zu antworten, schob die Contessa den Bogen über den Tisch. Der Text der Einladung war auf Italienisch und auf Englisch abgefasst.

«Hast du die Absicht, diese Einladung anzunehmen?», fragte Tron.

«Ich habe bereits zugesagt. In deinem und in meinem Namen.»

«Ich hatte nie viel mit Anzolo Morosini zu tun.»

«Eure Großväter waren befreundet.»

«Das ist lange her. Warum heiratet er eine Amerikanerin?»

«Eine Million Goldflorin.»

«Wie bitte?»

Die Contessa lächelte säuerlich. «Das ist die Höhe der Mitgift.»

«Dann können sie ihr Dach reparieren lassen», sagte Tron.

«Nicht nur das Dach. Auch die Fundamente und die Fenster – alles. Morosini muss nicht mehr am *Seminario Patriarcale* Latein unterrichten, und sie brauchen nicht mehr zu vermieten.»

«Worauf willst du hinaus?»

Die Contessa warf Tron einen verdrossenen Blick zu. «Dass wir mit der Zeit gehen müssen, Alvise. Es gibt Eisenbahnen, Gasbeleuchtung, Telegraphen und Dampfschiffe.» Sie griff nach dem Likörglas. «Man heiratet nicht mehr streng unter sich. Es ist ungesund, wenn achthundert Jahre lang dieselben dreißig Familien immer wieder untereinander heiraten. Das degen… äh …»

«Degeneriert.»

«Degeneriert. Es führt zu Fliehstirnen, Wolfsrachen und Schwimmhäuten zwischen den Fingern. Es ist verantwortungslos. Möchtest du, dass deine Tochter eine Hasenscharte hat?»

«Natürlich nicht.»

Die Contessa nickte befriedigt. «Siehst du? Also spräche einiges dafür, eine Amerikanerin zu heiraten.»

«Ich kenne keine Amerikanerinnen.»

«Auf der Hochzeitsfeier könntest du welche kennen lernen.»

«Wann ist die Feier?»

«Am 16. März. Erst in der Salute, dann im Palazzo Morosini.»

«Na gut. Ich werde es einrichten.»

«Mit Kirche!»

«Meinetwegen.»

Die Contessa zog die Stirn in Falten. «Und dann sag nicht immer einfach nur ‹Tron›, wenn du dich vorstellst.»

«Was soll ich denn sonst sagen?»
«Sag *Conte* Tron. Betone das *Conte*.»
«Das ist doch albern.»
«Natürlich ist es das. Aber bei diesen Amerikanern muss man immer etwas …» Die Contessa brach ab und musterte ihre linke Hand, als würde sie gerade ein paar Schwimmhäute zwischen ihren Fingern entdecken.
«… dick auftragen?», ergänzte Tron.
«Genau. Denk an die eine *Million Goldflorin*! Und halte dich gerade. Du stehst immer da, als hättest du eine Knochenkrankheit. Dein Vater hat auch immer so dagestanden. Willst du Torte?»
«Ja, gib mir ein Stück Schokoladentorte.»
Die Contessa reichte ihm einen Teller, auf dem zwei keilförmige Stücke lagen. «Bea sagt, es soll in der Stadt nur so von Amerikanern wimmeln.»
Tron nickte. «Es werden jedes Jahr mehr. Obwohl die Amerikaner sich in dieser Saison eher zurückhalten. Wahrscheinlich wegen des Bürgerkrieges.»
«Die Amerikaner haben einen Bürgerkrieg? Wieso denn?»
«Weil sich die Südstaaten vom Norden abspalten

wollen, damit sie weiter Sklaven halten können. Und das wollen die Nordstaaten nicht.»

«Sklaven? Wie schrecklich. Vielleicht stammt daher das viele Geld, das der Vater dieser Amerikanerin besitzt.»

«Leute aus Boston halten keine Sklaven. Boston liegt im Norden», sagte Tron.

Er war sich nicht sicher, ob Boston tatsächlich im Norden der Vereinigten Staaten lag, aber das dürfte für die Contessa keine Rolle spielen, genauso wie ihr vermutlich gleichgültig wäre, woher das Geld stammte, mit dem sich das Haus Tron sanieren würde.

«Vielleicht sollten wir Kontakt zur amerikanischen Kolonie hier aufnehmen», sagte die Contessa nachdenklich.

«Es gibt keine amerikanische Kolonie. Nur ein paar Amerikaner im *Danieli* und im *Hotel Europa*. Ein paar von ihnen bleiben die Saison über in Venedig.»

«Wir könnten den amerikanischen Konsul einladen», sagte die Contessa.

«William Dean Howells?»

«Du weißt, wie er heißt?»

«Er war vor zwei Wochen auf der Questura, um

sich umzumelden. Er ist vom Campo Bartolomeo in die Casa Falier am Canalazzo gezogen. Ein angenehmer Mann.»

«Dann sollten wir Mr. Hau…»

«Howells.»

«Mr. Howells auf unseren Ball bitten. Mach du das. Du kennst ihn.»

«Wenn du möchtest.»

«Hat dieser Howells die Casa Falier gekauft oder gemietet?»

«Gemietet. Howells ist Journalist.»

«Dann ist er vermögend. Sonst könnte er sich das nicht leisten.»

«Was?»

«Journalist zu sein», sagte die Contessa.

Und er, dachte Tron, konnte es sich nicht leisten, Kommissar zu sein. Nicht bei dem Zustand des Daches, der Fundamente, des Putzes zum Rio Tron hin. Ganz zu schweigen von seiner Garderobe. Er hatte die Schokoladentorte verspeist und wandte sich den Resten des Zitronenschaums zu, die von gestern übrig geblieben waren.

«Wo warst du eigentlich?», fragte die Contessa. Ihr Blick fiel auf Trons Frack.

«Im Fenice», sagte Tron. «Rigoletto.»
«War unsere Loge besetzt?», erkundigte sich die Contessa.
«Erst nach der Pause.»
«Findest du nicht, dass das *Danieli* uns zu wenig für die Loge bezahlt?»
Tron zuckte die Achseln. «Wir sind nicht die Einzigen, die ihre Loge im Fenice vermieten müssen. Das drückt die Preise. Außerdem stehen die Logen im Sommer meistens leer. Und die Hotels zahlen für das ganze Jahr.»
«Hast du erkennen können, was für Leute in unserer Loge gesessen haben?»
«Ich glaube, es waren Russen. Irgendein Großfürst mit seiner Familie.»
«Russen krümeln immer alles voll. Und machen Likörflecke auf die Sitze.» Die Contessa seufzte. «Das wird sich ja bei den Morosinis auch ändern.»
«Was?»
«Dass sie ihre Loge im Fenice an irgendein Hotel vermieten müssen», sagte die Contessa. Sie häufte einen Löffel Zitronenschaum auf ihren Dessertteller. «Wo hast du gesessen?»
«In der Loge einer Bekannten.»

«Sprichst du von einer *Frau*, Alvise?»
«Ich spreche von der Prinzessin von Montalcino.»
Die Augenbrauen der Contessa schossen ruckartig nach oben. «Du warst in der Loge der Prinzessin von Montalcino?»
«Ja.»
«Dienstlich?»
«Mehr oder weniger. Die Principessa war Passagier auf der *Erzherzog Sigmund.* Ich hatte noch ein paar Fragen an sie.»
«Ich bin der Prinzessin von Montalcino nie begegnet, aber man hört viel über sie.»
«Was denn?»
«Dass sie reich ist und verwitwet.»
«Das ist nichts Neues. Was weiß man sonst noch?»
«Francesco Montalcino hat sie im *Istituto delle Zitelle* kennen gelernt. Der Fürst saß im Beirat des *Istituto.*»
Tron nickte. «Jetzt sitzt die Principessa im Beirat.»
«Das wundert mich nicht. Angeblich ist die jährliche Summe, mit denen die Montalcinos das *Istituto* unterstützen, nach dem Tod des Fürsten noch erhöht worden.»

«Gibt es einen Grund dafür?»
«Es geschieht vermutlich aus Dankbarkeit.»
«Wer ist wem dankbar?»
«Die Principessa dem *Istituto*.»
«Das verstehe ich nicht.»
«Sie wäre ohne das *Istituto* nie eine Prinzessin geworden.»
«Was hatte die Principessa mit dem *Istituto* zu tun?»
«Dasselbe, was zweihundert andere Mädchen mit dem *Istituto* zu tun hatten. Sie war eines der Waisenkinder.»
Tron starrte die Contessa verblüfft an. «Bist du dir sicher? Und sie hat den Fürsten am *Istituto* kennen gelernt? Die Mitglieder des Beirates kommen doch mit den Mädchen gar nicht in Kontakt.»
«Der Fürst hat sie auch erst später kennen gelernt.»
«Wie denn?»
«Normalerweise verlassen die Mädchen das *Istituto,* wenn sie achtzehn Jahre alt sind. Aber die Principessa blieb im Haushalt der Pellicos. Und da ist sie dem Fürsten von Montalcino begegnet. Der Fürst soll völlig hingerissen gewesen sein.

Er hat ein halbes Jahr nachdem er sie kennen gelernt hat, um ihre Hand angehalten. Sie haben in der Redentore geheiratet und gingen unmittelbar nach der Heirat nach Paris.»

«Woher weißt du das alles?»

«Von Bea Albrizzi. Ihre Schneiderin war im *Istituto*.»

«Was hat dir die Contessa Albrizzi noch erzählt?»

«Dass der Fürst und die Principessa vor drei Jahren nach Venedig zurückgekommen sind und der Fürst kurz darauf gestorben ist. Den Palazzo hatte er in den dreißiger Jahren gekauft. Die Montalcinos kommen aus der Toskana.»

«Und die Principessa – ist bekannt, woher sie stammt?»

«Angeblich aus Gambarare. Das ist ein kleines Nest in der Nähe von Dogaletto.»

Tron nickte. «Zwischen Dogaletto und Mira. Ich weiß.»

«Aber Bea Albrizzi sagt, sie spricht kein *Veneziano*.»

«Sie spricht überhaupt keinen Dialekt. Bist du dir sicher, dass die Principessa aus Gambarare stammt?»

«Zumindest habe ich es so gehört. Allerdings ist es dann seltsam, dass sie kein *Veneziano* spricht.»

«Gibt es sonst noch Gerüchte über die Principessa?», erkundigte sich Tron.

Die Contessa schüttelte den Kopf. «Nicht dass ich wüsste. Wirst du sie wiedersehen?»

«Vermutlich.»

Die Contessa warf Tron einen misstrauischen Blick zu. «Falls dein Interesse an dieser Frau über das Berufliche hinausgeht, solltest du daran denken, dass sie vielleicht *wirklich* keine Venezianerin ist.» Sie schien vergessen zu haben, dass sie ihm eben noch nahe gelegt hatte, eine Amerikanerin zu heiraten. «Ich bin nicht sicher, ob eine Verbindung mit einer *Ausländerin* gut ist. Kannst du dich an das Mädchen erinnern, das Andrea Valmarana geheiratet hat? Die *Ausländerin*, die dieses affige Italienisch gesprochen hat?»

«Ja, natürlich.» Tron lächelte. «Sie hat geredet wie Dante höchstpersönlich.»

Die Contessa nickte. «Sie hat immer so getan, als würde sie uns nicht verstehen, wenn wir *Veneziano* gesprochen haben. Wenn sie sprach, hatte man immer das Gefühl, sie würde sich einbilden, etwas Besseres zu sein. So als würden wir hier einen obskuren Dialekt sprechen. Weißt du, woher diese Frau kam, Alvise?»

«Nein.»

«Sie kam aus *Palermo*!», rief die Contessa.

27

Das Einzige, dachte Filomena Pasqua, als sie, kurz nach zehn Uhr morgens, ihr Gesicht im Spiegel betrachtete – das Einzige, was ihr an ihrem neuen Untermieter nicht gefiel, war sein Name. Moosbrugger hieß der Mann – ein Name, den sie nur mit einiger Mühe aussprechen konnte. Und so weit, dass sie Signor Moosbrugger mit seinem Vornamen anreden durfte, war sie noch nicht. Allerdings hatte sie die begründete Hoffnung, dass sich das bald ändern würde – vielleicht schon im Laufe des heutigen Morgens. Ein opulentes Frühstück, in einem gut geheizten Zimmer bei romantischem Kerzenlicht eingenommen, konnte da viel bewirken. Filomena Pasqua, die den Schnee

und die Dunkelheit des Winters hasste, war zum ersten Mal in ihrem Leben froh darüber, dass es Tage gab, an denen es erforderlich war, bereits zum Frühstück die Kerzen auf dem Tisch zu entzünden.
Sie beugte sich über den Spiegel, der auf ihrem Waschtisch stand, und versuchte zu lächeln, ohne dass man dabei ihre Zähne sah. Schon hinsichtlich der geringen ihr noch verbliebenen Anzahl waren ihre Zähne die Schwachstelle ihrer Erscheinung, und sie hatte nicht vor, ein Risiko einzugehen. Ihre Pluspunkte waren die schlanke Figur, ein rundes, frisches Gesicht mit großen, haselnussbraunen Augen und ein Busen, der ihrer kurzen Gesangskarriere am Fenice durchaus förderlich gewesen war – aber das alles lag jetzt mehr als zwanzig Jahre zurück.
Sie wusste, dass die meisten Männer, wenn sie eine Frau küssen, ungefähr dann, wenn ihre Lippen eine Handbreit von den Lippen der Frau entfernt sind, die Augen schließen – es war also immer noch Zeit genug, den Mund zu öffnen, wichtig war nur, es nicht zu früh zu tun. Wenn sie im entscheidenden Moment nicht die Kontrolle verlor, konnte nichts schief gehen. Anderer-

seits war es genau das, was sie wollte: in den Armen des Mannes, der sie in knapp einer Stunde zu einem späten Frühstück besuchen würde, die Kontrolle zu verlieren.

Vor einer ganzen Reihe von Jahren hatte sie im Chor des Fenice gesungen und im Anschluss eine Solokarriere begonnen. Dass ihr dabei die Freundschaft, die sie mit dem Conte Mocenigo, dem damaligen Intendanten des Fenice, verband, nützlich gewesen war, hätte sie nie abgestritten – es war zu offensichtlich.

Anfang der vierziger Jahre geriet ihre Karriere ins Stocken, was zweifellos daran lag, dass der Conte sich ins Privatleben zurückgezogen hatte. Als das Fenice, das in den Revolutionswirren geschlossen war, 1852 wieder öffnete, musste sie feststellen, dass niemand mehr an ihr als Solistin interessiert war – ja, sie nicht einmal ihre alte Stelle als Sopranistin im Chor wieder zurückbekam.

1853 heiratete sie den Feuerwehrinspektor, der jeden Monat die Erfüllung der Brandschutzauflagen im Fenice kontrollierte. Sie hatte ihn vor drei Jahren ohne große Trauer begraben, und seitdem lebte sie davon, dass sie Teile des Lagerhauses

am Canal Grande, das er ihr vererbt hatte, vermietete.
Es war ein einstöckiges, schmuckloses Gebäude mit abblätterndem Putz und einem bäurischen Wassertor. Nur durch eine schmale Calle vom eleganten Palazzo Garzoni getrennt, sah es aus wie eine Kröte neben einer Prinzessin, aber es brachte ihr gutes Geld ein. Die meisten Veneziainer kannten das unscheinbare Haus, weil an seiner Westseite der Anleger einer der wichtigsten Fährverbindungen zwischen den beiden Ufern des Canalazzo lag, der Traghetto Garzoni.
Sie selber bewohnte eine der zwei kleinen Wohnungen, die zum Canal Grande hinausgingen; die andere war vermietet, und genau das war der Grund dafür, dass sie jetzt vor dem Spiegel saß, sich Gedanken über ihre Zähne machte und dabei spürte, wie ihr Herz klopfte.
Nicht, dass an Signor Moosbrugger, der seit einem halben Jahr in der Wohnung neben ihr wohnte, etwas Besonderes gewesen wäre. Er war um die fünfzig, sprach ein knarziges Italienisch, aber er war hoch gewachsen und hatte breite Schultern und starke Hände. Was ihr am meisten an ihm gefiel, waren seine gemessene

Höflichkeit und – seit sich vor einem Monat ihr Verhältnis entscheidend verändert hatte – die Blicke, mit denen er sie bedachte, wenn sie sich begegneten. Sie fand, dass die diskrete Werbung, die in seinen Blicken lag, nicht zu übersehen war.

Da sein Beruf ihn dazu nötigte, ständig unterwegs zu sein – er ging einer Tätigkeit im seemännischen Bereich nach –, sah sie ihn höchstens zweimal in der Woche. Im Dezember letzten Jahres hatte es sich eines Morgens ergeben, dass er kein Wasser mehr hatte und deshalb in ihre Küche kam. Sie hatte ihm einen Kaffee angeboten und ein wenig mit ihm geplaudert. Seitdem kam er, immer wenn er in der Wohnung übernachtet hatte, morgens bei ihr vorbei, um eine Tasse Kaffee zu trinken – es waren harmlose Treffen, die sich im Rahmen des Schicklichen hielten, jedenfalls bis vor vier Wochen etwas Bedeutsames geschehen war.

Selbstverständlich hatte sie den obersten Knopf ihrer Bluse nicht absichtlich offen gelassen, als er morgens in ihrer Küche auftauchte, um seinen Kaffee zu trinken. Aber dann war nicht zu übersehen gewesen, wie sein Blick an ihrem De-

kolleté hängen blieb, als sie sich über den Tisch beugte, um Kaffee einzuschenken. Zuerst war sie bestürzt gewesen. Doch dann hatte sie mit Befriedigung registriert, dass sich seine Einstellung ihr gegenüber nach diesem Vorfall verändert hatte. Sie spürte es an seinen Blicken, an der Art, wie er ihre Gestalt betrachtete, wenn er mit ihr sprach.
Im Spiegel sah Filomena Pasqua durch die geöffnete Tür hindurch in ihr Wohnzimmer. Der Tisch, an dem sie essen würden, war bereits liebevoll gedeckt, und die Kerzen in den hübschen Messingleuchtern flackerten, weil das Fenster noch offen stand. Nachher würde sie es schließen – niemand kommt bei Zugluft auf zärtliche Gedanken. Bis jetzt, fand sie, lief alles perfekt.
Ein wenig irritiert hatte sie allerdings der Offizier, der an der Tür geklopft hatte, als sie noch einmal kurz das Haus verlassen wollte, um Kaffee zu kaufen. Er hatte Moosbrugger sprechen wollen, der ebenfalls noch Besorgungen machte. Filomena Pasqua hatte den Offizier ohne Bedenken in Moosbruggers Wohnung geführt und ihn dort warten lassen – kaiserliche Offiziere ließen in fremden Wohnungen nichts mitgehen.

Als Filomena Pasqua von ihrem Einkauf zurückkam, war auch Moosbrugger wieder da – sie erkannte es an seinen Stiefeln, die neben der Wohnungstür standen. Ein wenig später hörte sie, wie die Tür klappte und der Offizier das Haus wieder verließ – offenbar war seine Unterredung mit Moosbrugger nur kurz gewesen.

Auf Filomena Pasquas Herd köchelte eine Krebssuppe (sie glaubte fest daran, dass Krebssuppen eine erotisierende Wirkung hatten), und als sie feststellte, dass ihr zwei Weingläser fehlten und sie es ohnehin nicht erwarten konnte, Moosbrugger zu sehen, beschloss sie, ihn um zwei Gläser zu bitten. Also verließ sie ihre Wohnung, durchquerte den *portego*, der zwischen ihrer Wohnung und der Moosbruggers lag, und klopfte an seine Tür. Als nichts zu hören war, drückte sie die Klinke nach unten und trat ein.

«Signor Moosbrugger?»

Sie versuchte, einen girrenden, neckischen Tonfall in ihre Stimme zu legen, aber dann geriet er ihr so hoch, dass sich ihre Stimme überschlug. Offenbar war sie erregter, als sie gedacht hatte.

Als keine Antwort kam, versuchte sie es zum zweiten Mal. Sie achtete auf Atmung und Hal-

tung und klang, als sie sprach, völlig normal. «Signor Moosbrugger?»
Wieder blieb alles still. Das Einzige, was sie hörte, waren elf würdevolle Glockenschläge von San Samuele.
Sie betrat den kurzen Korridor, blieb stehen und räusperte sich. Es war kein normales Räuspern, sondern ein Bühnenräuspern. Im Fenice wäre es bis in die letzten Reihen zu hören gewesen und hätte im Umkreis von hundert Metern einen Schlafenden aufgeweckt, aber bei Moosbrugger schien es keine Reaktionen auszulösen.
Filomena Pasqua hätte sich umgedreht, um die Wohnung zu verlassen, wenn nicht plötzlich dieser Geruch da gewesen wäre. Der Geruch war schwach, aber nicht zu leugnen. Sie kannte ihn, aber sie war nicht in der Lage, ihn einzuordnen. Es war ein Geruch nach Erde, nach feuchter, warmer Erde, aber zugleich schwang etwas darin mit, das ihr Unbehagen bereitete. So roch es, wenn man etwas verschüttet hatte. Etwas, dessen Zubereitung lange Zeit in Anspruch genommen hatte und um das es entsprechend schade war. Aber was hatte Moosbrugger verschüttet?

Sie machte einen Schritt nach vorne und schob den Kopf so weit vor, dass sie in Moosbruggers Wohnzimmer hineinblicken konnte.

Als Erstes sah sie die Petroleumlampe, die auf dem Tisch stand; ihr Schein fiel auf ein Schlüsselbund, eine halb geleerte Flasche Wein und ein Paar Handschuhe. Dahinter, ausgeschnitten aus der dunklen Wand, war ein Rechteck aus mattem Licht zu sehen – das Fenster, das zum Canal Grande hinausging. Etwas Größeres bewegte sich draußen vorbei – sie konnte nichts erkennen, aber durch das geschlossene Fenster hindurch hörte sie den Wellenschlag an den Fundamenten des Hauses.

Und dann, eine halbe Minute später vielleicht, als sich ihre Augen an die Dunkelheit gewöhnt hatten, entdeckte sie Moosbrugger auf dem Fußboden.

Zwischen dem Tisch und einem kleinen Regal, auf dem sein weniges Geschirr stand, lag er in merkwürdig entspannter Haltung auf dem Rücken, fast wie ein Schlafender. Seine Arme waren geöffnet und nach außen gedreht, sodass seine Handflächen sich ihr entgegenstreckten. Mit seinen offenen Augen machte er den Eindruck, als sei er im Begriff, etwas zu sagen, aber als ihr Blick auf seinen Hals fiel, war ihr klar, dass Moosbrugger nie mehr etwas sagen würde.

Der Schnitt durch seine Kehle hatte keine klaffende Wunde hinterlassen, sondern nur eine schmale, in der Dunkelheit des Zimmers schwärzlich glänzende Kerbe. Es war nicht nötig, sich zu bücken, um zu wissen, dass der Schnitt bis tief unter Moosbruggers Haut reichte. Es musste ein schneller Schnitt gewesen sein, der ihn fast augenblicklich daran gehindert hatte, zu atmen und zu schreien, und ebenso schnell seinem Herzen die Möglichkeit genommen hatte, das Gehirn weiter mit Blut zu versorgen.

Filomena Pasqua schrie nicht. Sie sank nur langsam und anmutig auf die Knie, so als würde sie wieder auf der Bühne stehen, von der man sie vor mehr als zwanzig Jahren vertrieben hatte – und fiel zum ersten Mal in ihrem Leben in Ohnmacht.

Als sie nach zwei Minuten wieder zu sich kam, reichte die Kraft in ihren Beinen nicht, um aufzustehen. Also kroch sie aus Moosbruggers Wohnung hinaus, mit wirr ins Gesicht hängenden Haaren und offenem Mund. Sie fing erst an zu schreien, als sie auf der Calle del Traghetto hockte. Ein Nachbar brachte sie zurück ins Haus und schickte den Laufburschen des Gemüsehändlers vom Campo San Benedetto zur Wache an der Piazza.

28

Tron erreichte die Nachricht, dass sich im Lagerhaus an der Calle Garzoni ein Verbrechen ereignet hatte, eine Stunde später bei einem Teller *risotto alle seppie* in der *Trattoria Goldoni,* einer kleinen Gaststätte, die nur wenige Schritte von der Questura entfernt lag und in der die Kommissare von San Marco traditionellerweise zum halben Preis bedient wurden. Grund dafür war eine fehlende Schankerlaubnis und eine fehlende Bereitschaft des zuständigen Kommissariats, sich mit dem Fall zu befassen – ein Zustand, der bereits Trons Vorgänger zu einem günstigen Mittagessen verholfen hatte.

Eine halbe Stunde später stieg Tron am Palazzo Garzoni aus der Gondel. Die Nachricht, die ihn in die Calle del Traghetto gerufen hatte, war etwas wirr. Fest stand lediglich, dass sich in dem Lagerhaus ein Verbrechen ereignet hatte. Ob ein Signor Moosbrugger das Opfer war oder lediglich derjenige, der das Verbrechen angezeigt hatte, war unklar.

Der Sergente, der auf dem Steg der Fähre Ausschau nach der Polizeigondel gehalten hatte, streckte Tron die Hand entgegen, um ihm beim Aussteigen behilflich zu sein. «Die Frau, der das Haus gehört, hat die Leiche des Mannes entdeckt, Commissario», berichtete er, während sie über den Steg liefen. «Sie steht unter Schock. Einer der Nachbarn hat die Wache an der Piazza alarmiert. Die Leiche liegt in der hinteren Wohnung.»

«Wer ist noch da?»

«Grimani und Bossi. Sie sind in der Wohnung.»

«Und die Frau?»

«Liegt in ihrem Schlafzimmer. Die Nachbarin ist bei ihr.»

«Kann man mit ihr reden?»

Der Sergente zuckte mit den Achseln. «Vielleicht nachher. Ich führe Sie erst mal nach hinten.»

«Wissen Sie, was passiert ist?»

«Keine Ahnung. Die Frau wollte ihren Mieter besuchen, sagt ein Nachbar.»
«Und fand seine Leiche?»
«So ist es.»
«Heißt der Mann, der ermordet worden ist, Moosbrugger?»
«Ich glaube, ja.»
Sie durchquerten einen Korridor, der in den *portego* führte, den Lagerraum hinter dem Wassertor des Hauses. Vor einer angelehnten Tür, aus der ein schwacher Lichtschein drang, blieb der Sergente stehen und trat zur Seite. «Gehen Sie vor, Commissario. Grimani und Bossi sitzen in der Küche.»
Tron betrat einen weiteren Korridor, von dem auf der rechten Seite zwei Türen abgingen; die hintere Tür, aus der Stimmen zu hören waren, schien die Küchentür zu sein. Bossi und Grimani saßen am Tisch, doch als Tron die Küche betrat, sprangen sie auf und salutierten.
«Er ist nebenan.» Grimani, der dienstältere Beamte, deutete mit dem Daumen auf den Nebenraum.
«Kommen Sie und nehmen Sie die Lampen mit», sagte Tron kurz. «Ich brauche so viel Licht wie möglich.»

Tron betrat den Raum, in dem Moosbrugger lag, als Letzter. Die vier Petroleumlampen, die Bossi und Grimani auf den Fußboden stellten, tauchten Moosbruggers Leiche in eine brutale Helligkeit, die nichts beschönigte und nichts verschleierte.

Der Mann, der vor Tron auf dem Fußboden lag, hatte wenig Ähnlichkeit mit dem gepflegten Chefsteward, den Tron auf der *Erzherzog Sigmund* kennen gelernt hatte. Anstelle seiner makellosen dunkelgrünen Lloyduniform trug Moosbrugger eine Hose aus fleckigem Wollstoff, darüber eine Weste und ein kragenloses Hemd. Sein Kopf lag in einer Lache aus Blut. Der Schnitt, der seinem Leben ein Ende gemacht hatte, verlief in einem präzisen Bogen dicht über seinem Kehlkopf und musste mit einem äußerst scharfen Messer durchgeführt worden sein. Da der Fußboden eine leichte Neigung hatte, war das Blut zur linken Wand geflossen und bildete vor der Scheuerleiste eine kleine Pfütze.

Tron fiel auf, dass jedes Möbelstück an seinem Platz zu stehen schien – es gab keinen umgestürzten Stuhl, keine herabgezogene Tischdecke, kein zerbrochenes Porzellan. Nicht einmal der grob gewebte Teppich, der die Kälte des Steinfußbodens mildern sollte, schien verschoben worden zu sein. Nichts deutete darauf hin, dass ein Kampf stattgefunden hatte. Der Angriff musste vollständig unerwartet gekommen sein.

Im Schrank, den Tron geöffnet hatte, hingen zwei Hosen, eine Jacke und ein Mantel, aber keine der eleganten Lloyduniformen, in denen er Moosbrugger erstmals gesehen hatte. Offenbar trug der Steward seine Dienstuniform nur auf dem Schiff und kleidete sich auch dort erst um. Tron griff in die Tasche der Jacke, fand aber nichts; kein Kleingeld, keine Papiere, keinen Kamm. Zwei Paar Stiefel standen am Kopfende von Moosbruggers Bett, ordentlich nebeneinander gestellt wie zum Stubenappell. Die Schüssel auf dem Waschtisch vor dem Fenster war leer, ebenso der Krug daneben. Als Tron die Matratze auf Moosbruggers Bett anhob, fand sich darunter nichts als eine graue Decke, in die die Initialen des Österreichischen Lloyd eingewebt waren. Größere Geldbeträge und wichtige Papiere schien Moosbrugger nicht in seiner Wohnung aufzubewahren.

Auch in der Küche, die Tron anschließend inspizierte, war nichts, was seine Aufmerksamkeit erregte. Wie in Moosbruggers Zimmer saß auch hier das Fenster recht hoch in der Wandfläche und war mit senkrechten Eisenstäben vergittert – ein Überbleibsel aus der Zeit, in der das Gebäude als Warenlager benutzt wurde. An der linken Wand sah Tron ein Regal, auf dem eine Schüssel aus weißem Steingut stand, die offenbar zum Geschirrspülen diente. Die Schüssel war zur Hälfte mit schmutzigem Wasser gefüllt, aus dem zwei Tassen ragten. Neben der Schüssel standen ein Teller und eine Flasche Grappa, die mit einem Korken verschlossen war. Ein Brot lag ebenfalls auf dem Regal und vor dem Brot ein großes Messer. Tron nahm es in die Hand und prüfte die Schärfe der Klinge mit seinem Daumen. Sie war stumpf und mit Sicherheit nicht die messerscharfe Klinge, die Moosbruggers Kehle durchschnitten hatte.

Blieb noch der Wandschrank. Die Tür stand einen Spaltbreit auf und ließ sich leicht öffnen. An einer Stange, die über die ganze Breite des Schrankes lief, hingen Hemden, Uniformjacken des Österreichischen Lloyd, ein Mantel und eine Art Umhang. Unten auf dem Schrankboden sah Tron ein Paar Stiefel, halb verdeckt von herabhängen-

der Kleidung. Dass etwas nicht stimmte, wusste er, als sich einer der beiden Stiefel bewegte.
Hätte Tron einen Revolver gehabt, dann hätte er ihn wahrscheinlich gezogen und den Hahn laut und deutlich einrasten lassen. Aber sein Dienstrevolver lag dort, wo er immer lag, in der Schublade seines Schreibtisches auf der Questura. Also beschränkte er sich darauf, vorsichtshalber einen Schritt zurückzutreten und so laut zu sprechen, dass Bossi und Grimani, die nebenan in der Küche waren, ihn auf jeden Fall hören würden.
«Kommen Sie aus dem Schrank, Signore», sagte Tron.
Was der Mann dann auch tat, indem er den Mantel und den Umhang zur Seite schob und einen Schritt nach vorne machte. Er hielt den Kopf gesenkt und trug die Uniform eines Leutnants der kroatischen Jäger. Erst als er sein Kinn hob, erkannte ihn Tron.
«Bringt ihn in die Küche», sagte er zu Grimani und Bossi, die in der Tür aufgetaucht waren.

29

«Ich kann Ihnen alles erklären, Commissario», sagte Grillparzer, der Tron am Küchentisch gegenübersaß. «Aber vielleicht ist es besser, wenn Sie –» Er hielt inne. Im Schein der Petroleumlampe, der seinen aufgeknöpften Militärmantel zu Flügeln modellierte, ähnelte er einem zerzausten Vogel. Tron konnte nicht sagen, woran es lag, aber Grillparzer machte nicht den Eindruck eines Mannes, der gerade einen Mord begangen hatte. Sie hatten den Leutnant nach der Tatwaffe – einem extrem scharfen Messer – durchsucht, aber nichts gefunden.

Tron sagte: «Wenn ich die Militärpolizei benachrichtige?»

Grillparzer hob erschrocken die Hände. «Wenn Sie die Militärpolizei *nicht* benachrichtigen.»

«*Was* können Sie mir erklären?» Tron sah, dass Grillparzer braune Augen hatte, die im Flackern der Petroleumlampe changierten.

«Was auf dem Schiff passiert ist. Und was hier passiert ist.»

«Was hier los ist, dürfte klar sein», sagte Tron. Er hielt es für unklug, sich in diesem Stadium der

Vernehmung von einem diffusen Gefühl leiten zu lassen. Immerhin hatte er Grillparzer zwei Schritte von der Leiche Moosbruggers entfernt in einem Wandschrank erwischt. «Moosbrugger liegt nebenan und ist tot. Sie haben ihn getötet, weil er zu viel wusste.»

Zuckte Grillparzer zusammen? Nein. Er blinzelte nur kurz und verzog traurig die Mundwinkel.

«Als Sie die Wohnung verlassen wollten», fuhr Tron fort, «hörten Sie jemanden an der Tür. Also blieb Ihnen nichts anderes übrig, als sich in dem Schrank zu verkriechen.»

Grillparzer ließ sich auf seinem Stuhl zurückfallen. «So ist es nicht gewesen.»

«Wie ist es denn gewesen?»

«Moosbrugger war nicht da. Als ich kam, wollte Signora Pasqua gerade das Haus verlassen. Ich habe sie gefragt, ob ich in Moosbruggers Wohnzimmer auf ihn warten könnte, und sie hatte nichts dagegen.»

«Was wollten Sie von Moosbrugger?»

«Ihn fragen, wie das Mädchen in die Kabine meines Onkels gekommen ist.»

«Und er hätte es Ihnen gesagt?»

«Das weiß ich nicht. Ich hatte es gehofft.»
«Also haben Sie auf Moosbrugger gewartet.»
Grillparzer nickte. «In seinem Zimmer. Aber nach ein paar Minuten hörte ich ein Geräusch aus der Küche. Ich ging rüber, um nachzusehen, was es war. Aber es war nur die Katze. Und in dem Moment kam Moosbrugger zurück. Offenbar hatte ihm niemand gesagt, dass ich da war.» Grillparzer holte tief Luft. «Er war nicht allein. Ein Mann war bei ihm.»
«Warum sind Sie in der Küche geblieben?»
«Weil ich …» Grillparzer ließ seinen Blick umherschweifen, so als suchte er einen Merkzettel an der Wand. Dann sagte er: «Weil ich dachte, Moosbrugger wäre in der Begleitung von Oberst Pergen.»
«War es Oberst Pergen?»
Grillparzer zuckte die Achseln. «Das weiß ich nicht. Ich konnte nicht verstehen, was im Zimmer gesprochen wurde.»
«Was geschah dann?»
«Nach ungefähr fünf Minuten hörte ich einen Schrei und einen Sturz. Und anschließend Schritte auf dem Flur, die sich entfernten.» Grillparzer strich über den zerknitterten Ärmel sei-

ner Uniformjacke, als wäre er aus Blattgold. «Ich habe ein paar Minuten gewartet, bevor ich in das Zimmer ging.»

«Und?»

«Moosbrugger lag auf dem Rücken und war tot. Ich wollte verschwinden, aber in dem Moment ging die Haustür auf. Also versteckte ich mich im Wandschrank. Dann hörte ich Signora Pasqua schreien, und kurz darauf war die Wohnung voller Leute. Ich konnte das Haus nicht verlassen, ohne dass mich jemand gesehen hätte.»

«Warum dachten Sie, dass der Mann in Moosbruggers Begleitung Oberst Pergen gewesen sein könnte?»

«Der Oberst könnte ihn wegen der verschwundenen Unterlagen aufgesucht haben.»

«Hat der Hofrat mit Ihnen über diese Unterlagen gesprochen?»

«Er hat nur gesagt, dass diese Papiere etwas mit Pergens Tätigkeit als Militärrichter zu tun haben. Und dass der Oberst korrupt ist.»

«Von einem Attentat auf die Kaiserin war nicht die Rede?»

«Nein. Aber vermutlich hat Ihnen das bereits Ballani mitgeteilt.»

Tron beugte sich überrascht vor. «Sie wissen, dass ich bei Ballani war?»
«Von Oberst Pergen. Es hat ihm gar nicht gefallen, dass Sie Ballani besucht haben.»
«Ballani hat mir noch mehr erzählt», sagte Tron.
«Dass *ich* es war, der den Hofrat getötet hat?»
Tron nickte. «Im Auftrag Pergens. Um an die Unterlagen heranzukommen. Sie hatten außerdem ein persönliches Motiv. Der Hofrat war ein reicher Mann, und Sie sind sein einziger Erbe.»
Grillparzer lächelte müde. «Der Hofrat war kein reicher Mann. Er hat von seinem Gehalt und von ein paar Zinseinkünften gelebt. Und das meiste davon ging an Ballani – den er sich eigentlich gar nicht leisten konnte. Der Reichtum des Hofrats war ein Gerücht, das ich benutzt habe, um mir Geld zu leihen.» Grillparzer verstummte. Er dachte einen Moment nach. Dann sagte er: «Ich weiß nicht, wer auf ihn geschossen hat. Aber wer immer es war – er hat ihn nicht getötet.»
«Das verstehe ich nicht.»
Grillparzers Augenbrauen zuckten. Er sprach lebhafter als zu Beginn der Vernehmung – wie ein Spieler, dachte Tron, der erkannt hatte, dass

seine Karten nicht ganz so schlecht waren, wie er zunächst gedacht hatte. «Weil Sie den Obduktionsbericht nicht kennen», sagte Grillparzer. «Ich kenne ihn auch nicht, aber ich weiß, was drinsteht.» Grillparzer machte eine Pause, bevor er die nächste Karte ausspielte. «Der Hofrat war bereits tot, als auf ihn geschossen wurde. Er ist an einem Herzanfall gestorben. Wir hatten gegen halb zwei ein Gespräch in seiner Kabine. Sein Herz hat aufgehört zu schlagen, kurz bevor der Sturm losbrach.»

«Worüber haben Sie gesprochen?»

«Über meine Spielschulden. Zorzi war nicht bereit, noch länger auf sein Geld zu warten. Wir hatten verabredet, dass ich sofort nach Ankunft des Schiffes ins Casino kommen würde.»

«Hat der Hofrat Ihnen das Geld gegeben?»

«Im Restaurant hatte er sich noch geweigert, aber in der Kabine hat er die Anweisung schließlich ausgeschrieben. Danach wurde ihm schlecht, sodass er sich auf das Bett legen musste. Ein paar Minuten später hat seine Atmung ausgesetzt und kurz darauf sein Herzschlag. Es gab nichts, was ich noch für ihn tun konnte, und warum sollte ich in der Nacht den Kapitän aufstören? Also nahm ich die Anweisung», fuhr Grillparzer fort, «und ging in meine eigene Kabine zurück, um zu schlafen – soweit das unter den Umständen möglich war.» Es war nicht klar, ob Grillparzer den Sturm oder den Tod seines Onkels meinte. Oder die Freude darüber, dass er seine Schulden bei Zorzi bezahlen konnte.

«Und der Streit, den Sie mit Oberst Pergen im Casino Molin hatten?»

«Pergen dachte, ich hätte die Unterlagen, aber ich konnte ihn davon überzeugen, dass das nicht der Fall war.»

«Haben Sie eine Erklärung für die Schüsse auf Hummelhauser? Wer könnte einen Grund gehabt haben, auf einen Toten zu feuern?»

«Das kann ich Ihnen nicht sagen.»

«Und das Mädchen in der Kabine des Hofrats?»

Grillparzer zuckte die Achseln. «Ist mir ein Rätsel. Der Hofrat war in erotischer Hinsicht eher ein …» Er räusperte sich und suchte einen Moment lang nach dem richtigen Wort. Dann sagte er: «Der Hofrat war eher ein Asket.»

Tron sagte: «Dann muss das Mädchen aus der Kabine eines anderen Passagiers gekommen sein.» Ihm fiel das Gespräch ein, das er mit der

Principessa im Fenice geführt hatte. Die nicht daran glaubte, dass Grillparzer der Mörder des Mädchens war. «Jemand hat sie getötet und dann die Leiche in die Kabine des Barons geschafft.»

«Ein Kunde Moosbruggers.» Grillparzer hob den Blick. Tron wusste, was der Leutnant jetzt sagen würde. Grillparzer sagte: «Vielleicht war es derselbe Mann, der Moosbrugger getötet hat.» Der Satz flatterte auf den Tisch wie ein Ass.

Tron fing Grillparzers Blick auf. Er hatte das Gefühl, dass nun alle Karten auf dem Tisch lagen.

«Und was mache ich jetzt mit Ihnen?»

Grillparzer hob die Schultern. «Vielleicht lassen Sie mich gehen, wenn ich Ihnen etwas verrate, was selbst Pergen nicht weiß.»

Wie? Hatte Grillparzer noch ein Ass im Ärmel? Tron beugte sich vor. «Und was weiß selbst Pergen nicht?»

«Die eigentliche Adresse Moosbruggers.»

«Hier in Venedig?», fragte Tron.

Grillparzer schüttelte den Kopf. «In Triest. Er hat dort mit einer Frau zusammengelebt. Einer Signora Schmitz. In der Via Bramante 4. Da sind alle seine Sachen.»

«Woher haben Sie die Adresse?»
«Von einem ehemaligen Steward auf der *Erzherzog Sigmund.*» Grillparzer lehnte sich zurück. «Moosbrugger hat ein Buch, in dem alle seine Kunden verzeichnet sind», sagte er.
«Von diesem Buch habe ich gehört.»
«Jetzt wissen Sie, wo es ist.»
Tron erhob sich und trat an das vergitterte Fenster. Nicht einmal zwei Uhr und schon Zwielicht. Auf der anderen Seite des Canalazzo waren undeutlich die Umrisse des Palazzo Pisani-Moretta zu erkennen. Eine Gondel passierte das Wassertor, sie schlingerte in der Bugwelle eines mit Brennholz beladenen Lastseglers, der vom Rialto kam. Tron musste an einen Artikel in der *Gazzetta di Venezia* denken, in dem prophezeit worden war, dass in ein paar Jahrzehnten Dampfschiffe auf dem Canalazzo verkehren würden – so wie Pferdebahnen auf den Straßen in Wien oder Paris. Die Bugwellen der Dampfschiffe würden zweifellos das Ende der Gondeln bedeuten.
Tron drehte sich langsam um. «Sie können gehen», sagte er zu Grillparzer.

Eine halbe Stunde später traf Dr. Lionardo ein. Er trug seinen langen, bis an die Knöchel reichenden Radmantel und dazu einen breitkrempigen schwarzen Hut, eine Kombination, die an die Kleidung erinnerte, die Priester tragen. Sein Mantel wehte dramatisch, als er Moosbruggers Wohnzimmer betrat. Er gab Tron strahlend die Hand.

«Die Mordfälle häufen sich, finden Sie nicht? Ist das da unsere Leiche?»

Tron hatte nie den Eindruck, dass Dr. Lionardo der Anblick einer Leiche deprimierte – ganz im Gegenteil. Beim Anblick Moosbruggers war er geradezu entzückt. Er setzte seine Ledertasche ab und ging elastisch in die Knie. Dabei pfiff er eine Melodie aus *La Traviata.*

«Schöner Schnitt», brummte er, während er Moosbruggers Kopf nach hinten bog. «Sauber und kräftig. Hat den Burschen umgehauen wie ein Blitz. Hat vielleicht nochmal geblinzelt, aber reden hat er garantiert nicht mehr können. Geht mitten durch die Stimmbänder, der Schnitt. Großer Gott, ist das eine Schweinerei hier.»

Dr. Lionardo warf einen freudig erregten Blick auf die Blutlache, die sich unter Moosbruggers Kopf ausgebreitet hatte.

«Haben Sie die Tatwaffe?»
Tron schüttelte den Kopf. «Nein.»
«Kein Wunder. So ein Gerät lässt man nicht einfach da. Der Täter muss ein extrem scharfes Messer benutzt haben. Mit solch einem Instrument schneiden Sie durch die Gurgel wie mit einem heißen Messer durch Butter.»
Dr. Lionardo, der jetzt weiße Baumwollhandschuhe trug, hob mit einem kleinen Holzspatel jeden einzelnen Finger Moosbruggers leicht an. «Keine Abwehrverletzungen. So, wie ich dachte. Der Mann war tot, bevor er wusste, was los war.»
«Kann man jemandem eine solche Wunde zufügen, ohne dass man selber dabei mit Blut bespritzt wird?», fragte Tron.
Dr. Lionardo richtete sich auf und kratzte sich am Kopf. «Gute Frage.» Er überlegte einen Moment. Dann sagte er: «Nicht, wenn Sie das Messer von vorne über die Gurgel ziehen. Dann spritzt Ihnen das Blut auf den Frack. Sie müssen von hinten kommen, schnell und kräftig durchziehen» – er fuhr mit dem Holzspatel schwungvoll durch die Luft – «und sofort zurücktreten.»
Er sah Tron fröhlich an, aber dann fiel ihm noch etwas anderes ein: «Übrigens – haben Sie schon

die Obduktionsberichte für die Lloydfälle gelesen? Der Hofrat und das Mädchen?»
Tron schüttelte den Kopf. «Wir bearbeiten den Fall nicht mehr.»
Dr. Lionardo schlug sich mit drei Fingern auf die Stirn. «Ja, richtig. Der Bericht ging auch an Oberst Pergen. Hat er Ihnen nichts davon gesagt?»
«Was hätte er mir sagen sollen?»
«Dass die Schüsse *post mortem* abgegeben worden sind. Der Hofrat war tot, als man auf ihn geschossen hat. Ein völlig sinnloser Vorgang.» Er warf Tron einen missbilligenden Blick zu, als wäre Tron derjenige gewesen, der auf den Toten gefeuert hatte.
«Und die eigentliche Todesursache?»
Dr. Lionardo zuckte mit den Achseln.
«Vermutlich ein Herzinfarkt.»

30

«Sie haben Grillparzer laufen lassen, Commissario? Nachdem Sie ihn neben der Leiche erwischt haben?»

Spaur lehnte sich über seinen Schreibtisch und umklammerte nervös eine Schachtel Demel-Konfekt. Die Schachtel stand auf einem Venedig-Plan, in den er zusammen mit seinem Neffen Haslinger – dem Fackelträger des Fortschritts – vertieft gewesen war, als Tron sein Büro betreten hatte. Der Plan wies ein Netz von dicken schwarzen Linien auf, bei denen es sich vermutlich um die Rohrleitungen handelte, mit denen Haslinger die Venezianer beglücken wollte – ein Labyrinth aus schwarzen Strichen, das über einem Labyrinth aus Kanälen und Gassen lag.

Spaur hatte Trons Bericht mit wachsendem Unbehagen gelauscht – im Gegensatz zu Haslinger, der die Miene eines Mannes aufgesetzt hatte, dem eine spannende Schachpartie geboten wird. Tron konnte förmlich sehen, wie der Ingenieur die einzelnen Züge in seinem Gehirn speicherte und bewertete. Haslinger war eindeutig fasziniert. Wahrscheinlich bedauerte er bereits, dachte Tron, dass er den spannendsten Teil der Geschichte – die Nacht auf dem Raddampfer – einfach verschlafen hatte und sich jetzt mit den Brotkrumen zufrieden geben musste.

«Es wäre Ihre Pflicht gewesen», fuhr Spaur fort,

«sofort die Militärpolizei zu benachrichtigen. Wahrscheinlich wird Oberst Pergen davon erfahren. Und dann wird er mir …», Spaur griff entnervt in die Konfektschachtel, wickelte ein neues Stück aus und formte seine Worte um eine Marzipankugel: «Dieölleheißma.»

«Die Hölle heiß machen? Das bezweifle ich», sagte Tron. Er nickte Haslinger dankbar zu. Der hatte sich die Kühnheit erlaubt, die Konfektschachtel über den Tisch zu schieben und Tron auffordernd anzublicken. Offenbar wusste Haslinger nicht, dass sein Onkel grundsätzlich nichts von seinem Demel-Konfekt abgab.

«Und warum?» Spaurs Miene, die sich verdüstert hatte, hellte sich wieder auf, als Tron das Angebot Haslingers zurückwies.

«Pergen hat in seinem Bericht das Obduktionsergebnis unterschlagen. Wenn der Hofrat an einem Herzanfall gestorben ist, war es kein Mord», sagte Tron.

Haslinger beugte sich über den Tisch. «Aber das Obduktionsergebnis lässt keinen Rückschluss auf die Person des Schützen zu. Es könnte also durchaus Pellico gewesen sein, der auf den Hofrat gefeuert hat.»

«Das Attentat war eine Erfindung Pergens – warum sollte Pellico auf den Hofrat gefeuert haben?»
Haslinger dachte einen Moment nach. Dann sagte er: «Es mag ja sein, dass der Hofrat Papiere an Bord hatte, die den Oberst in Schwierigkeiten gebracht hätten.» Er richtete den Blick auf seinen Finger, der über den Stadtplan strich und einer Rohrleitung folgte, die den Palazzo Tron, wie Tron irritiert bemerkte, in zwei Teile zerschnitt. «Aber wer sagt», fuhr Haslinger fort, «dass es die einzigen Unterlagen waren, die der Hofrat in seiner Kabine hatte?»
Spaurs Augenbrauen zogen sich in die Höhe. «Du meinst, der Hofrat hatte nicht nur Unterlagen an Bord, die diesen Prozess betrafen, sondern auch Dokumente über das geplante Attentat?»
Haslinger nickte. «Ich sehe nicht, warum das eine das andere ausschließen sollte.»
«Das würde bedeuten, dass der Bericht Pergens im Wesentlichen korrekt ist», sagte Spaur. «Wenn das Obduktionsergebnis keine Rückschlüsse auf die Person des Täters zulässt, könnte der Schütze ebenso gut Pellico gewesen sein.»
«Aber nicht der Mörder des Mädchens. Jedenfalls

nicht, wenn man davon ausgeht, dass derjenige, der Moosbrugger getötet hat, auch das Mädchen auf dem Gewissen hat», sagte Tron und fügte noch hinzu: «Wer immer das gewesen ist.»

Haslingers Kopf hob sich von dem Labyrinth der Gasleitungen, auf die er nachdenklich gestarrt hatte. Er sah Tron stirnrunzelnd an. «Und der Fundort der Leiche? Ist das kein Hinweis? Nur Leutnant Grillparzer wusste, dass es eine unverschlossene Kabine gab, in der ein Toter lag.»

«Eben weil die Kabinentür nicht verschlossen war, könnte sie sich während des Sturms zufällig geöffnet haben», sagte Tron.

«Was der Mörder, der gerade dabei war, die Leiche des Mädchens loszuwerden, zufällig bemerkt hat.» Spaurs sarkastischer Tonfall signalisierte, dass er Trons Überlegung für abwegig hielt. «Ist es das, was Sie sagen wollen?»

Tron nickte. «So ungefähr.»

«Also stößt jemand, der eine Leiche loswerden will, rein zufällig auf eine offen stehende Kabine, in der zufällig eine andere Leiche liegt?» Spaur schüttelte den Kopf und lehnte sich zurück. «Es tut mir Leid, Commissario. Für meinen Geschmack sind das zu viele Zufälle.»

«Gut – aber wenn Grillparzer der Mörder des Mädchens wäre, dann hätte er mir kaum von Moosbruggers Kundenliste berichtet», wandte Tron ein.

«Vielleicht hat er es getan, weil ...» Spaur verstummte und durchbohrte Tron mit einem Blick, der so schwarz war wie das Stück Bitterschokolade, das er gerade auswickelte.

Haslinger lächelte. «Vielleicht weil Grillparzer wusste, dass er nicht auf dieser Liste stand.» Er faltete raschelnd den Venedig-Plan mit den Gasleitungen zusammen. «Werden Sie nach Triest fahren, Commissario? Zu dieser Adresse, die Ihnen der Leutnant genannt hat?»

Das war die entscheidende Frage, und Tron war Haslinger dankbar, dass er sie gestellt hatte.

«Das hängt nicht von mir ab.» Tron wedelte mit der Hand auf die andere Seite des Schreibtisches, an der Spaur saß.

«Die Frage ist», sagte Spaur nachdenklich, «ob das überhaupt unser Fall ist. Moosbrugger war Lloydsteward. Unter gewissen Umständen gilt das Lloydpersonal als Teil der Marine. Und dann ermittelt die Militärpolizei.»

«Welche Umstände?»

«Krieg. Oder kriegsähnliche Situationen. Und Pergen könnte sich auf den Standpunkt stellen, dass eine solche Situation vorliegt.»

«Wegen des Attentats?»

Spaur nickte.

«Also könnte Pergen den Fall für sich reklamieren», sagte Tron.

«So ist es. Andererseits ...» Spaur überlegte. «Wie lange hat Moosbrugger dieses Geschäft betrieben?»

Tron zuckte die Achseln. «Seit drei Jahren arbeitete er auf der *Erzherzog Sigmund*.»

«Glauben Sie, dass diese Kundenliste tatsächlich existiert?»

Tron nickte. «Sie waren der Erste, der mir davon erzählt hat.»

«Ich habe lediglich ein Gerücht wiedergegeben», sagte Spaur. «Aber wenn diese Liste tatsächlich existiert, dürfte sie eine interessante Lektüre abgeben. Ich frage mich, ob Toggenburg auch darauf steht.» Spaur fixierte eine Minute lang die Decke. Dann sagte er: «Vielleicht sollten Sie eine Triest-Reise ins Auge fassen, Commissario. Eine *private* Reise. Besuchen Sie Commissario Spadeni und bringen Sie unser Problem zur

Sprache. Er soll dieser Adresse einen Besuch abstatten. Die Wohnung ein wenig näher betrachten.»

«Durchsuchen?»

«Und zwar gründlich. Begleiten Sie Spadeni bei diesem Besuch.»

«Und wenn wir die Aufzeichnungen finden?»

«Dann bringen Sie sie mit.»

«Spadeni könnte sich weigern, mir die Aufzeichnungen zu überlassen.»

Spaur fegte Trons Einwand vom Tisch. «Das wird er nicht. Spadeni ist mir einen Gefallen schuldig. Nehmen Sie den Dampfer, der heute Nacht ablegt. Dann sind Sie morgen wieder zurück. Wann findet dieser Maskenball statt, über den alle Welt redet?»

«Am Sonnabend.»

«Dann passt ja alles wunderbar», entschied Spaur.

«Heute Abend fährt die *Erzherzog Sigmund*», sagte Haslinger erfreut. «Und morgen nehmen wir die *Prinzessin Gisela*.» Er warf Tron einen strahlenden Blick zu.

Spaur wandte sich überrascht seinem Neffen zu. «*Wir?* Fährst du auch?»

«Ich muss nach Triest», sagte Haslinger. «Ich dachte, das wusstest du.»

Spaur schüttelte den Kopf. «Nein. Wusste ich nicht. Aber umso besser. Dann könnt ihr zusammen fahren.» Er rieb sich die Hände und umfing Haslinger und Tron mit einem väterlichen Blick. Offenbar schien ihn die Aussicht auf Moosbruggers Aufzeichnungen in eine heitere Stimmung zu versetzen. «Lassen Sie sich einen Beförderungsschein für den Lloyd ausstellen, Commissario. Auf meinen Namen», fügte Spaur großzügig hinzu.

«Danke, Herr Baron.»

«Und noch etwas.» Spaur zog einen Bogen Papier aus der Schublade seines Schreibtisches und überflog es stirnrunzelnd. «Es wird in den nächsten Tagen eine Reihe von Razzien geben, teilt mir Toggenburg mit. In allen Sestieres. Heute Abend geht es los. Nur damit Sie Bescheid wissen.»

«Sind wir daran beteiligt?», erkundigte sich Tron.

Spaur schüttelte den Kopf. «Nein. Das ist Sache des Militärs. Die kroatischen Jäger machen das.»

«Und wo geht es los?»

«Nicht bei Ihnen in San Marco. Drüben in Dorsoduro. Sie fangen mit Gaststätten und Wohnungen rund um den Campo Santa Margherita an.»

31

Ein wenig außer Atem, weil sie nicht gewöhnt ist, durch knöcheltiefen Schnee zu stapfen, ist Elisabeth stehen geblieben. Sie trägt derbe Schuhe mit dicker Sohle, einen braunen Wollmantel aus dem Besitz der Königsegg und ein Kleid, das unter ihren Knöcheln endet, sodass der Saum im Schnee schleift und sich allmählich mit Feuchtigkeit voll saugt.

«Wie weit ist es noch?», fragt Elisabeth.

Am Nachmittag hat es angefangen zu schneien, in dichten, von Windböen durcheinander gewirbelten Flocken, aber vor einer guten halben Stunde, kurz bevor Elisabeth mit der Wastl und den Königseggs den Palazzo Reale verlassen hat, hörte es plötzlich auf. Der Wind hat sich gelegt, und bisweilen reißt die Wolkendecke auf, sodass ein bleicher Mond über den Dächern schwebt.

Auf der anderen Seite des Canal Grande hat Elisabeth die Orientierung verloren: zu viele Calles und Salizzadas, die sich kreuzen und verzweigen, zu viele Campiellos, die sich alle ähneln unter der weißen, meist unberührten Schneedecke. Sie hat dieses leicht schwindelerregende Gefühl (das Kinder und auch Erwachsene empfinden, wenn sie durch ein Labyrinth laufen) anfangs genossen – jedenfalls so lange, bis ihr die Füße wehtaten und bevor sich diese unpassende Lust auf eine Tasse heißer Schokolade in ihrem Kopf auszubreiten begann.

«Die Nächste links, und dann sind wir da», sagt die Wastl.

Weisungsgemäß hat sie die Anrede «Kaiserliche Hoheit» weggelassen. Überhaupt hat sich die Wastl als überaus kooperativ erwiesen. Ihre Befangenheit ist verschwunden, was Elisabeth darauf zurückführt, dass sie, Elisabeth, nicht mehr so aussieht wie Elisabeth.

Im Palazzo Reale hat sie lange vor dem Spiegel gestanden, und wäre der Anlass ihrer Kostümierung nicht so ernst, dann wäre sie in Gelächter ausgebrochen. Die klobigen Schuhe und der ländliche Mantel haben die Wirkung ihrer Hamsterba-

cken noch verstärkt. Die Gräfin Hohenembs sieht jetzt aus wie eine Köchin, aber umso unwahrscheinlicher ist es, dass Ennemoser entdeckt, wen er in Wirklichkeit vor sich hat.
Um sich wieder daran zu gewöhnen, mit der Watte im Mund zu sprechen, hat Elisabeth eine kleine Plauderei mit der Wastl angefangen. Ennemoser ist Drucker, hat sie bei dieser Gelegenheit erfahren. Wie die Wastl stammt er aus dem ersten Wiener Bezirk, wurde vor einem Jahr eingezogen und kam wegen gewisser Grundkenntnisse im Italienischen als Bursche zu Pergen.
Die Königseggs von dem Vorhaben zu überzeugen ist nicht leicht gewesen. Am Ende hat ein diskreter Hinweis auf die Befehlshierarchie den Ausschlag gegeben. Der Generalmajor ist der Typ, der jede Anordnung ausführt, auch wenn er sie für noch so unsinnig hält.
Jetzt stapfen die Königseggs drei Meter hinter Elisabeth und der Wastl durch den Schnee, und vermutlich, denkt Elisabeth, bereut die Gräfin inzwischen, dass sie sich darauf eingelassen hat, ihre Oberhofmeisterin zu werden. Der Graf und die Gräfin werden am Nebentisch sitzen, so ist es verabredet. Unter Königseggs Mantel steckt ein

Revolver. Er hat darauf bestanden, eine Waffe mitzunehmen und sich möglichst nachlässig zu kleiden – um nicht aufzufallen.

«Wir sind da», sagt die Wastl und bleibt stehen.

Der Campo Santa Margherita, an dessen Rand sie angelangt sind, ist eine weite Schneefläche, umgeben von eher flachen Gebäuden, die sich als schwarze Silhouetten vom Nachthimmel abheben. Ein halbes Dutzend Fenster sind erleuchtet, nicht viele für einen Platz von der Größe eines Exerzierfelds, und ihr Licht reicht nicht aus, um den Campo zu beleuchten, der ohne das bleiche Mondlicht in vollständiger Dunkelheit vor ihnen liegen würde.

Dann entdeckt Elisabeth das Licht im Erdgeschoss eines Hauses auf der gegenüberliegenden Seite. Davor steht eine Gestalt, die jetzt anfängt zu winken: zweifellos der Verlobte der Wastl, Alfred Ennemoser, ein breitschultriger Riese, wie sich herausstellt, als Elisabeth und die Wastl die Schneewüste des Campo Santa Margherita überquert haben.

Die Wastl stellt sie einander vor: Gräfin Hohenembs, Alfred Ennemoser – mit einer Unbefangenheit, über die Elisabeth immer noch staunt, als sie an einem der blank gescheuerten Tische des *Paillo Gioccolante* – so heißt die Trattoria – Platz nimmt. Die Königseggs sind verabredungsgemäß ein paar Minuten später eingetroffen. Jetzt sitzen sie am Nebentisch. Sie studieren die Speisekarte, einen schmierigen Zettel, der ihre Mienen verdüstert.

Allerdings, muss Elisabeth zugeben, ist die Gaststätte eine Enttäuschung. Das Einzige, was ihren Erwartungen entspricht, sind die Sägespäne auf dem Fußboden und die blank gescheuerten Tische. Ansonsten ist der *Paillo Gioccolante* eine Trattoria ohne Fischnetzdekorationen, Gondolieri und Mandolinenklänge, ein Lokal ohne jede Atmosphäre, das ebenso gut eine Bahnhofsgaststätte sein könnte. Der Gastraum enthält ein Dutzend Tische, an denen momentan höchstens zehn Gäste sitzen, Einheimische, vermutlich Leute aus der Umgebung. Fremde verschlägt es selten in diesen Teil Venedigs.

Ennemoser hat Kutteln für sich und die Wastl kommen lassen. Die Frage nach heißer Schokolade, von Ennemoser gestellt, denn Elisabeth spricht kaum Italienisch, hat nur ein bedauerndes Achselzucken bei dem Kellner ausgelöst.

Also hat Elisabeth einen Teller Brühe bestellt – mit ihren Wattekugeln im Mund kann sie nur flüssige Nahrung zu sich nehmen.
Sie schätzt, dass Ennemoser höchstens dreißig ist. Er hat dunkelblonde Haare, einen Schnurrbart und braune, intelligente Augen, mit hellen Wimpern unter ebenso hellen Augenbrauen – eine angenehme Person mit einem freundlichen, offenen Gesicht, das man nur deshalb nicht als «gut geschnitten» bezeichnen würde, weil die Nase ein wenig zu kurz und der Mund ein wenig zu herzförmig ist.
Eigentlich hat Elisabeth erwartet, dass Ennemoser sie, nachdem das Essen serviert worden ist, bitten würde, ihre Fragen zu stellen, aber Ennemoser hat sich erst einmal über seine Kutteln hergemacht, was Elisabeth begrüßt, denn auch sie hat es inzwischen nicht mehr eilig. Tatsächlich beginnt sie diesen Ausflug, unabhängig von dem Zweck, den er erfüllen soll, zu genießen.
Erstens schmeckt die Brühe ausgezeichnet (ob sie die Königsegg nachher in die Küche schicken soll, um nach dem Rezept zu fragen?), und zweitens hat sie ihr Urteil über dieses Lokal revidiert. Der Vergleich mit einer Bahnhofsgaststätte ist

schon insofern falsch, als das Publikum hier einen völlig anderen Zuschnitt hat. In der letzten halben Stunde ist das Lokal deutlich voller geworden, und es hat sich eine Mischung zwischen einfachem Volk und Boheme ergeben, die Elisabeth entzückt.

Der hagere Jüngling, der in Elisabeths Blickrichtung sitzt und wie im Fieber einen Bogen Papier voll schreibt, ist ein Dichter. Das sieht Elisabeth sofort. Sie erkennt es an der schwarzen Locke, die ihm in die bleiche Stirn fällt, und an seinem grüblerischen Blick, den er bisweilen an die Decke richtet, so als würde er ein seltenes Wort suchen. Und der Bursche, der soeben die Gaststätte betreten hat, kann nur ein waschechter Gondoliere sein. Elisabeth sieht es an dem kühnen Blick, mit dem er die Anwesenden mustert, und an seinem Strohhut mit dem flotten Band, das um die Krone flattert. Auch zwei knorrige Fischer mit kantigen, wettergegerbten Gesichtern haben sich eingestellt. Sie haben an einem Tisch neben dem Eingang Platz genommen, knuffige Stummelpfeifen entzündet und spielen jetzt, mit Händen, die vor ein paar Stunden noch schwere Netze eingebracht haben, eine Partie Domino.

Ennemosers Teller ist fast geleert, sein Hunger gestillt, und so kann er sich jetzt dem eigentlichen Zweck dieses Treffens widmen, der Beantwortung ihrer Fragen. Ein selbstbewusster Mann, denkt Elisabeth. Ihr gefällt der völlige Mangel an Beflissenheit im Verhalten Ennemosers – für ihn ist sie immerhin eine Gräfin Hohenembs. Fast bedauert sie, dass sie gezwungen ist, diesen Mann zu täuschen.

«Sie wollten mich wegen des Lloydfalles sprechen?»

Ennemoser redet laut genug für Elisabeth, aber so leise, dass man ihn bereits am Nebentisch nicht mehr verstehen kann. Mit dem Rücken zur Wand kann er aus der Ecke des großen Gastraums sämtliche anderen Tische übersehen, und Elisabeth begreift, dass er sich nicht zufällig dorthin gesetzt hat.

«Es gibt gute Gründe», sagt Elisabeth etwas steif, weil sie nicht weiß, welchen Ton sie anschlagen soll, «die offiziellen Informationen über diesen Fall durch ein paar zusätzliche Details zu ergänzen.»

«Woran, wenn ich das richtig verstanden habe», sagt Ennemoser lächelnd, «an gewisser Stelle ein großes Interesse besteht.»

«Das haben Sie richtig verstanden.»

Hübsch, denkt Elisabeth, wie der Mann sich ausdrückt. Fast wie ein Diplomat. Drucker lesen viel, und das färbt ab. Allerdings herrscht, hat Elisabeth gehört, in solchen Kreisen oft ein gewisser Mangel an Begeisterungsfähigkeit für die Armee und die kaiserliche Familie, was sie, nach sechs Ehejahren mit Franz Joseph, allerdings gut verstehen kann.

«Der offiziellen Version zufolge ist dieses Mädchen erschossen worden», fährt Elisabeth fort. «Aber Ihre Verlobte hat angedeutet, dass sie auf andere Weise ums Leben gekommen ist.» Elisabeth schenkt der Wastl ein vertrauliches Lächeln.

Ennemoser nickt. «Die Frau ist gefesselt und dann erwürgt worden. Sie hatte Spuren von Bissen auf dem Oberkörper.»

«Woher wissen Sie das?»

«Von einem der Sergeanten, die an dem Einsatz beteiligt waren.»

«Angeblich gab es Ärger zwischen dem Commissario und dem Oberst. Hat der Sergeant etwas dazu gesagt?»

«Nur dass der Commissario den Fall zuerst nicht abgeben wollte.»

«Ist das alles, was Sie über den Lloydfall wissen?»
Ennemoser denkt einen Moment nach. Er schürzt die Lippen, und sein herzförmiger Mund wird noch herzförmiger. Dann sagt er: «Da wäre vielleicht noch etwas. Ich weiß nicht, ob es mit dem Lloydfall zusammenhängt, aber es könnte sein. Der Oberst hatte am Montag Besuch. Gegen neun Uhr abends kam ein Mann in die Wohnung.»
«Haben Sie den Mann gesehen?»
«Nein. Oberst Pergen hat die Wohnungstür selber geöffnet und den Mann sofort in den Salon geführt. Ich glaube, er hatte ihn bereits erwartet.»
«Sie haben nicht bedient?»
«Getränke und Gläser waren im Salon. Ich hatte später den Eindruck, als hätte Oberst Pergen vermeiden wollen, dass ich seinen Besucher sah.»
«Warum glauben Sie, dass es einen Zusammenhang zwischen dem Mord auf dem Schiff und dem Besuch dieses Mannes gibt?»
«Weil ich zufällig einen Teil der Unterhaltung gehört habe. Ich war in der Küche und bin auf den Flur gegangen, um einen Mantel aus der Garde-

robe zu holen, von dem ein paar Flecken entfernt werden mussten.»

«Worum ging es bei der Unterhaltung?»

«Um Papiere, die aus der Kabine des Hofrats verschwunden waren. Oberst Pergen hat den Mann beschuldigt, diese Papiere in seinem Besitz zu haben.»

«Oberst Pergen sprach deutsch mit dem Mann?»

«Ja.»

«Was hat der Mann dazu gesagt?»

«Er hat gelacht, und dann hat Oberst Pergen gebrüllt, dass er ihn jederzeit an den Galgen bringen kann.»

«Hat der Mann geantwortet?»

«Er hat gesagt, er werde dafür sorgen, dass die Papiere vorher bei Toggenburg landen. Dann hat er wieder gelacht, und ich konnte Schritte im Salon hören. Also bin ich wieder in die Küche gegangen. Ein paar Minuten später ging die Wohnungstür. Ich habe dann aus dem Küchenfenster gespäht, aber ich konnte den Mann nur von hinten und oben sehen. Die Wohnung, die der Oberst bewohnt, liegt im zweiten Stock.»

«Sie könnten den Mann also nicht beschreiben.»

«Ich kann nur sagen, dass er groß war und einen

schwarzen Umhang trug. Einen Mantel, wie Priester ihn tragen.»

«Haben die beiden Männer du zueinander gesagt?»

«Ja, das haben sie.»

Und dann bemerkt Elisabeth, dass Ennemoser, der mit dem Rücken zur Wand sitzt und den Gastraum vollständig im Auge hat, nicht mehr auf ihr Gespräch achtet. Elisabeth will etwas sagen, aber Ennemoser legt ihr seine Hand auf den Arm. An den Tischen stocken die Gespräche, dann verstummen sie ganz. Elisabeth dreht sich langsam um und sieht, dass der Gondoliere auf seinen Stuhl gestiegen ist und den Arm gehoben hat.

Wenn der Gondoliere mit den markanten Gesichtszügen nicht so venezianisch ausgesehen hätte, wäre Elisabeth schneller darauf gekommen, was los ist. Aber so denkt sie ein paar Augenblicke lang, er würde ein wichtiges Ereignis bekannt geben wollen, das sich in der Nachbarschaft zugetragen hat, eine Hochzeit oder einen Todesfall. Er hat seinen kreisrunden Strohhut mit dem lustigen Band abgelegt, und darunter ist ein militärischer Haarschnitt zum Vorschein gekom-

men. Was er mit deutlichem österreichischem Akzent sagt, braucht Ennemoser nicht zu übersetzen. Als er seine Rede beendet hat, drängt ein Dutzend Soldaten durch die Tür herein. Sie besetzen den Vordereingang und den Hintereingang. Ungefähr dreißig Leute sitzen in der Falle.
In der Falle. Das ist das Erste, was Elisabeth durch den Kopf schießt. Das Zweite ist ihr Passierschein, den sie vor zwei Stunden im Palazzo Reale selber unterschrieben hat. Das Dritte ist ein erstaunlich klares (ein geradezu schmerzhaft klares) Bild des bereits zusammengefalteten Passierscheins auf der Schreibplatte ihres Sekretärs. Da liegt der Passierschein immer noch, denn Elisabeth hat vergessen, ihn einzustecken.

32

Sergeant Semmelweis liebte Razzien, weil sie ihn an seinen Zivilberuf erinnerten.
Seine Gruppe, die aus drei Dutzend Männern, vier Unteroffizieren und zwei Leutnants bestand, war um Punkt neun Uhr ausgerückt. Dies war

die zweite Gaststätte auf ihrem Einsatzplan, und bis jetzt lief alles wie am Schnürchen.
Sergeant Hackl, ein Kamerad aus Matrei in Osttirol, hatte wie üblich als Gondoliere verkleidet seine Ansage gemacht, und dann war ein Dutzend Soldaten in das Lokal gestürmt, während der Rest die Ausgänge besetzt hielt.
Sie hatten zwei englische Touristen und zwei Einheimische aussortiert, die sich nicht ausweisen konnten und die man jetzt zu einem provisorischen Sammelpunkt bringen würde, einem frei stehenden Backsteingebäude mitten auf dem großen Platz, an dem die Trattoria lag.
Jetzt stand er am vorletzten Tisch, der noch zu kontrollieren war, und hoffte, dass ihm der Gast hier keinen Ärger machen würde, obwohl es im Moment ganz danach aussah.
Der Bursche, ein etwa fünfzigjähriger Mann, hatte ihm mit arroganter Miene einen Passierschein des Palazzo Reale vor die Nase gehalten, der ihn als einen Grafen Königsegg, Oberhofmeister der Kaiserin, auswies. Sergeant Semmelweis fragte sich, für wie blöd ihn dieser Mann eigentlich hielt. Dass hier etwas faul war, sah er auf den ersten Blick.

Der Mann trug einen abgewetzten Gehrock, eine fleckige Weste, und Kragen und Manschetten sahen aus, als wären sie bereits ein paar Tage lang getragen worden. Er hatte ein rotes, aufgedunsenes Gesicht und schwitzte so stark, dass ihm der Schweiß in kleinen Tropfen von Stirn und Schläfen herablief. Außerdem hatte er einen in der Krone. Dafür sprachen schon die leere Weißweinflasche und die halb geleerte Flasche Grappa, die vor ihm auf dem Tisch standen.

Neben ihm saß eine Frau, Typ graue Maus, die nervös ihre Gabel befingerte. Den Fisch auf ihrem Teller hatte sie nicht angerührt, was Sergeant Semmelweis missbilligte, denn der Fisch (Seezunge?) sah ausgesprochen lecker aus.

Der Sergeant trat vorsichtshalber einen Schritt zurück, bevor er den Satz wiederholte, den er eben gesagt hatte. Der Bursche sah zwar nicht so aus, als würde er gleich mit dem Messer auf ihn losgehen, aber man konnte nie wissen.

«Stehen Sie auf und leeren Sie Ihre Taschen», sagte Sergeant Semmelweis zu dem Mann, der behauptet hatte, der Oberhofmeister der Kaiserin zu sein.

Er bemühte sich, denselben geduldigen Tonfall anzuschlagen, den er in einer solchen Situation auch im Zivilberuf benutzt hätte. Dann wartete er auf die Reaktion.

Sergeant Semmelweis teilte die Menschen, mit denen er im Zivilberuf zu tun hatte, in drei Gruppen ein: in Zerknirschte, Freche und Gewalttätige. Der Mann vor ihm, schätzte Sergeant Semmelweis (und er verschätzte sich selten), gehörte zu den Frechen. Die Frechen erfanden Geschichten oder verlangten, seinen Vorgesetzten zu sprechen.

Genau das tat der Bursche jetzt.

Er wechselte einen Blick mit der grauen Maus, die ihn durch ein Nicken ermutigte. Danach stärkte sich der Mann durch einen Schluck Grappa und sagte, wobei er sich Mühe gab, einen militärischen Tonfall nachzuahmen: «Ich will Ihren vorgesetzten Offizier sprechen.»

Sergeant Semmelweis lächelte. Für die Frechen hatte er ein einfaches Rezept parat, und das hieß: keine Diskussion.

Es war unnötig, den beiden Soldaten, die hinter den Mann getreten waren, einen Befehl zu geben. Sie wussten, was sie zu tun hatten, als der Ser-

geant mit dem Kinn auf den Aufmüpfigen deutete.
Sie traten von zwei Seiten an den Mann heran und zogen ihn wie eine Puppe von seinem Stuhl. Natürlich zappelte der Bursche und schimpfte wie ein Rohrspatz – jedenfalls so lange, bis ein dritter Soldat den Revolver aus seiner Manteltasche zog – einen Trommelrevolver, so wie ihn Offiziere der kaiserlichen Armee benutzten. Der Revolver war geladen.
Sergeant Semmelweis nahm die Waffe. Er entfernte die Patronen aus der Trommel und legte sie auf den Tisch. Einen Augenblick lang hatte er den Eindruck, dass sämtliche Anwesenden auf den Revolver starrten, der jetzt neben der Grappaflasche lag und jede Diskussion überflüssig machte.
«Abführen», sagte Sergeant Semmelweis trocken. Er war ein wenig bleich, als er das sagte. Aber das war er auch manchmal, wenn er es zu Hause in Wien mit schwierigen Fällen zu tun hatte.
«Was ist mit der Frau?», fragte einer der Soldaten.
Die graue Maus war aufgesprungen. In ihren Augen standen Tränen.

Sergeant Semmelweis sagte: «Nehmt sie auch mit.»
Er sah, wie die Soldaten den Mann und die graue Maus an die Gruppe übergaben, die für die Überführung zum Sammelpunkt zuständig war.
Sergeant Semmelweis lächelte befriedigt. Auch das hatte wie am Schnürchen geklappt.
Am nächsten Tisch – dem letzten Tisch, der noch zu kontrollieren war – saßen zwei Frauen und ein Mann. Der Mann, dachte Sergeant Semmelweis, könnte seiner Frisur nach ein Armeeangehöriger sein, jemand, der das Recht hatte, Zivilkleidung zu tragen, sonst würde er jetzt nicht so ruhig auf seinem Stuhl sitzen. Eine der Frauen sah aus wie ein Dienstmädchen, das seinen freien Tag hatte, vielleicht eine Kammerzofe. Die andere Frau, eine schlanke Frau mit dunklen, vor Schreck geweiteten Augen, deren Gesicht an einen Hamster erinnerte, mochte als Hausdame oder als Gouvernante arbeiten. Sergeant Semmelweis hatte in seinem Zivilberuf einen ausgeprägten Sinn für gesellschaftliche Unterschiede entwickelt. Er würde nie eine Gouvernante mit einer Köchin oder einer Kammerzofe verwechseln.

Er legte grüßend die Hand an seine Mütze. «Wenn Sie sich bitte ausweisen würden.»

Sergeant Semmelweis lächelte höflich, als müsste er sich für den Auftritt am Nebentisch entschuldigen, was natürlich albern war, denn er hatte lediglich seine Pflicht getan. Bei diesen Razzien fühlte er sich wie ein Kontrolleur, der auf der Wiener Pferdebahn nach Schwarzfahrern fahndete. Tatsächlich hatte er genau das getan, bevor sie ihn vor drei Jahren eingezogen hatten.

33

Der Tisch an der rechten Wand des Lokals, den Ennemoser ausgesucht hat, ist eine kluge Wahl gewesen, solange es nur darum ging, sich ungestört zu unterhalten und dabei den Rest der Gaststätte im Auge zu haben. Für den Fall jedoch, dass man gezwungen ist, sich während einer Razzia unauffällig zu entfernen, kann der Tisch gar nicht ungünstiger platziert sein. Um zum Hinterausgang zu gelangen, müsste Elisabeth das ganze Lokal durchqueren, aber das wäre sinnlos, denn

vor dem Hinterausgang steht selbstverständlich auch ein Posten.
Außerdem ist es jetzt zu spät. Der Sergeant, der eben dafür gesorgt hat, dass die Königseggs abgeführt wurden, steht an ihrem Tisch und will ihre Legitimationen sehen.
Ein paar Sekunden lang steckt Elisabeth im Würgegriff einer so grenzenlosen Panik, dass sie völlig außerstande ist zu reagieren, geschweige denn, einen klaren Gedanken zu fassen. Es grenzt an ein Wunder, dass sie noch atmen kann.
Später fällt ihr ein, dass sie nur ein einziges Mal in ihrem Leben etwas Ähnliches empfunden hat. Das war, als ihr Brautschiff am 23. April 1854 in Nußdorf ankam und ihr angesichts der riesigen Menschenmenge zum ersten Mal klar wurde, was es bedeutete, Kaiserin von Österreich zu werden.
Am Landungsplatz warteten der Kaiser, die höchsten Würdenträger und Tausende von Schaulustigen, während sie versuchte, die weiche Frühlingsluft einzuatmen, von der es eben noch genügend gegeben hatte, die nun aber anderswohin geweht worden zu sein schien. Wie aus weiter Ferne hörte sie den Jubel der Menge, die Salut-

schüsse der Linzer Gebirgsjäger, die Lieder der angetretenen Kinderchöre, und sie konnte nur noch denken: Ich sterbe. Wien ist weniger als fünf Meilen entfernt, aber ich werde es nie sehen, weil ich gleich tot bin.

Und dann hat sich der Krampf damals gelöst. Elisabeth hat tief und keuchend Luft geholt und ist in Tränen ausgebrochen, als Franz Joseph auf das Schiff gesprungen ist, sie umarmt und vor aller Welt geküsst hat.

Sie fühlt sich jetzt wie auf dem Schiff: in genau demselben Zustand völligen körperlichen Stillstands. Sie sitzt auf dem Stuhl, hält ihre kleine Handtasche (in der sich kein Passierschein befindet) mit weißen Knöcheln umklammert und fragt sich, warum nicht alle auf ihren Tisch starren, wo doch ihr Herz so laut und so wild schlägt, dass man es eigentlich noch draußen vor der Tür hören müsste.

Aber dann löst sich der Krampf, so wie er sich damals gelöst hat. Ihr Herz macht zwei wilde Sprünge und nimmt seinen regulären Rhythmus wieder auf – wenn man davon absieht, dass es immer noch zu schnell schlägt, viel zu schnell. Allerdings bezweifelt sie, ob es überhaupt wünschenswert ist, dass ihr Herz wieder schlägt: Einen Augenblick lang fasziniert sie die Vorstellung, bewusstlos auf dem Tisch zu liegen – aller Sorgen ledig.

Die Wastl und Ennemoser haben ihre Legitimationen vorgelegt, und der Sergeant hat sie ihnen nach flüchtiger Prüfung zurückgegeben. Jetzt steht er direkt neben ihr und lächelt freundlich auf sie herab, während die ersten Soldaten sich schon zum Abmarsch bereitmachen.

Elisabeth hat ihre Handtasche – eine schlichte Tasche mit einer Kordel als Griff und einem Futter aus gelblichem Leinen – bereits mehrmals durchsucht und beginnt jetzt damit, die Gegenstände aus ihrer Tasche einzeln vor sich auf den Tisch zu legen: ein Taschentuch, eine Puderdose, einen Taschenspiegel, einen schwarzen Atlasfächer und ein Paar Handschuhe, alles Artikel von bescheidener Qualität und aus dem Besitz der Wastl. Wie jeder sehen kann, ist ihre Legitimation nicht dabei.

Also nimmt Elisabeth ihre Handtasche, dreht sie um und schüttelt sie – ergebnislos. Sie kehrt das Futter nach außen, aber auch das fördert nichts zutage. Auch auf dem Fußboden unter dem Tisch

ist das Papier nicht zu entdecken, ebenso wenig in den beiden Taschen ihres Kleides, die sie hektisch durchsucht.
Und schließlich fängt sie an zu heulen. Zum einen, weil ihr danach zumute ist, zum anderen, weil es nie schaden kann, wenn eine junge Frau in Bedrängnis ein paar Tränen vergießt. Dann putzt sie sich die Nase, schließt die Augen, so fest sie kann, und wartet auf ein Wunder.

Als Elisabeth ihre Augen wieder öffnet, steht das Wunder vor ihr. Es trägt die Uniform eines Leutnants der kroatischen Jäger, ist nicht besonders groß und hat zwei Schneidezähne, so groß wie Klaviertasten.
Das Wunder nimmt Haltung an, als es Elisabeths Blick auf sich spürt. Es schlägt die Hacken zusammen und salutiert. Dann wirft es Sergeant Semmelweis einen vernichtenden Blick zu, greift in die Tasche und zieht ein blütenweißes Taschentuch hervor.
«Wenn Durchlaucht gestatten», sagt Leutnant Kovac freudig. Er strahlt über das ganze Gesicht. Seine Schweinsäuglein sind zu kleinen Punkten geschrumpft, und Elisabeth kann sehen, dass

auch seine restlichen Zähne so groß wie Klaviertasten sind.
Elisabeth nimmt das Taschentuch, das Leutnant Kovac ihr gereicht hat, und tupft sich die Augen ab. «Ich hatte nicht erwartet, dass wir uns so schnell wiedersehen würden, Herr Leutnant.» Sie stößt ein kleines, verwirrtes Lachen aus. Die Wattekügelchen in ihrem Mund haben sich ein wenig verschoben, aber es ist nicht schwierig, sie mit der Zungenspitze zurückzuschieben.
«Gab es Probleme mit einem meiner Leute?», fragt Kovac.
Elisabeth schüttelt den Kopf. Sie wirft einen milden Seitenblick auf den Sergeanten, der die Szene mit offenem Mund beobachtet. «Ich fürchte, Ihr Sergeant hatte ein Problem mit *mir*.» Wieder ein kleines, verwirrtes Lachen.
«Wie das?» Kovac runzelt besorgt die Stirn.
«Ich scheine meinen Passierschein verloren zu haben», sagt Elisabeth. Das entspricht im Prinzip den Tatsachen, und weil es so ist, kommen Elisabeth wieder die Tränen. Sie gibt sich keine Mühe, sie zurückzuhalten.
«Ich dachte bereits, es würde mir genauso ergehen wie diesen ...» Elisabeth macht ein verzwei-

feltes Gesicht, «wie diesen Leuten am Nebentisch.»

«Hat der Herr am Nebentisch Durchlaucht belästigt?»

Elisabeth schüttelt den Kopf. «Nein, das hat er nicht. Was geschieht mit diesen Leuten?»

Kovac zuckt mit den Achseln. «Wir sammeln sie draußen in der Scuola dei Varotari, bis ihre Identität festgestellt werden kann.»

«Und was geschieht mit mir?»

«Wie meinen Durchlaucht?»

«Werden Sie mich auch mitnehmen?» Elisabeth schießt einen koketten Blick auf Kovac ab.

Der lächelt geschmeichelt. «Durchlaucht sind mir persönlich bekannt. Es gibt keinen Grund für eine Festnahme.»

«Dann kann ich also gehen?»

Kovac verbeugt sich. «Selbstverständlich.»

Eine halbe Stunde später unterschreibt Elisabeth einen Blankopassierschein, den die Wastl aus dem Salon der Königseggs geholt hat. Dabei steht sie unter den Arkaden der neuen Prokurazien und benutzt den Rücken Ennemosers als Schreibunterlage, während die Wastl das Glas mit der

Tinte hält. Als Elisabeth den Palazzo Reale betritt und ihre Legitimation vorlegt, wirft der wachhabende Offizier nur einen flüchtigen Blick darauf und wendet sich wieder dem Roman zu, in den er vertieft ist.

34

Über der nördlichen Adria befand sich ein barometrisches Maximum; es wanderte südwärts, einem auf der Höhe von Livorno liegenden Minimum zu. Dabei schob es die ohnehin spärliche Bewölkung im Golf von Triest weiter nach Süden, sodass am 18. Februar 1862 der Himmel über der *Erzherzog Sigmund* weitgehend sternenklar war.

Kurz nach Mitternacht stand Putz gut gelaunt hinter dem Tresen und schnitt luftgetrockneten Schinken in hauchdünne Scheiben. Tron sah die Klinge im Schein der Petroleumlampe blitzen, die von der Decke hing. Anschließend hätte man durch die Schinkenscheiben hindurch ein Buch lesen können – ein Indiz dafür, dass Putz über ein äußerst scharfes Messer verfügte. Wie das

Messer, mit dem Moosbrugger ermordet worden ist, dachte Tron.

Der Salon der *Erzherzog Sigmund* war voll besetzt mit Passagieren, die vor dem Schlafengehen noch ein Getränk oder einen leichten Imbiss zu sich nehmen wollten. Tron saß mit Haslinger an einem der runden Zweiertische und fragte sich, ob seine Umgebung deshalb so schwankte, weil der Dampfer die Lagune verlassen hatte oder weil sie inzwischen bei der dritten Flasche Champagner angelangt waren.

Als Tron die *Erzherzog Sigmund* das letzte Mal betreten hatte, war der Salon ein Trümmerfeld aus zerbrochenem Glas und ruiniertem Mobiliar gewesen. Jetzt staunte Tron über die Schnelligkeit, mit der die *Erzherzog Sigmund* im Arsenal wieder instand gesetzt worden war, und über die Eleganz, mit der sich der renovierte Salon präsentierte. Das Mobiliar war komplett erneuert worden, das rötliche Holz der Mahagonitäfelung glänzte frisch lackiert. Man hatte den braunen Bezug des runden Sofas in der Mitte des Salons durch fliederfarbenen Samt ersetzt und anstelle des farblosen Oberlichtes gefärbtes Glas genommen. In ihm brach sich das Licht der Deckslam-

pen und warf bunte Lichter auf die weißen Uniformen der Offiziere.
Tron füllte mechanisch sein Glas und fragte sich, ob er Haslinger das Du anbieten sollte. Wie hieß er noch mit Vornamen? Ignaz? Watzlaff? Triglav? Und mussten sie sich dann mit ineinander gehakten Armen zuprosten und auf ex trinken? Aus Gläsern, in denen sich Blut vom anderen befand? Am Nebentisch ließ sich eine Gruppe von Kaiserjägern voll laufen. In einer Stunde würde hier gar nichts mehr auffallen.
Haslinger (Triglav?) riss Tron aus diesen fruchtlosen Betrachtungen, indem er fragte: «Glauben Sie wirklich, dass sich Moosbrugger Aufzeichnungen über seine Kunden gemacht hat?»
«Ich würde es nicht ausschließen. Moosbrugger war ein Pedant», sagte Tron.
«Wissen Sie inzwischen mehr über diese Adresse in Triest?»
«Nein. Nur den Namen der Frau, mit der Moosbrugger zusammengelebt hat.»
«Schmitz. Via Bramante 4.» Haslinger lächelte. Er war stolz auf sein ausgezeichnetes Gedächtnis. «Und ich könnte wetten, dass Grillparzer auf Moosbruggers Liste steht.»

«Hat Spaur sich noch zu Leutnant Grillparzer geäußert, nachdem ich gegangen war?», erkundigte sich Tron.
Haslinger schüttelte den Kopf. «Nein. Ich glaube, die ganze Sache ist ihm zu heiß.»
«Also glaubt er, dass Grillparzer das Mädchen getötet hat, will aber nichts unternehmen.»
Haslinger nickte. «Das ist mein Eindruck.»
«Aber die Liste will er haben.»
«Ohne sich für sie aus dem Fenster zu hängen. Für das, was Sie als Privatmann in Triest anstellen, ist er nicht verantwortlich.»
«Warum will Spaur die Liste?»
Haslinger zog die Champagnerflasche aus dem Kübel und schenkte sich nach. «Spaur würde gerne wissen, ob auch Toggenburg zu den Kunden Moosbruggers gehört hat. Er will die Gewissheit, dass die ganzen Moralapostel, die ihn schief angucken, keinen Deut besser sind als er.»
Tron wusste, worauf Haslinger anspielte. Es war ein offenes Geheimnis, dass der Polizeipräsident mit der Tochter eines Gastwirts aus Castello eine Beziehung unterhielt. «Und mehr steckt nicht dahinter?»
«Ich glaube nicht, dass Spaur die Liste haben will,

um den Lloydfall wieder aufzurollen», sagte Haslinger.
«Was wird er tun, wenn sich Grillparzers Name auf der Liste findet?», fragte Tron.
Haslinger warf Tron einen amüsierten Blick zu. «Ich dachte, Sie hielten Grillparzer für unschuldig, Commissario.»
Tron sagte: «Es wäre nicht das erste Mal, dass ich mich getäuscht habe.» Er nippte an seinem Champagnerglas. «Fest steht nur eins. Wenn es diese Aufzeichnungen gibt, dann steht der Mörder des Mädchens auf der Liste.»

Später sagte Haslinger, er hätte an ein Tier denken müssen, das plötzlich aus dem Dschungel auf sie zuschoss. Tatsächlich schritt Tommaseo eher langsam hinter einer der mannshohen Palmen hervor, die in Kübeln zwischen den Tischen des Salons standen. Als er den Tisch erblickte, an dem Tron und Haslinger saßen, trat er näher. Seine grauen Augen streiften den Champagnerkübel mit einem verächtlichen Blick. Tommaseo trug eine Kutte aus anthrazitfarbenem Wollstoff, die nach Art der Mönche mit einer Kordel zusammengegürtet war. Auf seiner Brust hing eine

Kette mit einem schlichten Holzkreuz. Er sah aus wie ein Schauspieler, der einen Mönch spielt.

«Herr Oberleutnant», sagte Tommaseo.

Das galt Haslinger. Tron registrierte überrascht, dass sich die beiden kannten.

An Tron gewandt sagte Tommaseo: «Schrecklich, das mit Moosbrugger. Bearbeiten Sie den Fall?» Er sprach auf einmal deutsch.

«Das Lloydpersonal», sagte Tron, «zählt zum Militär. Wir haben den Fall abgegeben. Woher wissen Sie, dass Moosbrugger ermordet worden ist?»

«Pater Ignazio von San Stefano hat es mir gesagt. Gibt es einen Verdacht?»

«Bis jetzt noch nicht.»

Tommaseo wiegte nachdenklich den Kopf. «Erinnern Sie sich an unser Gespräch in der Sakristei?» Er lächelte ein kühles, kaum wahrnehmbares Lächeln, an dem seine Augen nicht beteiligt waren.

«Ja, sicher», sagte Tron.

«Wir sprachen über die Sünde und darüber, dass niemand dem Schwert des Herrn entkommen kann.» Tommaseo musterte Tron düster. «Nun, der Herr hat schneller Gerechtigkeit walten lassen, als wir alle erwartet hatten.»

«Sie meinen, der Mörder Moosbruggers war» –

wie hatte Tommaseo sich ausgedrückt? – «ein Werkzeug des Herrn?»
«Er hat den Willen des Herrn vollzogen.» Tommaseo nickte grimmig.
«Bedeutet das auch, dass der Herr seine schützende Hand über sein Werkzeug hält?», fragte Tron.
Tommaseo warf ihm einen misstrauischen Blick zu. «Ich kenne die Wege des Herrn nicht. Ich weiß nur, dass wir blind sind bis zur Wiederkehr des Erlösers. Bis dahin erblicken wir alles *per speculum in enigmate.*» Er hielt inne. Seine Lippen verzogen sich zu einem freudlosen Lächeln. Dann machte er abrupt auf dem Absatz kehrt und verließ den Salon.
Haslinger zog seine Stirn in Falten. «Was hat er denn damit gemeint? *Per speculum in enigmate?* Durch einen Spiegel in einem dunklen Wort?»
«Dass der Mörder vielleicht nie gefasst wird. Jedenfalls nicht in dieser Welt. Das hat er damit gemeint. Sie kennen sich?»
Haslinger nickte. «Tommaseo ist ein ehemaliger Offizier der kaiserlichen Armee. Wir waren beide Mitte der vierziger Jahre in Pesciera. Er hat 1850 den Dienst quittiert.»
«Hatten Sie viel mit ihm zu tun?»

Haslinger schüttelte den Kopf. «Nur dienstlich. Wir haben kaum miteinander geredet.»

«Ich dachte, er wäre Venezianer.»

«Sein Vater war ein österreichischer Rittmeister, seine Mutter eine Italienerin. Er kam unehelich zur Welt. Sein Vater wollte das Verhältnis später legalisieren und ihm seinen Namen geben, aber Tommaseo hat das abgelehnt. Er hat den Namen seiner Mutter behalten.»

«Ich war überrascht, als er eben deutsch sprach», sagte Tron.

«Selbstverständlich kann Tommaseo Deutsch. Aber er hasst diese Sprache genauso, wie er seinen Vater gehasst hat.»

«Tommaseo hat gewusst, was Moosbrugger auf dem Schiff getrieben hat», sagte Tron. «Er hat es durch einen Zufall erfahren und sich daraufhin an den Patriarchen gewandt.»

«Und?»

«Man hat ihm Stillschweigen verordnet. Das hat ihn empört», sagte Tron.

«Kein Wunder, dass er den Tod Moosbruggers nicht beklagt.»

«Was halten Sie von Pater Tommaseo?», fragte Tron.

«Wie meinen Sie das?»

«Dieses Gerede vom Mörder als Werkzeug des Herrn – ist das nicht grotesk? Und dann die Andeutung, dass der Mord nie aufgeklärt werden könnte. Ich frage mich, ob mir Tommaseo alles gesagt hat, was er weiß.»

«Warum sollte Pater Tommaseo Moosbruggers Mörder decken?»

«Weil er ihn für ein Werkzeug des Herrn hält», sagte Tron. «Was hatten Sie damals für einen Eindruck von Tommaseo? Beim Militär?»

Haslinger überlegte einen Moment. Dann sagte er: «Leutnant Tommaseo war nicht besonders beliebt. Hielt sich immer abseits. Trank nicht, spielte nicht. Ich glaube, er hat die Armee gehasst. Aber das besagt gar nichts. Das tun viele.»

«Viele Italiener.»

«Und viele Österreicher», sagte Haslinger.

«Weshalb hat er seinen Dienst quittiert?»

«Das weiß ich nicht. Ich hatte zu diesem Zeitpunkt nichts mehr mit der Armee zu tun.» Haslinger wechselte das Thema. «Werden Sie morgen früh sofort in die Quästur gehen?»

«Wenn wir pünktlich um neun Uhr anlegen, bin ich spätestens um zehn auf der Questura», sagte

Tron. «Wir könnten gegen Mittag in Moosbruggers Wohnung sein. Wenn Signora Schmitz keine Schwierigkeiten macht, sind wir in zwei Stunden fertig. Fahren Sie heute Nacht zurück nach Venedig?»

«Ich denke schon.» Haslinger zog die Champagnerflasche aus dem Kübel und sah Tron fragend an. «Noch einen Schluck?»

Tron hatte festgestellt, dass ihm dieses teure französische Zeug hervorragend schmeckte. Schon das Geräusch, das entstand, wenn man die Flasche aus dem Kübel zog – dieses sonore Klick-Klick der Eiswürfel – war irgendwie … berauschend.

Er schob sein Glas über den Tisch.

35

Elisabeth findet, Königsegg sieht aus wie ein Mann, der einen schweren Schicksalsschlag erlitten hat.

Das Frühstück, das der Graf gegen zehn Uhr zusammen mit der Gräfin im Salon der Kaiserin einnimmt, besteht aus einem Hering und einer Salatgurke. Dazu trinkt er klares Wasser und beißt hin und wieder in eine Scheibe geröstetes Weißbrot. Das kräftige Rosa, das über seinem Gesicht lag, als man ihn gestern im *Paillo Gioccolante* abgeführt hat, ist einem ungesunden Graugrün gewichen. Anstelle seines üblichen Gehrocks trägt er heute seine Uniform als Generalleutnant, allerdings in einer Weise, die Elisabeth sofort an all die furchtbaren Niederlagen denken lässt, die die kaiserliche Armee in den letzten Jahren hinnehmen musste: Magenta, Solferino, San Martino. Dazu kommt jetzt, jedenfalls für Königsegg, die verlorene Schlacht vom Campo Santa Margherita hinzu.

Der Graf und die Gräfin sind kurz nach Mitternacht in den Palazzo Reale zurückgekehrt. Offenbar hielten sich die Leiden, die sie erdulden mussten, in Grenzen, denn Königsegg ist gleich nach seiner kurzfristigen Internierung in der Scuola dei Varotari von einem Kameraden erkannt worden und mit einer Gondel der Linzer Gebirgsjäger (Elisabeth amüsiert die Vorstellung, dass sich die Linzer Gebirgsjäger eigene Gondeln halten) vom Rio San Barnaba in den Palazzo Reale gebracht worden. Trotzdem ist die Gräfin mit einem Gesichtsausdruck im Palazzo Reale eingetroffen, als hätte sie ihre Ehre verloren und als wäre Königsegg persönlich schuld daran.

«Oberst Pergen hatte Montagabend Besuch von einem Mann, der im Besitz der verschwundenen Papiere ist», sagt Elisabeth. «Ennemoser hat auf dem Flur gelauscht, als Pergen sich mit dem Mann im Salon unterhalten hat.»

Königsegg blinzelt Elisabeth an – mit Augen, die klein und gerötet sind. «War dieser Mann ein Passagier der *Erzherzog Sigmund*?»

Elisabeth nickt. «Es sieht ganz danach aus. Ennemoser sagt, Pergen habe dem Mann mit dem Galgen gedroht, wenn er die Papiere nicht herausrückt.»

«Verständlich, wenn man bedenkt, dass es um ein Attentat auf ein Mitglied der kaiserlichen Familie geht», meint Königsegg.

«Könnte man denken. Aber dazu passt die Antwort nicht, die der Mann gegeben hat.»

«Was hat er geantwortet?», fragt Königsegg.

«Dass er dafür sorgen wird, dass diese Unterlagen bei Toggenburg landen werden, bevor man ihn hängt. Und dann hat der Mann hämisch gelacht, sagte Ennemoser.»

«Moment mal.» Königsegg reibt sich die Schläfe. «Pergen will nicht, dass Papiere, die ein Attentat auf Kaiserliche Hoheit betreffen, bei Toggenburg landen? Warum will er das nicht?»

«Weil diese Papiere gar nichts mit einem Attentat auf mich zu tun haben. Es sieht so aus, als wäre das Attentat eine Erfindung Pergens.»

«Was sind das dann für Papiere?»

«Keine Ahnung. Papiere, die Pergen belasten würden, wenn sie auf den Schreibtisch Toggenburgs gelangten.»

«Und warum konnte Pergen dem Mann mit dem Galgen drohen?»

«Vermutlich weil er wusste, dass dieser Mann die Morde auf der *Erzherzog Sigmund* begangen hat.»

«Gibt es Hinweise auf die Identität dieses Mannes?», fragt Königsegg.

Elisabeth schüttelt den Kopf. «Nein. Ennemoser hat ihn nicht gesehen. Wir wissen über ihn nur, dass er Deutsch gesprochen und sich mit Oberst Pergen geduzt hat. Aber der Mann dürfte auf dieser Liste hier stehen.» Sie deutet auf ein Blatt Papier, das auf dem Tisch liegt. «Hier ist die Passagierliste der ersten Klasse. Ennemoser hat sie bei Pergen abgeschrieben, bevor er uns getroffen hat.» Elisabeth sieht Königsegg an. «Wo kann ich etwas über Armeeangehörige erfahren, ohne dass es auffällt, Herr Generalleutnant?»

«In Verona, Kaiserliche Hoheit. Im Militärarchiv. Es gibt dort über jeden kaiserlichen Offizier, der hier in Italien stationiert ist oder stationiert war, eine Akte. Aber die Herren vom Archiv hüten ihre Bestände wie die Kronjuwelen.»

«Was ist normalerweise notwendig, um Akten aus dem Militärarchiv anzufordern?»

«Das hängt davon ab, wie die Akte klassifiziert wurde.» Königsegg denkt kurz nach. «Wenn es sich um Bestände handelt, die keiner Geheimhaltung unterliegen, reicht eine Eingabe beim Leiter des Archivs. Das hat selbstverständlich schriftlich und unter Angabe von Gründen zu geschehen. Dann macht der Leiter des Archivs einen Vermerk auf der Aktenanforderung und reicht sie an einen der Unteroffiziere weiter. Der holt dann die Akten aus dem Archiv und fertigt ein Entnahmeprotokoll aus.»

Königsegg lockert den obersten Knopf seiner Uniformjacke und trinkt einen Schluck Wasser. «Auf diesem Entnahmeprotokoll», fährt er fort, «ist der Umfang der Entnahme festgehalten – also um wie viel Blatt es sich handelt –, der voraussichtliche Entnahmezeitraum und die Klassifizierungsstufe. Dieses Entnahmeprotokoll geht dann an die anfordernde Dienststelle, die nach Kenntnisnahme des Protokolls einen endgültigen Anforderungsantrag stellt, den so genannten Zweitantrag. Wenn die vorgesetzte Behörde den Anforderungsantrag billigt und einen entsprechenden Aktenvermerk ausfertigt, kann der Zweitantrag gestellt werden, dem in der Regel innerhalb einer Frist von vier bis sechs Monaten entsprochen wird. Es sei denn, Sie kennen jemand im Militärarchiv.»

Elisabeth runzelt die Stirn. «Es reicht vielleicht, wenn ich jemanden kenne, der jemanden kennt. Wie ist es mit Ihnen?»

«Ein Vetter von mir leitet die Hauptregistratur.»

«Wann geht der nächste Zug nach Verona, Herr Generalleutnant?»

Die Anrede mit dem militärischen Titel, sagt sich Königsegg, lässt darauf schließen, dass gleich ein Befehl folgen wird. «Um zwölf Uhr, Kaiserliche Hoheit.»

Und jetzt duldet der kaiserliche Tonfall tatsächlich keine Widerrede mehr. «Dann werden Sie den Zwölfuhrzug nach Verona nehmen und sich ein wenig im Militärarchiv umsehen.»

Königsegg weiß, dass es sinnlos ist zu widersprechen. Außerdem hat er immer noch ein schlechtes Gewissen wegen letzter Nacht. «Welche Akten wollen Kaiserliche Hoheit haben?»

«Die von Oberst Pergen und die von Leutnant Grillparzer – das ist der Name des Leutnants, der auf der Liste steht.»

Königsegg verbeugt sich. Beim Verbeugen wird ihm immer noch leicht übel, aber es ist schon besser als heute Morgen, als er fast vor dem Waschtisch kollabiert wäre und gezwungen war, sich von seinem Kammerdiener auf der Bettkante waschen zu lassen.

«Da wäre noch etwas», sagt Elisabeth.

«Ja, Kaiserliche Hoheit?»

«Ennemoser hat den geheimnisvollen Besucher vom Fenster aus gesehen. Allerdings nur von oben und im Dunkeln. Er sagte, der Mann trug einen schwarzen Mantel, so wie Priester ihn tragen. Sonst hat er nichts erkannt.»

«Warum erwähnen Kaiserliche Hoheit das in diesem Zusammenhang?»

«Weil auf der Passagierliste auch ein Priester steht.»
«Viele Priester im Veneto waren früher Feldkapläne», sagt Königsegg nachdenklich. «In diesem Falle müsste er ebenfalls eine Akte in Verona haben.»
«Dann finden Sie es heraus, Herr Generalleutnant. Nehmen Sie die Passagierliste mit nach Verona.»
In ihrer Suite, denkt Elisabeth, werden die Königseggs sofort anfangen, über die Frage zu diskutieren, warum sie die Akten morgen früh haben möchte. Die Antwort darauf ist ganz einfach, aber Elisabeth hat nicht vor, sie den Königseggs zu verraten. Jedenfalls nicht vor morgen Mittag.
Sie tritt ans Fenster. Die geschlossene Wolkendecke, die heute Morgen den Himmel bedeckt hat, ist aufgerissen, und Elisabeth sieht die Sonne auf den Schneekappen der Dogana und der Salute blitzen. Ein griechischer Raddampfer (Elisabeth kann die Flagge am Heck erkennen) kommt aus dem Giudecca-Kanal und stampft langsam, eine dunkle Qualmwolke hinter sich herziehend, in den Bacino di San Marco. Gondeln weichen dem

Dampfer aus, auf seiner Bugwelle hüpfen sie auf und nieder.
Komisch, denkt Elisabeth, seitdem dieser abscheuliche Mord auf dem Lloyddampfer passiert ist und Toggenburg versucht, mich loszuwerden, geht es mir richtig gut.
Als die Wastl ein paar Minuten später den Salon betritt, um den Tisch abzuräumen, stellt sie erstaunt fest, dass die Kaiserin am Fenster steht und lauthals lacht. Als sie daran denken muss, wie die beiden Sergeanten den Oberhofmeister gestern im *Paillo Gioccolante* abgeschleppt haben, muss sie ebenfalls lachen. Eigentlich gefällt ihr die Gräfin Hohenembs besser als die Kaiserin, aber manchmal ist auch die Kaiserin schwer in Ordnung.

36

Emilia Farsetti erhob sich alle fünf Minuten von ihrer Holzpritsche und sah aus dem Fenster. Das Fenster hatte vergitterte Scheiben, und der Blick durch die Stäbe zeigte ein verschneites Dach, dahinter ein paar flache Gebäude und hinter den

Gebäuden die Lagune. Emilia Farsetti fror, und sie hatte Angst. Ihre Zelle war kaum größer als die schmale Holzpritsche, auf der sie die Nacht verbracht hatte. Heute im Morgengrauen, als ihr Herz plötzlich anfing zu rasen, war sie fast verrückt geworden. Sie hatte von Leuten gehört, die man nur in eine kleine Gefängniszelle sperren musste, um sie ihren Verstand verlieren zu lassen. Inzwischen war ihr klar, dass sie zu diesen Leuten gehörte.

Dieser Oberst Pergen hatte sie gestern im *Café Florian* verhaftet und am Abend in das Militärgefängnis auf die Isola di San Giorgio gebracht. Das, was Pergen wollte, hatte sie vorsichtshalber unter den Bodenbrettern eines *sándalos* versteckt. Das Boot lag an der Sacca della Misericordia, am anderen Ende Venedigs. Es war das beste Versteck der Welt. Der Oberst hatte keine Chance, es zu finden, aber trotzdem, dachte Emilia Farsetti, war das alles keine gute Idee gewesen.

Dass sie den großen und den kleinen Umschlag in der Kabine der *Erzherzog Sigmund* an sich genommen hatte, war ein reiner Reflex gewesen. Frauen in ihrer Lage waren auf funktionierende Reflexe angewiesen, und insofern hatte sie sich keinen Vorwurf zu machen. Allerdings hatte sie anschließend eine Reihe von falschen Entscheidungen getroffen. Vor allen Dingen hatte sie diesen Oberst Pergen falsch eingeschätzt.

Niemand hatte am Sonntag auf die Zeugenaussage einer hysterischen Putzfrau Wert gelegt. Und so war Emilia Farsetti nach Hause geeilt, hatte sich an ihren Küchentisch gesetzt und die Beute untersucht. Natürlich wäre ihr ein Ring oder ein schönes Taschentuch (beides ließ sich leicht verkaufen) lieber gewesen als diese beiden Umschläge, aber Umschläge mit eingeprägten goldenen Kronen konnten alles Mögliche enthalten – warum nicht auch Geld?

Doch in dem Umschlag mit der Krone befand sich kein Geld, sondern lediglich ein einseitig (und offenbar auf Deutsch) beschriebenes Blatt Papier, dessen Unterschrift nicht zu entziffern war – jedenfalls nicht auf den ersten Blick. Emilia Farsettis Deutsch war nicht besonders gut, und es dauerte eine halbe Stunde, bis sie keinen Zweifel mehr daran hatte, dass es sich bei dem Bogen um einen Brief des Kaisers an die Kaiserin handelte. Offenbar war der Tote in der Kabine ein kaiserlicher Kurier gewesen.

Der andere Umschlag enthielt ein Dutzend zusammengefalteter Bögen im Kanzleiformat, aus denen Emilia Farsetti zuerst nicht schlau wurde. Es schien sich um einen Bericht zu handeln, der für den Oberkommandierenden der kaiserlichen Truppen in Venetien bestimmt war. Als sie das erste Dokument überflogen hatte, schloss sie ihre Wohnungstür ab und verhängte die Fenster. Ein paar Stunden später hatte sie das Konvolut mindestens zehnmal gelesen und war sich sicher, dass sie eine Menge Geld damit machen würde.
Das erste Dokument war ein fünfseitiger Bericht über die Hintergründe, die vor drei Jahren zum Freispruch hochrangiger Offiziere aus dem Materialbeschaffungsamt im Wehrbezirk Verona geführt hatten. Der Militärstaatsanwalt, der die Anklage führte, ein Oberst Pergen, hatte Beweismaterial zugunsten der Angeklagten manipuliert und dafür die Hand aufgehalten.
Der Rest des Konvoluts bestand aus Briefen von vier verschiedenen Banken, die für den Oktober 1860 die Eingänge großer Summen auf das Konto dieses Pergen bestätigten. Zwei der Banken waren in Zürich, eine in Paris und eine in Berlin. Was sie dazu bewogen haben mochte, eine solche

Auskunft zu geben, wusste Emilia Farsetti nicht. Entscheidend war, dass sie es getan hatten und dass dieser Pergen damit praktisch erledigt war. Die einzige Schwierigkeit lag darin, dass sie keine Ahnung hatte, wer dieser Pergen war und ob er hier in Venedig stationiert war. Aber das herauszufinden war nur eine Frage der Zeit.

Am Mittwoch wusste Emilia Farsetti, dass es einen Oberst Pergen im Stab des Stadtkommandanten gab. Sie verfasste noch am selben Tag einen Brief, den sie in der Kommandantur abgab. Sie schrieb, dass sie Unterlagen über den Prozess in Verona hätte, und schlug eine Zusammenkunft im *Café Florian* vor, am Donnerstagmorgen um kurz nach neun Uhr – da war das Café noch leer. Sie würde im maurischen Zimmer sitzen und die *Gazzetta di Venezia* lesen.

Emilia Farsetti war der einzige Gast, der sich Donnerstag früh mit einer *Gazzetta di Venezia* im maurischen Zimmer aufhielt, und Pergen, der von einem halben Dutzend kroatischer Jäger begleitet wurde, hatte keine Probleme, sie zu identifizieren. Sie brachten Emilia Farsetti sofort nach Hause. Die Durchsuchung der Wohnung dauerte drei Stunden, aber natürlich fanden sie nichts.

Als sie Emilia Farsetti am späten Nachmittag auf der Isola di San Giorgio in eine Zelle schlossen, kannten sie die Adressen ihrer Mutter, ihrer beiden Brüder und die Namen ihrer besten Freundin. Pergen hatte keinen Zweifel daran gelassen, dass deren Wohnungen ebenfalls durchsucht werden würden.

Emilia Farsetti stützte ihre Hände auf das Fensterbrett und sah, wie ihr Atem an der Scheibe kondensierte. Eine Möwe kreuzte ihr Blickfeld und verschwand im Dunst. Als die Soldaten sie gestern Vormittag in diese Zelle brachten, hatte sie im Inneren des Gebäudes die Orientierung verloren. Das Licht am Morgen kam von links, also musste vor ihr die südliche Lagune liegen und irgendwo hinter dem Dunst der Lido. Die Panikanfälle kamen jetzt immer öfter und dauerten länger. Noch vierundzwanzig Stunden, und sie würde dem Oberst das Versteck der Unterlagen verraten.

37

Inspektor Spadeni war ein kleiner, dicklicher Mann mit einer Vorliebe für schrill geblümte Westen und einer Abneigung gegen Priester und Soldaten. Seine Vorliebe für geblümte Westen (und seine Angewohnheit, selten einen Gehrock zu tragen) hatten seine Beförderung zum Commissario bisher verhindert. Seine Abneigung gegen Soldaten und Priester hatte zweimal zu einem Disziplinarverfahren geführt. Spadeni liebte französische Romane und langweilte sich leicht. Seitdem er Eugène Sues «Geheimnisse von Paris» verschlungen hatte, war ihm klar, dass Triest so ziemlich das Letzte war – tiefste Provinz und kriminalistisch völlig hinter dem Mond.

Als Tron Spadenis Büro betrat, saß der Inspektor hinter seinem Schreibtisch und machte drei Dinge gleichzeitig: Er schrieb, er aß und er rauchte. Mit der rechten Hand beschrieb er einen Bogen im Kanzleiformat, während die linke einen Hähnchenflügel zum Mund führte. Für die Zigarre brauchte er keine Hand, denn sie hing in seinem Mundwinkel und wippte zu den Kaubewegungen seiner Kiefer. Spadeni war sicherlich der einzige Kriminalbeamte im Habsburgerreich, der es schaffte, mit einer brennenden Zigarre im Mund einen Hähnchenflügel zu verspeisen und gleichzeitig einen Bericht zu schreiben.

«Commissario Tron?»

Tron nickte und sah sich um.

Spadenis Büro war klein und lag im Erdgeschoss der Questura. Das einzige Fenster ging auf einen Lichtschacht hinaus. Außer dem Schreibtisch des Inspektors, seinem Sessel und einem Besucherstuhl enthielt der Raum zwei große Regale, auf denen sich Akten stapelten.

Neben dem Fenster hing das obligatorische Bild von Franz Joseph. Wenn sich der Grad der Opposition am Grad der Schiefheit der Kaiserporträts in den Amtsstuben bestimmen ließ, dachte Tron, gehörte Spadeni eindeutig zum militanten Flügel der Opposition: Das Bild des Kaisers hing nicht nur demonstrativ schief, es ging auch mitten durch das Gesicht des Kaisers ein Sprung im Glas.

«Spaur hat Sie bereits telegraphisch avisiert», sagte Spadeni, indem er Tron neugierig musterte. Er kam mit erstaunlicher Beweglichkeit hinter seinem Schreibtisch hervor und zog einen Stuhl für Tron heran. Dann kehrte er an seinen Platz zurück und faltete den Bogen, den er beschrieben hatte, in der Mitte zusammen. «Sie sind wegen des Lloydfalls gekommen, nicht wahr? Spaur hat uns ein Telegramm geschickt.» In Spadenis Augen funkelte es lüstern.

«Es geht um einen Fall, der vielleicht mit dem Lloydfall zusammenhängt. Der Steward der *Erzherzog Sigmund* ist ermordet worden. Man hat ihm gestern in seiner Wohnung die Kehle durchgeschnitten.»

«Großer Gott!»

Unsichtbare Hände schienen Spadeni aus seinem Sessel zu ziehen, in dem er eben noch bunt wie ein Blumenstrauß gesessen hatte. Die Hähnchenkeule fiel ihm aus der Hand. Asche von der Spitze seiner Zigarre krümelte auf seinen Teller. Es war schwer zu entscheiden, ob der Ausdruck auf seinem Gesicht Neid oder Entsetzen bedeutete.

«Sehen Sie einen Zusammenhang zwischen diesem Mord und Moosbruggers Nebengeschäften?», fragte Spadeni. Offenbar wusste er, was auf dem Dampfer vor sich gegangen war.

«Vermutlich ist Moosbrugger von einem seiner Kunden ermordet worden», sagte Tron. «Viel-

leicht von dem Mann, der vor vierzehn Tagen das Mädchen getötet hat.»
«Der ist doch gefasst worden.»
«Ich befürchte, man hat den Falschen erwischt.»
«Und was kann ich für Sie tun?», fragte Spadeni begierig.
«Moosbrugger hat hier mit einer gewissen Signora Schmitz zusammengelebt. In der Via Bramante. Er hat Aufzeichnungen über seine Kunden gemacht. Es kann sein, dass sich diese Aufzeichnungen in der Wohnung befinden.»
«Und jetzt möchten Sie, dass wir uns in die Via Bramante begeben und uns dort umsehen?»
Tron schüttelte den Kopf. «Nicht wir, sondern Sie. Ich will, dass Sie sich in die Via Bramante begeben und ein bisschen suchen. Ich bin als Privatmann in Triest. Mir ist der Fall entzogen worden.»
«Aber Sie kommen mit?»
«Selbstverständlich. Aber nicht als Kollege.»
Spadeni schien plötzlich etwas eingefallen zu sein. Tron konnte förmlich sehen, wie sein Verstand über etwas stolperte. «Dieses Mädchen, Commissario – wie ist es getötet worden?»
«Sie ist erwürgt worden», sagte Tron.
«Erwürgt?» Spadeni ließ seinen Blick auf Tron

ruhen, während er nachdachte. «Und vorher gefesselt und misshandelt? Mit Bissen am Oberkörper?»

«Woher wissen Sie das?»

«Ich weiß überhaupt nichts. Es hat nur im Sommer einen ähnlichen Fall in Wien gegeben.»

«Meinen Sie den Mord am Gloggnitzer Bahnhof?»

Spadeni nickte. «Wir wurden benachrichtigt, weil der Täter anschließend nach Triest gefahren sein könnte.» Er stand auf und durchwühlte verschiedene Aktenstapel in einem Wandregal. Schließlich hatte er gefunden, was er suchte.

Tron nahm die Akte zur Hand. Auf dem Deckel stand in großen Buchstaben: Josepha Gschwend, 12/08/61, offenbar das Datum der Tat, dahinter Wien, Gloggnitzer Bhf und das Kürzel des ermittelnden Beamten. Die Akte bestand aus sieben in enger Kanzleischrift beschriebenen Bögen, zuzüglich einer Verteilerliste.

Josepha Gschwend, 28 Jahre alt und gebürtig aus Neuenburg an der Donau, war am 12. August 61 im *Hotel Ferdinand* ermordet worden. Der Täter hatte sein Opfer gefesselt, misshandelt (es folgten Einzelheiten aus dem Obduktionsbericht) und anschließend erwürgt. Niemand, weder der Nachtportier des Hotels noch eine Gruppe von Unteroffizieren (Kärntner Gebirgsjäger), die auf der gleichen Etage einquartiert gewesen waren, konnte sich an etwas Verdächtiges erinnern. Einen Priester, der ebenfalls auf der Etage übernachtet hatte, hatte man noch nicht ausfindig gemacht. Das mit dem Priester, dachte Tron, war interessant. Sehr interessant.

Offenbar waren Spadeni ähnliche Gedanken durch den Kopf gegangen, denn er fragte: «Gab es einen Priester auf der *Erzherzog Sigmund*?»

«Pater Tommaseo von San Trovaso», sagte Tron.

«Haben Sie ihn vernommen?»

Tron schüttelte den Kopf. «Ich habe ihn erst kennen gelernt, als der Fall offiziell bereits abgeschlossen war.»

«Was ist er für ein Mensch?»

«Er hat gestern auf dem Schiff aus seiner Befriedigung über den Tod Moosbruggers kein Hehl gemacht», sagte Tron.

«Gestern auf dem Schiff?» Spadeni beugte sich über seinen Schreibtisch. «Wollen Sie damit sagen, dass dieser Tommaseo in Triest ist? Jetzt, in diesem Augenblick?»

Tron zuckte mit den Achseln. «Das weiß ich nicht. Vielleicht ist er auch nach Wien weitergereist», sagte er.

Spadeni war aufgestanden. Er umrundete seinen Schreibtisch und zog einen hellbraunen Gehrock über seine geblümte Weste. Dabei strahlte er über das ganze Gesicht und rieb sich aufgeregt die Hände. Plötzlich hatte er einen Revolver in der Hand. «Wir sollten keine Zeit verlieren, Commissario.»

«Ich kann Ihnen nicht ganz folgen.»

«Können Sie ausschließen, dass Pater Tommaseo nicht ebenfalls von dieser Adresse weiß? Und dass er nicht auf den gleichen Gedanken gekommen ist wie Sie?»

«Nein, aber …»

«Sehen Sie! Wenn wir zu spät kommen, finden wir womöglich eine neue Leiche, und die Aufzeichnungen Moosbruggers sind verschwunden.» Spadenis Gesicht leuchtete wie ein Weihnachtsbaum. «Worauf warten wir noch?»

38

Signora Schmitz, groß, massig und mit hochgetürmten blonden Haaren, stieg schnaufend die Treppen des Hauses in der Via Bramante empor. Ihr marineblauer Mantel spannte sich über ihrem mächtigen Busen, und die solide gebauten Stufen erbebten unter ihrem Schritt.

Auf dem obersten Treppenabsatz fragte sie sich, ob sie das Wasser für die Pasta bereits jetzt aufsetzen sollte. Manchmal, wenn der Wind von Südwesten kam, schaffte die *Erzherzog Sigmund* die Passage in weniger als neun Stunden, und entsprechend früher klingelte es an ihrer Wohnungstür. Wenn das Wasser dann bereits kochte, könnten sie schneller essen und sich anschließend schneller ins Schlafzimmer begeben. Das mit dem Schlafzimmer war nicht das Entscheidende in ihrer Beziehung, aber manchmal gab es Tage, an denen sie morgens aufstand und an nichts anderes denken konnte.

Seit sechs Jahren, seit sie Witwe war, sahen sie sich zweimal in der Woche. Sie schätzte seine Verlässlichkeit und seinen peniblen Ordnungssinn, und vermutlich ging es ihm ebenso mit ihr.

Dass sie ihn attraktiv fand und er sie auch, hatte dazu geführt, dass sie bei der Beerdigung ihres Gatten (er hatte im Triester Lloydbüro gearbeitet) ein paar Worte mit ihm gewechselt hatte und er ihr ein paar Tage später einen Kondolenzbesuch abstattete. Aus einem Kondolenzbesuch war ein zweiter geworden und aus dem zweiten ein dritter. Der vierte Besuch ließ sich dann nicht mehr als Kondolenzbesuch bezeichnen, obwohl er sie mehr getröstet hatte als die drei ersten Besuche zusammen.

Er sprach nie über seine Arbeit, was vermutlich daran lag, dass er sie als belanglos empfand, und für sie gab es keinen Grund, sich danach zu erkundigen. Manchmal, fand sie, ging sein Sinn für Diskretion zu weit, beispielsweise wenn er sie ermahnte, zu niemandem über ihre Beziehung zu sprechen. Aber das mochte auch an seinen religiösen Gefühlen liegen, denn darüber, dass sie diese Wohnung zwei Tage in der Woche in Sünde teilten, konnte kein Zweifel bestehen.

In Sünde: Eigentlich hätte sie das Pater Anselmo, ihrem gut aussehenden Beichtvater von San Silvestro, der so schön über die Jungfrau Maria predigen konnte, beichten müssen, aber dann hätte er vermutlich von ihr verlangt, diese Verbindung zu lösen, und das wollte sie nicht. Signora Schmitz glaubte fest an Christus, den Erlöser, und an die Jungfräulichkeit seiner Empfängnis, aber sie glaubte nicht daran, dass es nötig war, alles zu beichten.

Als sie im obersten Stockwerk angekommen war, in dem ihre Wohnung lag, steckte sie den Schlüssel ins Schloss und drehte ihn nach links. Der Schlüssel bewegte den Mechanismus mit der vertrauten Reihe von Klicklauten, dann ging die Tür auf. Es war alles so wie immer – bis auf eine Kleinigkeit. Diesmal war das Schloss bereits nach einer Umdrehung aufgesprungen. Das war merkwürdig, denn sie war sich sicher, dass sie, wie immer, zweimal abgeschlossen hatte. Wenn man davon ausging, dass kein Einbrecher in ihre Wohnung eingedrungen war – eine lachhafte Vorstellung –, konnte es nur bedeuten, dass er diesmal ungewöhnlich früh angekommen war und seinen eigenen Schlüssel benutzt hatte.

Signora Schmitz betrat ihre Diele und spürte, wie ihr Herz einen kleinen glücklichen Sprung machte. Natürlich war es albern, in ihrem Alter Gefühle zu haben, die besser zu einem Backfisch gepasst hätten, aber manchmal versetzte sie schon der bloße Gedanke an seine breiten Schultern und sein kühnes Medaillenprofil in Erregung.

Sie ging zwei, drei Schritte in den Flur, wobei sie sich bemühte, keine Eile zu zeigen. Vor dem Flurspiegel zog sie ihren Mantel aus und warf einen prüfenden Blick auf ihre Frisur, eine aufwendige, aber geschmackvolle Konstruktion aus hochgetürmten, blond gefärbten Haaren, die durch einen großen Pfeil aus Ebenholz zusammengehalten wurde. Ihre Nase schien leicht zu glänzen, also war es ratsam, ein wenig Puder aufzutragen und bei dieser Gelegenheit das Rouge auf ihren Wangen zu erneuern. Sie wusste, dass es Tage gab, an denen sie aussah, als wäre sie höchstens vierzig. Das waren die Tage, an denen sie gut geschlafen hatte, und heute Nacht hatte sie gut geschlafen.

Aus dem Wohnzimmer war noch immer kein Laut zu hören. Wahrscheinlich saß er erwartungsvoll auf dem Sofa, hatte ihr ein schönes Geschenk mitgebracht und freute sich darauf, sie zu überraschen. Sie stieß ein leises, glucksendes Lachen aus. Selbstverständlich würde sie sich überrascht zeigen. Es gab keinen Grund, ihm diese kleine Freude zu verderben.

Signora Schmitz warf einen letzten Blick in den Spiegel, und ihr Bild erfüllte sie mit Befriedigung. Dann wandte sie sich nach links, öffnete die Tür am Ende des Flurs und betrat ihr Wohnzimmer.
Sie musste keine Überraschung heucheln. Was jetzt mit ihr geschah, überraschte sie tatsächlich. Es war die größte und die letzte Überraschung ihres Lebens.
Der Mann, der in ihrem Wohnzimmer neben ihrem runden Mahagonitisch mit der Häkeldecke stand, war hoch gewachsen und schlank. Er hatte gut geschnittene, wenn auch etwas strenge Gesichtszüge und trug einen bis zum Kragen geschlossenen schwarzen Mantel.
Signora Schmitz brauchte eine halbe Sekunde, um den Mann zu mustern; in der zweiten Hälfte der Sekunde begannen die Alarmglocken in ihrem Schädel zu schrillen, so laut wie noch nie in ihrem Leben. Sie schaffte es noch, sich umzudrehen und einen Fuß in den Flur zu setzen, aber es nützte ihr nichts.
Eine Hand, die in einem schwarzen Lederhandschuh steckte, schoss, schnell wie eine zuschnappende Schildkröte, auf ihren Arm zu und riss sie nach hinten. Signora Schmitz verlor das Gleich-

gewicht, flog nach hinten und prallte mit der rechten Seite ihres Gesichts gegen die Türklinke. Zwei Vorderzähne brachen dicht über dem Zahnfleisch ab und zerschnitten ihren Mund. Sie sackte halb bewusstlos zusammen. Der Mann mit dem gut geschnittenen Gesicht packte sie an den Haaren und zog sie ins Zimmer. Er schlug die Flurtür zu, und als Signora Schmitz versuchte zu schreien, traf sein Stiefel ihren Kopf und riss ihre linke, sorgfältig zurechtgezupfte Augenbraue auf. Der Tritt schleuderte ihren Hinterkopf auf den Fußboden und verwandelte ihren Schrei in ein dumpfes Röcheln. Signora Schmitz biss sich den unteren Teil ihrer Zunge ab, aber zu diesem Zeitpunkt registrierte sie bereits nicht mehr, was mit ihr geschah. Blut schoss aus ihrem Mund über ihr Kinn, ergoss sich aus der linken Augenbraue über das Rouge ihrer Wangen und lief auf ihren Hals herab.

Der Mann richtete sich auf. Sein Puls hatte sich durch die Anstrengung auf über hundert erhöht, normalisierte sich aber rasch.

Er griff in die Tasche, zog ein Rasiermesser hervor und klappte es auf. Dann drehte er die Klinge hin und her und ließ das Winterlicht, das durch die Vorhänge sickerte, auf ihr entlanglaufen wie Wasser. Heute Morgen hatte er sich besonders sorgfältig rasiert und anschließend sein Messer nach allen Regeln der Kunst geschärft. Dazu hatte er feinstes Bimssteinpulver benutzt und die Klinge eine halbe Stunde lang auf einem Riemen aus Pferdeleder abgezogen. Jetzt sehnte sich die Klinge danach zu schneiden, und er würde ihren Wunsch erfüllen.

Die Frau zu seinen Füßen war bewusstlos, aber nicht tot. Ihre Lungen saugten noch immer rasselnd Luft an, und ihr ansehnlicher Busen hob und senkte sich. Ein Vers von Keats fiel ihm ein, ein Vers aus einem Sonett, in dem der englische Dichter über die Verflochtenheit von Liebe und Tod meditierte. *Still, still to hear her tender taken breath …* Seine Augen füllten sich mit Tränen.

Einen schwachen Augenblick lang überkam ihn die Lust, die Frau zu fesseln und sie sich vorzunehmen – er hasste es zu töten, ohne vorher ein bisschen Spaß gehabt zu haben –, aber das hätte sie womöglich aus ihrer Bewusstlosigkeit geweckt, und es hätte Geschrei gegeben.

Also bog er ihren Kopf zurück, bis ihr Mund aufklappte, und schnitt ihr die Kehle durch.

Dann wischte er das Rasiermesser sorgfältig am Tischtuch ab, klappte es zusammen und steckte es wieder in die Tasche. Anschließend ging er in die Knie und schloss der Toten die Augen.

«*And so live ever*», sagte er sanft.

Fast hätte er sich den linken Ärmel dabei schmutzig gemacht, denn ihre Halsschlagader pumpte noch immer warmes Blut auf den Teppich, aber ihr die Augen nicht zu schließen wäre unchristlich gewesen.

Dann begab er sich zurück in das Zimmer mit dem großen Militärsekretär und setzte die Suche, bei der er unterbrochen worden war, fort. Seine Repetieruhr sagte ihm, dass er sich beeilen musste, aber er wusste auch, dass er den Zweck dieses Besuches gefährden würde, wenn er hastig und unkonzentriert vorging.

Zehn Minuten später hatte er gefunden, wonach er gesucht hatte: ein kleines, ledergebundenes Büchlein, in das mit sorgfältiger Schrift Namen, Daten und Beträge in allen möglichen Währungen eingetragen waren. Die Aufzeichnungen begannen im Januar 1860 und endeten am 13. Februar 1862.

Er steckte das Buch ein und verließ das Zimmer. Vor dem Spiegel im Flur sah er, dass die Frau ei-

nen Knopf von seinem Mantel abgerissen hatte. Das war ärgerlich, aber er hatte ohnehin vorgehabt, diesen Mantel so schnell wie möglich loszuwerden.
Niemand kam ihm entgegen, als er langsam die Treppe hinabstieg. In der Via Bramante wandte er sich nach links. Hinter dem Ospedale Maggiore, weit weg vom Hafen, gab es eine einfache Trattoria, die von Pflegern des Hospitals frequentiert wurde. Die Wahrscheinlichkeit, dass ihm dort jemand über den Weg lief, den er kannte, war äußerst gering. Nach dem Essen würde er sich einen Kaffee bestellen und ein wenig in dem Büchlein schmökern, das er in der Tasche hatte.
Er lächelte vergnügt, als er die Via Bramante verließ, um links in die Via della Madonna einzubiegen. Ein eleganter Landauer, von zwei jungen Frauen gelenkt, bog um die Ecke. Er trat auf den Gehsteig zurück und winkte ihnen fröhlich zu. Die beiden Frauen lachten. Sie sahen einen gut gelaunten Herrn in den besten Jahren, der offenbar gerade ein erfreuliches Erlebnis gehabt hatte, und in gewisser Weise hatten sie Recht.

39

Elf Stunden später setzte Haslinger das Glas ab und ließ die Gabel, die er eben zum Mund hatte führen wollen, zurück auf den Teller sinken. Er kniff seinen Mund zusammen und sah aus wie jemand, der etwas Bitteres verspeist hatte, was definitiv nicht der Fall war. Das Einzige, was er zusammen mit Tron in der letzten halben Stunde zu sich genommen hatte, war Weißbrot, französische Leberpastete und Haute Sauternes gewesen, von Letzterem allerdings reichlich. Einen Moment lang hatte Tron den Eindruck, dass Haslinger ein Grinsen unterdrückte.

Die *Prinzessin Gisela,* das Schwesterschiff der *Erzherzog Sigmund,* hatte pünktlich um Mitternacht von Triest abgelegt. Tron und Haslinger saßen wieder an einem Zweiertisch. Vor einer halben Stunde waren die Lichter von Triest am Horizont verschwunden, und die *Prinzessin Gisela* würde in den nächsten neun Stunden sechs Seemeilen vor der Küste den Leuchtfeuern auf dem Festland folgen.

Sie hätten ebenso gut auf der *Erzherzog Sigmund* sitzen können, denn die beiden Raddampfer glichen sich wie ein Ei dem anderen: die gleiche Möblierung des Salons, die gleichen Kabinen, die gleichen Passagiere. Am Nebentisch saß wieder ein Rudel Kaiserjäger, an den restlichen Tischen die übliche Mischung aus Touristen und kaiserlichen Beamten, von denen die Hälfte ihren Bart so trug wie Franz Joseph. Nur das Personal war ein anderes. Anstelle von Putz stand ein blonder Hüne hinter der Theke, für die Bedienung sorgte ein Kellner mit einem gewaltigen habsburgischen Unterkiefer. Das Essen war ausgezeichnet. Haslinger hatte darauf bestanden zu zahlen.

«Er ist was?», fragte Haslinger, nachdem er seine Gesichtszüge wieder unter Kontrolle hatte.

«Er ist in Ohnmacht gefallen, als er die Leiche von Signora Schmitz sah», sagte Tron.

«Einfach so?»

Tron nickte. «Einfach so. Als wir kamen, lag Signora Schmitz im Wohnzimmer. Mit blutüberströmtem Kopf und durchgeschnittener Kehle. Der Mörder muss kurz vor unserem Eintreffen die Wohnung verlassen haben. Ein paar Minuten früher wären wir ihm auf der Treppe begegnet. Aus der Halsschlagader von Signora Schmitz sickerte immer noch Blut.»

«Und Spadeni ist sofort zusammengeklappt?»
«Nicht sofort. Er hat zuerst gar nicht begriffen, was er sah. Als er es begriffen hatte, wurde er ohnmächtig.»
Dass Spadeni am ganzen Leibe zitternd auf der Schwelle gestanden hatte und ganze drei Minuten gebraucht hatte, um die Situation zu erfassen, erwähnte Tron nicht. Er erwähnte auch nicht, dass der Inspektor, als er nach zehn Minuten wieder zu sich kam, nicht in der Lage war aufzustehen, sondern versucht hatte, zur Tür zu kriechen. Tron fand, es gehörte sich nicht, über einen Kollegen herzuziehen, zumal er selber kurz davor gewesen war, sich zu übergeben.
Tron hatte den Rest des Nachmittags und einen Teil des Abends damit verbracht, Spadeni davon zu überzeugen, dass ein Bericht von dreißig eng beschriebenen Seiten, verfasst im Stil eines französischen Reißers («Eben noch dem blühenden Leben angehörend, hatte der unbarmherzige Gevatter Tod ihr fein gebildetes Antlitz in eine blutige Fratze verwandelt»), sich auf die Aufklärung des Falls eher negativ auswirken würde. Schließlich hatten sie fünf brauchbare Seiten zusammengeschustert, die Spadeni, im Mundwinkel eine

Zigarre und in der linken Hand ein Kotelett, zu Papier brachte. Trons Name tauchte nirgendwo auf, und er hoffte, dass Pergen nichts von seiner Exkursion nach Triest erfahren würde.

«Glauben Sie, dass Signora Schmitz von demselben Täter umgebracht worden ist, der auch Moosbrugger getötet hat?», fragte Haslinger.

«Das weiß ich nicht. Jedenfalls hat der Täter dasselbe Mordinstrument benutzt. Ein außerordentlich scharfes Messer.»

«Aber diesmal scheint es einen Kampf gegeben zu haben», sagte Haslinger.

«Was darauf schließen lässt, dass Signora Schmitz den Mörder nicht kannte. Er hat entweder in der Wohnung auf sie gewartet oder sich mit einem Vorwand Einlass verschafft und sie dann ermordet.»

«Hat irgendjemand etwas gesehen?»

Tron schüttelte den Kopf. «Nein.»

«Spuren am Tatort?»

«Nur ein abgerissener Knopf, an dem ein Stück Stoff hing. Schwarzer, dicker Wollstoff, vermutlich von einem Mantel.»

«Und Moosbruggers Aufzeichnungen?»

Tron zuckte mit den Schultern. «Nichts. Aber

die Wohnung ist durchsucht worden. Ich glaube, dass diese Liste dort aufbewahrt war und der Mörder sie mitgenommen hat.»

«Haben Sie einen Verdacht?», fragte Haslinger.

«Spadeni hat einen Verdacht. Er hält Pater Tommaseo für den Täter.»

Haslinger machte ein skeptisches Gesicht. «Das ist absurd. Dann müsste er ja auch den Mord an Moosbrugger begangen haben. Wie kommt Spadeni darauf?»

«Weil es am 12. Februar in Wien in einem Hotel am Gloggnitzer Bahnhof einen Mord gab, der ihn an den Mord auf der *Erzherzog Sigmund* erinnert. Eine Frau ist gefesselt, misshandelt und erwürgt worden. In dem Hotel ist in derselben Nacht ein Priester abgestiegen.»

Haslinger nickte. «Tommaseo hat am 13. Februar die *Erzherzog Sigmund* bestiegen. Er könnte aus Wien gekommen sein.»

«Das wissen wir nicht. Und wenn er tatsächlich aus Wien kam, heißt das noch gar nichts», sagte Tron.

«Nehmen wir einmal an, er hat das Mädchen in Wien getötet und auch das Mädchen auf dem Schiff – dann gab es eine Person, die darüber Bescheid wusste – jedenfalls was den Mord auf der *Erzherzog Sigmund* betrifft.»

«Moosbrugger.»

Haslinger zündete sich eine Zigarette an. Blauer Rauch kräuselte sich über dem Tisch. «Also musste Moosbrugger sterben, und auch seine Aufzeichnungen mussten verschwinden.»

Tron nickte. «Wobei ihm Signora Schmitz in die Quere kam.»

Haslinger schüttelte entsetzt den Kopf. «Großer Gott», sagte er. «Der Pater selber war das Werkzeug Gottes, von dem er gestern gesprochen hat. Was haben Sie vor?»

«Das ist nicht mein Fall, sondern Spadenis. Er wird feststellen, ob Tommaseo heute in Triest war und ob er am 13. Februar aus Wien kam.»

«Und dann?»

«Dann wird man Tommaseo gegebenenfalls ein paar Fragen stellen.»

«Werden Sie ihn verhören?»

«Nein. Es sind Spadenis Ermittlungen. Ob er Tommaseo nach Triest vorlädt oder ob er zur Vernehmung nach Venedig kommt, ist seine Entscheidung.»

Kurz nach Mitternacht stellte Tron fest, dass sein Kabinenschlüssel nicht passte. Es dauerte ein paar Minuten, bis ihm aufging, dass seine Kabine auf der *Prinzessin Gisela* zwar dieselbe Nummer hatte wie auf der *Erzherzog Sigmund*, aber genau auf der anderen Seite des Ganges lag. Auf der *Erzherzog Sigmund* begann die Zählung der Kabinen auf der linken Seite, auf der *Prinzessin Gisela* auf der rechten. Soweit Tron erkennen konnte, war das der einzige Unterschied zwischen den beiden Schwesterschiffen.

Tron hatte Haslinger, nachdem dieser die Rechnung beglichen hatte, auf den Maskenball der Contessa eingeladen, und der Ingenieur hatte sofort zugesagt. Der Contessa, dachte Tron, die aus Gründen, die sich seinem Verständnis entzogen, ganz begeistert von der Gasbeleuchtung auf der Piazza war, würde Haslinger gefallen.

Als Tron in seiner Kabine lag, halb eingelullt vom Sauternes und vom Rhythmus der Schaufelräder, kam der Schlaf schneller, als er dachte. Er hatte befürchtet, dass sein Verstand immer wieder zu den blutigen Bildern von Signora Schmitz zurückkehren würde, aber bereits fünf Minuten nachdem er das Licht gelöscht hatte, schlief er tief und fest.

40

Elisabeth legt die Akte, in der sie gelesen hat, auf den Schreibtisch zurück. Sie verschränkt die Hände hinter ihrem Nacken und gähnt. Dann steht sie auf, tritt ans Fenster und schiebt den Vorhang zur Seite.

Zwei Offiziere, von San Marco her kommend, überqueren den Markusplatz. Tauben flattern auf, landen wieder und picken nach Brotkrumen. Das Pflaster der Piazza glänzt silbrig. Vielleicht ist über Nacht ein wenig Schnee gefallen, vielleicht aber ist der weiße Schimmer auf den Steinplatten nur eine dünne Schicht von Raureif. Es ist neun Uhr morgens, und Elisabeth ist seit zwei Stunden wach. Sie hat sich bereits um sieben Uhr wecken lassen.

Königsegg ist gestern Abend mit dem Achtuhrzug aus Verona zurückgekommen. Seine Ausbeute befand sich in zwei großen Leinentaschen, die ihm ein schwitzender Adjutant in den Palazzo Reale getragen hat. Der Generalmajor hatte eine Stunde im Zentralarchiv und weitere zwei Stunden im Archiv des Militärgerichts verbracht. Er war stolz auf seinen Spürsinn – mit

Recht, wie Elisabeth später festgestellt hat. Sie hat sofort mit der Durchsicht der Akten begonnen und sich bis weit nach Mitternacht Notizen gemacht.

Die eigentlichen Personalakten bilden den kleinsten Teil der Beute. Sie bestehen aus kurzen Konvoluten, auf denen Beförderungen, Auszeichnungen und Disziplinarvermerke festgehalten sind. Diese Akten beginnen mit den Zeugnissen der Kadettenanstalt und enden mit den letzten Beförderungen und Versetzungen.

Der größte Teil der Unterlagen besteht aus den Akten eines Prozesses, der im Januar 1850 vor einem Militärgericht in Verona geführt wurde, und den Protokollen eines Disziplinarverfahrens, das ein Jahr später ebenfalls in Verona stattfand. Im Prozess ging es um die Misshandlung eines Mädchens, im Disziplinarverfahren um die Beleidigung eines Wiener Polizisten im Zusammenhang mit einem Mord an einer Prostituierten. Der Prozess endete mit einem Freispruch des Angeklagten; das Disziplinarverfahren mit einem Verweis, der in die Personalakten eingetragen wurde. Den Prozess hat Oberst Pergen als Vorsitzender Richter der Militärstrafkammer geleitet; im Disziplinarverfahren fungierte er als Vertrauensoffizier des Beschuldigten.

Der Prozess betraf einen Vorfall, der sich unmittelbar nach der Kapitulation Venedigs im September 1849 abgespielt hatte. Ein Sonderkommando der kroatischen Jäger, das die *terra ferma*, das Hinterland der Lagunenstadt, nach versprengten Aufständischen durchkämmte, hatte den Hinweis erhalten, dass sich in einem Bauernhof in der Nähe von Gambarare Rebellen versteckt hielten. Die Soldaten durchsuchten den Hof, aber sie fanden niemanden. Sie verhörten den Pächter und erschossen ihn und seine Frau bei einem Fluchtversuch – eine Geschichte, für die sich niemand interessiert hätte, wenn nicht das Mädchen gewesen wäre.

Das Mädchen, die Tochter des Pächters, wurde am Abend nach der Durchsuchung des Hofes bewusstlos, entkleidet und mit Bissen auf dem Oberkörper in der Scheune gefunden. Der Pfarrer von Gambarare, ein Pater Abbondio, erstattete Anzeige, und es kam zu einer Untersuchung, in der einer der Sergeanten den Offizier, der das Kommando geführt hatte, beschuldigte. Was der Sergeant zu Protokoll gab, war so überzeugend, dass Anklage gegen den Offizier erhoben wurde. Doch als Wort gegen Wort stand, gab die Aussage des Kommandierenden Offiziers den Ausschlag. Das Gericht unter dem Vorsitz Pergens hatte es abgelehnt, weitere Zeugen (die inzwischen in andere Einheiten versetzt waren) zu vernehmen.

Eine Wiederaufnahme des Prozesses, für die Pater Abbondio ein Jahr lang gekämpft hatte, wurde auch deshalb abgelehnt, weil der wichtigste Belastungszeuge, der Sergeant, sechs Monate nach Abschluss des ersten Prozesses ermordet wurde. Man fand ihn mit durchschnittener Kehle vor einer Spelunke in Padua. Eine Notiz von unbekannter Hand auf dem Aktendeckel – vorgenommen am 16. Juni 1852 – besagt, dass der Mörder nie gefasst worden ist.

Das zweite Konvolut, das sich in der Anlage zu den Personalakten gefunden hat, betrifft ein Disziplinarverfahren, das gegen denselben Offizier eingeleitet worden ist, der im September 1849 den Suchtrupp befehligt hat. Dafür, dass es nur um ein Disziplinarverfahren ging, ist die Anlage auffällig umfangreich. Wer immer die Akten zusammengestellt hat, schien mit dem Ausgang des Verfahrens nicht einverstanden gewesen zu sein.

Im Januar 1851 ist in der Wäschekammer eines großen Wiener Hotels die Leiche einer Prostituierten gefunden worden. Daraufhin hat die Polizei die Hotelgäste als Zeugen befragt. Die Gäste waren kooperativ bis auf den Offizier, der den ermittelnden Inspektor als «Affenschwanz» bezeichnete – in aller Öffentlichkeit. Man fand, dass dieser Kraftausdruck für die Unschuld des Offiziers sprach, war allerdings der Ansicht, dass diese Entgleisung geahndet werden müsse – daher das Disziplinarverfahren und der Eintrag in die Akten. Eine weitere Vernehmung des Offiziers konnte durch Oberst Pergen verhindert werden. Der Mörder der Prostituierten wurde nie gefasst. Sie hatte Einschnürungen an den Handgelenken. Auf dem Oberkörper Spuren von Bissen.

Im Grunde, denkt Elisabeth, muss man nur zwei und zwei zusammenzählen: Die Einschnürungen an den Handgelenken. Die Würgemale am Hals. Die Bisse auf dem Oberkörper. In Gambarare, in Wien – und auf der *Erzherzog Sigmund*. Dasselbe Muster im Ablauf der Tat. Derselbe Tä-

ter. Und wieder Pergen, der das Verfahren manipuliert.
Elisabeth nimmt das silberne Glöckchen, das auf dem Schreibtisch steht, und klingelt. Der Wastl, die eingetreten ist, schenkt sie ein Lächeln. Es ist ein Lächeln der Befriedigung und der Vorfreude.
«Sag den Königseggs, dass ich sie um zehn in meinem Salon sprechen möchte. Und bring mir frischen Kaffee.»
Elisabeth weiß, dass der Vorschlag, den sie den Königseggs unterbreiten wird, nicht auf Begeisterung stoßen wird, schon wegen der erforderlichen Vorbereitungen. Aber auf die freut sie sich bereits.

41

Im Spiegel sah er, wie die Katze von dem Stuhl sprang, auf dem sie zusammengerollt gelegen hatte und sich, wie immer, nachdem sie geschlafen hatte, gähnend streckte.
Sie war höchstens ein halbes Jahr alt, und mit ihrer schneeweißen Brust und ihrem schwarzen

Rücken sah sie aus, als würde sie einen kleinen Frack tragen. Jetzt fing sie an, eine Billardkugel über den glatten Terrazzofußboden zu jagen, und immer, wenn die Kugel an der Wand abprallte, prallte auch die Katze gegen die Wand, weil sie es nicht schaffte, auf dem glatten Fußboden rechtzeitig zu bremsen.

Er nahm seine Maske ab, weil er lachen musste, als er beobachtete, wie die Katze jedes Mal kläglich maunzte, bevor sie ihre Jagd wieder aufnahm. Vor einer Woche war sie einfach mit ihm ins Haus geschlüpft. Als er sie auf dem Treppenabsatz entdeckte, hatte sie ihr Fell an seinem Hosenbein gerieben, zu ihm hochgeblickt und miaut. Irgendetwas hatte ihn davon abgehalten, ihr einen Tritt in die Rippen zu geben, vielleicht das Läuten der Glocken, das gerade in diesem Moment eingesetzt und ihn daran erinnert hatte, dass auch sie ein Geschöpf Gottes war.

Jetzt standen zweimal am Tag auf dem obersten Treppenabsatz ein Napf mit Essensresten und eine Schale mit frischem Wasser für die Katze bereit. Er hatte keine Ahnung, wo sich das Tier aufhielt, wenn er nicht im Haus war, aber immer, wenn er die schwere Tür aufschloss und das Treppenhaus betrat, war sie da und folgte ihm, wie ein kleiner Hund, nach oben.

Der Spiegel, vor dem er stand und sich kritisch betrachtete, hatte einen zarten goldenen Rahmen mit zierlich gearbeiteten Blumengirlanden, und da das Spiegelsilber in schlechtem Zustand war, gab es sein Bild nur unvollständig zurück. Das war – jedenfalls wenn man gewohnt war, auf Details zu achten – etwas hinderlich, aber andererseits war nicht zu erwarten, dass die Räume, in denen er sich heute Abend bewegen würde, übermäßig hell sein würden. Er war sich sicher, dass man auf moderne Petroleumbeleuchtung vollständig verzichten und sich darauf beschränken würde, den Ballsaal, die angrenzenden Räume und das Vestibül mit Kerzen zu erleuchten. Alles andere wäre geschmacklos gewesen. Geld, dachte er, hatten die Trons nicht, aber sie hatten einen gewissen Stil.

Er trat einen Schritt zurück, sodass sein vollständiges Bild im Spiegel erschien: ein hoch gewachsener, schlanker Herr, gekleidet in ein Kostüm des 18. Jahrhunderts; ein Herr, der eine Maske trug, die sein Gesicht bis auf das Kinn und den Mund verdeckte, und der jetzt seinen Dreispitz

schwungvoll vom Kopf nahm, sich aus der Hüfte heraus verbeugte, wobei seine nach oben gezogenen Mundwinkel darauf schließen ließen, dass er lächelte.
Heute Mittag hatte er früh gegessen und anschließend verschiedene Kostümverleihe besucht. Am Campo Bartolomeo hatte er schließlich gefunden, wonach er gesucht hatte: eine Kombination aus graugrüner Seide, bestehend aus Weste, Rock und einer Kniebundhose, kein neu gearbeitetes Kostüm, sondern ein altes, dessen Farben bereits verblichen, und genau das hatte er gesucht. Ein Paar Schnallenschuhe hatte er zusammen mit einem Paar seidener Strümpfe in der Frezzeria gekauft. Die Schuhe waren ein bisschen zu klein, aber ihr grau gefärbtes Leder passte hervorragend zum Ton des Rocks und der Hose. Es gab nichts an ihm, was auffällig gewesen wäre.
Sein Vorhaben war riskant. Er war in hohem Maße darauf angewiesen, dass der technische Ablauf reibungslos funktionierte und er sich beim Schnitt nicht beschmutzte. Es würde sehr schnell gehen müssen. Er müsste immer damit rechnen, dass eine unerwartet auftauchende Person alles verdarb, aber er hatte keine Wahl.

Jedenfalls nicht, wenn es stimmte, was ihm Oberst Bruck heute Mittag auf der Piazza erzählt hatte (erstaunlich, wie oft man nach all den Jahren immer noch alte Regimentskameraden traf): dass irgendjemand seine Militärakten aus dem Zentralarchiv in Verona angefordert hatte. Oberst Brucks Geschichte war ein wenig lückenhaft gewesen – der Oberst hatte nicht sagen können, *wer* an seinen Akten interessiert war, aber das war auch überflüssig, denn es lag mehr oder weniger auf der Hand. Im Grunde, dachte er weiter, war es keine große Überraschung, dass der Commissario seine Witterung aufgenommen hatte – es war lediglich eine Frage der Zeit gewesen. Also würde er ihn heute Abend ausschalten müssen – bedauerlich, aber unvermeidlich. Und leider war Tron nicht der Einzige, der ihn bedrohte. Seit Pergen den Papieren des Hofrats auf der Spur war, konnte man ihn nicht mehr unter Kontrolle halten.

Dass er die Räumlichkeiten im Palazzo Tron nicht kannte, war kein Problem. Er hatte Zeit, genug Zeit, sich im Laufe des Abends damit vertraut zu machen. Es würde ohnehin erforderlich sein, ständig in Bewegung zu bleiben, denn so fiel er am wenigsten auf.

Er verließ seinen Platz vor dem Spiegel, durchquerte den Raum und nahm an einem Tisch Platz, der direkt vor dem Fenster stand.
Dort lag, auf einem grünen Filztuch, das Messer, das er benutzen würde, ein Messer mit einem Griff aus Elfenbein und einer Scheide, die ebenfalls aus Elfenbein gearbeitet war. So scharf, wie es war, konnte man das Messer unmöglich ohne soliden Schutz transportieren. Neben dem Messer lagen ein Wetzstein, ein runder Abziehstahl, Bimssteinpulver und ein Poliertuch, wie es Mineralogen verwenden, um die Oberfläche eines Anschliffs glänzend zu machen; schließlich ein Streifen Pferdeleder, um auch die letzten Spuren eines Grates von der Klinge zu entfernen, ohne sie dabei stumpf zu machen.
Er streifte sich ein Paar braune Handschuhe aus Hirschleder über. Das Leder war dünn und butterweich, zugleich aber fest und strapazierfähig: das charakteristische Produkt eines klassischen Gehirngerbens. Die Gerber – eine kleine Werkstatt in Brixen – waren davon überzeugt, dass jedes Tier gerade so viel Gehirnsubstanz besitzt, dass man damit sein eigenes Fell gerben kann. Er vermochte nicht zu beurteilen, ob das stimmte,

aber er liebte die Vorstellung, dass der intensive Kontakt mit der Gehirnmasse dem Leder der Handschuhe eine Art Intelligenz verliehen hatte. Die Handschuhe würden mithelfen zu schneiden. Er würde sie heute Abend überstreifen, kurz bevor er das Messer aus der Scheide ziehen würde. Das Messer würde zu einer Verlängerung seiner Hand werden und Kraft und Präzision in seinen Schnitt legen. Schon das Gefühl, wie das weiche, samtige Leder sich um den glatten Griff des Messers schmiegte, war unvergleichlich.

Er begann mit dem Grobschliff der Klinge, einem kurzen Entlangziehen des Messers auf dem Wetzstein, wobei er sorgfältig darauf achtete, die Klinge nicht steiler als in einem Winkel von zehn Grad über den Stein zu führen. Dann bearbeitete er die Klinge mit einem Abziehstahl, wie Fleischer ihn benutzen. Anschließend tupfte er den befeuchteten Zeigefinger in das Bimssteinpulver, rieb ein wenig davon auf die Messerschneide und scheuerte die Schneide ausgiebig mit dem Poliertuch. Der letzte Bearbeitungsschritt bestand darin, den Stahl der Messerschneide wieder und wieder über das Pferdeleder zu ziehen. Jedes Mal faszinierte ihn aufs Neue, wie völlig unterschiedlich die Geräusche waren, die entstanden, wenn die Klinge die verschiedenen Materialien berührte. Das Geräusch, mit dem sie über den Wetzstein strich, war scharrend und kratzig – im Grunde unangenehm, ein bäuerischer, grober Laut, so als würde man eine Sense schärfen. Nahezu elegant dagegen war das helle Klingen, mit dem das Messer auf den runden Wetzstahl traf. Er hatte im Laufe der Jahre eine Technik entwickelt, die ihn das Messer dabei weniger aus dem Arm als vielmehr aus dem Handgelenk führen ließ. Den Abziehstahl hielt er, anders als es die Schlächter tun, nicht einfach starr gegen die Klinge, sondern bewegte ihn ebenfalls. Das ergab ein elegantes Klingen, das ihn an den Kampf zweier Florettfechter denken ließ.

Am schönsten aber war der Ton, den die Messerklinge zusammen mit dem Pferdeleder erzeugte, insbesondere dann, wenn er ein hohes Tempo vorlegte und den Griff des Messers so anfasste wie den Bogen einer Violine. Nur so war es möglich, die Messerklinge fast parallel auf das Leder klatschen zu lassen, um dann, beim Abziehen, das Handgelenk minimal zu kippen. Das Geräusch, das auf diese Weise erzeugt wurde, war ein feines Klatschen, gefolgt von einem satten Zirpen, völlig ohne metallische Anklänge. Es schien das Geräusch zu antizipieren, mit dem die Klinge durch etwas Lebendiges fuhr – durch Fleisch und Knorpel. Das Einzige, was noch fehlte, war das saugende Gurgeln, das auf den Schnitt folgte, das dumpfe *Schschllrrrpfff* des letzten Atemzugs.

Als er fertig war, wischte er das Messer mit einem weichen Tuch sorgfältig ab, um auch die letzten Spuren des Bimssteinpulvers zu entfernen, und stand auf. Mit der linken Hand nahm er einen Wollfaden vom Tisch, ließ ihn auf die nach oben gerichtete Schneide des Messers fallen und registrierte befriedigt, wie der Faden über der Schneide des Messers in zwei Teile zerfiel.

Inzwischen hatte die Katze ihr Spiel mit der Billardkugel aufgegeben. Sie strich um seine Beine und sah erwartungsvoll zu ihm auf. Er lächelte, bückte sich und fing an, mit der linken Hand ihren Bauch zu kraulen. Die Katze hatte die Augen halb geschlossen und schnurrte.

Sie schnurrte immer noch, als das Messer auf ihren Hals herabschoss. Die Klinge durchdrang die weiße Hemdbrust ihres kleinen Fracks so glatt wie Wasser. Erst als er den Widerstand der Na-

ckenwirbel spürte, zog er die Hand wieder nach oben.
Dann stand er auf, öffnete einen Fensterflügel und warf die Katze in den Rio vor seinem Fenster. Die Flut würde sie zuerst in den Giudecca-Kanal treiben, von dort in die nördliche Lagune und dann weiter ins offene Meer.

42

«Kaiserliche Hoheit werden was?»
Königsegg stellt die Tasse, die er zum Mund führen will, auf die Untertasse zurück. Seine geröteten Augen sind vor Schreck geweitet. Die Vorstellung, auf irgendeinem norditalienischen Schlachtfeld den Heldentod zu sterben, hat plötzlich etwas Reizvolles für ihn.
«Ich werde Sie und die Gräfin auf diesen Ball begleiten», sagt Elisabeth. «Als Ihre Nichte, die Sie gerade in Venedig besucht. Ich werde eine Maske tragen. Und Sie werden für mich ein Gespräch mit dem Commissario arrangieren. Unter vier Augen. In einem der Salons, die nicht für den

Ball benutzt werden. Sie sagen ihm, eine Gräfin Hohenembs wünsche ihn wegen des Lloydfalles zu sprechen.»

Königsegg unternimmt einen Versuch, sich zur Wehr zu setzen. «Ich könnte ein Treffen mit dem Conte arrangieren», sagt er. «Kaiserliche Hoheit bräuchten sich nicht persönlich zu bemühen.»

Elisabeth lächelt. «Das ist sehr freundlich von Ihnen. Aber ich denke nicht, dass wir diese Angelegenheit auf die lange Bank schieben sollten.»

Letzte Nacht, vor dem Einschlafen, hat Elisabeth versucht, sich den Ball in allen Einzelheiten vorzustellen. Diese Trons würden Kerzenlicht in den Salons haben – große venezianische Kronleuchter aus Muranoglas lassen sich nicht für einen Betrieb mit Petroleum umrüsten. Kerzen also, die von den Kronleuchtern herabstrahlen, und Kerzen in Kandelabern an den Wänden. Fackeln am Wassertor und im Treppenhaus, dort steinerne Stufen, in der Mitte ausgetreten von den Schritten vieler Jahrhunderte, und, nach der Kälte des Treppenhauses, ein überheizter Ballsaal, ein summender Bienenkorb voller Contouches, Kniebundhosen, Reifröcke, gepuderter Perücken und Kavaliersdegen, Schönheitspflästerchen, Fächer und über allem der Geruch nach Wachs und altmodischen Parfüms. Und wenn es wirklich so frivol auf diesen Bällen zugeht, wie die Gerüchte besagen, dann gibt es massenhaft Kavaliere, die eine hoch gewachsene, schlanke Signorina zum Tanz auffordern werden.

Merkwürdig, denkt Elisabeth, wie oft sie in den letzten Tagen Lust gehabt hat zu tanzen. Nicht als Kaiserin von Österreich mit Franz Joseph auf einem der großen Bälle in der Hofburg, wo jeder Schritt und jedes Wort vorgeschrieben sind – nein, besten Dank. Elisabeth hat Lust, *richtig* zu tanzen, sich während des Tanzens ein wenig zu vergessen und nicht ständig daran zu denken, dass zweihundert Augenpaare jeder ihrer Bewegungen folgen.

«Wir würden unnötig Zeit verlieren», sagt Elisabeth. «Es wäre unverantwortlich, den Commissario nicht sofort zu informieren.» Sie wendet sich an die Gräfin. «Was wissen Sie über die Gästeliste? Hat Ihre Cousine, die Contessa, sich darüber in der Einladung geäußert?»

«Der größte Teil der Gäste besteht aus venezianischen Familien», sagt die Königsegg.

«Werden Österreicher auf dem Ball sein?»

Die Königsegg schüttelt den Kopf. «Davon hat die Contessa Tron nichts geschrieben.»
«Wie viele Personen werden insgesamt erwartet?»
«Etwa hundertfünfzig.»
«Dann ist die Wahrscheinlichkeit, dass ich erkannt werde, gering. Wann wollten Sie aufbrechen?»
«Die Gondel wartet um halb zehn an der Piazzetta.»
Elisabeth erhebt sich. «Ich möchte, dass Sie noch ein paar Dinge für mich erledigen.»
Ihre Anweisungen kommen schnell und präzise. Sie hat einen nicht unbeträchtlichen Teil ihrer Zeit darauf verwandt, auch über diese Frage gründlich nachzudenken.

Vier Stunden später steht Elisabeth zwischen drei großen, im Halbkreis angeordneten Standspiegeln und dreht sich um ihre Achse.
Zwei Dutzend Reifröcke, Krinolinen und Contouches, die die Königsegg aus diversen Kostümverleihen mitgebracht hat, stapeln sich auf ihrer Récamiere, hängen über Stuhllehnen und an Türklinken, bedecken in wirren Haufen den Fußbo-

den des Ankleidekabinetts. Das Ankleidezimmer gleicht einer Theatergarderobe – einer, die von der ganzen Truppe benutzt wird. Irgendwo in der Mitte des Zimmers verläuft die Grenze zwischen den Kostümen, die sie bereits probiert hat, und denjenigen, die sie noch probieren wird. Alles ist inzwischen heillos durcheinander geraten. Die Kostüme sind den Geschäften, aus denen sie entliehen wurden, nur noch anhand der eingenähten Etiketten zuzuordnen.

Der Stoff des Kleides, das Elisabeth jetzt angezogen hat (das fünfzehnte oder das sechzehnte?), gefällt ihr. Das Kleid ist aus verblichener grüner Seide, hat zarte Applikationen in Altrosa auf der Vorderseite und ein Band aus winzigen Stoffröschen, das am unteren Saum des Kleides einen verspielten Bogen macht. Sie sieht aus, findet Elisabeth, als sei sie gerade einem Bild von Watteau entstiegen. Allerdings knarrt das Kleid bei jeder Bewegung wie eine schlecht geölte Tür, und außerdem bezweifelt sie, dass man sich darin problemlos setzen kann, geschweige denn vernünftig tanzen. Natürlich wird sie diesen Punkt nicht laut aussprechen.

Elisabeth wendet sich an die Wastl, die drei

Schritte hinter ihr steht und die seit zwei Stunden unablässig aufgeknöpft und zugeknöpft, Kleider gereicht und wieder fortgenommen hat.

«Hilf mir raus, und dann gib mir die grüne Krinoline, die auf dem Stuhl liegt.»

Aber auch die Krinoline, das sieht Elisabeth sofort, als die Wastl den letzten Knopf geschlossen hat, wird nicht gehen – nicht für einen venezianischen Maskenball. Die Krinoline sieht nach Paris aus, nach Faubourg Saint-Germain, nicht nach Venedig. Außerdem verlangt das großzügige Dekolleté entsprechenden Schmuck, und Elisabeth hat nicht die Absicht, ein Vermögen auf den Ball der Trons zu schleppen.

Sie schüttelt unwillig den Kopf. «Nein. Das geht auch nicht. Gib mir das Kleid, das unter der roten Contouche liegt.»

An den Hüften ist das Kleid ein wenig zu weit (was sich mit ein paar Stichen korrigieren lassen wird), aber als Elisabeth sich im Spiegel betrachtet, weiß sie, dass sie das Richtige gefunden hat.

Das Kleid ist schwarz – ein tiefes, fast bläulich wirkendes Schwarz –, gewebt aus kräftig strukturierter Seide, die im Licht lebhaft chan-

giert, sodass man den Eindruck hat, es würden knisternde Funken aus den Falten sprühen.
Dabei handelt es sich weder um einen Reifrock noch um eine Krinoline. Lediglich auf der Rückseite und seitlich der Hüften wölbt sich das Kleid ein wenig nach außen – ein leichter Anklang an den Stil des 18. Jahrhunderts und vermutlich der Grund, aus dem man es der Königsegg als Kostüm eingepackt hat. Ein Kragen aus dunkelgrauem Seidentüll umschließt ihren Hals und geht auf der Vorderseite des Kleides in eine Art Spitzenjabot über. Die kurzen Ärmel enden in einer durchbrochenen Borte. Wenn sie ihre schwarzen Seidenhandschuhe trägt, die ihr bis über die Ellenbogen reichen, bleibt eine Handbreit ihrer Oberarme unbedeckt: ein frivoler Effekt, der durch die düstere Strenge des Kleides noch betont werden wird.
Elisabeth setzt ihre schwarze Samtmaske auf und tritt einen Schritt zurück. Der Fächer, den die maskierte Unbekannte unter ihr Kinn hält, bewegt sich zweimal auf sie zu, dann senkt er sich herab.
Sie wird keine Schwierigkeiten haben, einen Tänzer zu finden.

43

Tron fragte sich manchmal, wie die Contessa es fertig brachte, auf ihrem Maskenball jedes Jahr den Eindruck relativer Wohlhabenheit zu erwecken. Denn niemand, der über die wackelnden Stufen der großen Treppe zum Ballsaal des Palazzo Tron emporschritt, konnte vermeiden, dass sein Blick auf bröckelndes Mauerwerk fiel, auf Putz, der sich von der Decke gelöst hatte, auf fingerdicke Risse im Handlauf des Geländers.

Umso größer fiel dann allerdings die Überraschung beim Betreten der *sala* aus. Wenn die über dreihundert Kerzen brannten und den Ballsaal in ein weiches, honigfarbenes Licht tauchten, blieben diejenigen, die den Maskenball der Trons zum ersten Mal besuchten, unwillkürlich stehen und sperrten entzückt den Mund auf – ein Anblick, der die Contessa jedes Mal mit Befriedigung erfüllte. So gesehen machte der Ballsaal durchaus Eindruck – jedenfalls so viel Eindruck wie ein sorgfältig gemaltes Bühnenbild.

Als die Trons im Jahre 1775 Kaiser Joseph II. empfangen hatten, den Sohn Maria Theresias, waren es knapp siebzig Diener gewesen, die sich um das Wohl der Gäste gekümmert hatten – im Hausarchiv der Trons war all dies dokumentiert. Heute, fast hundert Jahre später, im Februar des Jahres 1862, waren es dreißig Diener, die sich um rund einhundertfünfzig Gäste zu kümmern hatten. Zehn von ihnen sorgten als lebende Kandelaber für die Beleuchtung des Treppenhauses, die anderen nahmen ihre Aufgaben im Ballsaal und in den angrenzenden Räumen wahr – Getränke nachschenken, das Buffet überwachen und benutzte Gläser und Teller in die Küche räumen. Dazu kamen zwölf Musiker, rekrutiert aus dem Orchester des Fenice. Die Kosten des Balles, inklusive der Getränke und der *table à thé,* betrugen knapp zweihundert Lire – das war ungefähr ein Drittel dessen, was Tron als Commissario im Jahr kassierte. Früher dienten die Maskenbälle auch dem Knüpfen von Verbindungen, der Anbahnung von Geschäften. Heute, wo den Ausgaben keine Gewinne mehr entgegenstanden, war dieser Ball ein reines Verlustgeschäft.

Die ersten Gäste kamen kurz nach acht: Bea Mocenigo und ihr Anhang, der apathische Conte Mocenigo mit dem hartnäckigen Hautausschlag und den schlechten Zähnen und seiner Schwester, die in einen bröckeligen Reifrock gekleidet war, der

aussah wie das Treppenhaus der Trons, verzehrt von den Verheerungen des Alters. Die Mocenigos hatten ihre Maskenbälle bereits in den vierziger Jahren einstellen müssen, weil sie gezwungen gewesen waren, ihr Hauptgeschoss an Fremde zu vermieten – ohne diese Maßnahme hatten sich die nötigen Reparaturen an ihrem Palast nicht mehr finanzieren lassen, und daher mischte sich in ihre Begrüßung eine leise Missgunst.
Dann erschien, ebenfalls kurz nach acht, eine Horde Priulis, den Geruch von Zimmerdecken verbreitend, durch die es geregnet hatte. Die Priulis wurden von den Mocenigos wegen eines schwelenden Erbschaftsstreits aus den Tagen der Liga von Cambrai höflich, aber äußerst kühl begrüßt. Anschließend begab man sich gemeinsam in das Gobelinzimmer, um sich am kalten Buffet zu laben, vor dem sich kurz darauf auch andere Angehörige der alten Familien versammelten wie Steppentiere um ein Wasserloch. Die Angehörigen der alten Familien erschienen immer früh auf dem Ball der Trons, um sich wie Heuschrecken auf das Gebäck und die Hühnerkeulen zu stürzen, sich gegenseitig belauernd wie in vergangenen Jahrhunderten bei der Wahl des Dogen.

Gegen zehn Uhr hatte sich die *sala* in einen Hexenkessel verwandelt, in ein ekstatisches Gewoge aus gewagten Dekolletés und glitzernden Colliers unter Masken in allen Variationen – Masken aus Samt, perlenbestickt oder mit Pailletten verziert, Katzenmasken, Fuchsmasken, mit bunten Federn verzierte Vogelmasken oder orientalische Masken, die einen Saphir oder einen Rubin auf der Stirn trugen und an indische Maharadschas denken ließen. Die erhobenen Stimmen und Lachsalven erweckten den Anschein, dass nichts hinreißender sein konnte, als im Ballsaal des Palazzo Tron unter einem von Jacopo Guarana gemalten Himmel an einem Maskenball teilzunehmen.

Wieder war in diesem Jahr der Anteil der Gäste, die es vorzogen, einen Frack zu tragen und nicht in Rock, Weste und Kniebundhose zu erscheinen, ein wenig gewachsen. Stilistisch betrachtet mochten die schwarzen Gesellschaftsanzüge fragwürdig sein, aber Tron fand es trotzdem hübsch, wie sich in die sanften Pastellfarben des 18. Jahrhunderts das harte Schwarzweiß der Fräcke mischte. Auf den Einladungskarten hatte *Ballo in Maschera* gestanden, doch wer die Gepflogenheiten kannte, der wusste, dass es ausreichte, eine Gesichtsmaske zu tragen. Ob man in Kostümen des *Settecento* erschien oder, wie viele es offenbar vorzogen, in moderner Gesellschaftskleidung, blieb jedem selbst überlassen.

Die Gäste kamen jetzt in so schneller Reihenfolge, dass im Vestibül ein Stau entstanden war. Tron wusste, dass alles getan würde, um die Einladungen zügig zu prüfen, aber sobald der Stau zu groß war, würden die Gäste einfach am Empfang vorbeimarschieren. Das war immer so, und auch jetzt spürte Tron wieder, dass der Ball gleich den Punkt erreichen würde, an dem sich die Ordnung der Dinge auflöste. Er sah es am Gesichtsausdruck der Contessa, der Art, wie sie nervös zum Vestibül sah, während sie den Handkuss eines neuen Gastes entgegennahm.

Inzwischen waren die Musiker an ihre Plätze zurückgekehrt. Um zehn Uhr begann ihr zweiter Zyklus, das traditionelle Signal für Tron und die Contessa, ihre Stellung im Zentrum des Ballsaals zu verlassen und sich in das Gobelinzimmer zu begeben, um sich ein wenig an der *table à thé* zu stärken. Wer jetzt noch kam, musste die Contessa in der Menge suchen, um sie zu begrüßen.

Die Contessa ging voraus, wobei sie alle paar

Schritte einer Maske zunickte, stehen blieb, ein paar Sätze sprach und sich dann mit feinen, präzisen Bewegungen weiter durch die Gäste schlängelte. Ein Sog entstand, der die Maskierten auf die Tanzfläche trieb, und da Tron nicht gegen den Strom laufen wollte, blieb er stehen und wartete.

Er entdeckte sie auf der anderen Seite des Ballsaales: eine hoch gewachsene, schwarz gekleidete junge Frau, deren Stirn und Nase von einer – ebenfalls schwarzen – Halbmaske verdeckt waren. Sie trug über die Ellenbogen reichende schwarze Handschuhe, und da die Ärmel ihres Kleides eine Handbreit unter der Schulter endeten, ergab sich eine schwarz gesäumte Partie unbekleideter Oberarme. Tron bezweifelte, dass sie wusste, wie attraktiv sie war.

Die Frau stand regungslos neben einem Konsoltisch und schien auf etwas zu warten. Und dann, plötzlich, blickte sie Tron über die Tanzfläche hinweg an – jedenfalls hatte Tron das Gefühl, dass sie hinter ihrer Maske den Blick auf ihn richtete – und bewegte ihren geöffneten Fächer zu sich hin, was in der Fächersprache nur bedeuten konnte: Ich möchte mit Ihnen tanzen.

Trons Füße setzten sich in Bewegung, ein reiner Reflex. Er umrundete einen maskierten Schäfer und eine maskierte Schäferin, wich geschickt einem Pierrot mit einer Vogelmaske aus, aber in der Mitte der Tanzfläche, die sich nach den ersten Walzertakten rapide gefüllt hatte, verlor er die Unbekannte aus den Augen. Als er die andere Seite erreicht hatte, war sie verschwunden. Sie war weder im Gobelinsaal noch im Salon der Contessa, und als sich Tron zwei Minuten später im Vestibül über das Treppengeländer beugte, stellte er fest, dass sie auch nicht auf der Treppe stand.

«Alvise?»

Tron drehte sich um und erblickte Alessandro, der ihn mit gerunzelter Stirn ansah. «Suchst du jemanden?», fragte der alte Diener.

«Äh, nein. Ich …» Tron brach ab. Er hatte keine Lust, Alessandro von der schwarzen Dame zu erzählen. Er kam sich albern vor.

«Eine Gräfin Hohenembs will dich sprechen», sagte Alessandro.

«Warum kommt sie nicht einfach zu mir?»

«Sie will dich unter vier Augen sprechen.»

«Hat sie gesagt, worum es geht?»

«Um den Lloydfall.»

Tron hatte im Verlauf des Abends zweimal an den Lloydfall denken müssen. Einmal, als er Pergen begrüßt hatte, der im Frack eine erstaunlich gute Figur machte und glänzender Laune zu sein schien. Zum zweiten Mal, als er Haslinger die Hand gab, der kurz nach Oberst Pergen gekommen war. Beide Male hatte Tron die Gedanken an den Lloydfall weggescheucht wie lästigen Zigarettenrauch. Er hob die Schultern. «Die Gräfin könnte mich morgen in der Questura aufsuchen.»

Alessandro nickte. «Das habe ich ihr auch vorgeschlagen, aber sie meinte, es sei dringend. Die Gräfin ist mit den Königseggs gekommen.»

«Die Königseggs sind da?»

Alessandro nickte. «Die Contessa spricht gerade mit ihnen.»

«Wo ist diese Gräfin Hohenembs jetzt?»

«Ich habe sie in die Kapelle geführt. Da seid ihr ungestört.»

Etwas an Alessandros Tonfall brachte Tron zum Lachen. «Wie sieht sie aus?»

«Sie wird dir gefallen.»

«Dann gehe ich am besten sofort.»

44

Elisabeth sitzt in leicht verspannter Haltung auf einem der beiden Stühle, die unmittelbar vor dem Altar stehen, und lässt ihren Blick durch die Kapelle der Trons schweifen: ein fast quadratischer Raum mit einem Altar auf einem steinernen Podest und einer roten Altardecke, die fast den Boden berührt. Zwei Kerzenleuchter auf dieser Decke werfen einen ovalen Lichtschein auf das Altargemälde. Sie beleuchten außerdem eine Flasche Champagner und zwei Gläser. Den Champagner findet Elisabeth ein wenig unpassend. Nicht wegen der Altardecke, auf der er steht, sondern weil dort, woher sie stammt, niemand auf den Gedanken kommen würde, zu einer ernsthaften Besprechung Champagner servieren zu lassen.

Dazu passt, dass der Mann, der sie in die Kapelle gebracht hat, ihr einen anzüglichen Blick zugeworfen hat, als er die Kapellentür aufschloss. Ein zweideutiges Lächeln. Aber hat er das wirklich getan? Elisabeth denkt nach und gelangt zu dem Schluss, dass dieser Alessandro da Ponte einfach nur freundlich gewesen ist. Ebenso wie der Diener, der zwei Minuten später diskret geklopft und den Champagner auf den Altar gestellt hat. Jedenfalls hat Elisabeth nicht die Absicht, länger als nötig in der Kapelle zu bleiben. Sie schätzt, dass das Gespräch höchstens eine halbe Stunde dauern wird. Im Grunde läuft es darauf hinaus, dass sie dem Commissario den Namen des Mannes nennen wird, der die Verbrechen auf dem Schiff begangen hat. Mehr kann sie nicht tun. Anschließend wird sie (was immer die Königseggs dazu sagen) ein wenig tanzen. Dass die Trons auf ihren Maskenbällen Walzer tanzen, ist eine echte Überraschung. Eine echte Überraschung ist auch der Ballsaal des Palazzo Tron.

Elisabeth ist mit den Königseggs vor einer halben Stunde eingetroffen und hat so reagiert, wie die meisten Besucher reagieren, die zum ersten Mal einen Maskenball im Palazzo Tron besuchen. Der bröckelnde Putz im *portego* und die wackelnden Stufen im Treppenhaus haben ernüchternd auf sie gewirkt, aber als sie den Ballsaal betrat, war sie zuerst verblüfft und dann bezaubert.

Der Saal war kleiner, als sie erwartet hatte, aber trotz der vielleicht hundert Personen, die sich in ihm versammelt hatten, wirkte er nicht eng. Elisabeth nimmt an, dass es an den vielen Spiegeln lag, die an den beiden Längsseiten des Raumes das Kerzenlicht reflektierten, den Raum nach allen Seiten dehnten und bei den Gästen ein mildes Schwindelgefühl erzeugten, das sich mit jedem Schritt in den Saal hinein verstärkte. Das Resultat war ein augenblickliches, fast körperlich spürbares Gefühl der Heiterkeit. Etwas Ähnliches hat Elisabeth empfunden, als sie in der letzten Woche allein über die Piazza spaziert ist – aber hier war dieses Gefühl noch stärker, und Elisabeth hat sich gefragt (ein waschechter Wiener Walzer setzte gerade ein, und die wogende Menge im Ballsaal gruppierte sich zu Paaren), wie es wohl sein mochte, in diesem Raum zu tanzen.

Niemand hat sie beachtet, als sie den Ballsaal betrat. Weder ging sie durch ein Spalier von knicksenden Damen und sich verbeugenden Herren, noch reckten die Ballgäste neugierig die Hälse nach ihr. Wenn Blicke sie trafen, galten sie ihrer Person – nicht der Kaiserin. Dort, wo den Blicken ein Lächeln folgte – die meisten Gäste trugen Halbmasken, die den Mund unbedeckt ließen –, hat Elisabeth das Lächeln erwidert.

Da die Königsegg es für besser hielt, die Contessa Tron im Gewimmel der Gäste allein zu suchen, haben Elisabeth und Königsegg am Rand des Ballsaals gewartet. Fünf Minuten später war die Königsegg wieder da, flankiert von einem weißhaarigen Mann mit freundlichen grauen Augen. Er hat sich als Alessandro da Ponte vorgestellt und sie in die Kapelle gebracht. Vermutlich ist es auch er gewesen, der dem Diener befohlen hat, Champagner in der Kapelle zu servieren.

Elisabeth seufzt und steht auf. Sie streicht ihr Kleid glatt und tritt vor den Altar. Musik dringt durch die Wand, Walzermusik, die gut zu den Engeln auf dem Altarbild passt, denn die Engel sehen wie kleine Liebesgötter aus. Als Elisabeth sich umdreht und in einer Ecke der Kapelle ein Kanapee entdeckt, muss sie lachen. Sie hat beschlossen, alles, was sie irritieren müsste, amüsant zu finden. Dann hört sie, wie hinter ihr die Tür aufgeht, und dreht sich um.

45

Da sie vor dem Altar stand, als Tron die Kapelle betrat, und das Licht der Kerzen von hinten auf sie fiel, lag das Gesicht der Gräfin Hohenembs im Schatten. Als Tron sie ein paar Sekunden später identifizierte (seine Augen hatten sich an das matte Kerzenlicht gewöhnt), dachte er: *Das glaube ich nicht.* Er nahm seinen Kneifer ab (er war überzeugt davon, ohne Kneifer kühner und männlicher auszusehen) und stärkte sich mit einem strengen Schlucken, als er auf sie zuging.

Die Gräfin war immer noch maskiert, aber es bestand kein Zweifel daran, dass sie lächelte, denn ihre Mundwinkel waren leicht nach oben gezogen. Es bestand ebenfalls kein Zweifel daran, dass es sich um die junge Frau handelte, der er vor einigen Minuten vergeblich nachgelaufen war.

Tron verbeugte sich. «Gräfin Hohenembs?»

Die Gräfin nickte. Ihre Mundwinkel unter der Maske hoben sich ein Stück weiter. Aus zwei Schritten Entfernung wirkte sie noch attraktiver als von der anderen Seite des Ballsaales. Tron

schätzte sie auf fünfundzwanzig, höchstens dreißig. Sie machte keine Anstalten, ihre Maske abzunehmen.
Tron trat einen Schritt näher und zog ihre Hand an seinen Mund. Dann sagte er auf Deutsch: «Ich wollte Sie zum Tanzen auffordern, aber als ich auf Ihrer Seite der Tanzfläche angelangt war, da waren Sie verschwunden. Das tut mir Leid.»
«Warum tut es Ihnen Leid, Conte?»
«Weil Sie offenbar die Absicht hatten, mit mir zu tanzen.»
«Wie kommen Sie darauf, dass ich mit Ihnen tanzen wollte?» Das Erstaunen in ihrer Stimme war echt. Sie sprach keinen Wiener Dialekt, vermutlich kam sie nicht einmal aus Österreich.
«Ihr Fächer», sagte Tron.
«Mein Fächer?»
«Sie haben Ihren geöffneten Fächer zu sich hinbewegt und mich dabei angesehen. Das heißt: Tanzen Sie mit mir.»
«Das wusste ich nicht. Das muss ein Zufall gewesen sein.»
«Hätten Sie mich abgewiesen, wenn ich Sie aufgefordert hätte?»
Anstelle einer Antwort lachte die Gräfin. «Ich

wusste gar nicht, dass Sie auf Ihren Bällen Walzer tanzen», sagte sie etwas zusammenhanglos.

«Was dachten Sie, was wir hier tanzen würden?»

«Kontertänze. Menuette. Sarabanden.»

Tron lächelte. «Wir schreiben das Jahr 1862. Es gibt seit fast zehn Jahren eine Gasbeleuchtung auf der Piazza. Die Zeit vergeht vielleicht langsamer bei uns, aber sie steht nicht still. Sind Sie jetzt enttäuscht?»

Die Gräfin schüttelte den Kopf. «Nein. Aber eigentlich wollte ich mit Ihnen nicht über Walzer reden.»

«Ich weiß. Es geht um den Lloydfall. Sie hätten auch in mein Büro auf der Questura kommen können.»

«Ich wollte keine Zeit verlieren.»

«Das hört sich dramatisch an.» Tron lächelte. «Darf ich Ihnen vorher eine Frage stellen, Gräfin?»

«Fragen Sie, Conte.»

«Warum tragen Sie diese Maske? Ich kenne jetzt ja Ihren Namen. Es ergibt keinen Sinn, maskiert zu bleiben.»

«Ohne diese Maske wäre ich nicht hier.»

«Alle Gäste sind maskiert. Aber diese Unterredung ist kein Teil des Maskenballs. Und außerdem …»

«Und außerdem?»

«… würde ich gerne Ihr Gesicht sehen.»

«Und warum?»

Tron lächelte. «Weil ich glaube, dass Sie es nicht verstecken müssen.»

Er sah, wie sich der Mund der Gräfin öffnete, einen Augenblick lang geöffnet blieb und sich wieder schloss. Ihre Lippen, die jetzt zu schmalen Strichen zusammengepresst waren, begannen zu vibrieren. Sie stieß kleine, dumpfe Laute aus, die wie *Uuhhm* oder *Mhhhm* klangen.

Zuerst dachte Tron, die Gräfin hätte sich verschluckt. Dann dachte er entsetzt, sein Kompliment wäre zu weit gegangen und die *Mhhhms* und *Uuhhms* der Gräfin würden ihre Empörung zum Ausdruck bringen.

Schließlich begriff er, dass die Gräfin lachte. Sie lachte immer noch, als sie die Bänder in ihrem Nacken löste und die Maske abnahm.

46

Elisabeth wäre nie auf den Gedanken gekommen, dass der Commissario sie nicht erkennen könnte. Aber jetzt starrt er sie mit gerunzelter Stirn an, und es ist ganz offensichtlich, dass er nicht weiß, wen er vor sich hat. Der Commissario ist ein mittelgroßer, schlanker Mann mit dünnen blonden Haaren und Lachfältchen neben den Augen, mit denen er sie jetzt irritiert anblickt. Er sieht harmlos und verlegen aus, findet Elisabeth – verlegen, weil er vielleicht kurz davor ist, sie zu erkennen. Das überrascht sie nicht. Die meisten Leute, denen sie begegnet, werden verlegen.

Elisabeth räuspert sich. «Conte?»

«Ja?»

«Würden Sie die Güte haben, mich aufmerksam zu betrachten?»

«Das tue ich die ganze Zeit.»

Der Commissario hält die Augen weiter auf sie gerichtet – freundliche, graue Augen, die ein wenig kurzsichtig zu sein scheinen. Nein – er erkennt sie definitiv nicht, und mit einem Mal weiß Elisabeth, woran es liegt. Es ist so einfach, dass sie beinahe wieder anfängt zu lachen. Elisabeth

sagt: «Wo ist der Kneifer, mit dem ich Sie im Ballsaal gesehen habe?»
Wenn der Commissario diese Frage seltsam findet, lässt er es sich nicht anmerken. Er zieht lediglich seine Augenbrauen nach oben, als er sagt: «Ich vermute, dass er sich in meiner Rocktasche befindet.»
«Setzen Sie ihn auf, Conte!»
Der Commissario greift in die rechte Tasche seines seidenen Rocks. Er zieht hintereinander einen Bindfaden, einen Kerzenstummel und ein Taschentuch hervor, betrachtet die Dinge nachdenklich, schüttelt den Kopf und legt alles auf den Stuhl, der neben ihm steht. Dann zieht er ein Etui aus der linken Rocktasche, entnimmt dem Etui einen kleinen, zerbrechlich aussehenden Kneifer, setzt ihn auf die Nase und blickt sie an.
Und jetzt – endlich – sieht Elisabeth, wie er sie erkennt. Sie sieht, dass er überrascht ist – jeder, der plötzlich einer leibhaftigen Kaiserin gegenüberstünde, wäre überrascht –, aber sie sieht auch, dass die Überraschung ihn nicht im Mindesten aus der Fassung bringt. Der Commissario lächelt – so entspannt, als würde er jeden Tag eine kaiserliche Hoheit in seiner Kapelle

empfangen. Dann nimmt er den Kneifer von der Nase, tritt ohne Hast einen Schritt zurück und verbeugt sich. Er verlagert sein Gewicht auf das rechte Bein, sodass er das linke nach oben ziehen und etwas beugen kann. Zusammen mit einem kleinen Ausschlag seines Oberkörpers nach vorne und einer kreisenden Bewegung seines rechten Armes (so als würde er einen Federhut abnehmen) ergibt sich eine Verbeugung, wie sie die Trons jahrhundertelang an europäischen Fürstenhöfen praktiziert haben – einschließlich der leichten Ironie, die darin liegt. Der Commissario sagt: «Kaiserliche Hoheit, ich bin …»

Sie unterbricht ihn. «Überrascht und konsterniert. Aber lassen Sie uns gleich zur Sache kommen. Wenn wir zu lange aus dem Ballsaal verschwinden, geraten wir womöglich noch ins Gerede.»

Oh, großer Gott! Hat sie das wirklich gesagt? *Wir geraten womöglich noch ins Gerede.* Das ist in höchstem Grade zweideutig.

Wieder lächelt der Conte, aber sie registriert keine Anzüglichkeit in seinem Lächeln.

«Ich habe Sie hierher gebeten …», fängt sie an und bricht sofort ab. Es passt nicht. Es hätte gepasst, wenn sie den Commissario in den Palazzo

Reale gebeten hätte und nicht in die Kapelle des Palazzo Tron, auf einem Ball, zu dem sie gar nicht eingeladen ist. Außerdem hat sie einen trockenen Mund. Sie fährt sich mit der Zunge über die Oberlippe.

Der Commissario sagt: «Darf ich Kaiserlicher Hoheit etwas zu trinken anbieten?»

Wie bitte? *Etwas zu trinken anbieten?* Ihr? Der Kaiserin? So als wäre sie irgendeine Gräfin? Geht denn das? Und wenn sie jetzt ein Glas annimmt, dann …

Aber sie kann den Gedanken nicht zu Ende bringen, denn der Commissario ist schon auf dem Weg zum Altar. Außerdem scheint ihr Durst mit jeder Sekunde größer zu werden. Sie nickt. «Ein Schlückchen wäre nicht schlecht.»

Ein Schlückchen wäre nicht schlecht. Himmel! Wie sie redet! Franz Joseph benutzt solche Redewendungen, aber der ist ein Mann. Für eine Frau ist das eine völlig unmögliche Ausdrucksweise. Elisabeth schweigt entsetzt und beobachtet, wie der Commissario oder der Conte – sie weiß nie, in welche Kategorie sie ihn einordnen soll – eine Flasche aus einer rötlichen Medici-Vase zieht, sie mit einem weißen Tuch sorgfältig abtrocknet, den Drahtverschluss löst und dann – unter dem Handtuch – mit einer drehenden Handbewegung den Korken entfernt. Dann schenkt er ein, kommt zurück und hält ein Glas in der Hand. Nur *ein* Glas. Das ist gut. Das gibt der Trinkerei einen Einschlag ins … Medizinische. Wäre er mit *zwei* voll geschenkten Gläsern vor sie getreten, hätte das den frivolen Charakter dieser Zusammenkunft noch verstärkt.

Sie nimmt das Glas in die Hand – der Conte reicht es ihr mit dem Gesichtsausdruck eines besorgten Arztes –, führt es zum Mund und spürt einen Augenblick lang das Prickeln der zerplatzenden Champagnerbläschen an ihrer Nase. Nach dem ersten Schluck wird ihr ein wenig schwindlig, also muss sie sich auf einen der samtbezogenen Stühle setzen, die vor dem Altar stehen.

«Sie dürfen Platz nehmen, Conte.»

Kommt das zu schnell – ihre Aufforderung an den Conte, sich ebenfalls zu setzen? Oder wäre es besser gewesen, ihn noch ein wenig warten zu lassen? Aber dann hätte er *von oben herab* zu ihr gesprochen – ein Ding der Unmöglichkeit.

Der Conte hat den Stuhl, der neben ihrem steht, ein wenig abgerückt. Jetzt sitzt er ihr in zwei

Schritten Entfernung gegenüber, in lockerer und zugleich korrekter Haltung – nicht steif wie der verklemmte Toggenburg, aber aufrecht genug, um ihr den Respekt zu bezeugen, den sie dringend benötigt.

«Ich habe Sie hierher bitten lassen, weil ich …» Sie hält inne. *Weil ich die Hofburg hasse und mir allein schon der Gedanke, nach Wien zurückzukehren, Kopfschmerzen bereitet? Und weil ich die Geschichte, mit der mich Toggenburg aus Venedig vertreiben will, nicht glaube?* Nein – so geht das nicht.

Sie nimmt noch einen Schluck aus ihrem Glas und stellt fest, dass der Champagner sie auf angenehme Weise entspannt.

«Ich weiß, wer den Hofrat und das Mädchen ermordet hat», sagt Elisabeth einfach. «Am besten, Sie hören mir erst einmal zu und stellen Ihre Fragen danach.»

Sie braucht eine halbe Stunde, um ihre Geschichte zu erzählen. Als sie fertig ist, fällt ihr ein, dass sie kein einziges Mal den Namen des Mannes erwähnt hat, um den es ging. Das war ein Fehler, also holt sie es nach.

47

Zuerst dachte Tron, er hätte sich verhört. «Sagten Sie *Haslinger*, Kaiserliche Hoheit?»

Elisabeth nickte. «Oberst Pergen hat Haslinger jedes Mal gedeckt. In der Gambarare-Affäre und dann, als diese Sache in Wien passierte.»

«Warum hat er ihn gedeckt?»

«Haslinger und Pergen waren zusammen auf der Grazer Kadettenanstalt. Vielleicht war Pergen Haslinger irgendeinen Gefallen schuldig.» Elisabeth zuckte die Achseln. «Aber diesmal scheint Pergen nicht nur aus alter Freundschaft gehandelt zu haben, sondern weil Haslinger ihn erpresst hat. Haslinger hat dem Oberst gedroht, die Papiere aus der Kabine des Hofrats dem Stadtkommandanten zu übergeben. So hat es dieser Ennemoser auf dem Flur verstanden.»

Tron stand auf und ging mit steifen Schritten auf das Fenster der Kapelle zu. Der Fußboden hatte sich im Laufe der Jahrhunderte zum Rio Tron hin gesenkt, doch jetzt kam es ihm vor, als würde er steil nach unten laufen. Im Ballsaal erklang ein Walzer, und einen Augenblick lang war die Melodie so deutlich zu hören, als würden die Musiker direkt nebenan im Gobelinzimmer spielen. Tron ging zum Altar zurück. Er setzte sich und erzählte der Kaiserin, was er wusste.

Als er fertig war, sagte Elisabeth: «Also haben Sie auch nicht an das Attentat geglaubt.»

Tron schüttelte den Kopf. «Ich hatte anfangs Leutnant Grillparzer im Verdacht. Und später Pater Tommaseo.»

«Was werden Sie jetzt unternehmen?»

«Ich *darf* nichts unternehmen», sagte Tron. «Spaur suspendiert mich, wenn ich weiter an dem Fall arbeite. Und im Moosbrugger-Mord ermittelt die Militärpolizei, weil das Lloydpersonal zur Marine zählt.»

«Also ist der Fall für Sie abgeschlossen.»

«Es sieht ganz danach aus.»

«Ennemoser sagt, dass Pergen intensiv nach den Unterlagen fahndet. Der Oberst hält es offenbar für möglich, dass Haslinger die Unterlagen gar nicht hat.»

Tron nickte. «Ich weiß. Das war auch der Grund für seinen Besuch bei Ballani.»

«Ist Ihnen klar, Commissario, was dann passiert, wenn Oberst Pergen diese Unterlagen tatsächlich aufstöbert?»

«Dann kann Haslinger ihn nicht mehr damit bluffen.»
«Richtig. Und wenn dieser Fall eintritt, wird sich Haslinger von Pergen bedroht fühlen. Und wenn Haslinger sich bedroht fühlt, geht er kein Risiko ein. Das wissen wir inzwischen.»
Tron runzelte die Stirn. «Wollen Sie damit andeuten, Haslinger könnte Pergen …?»
«Nicht *könnte,* Commissario. Er *wird* es tun. Haslinger hat den Steward getötet, weil der wusste, was auf dem Schiff geschehen war. Er hat die Frau in Triest getötet, um Moosbruggers Aufzeichnungen an sich zu bringen. Wenn Haslinger weiß, dass er Pergen nicht mehr kontrollieren kann, wird er ihn ebenfalls umbringen.» Elisabeth stieß mit ihrem Fächer in das Halbdunkel, in dem Tron saß, um ihren Worten Nachdruck zu verleihen. «Man würde es für einen politischen Mord halten. Kein Mensch würde auf den Gedanken kommen, dass es Haslinger war, der Pergen getötet hat.»
«Mit anderen Worten: Wenn Pergen die Unterlagen findet, ist er ein toter Mann.»
Elisabeth nickte. «So tot wie Moosbrugger und die Frau in Triest. Jeder, der über Haslinger Be-

scheid weiß, schwebt in Lebensgefahr.» Sie überlegte einen Moment lang. «Hatte ich Ihnen gesagt, dass der Unteroffizier, der im Prozess gegen Pergen ausgesagt hat, sechs Monate später mit durchschnittener Kehle aufgefunden wurde?»

«Nein, hatten Sie nicht.»

«Ich frage mich, ob dieser Priester noch am Leben ist.»

«Welcher Priester?»

«Pater Abbondio aus Gambarare. Der Mann, der damals Anzeige erstattet hat.»

«Moment mal. Sagten Sie, äh … *Gambarare*?»

«Ja, sicher.» Elisabeth runzelte die Stirn. «Ein kleines Nest in der Nähe von Mira. Hatte ich vorhin den Ort nicht erwähnt?»

Tron schüttelte langsam den Kopf. «Das habe ich … wohl überhört.» Er war sich plötzlich sicher, dass das Rotieren der Gedanken in seinem Gehirn unüberhörbare Geräusche verursachen musste. «Ist bekannt, was aus diesem Mädchen geworden ist, dessen Eltern erschossen worden sind?»

«Zum Zeitpunkt des Prozesses war sie in einem Waisenhaus in Venedig», sagte Elisabeth.

Tron musste sich räuspern, bevor er wieder in

der Lage war zu sprechen. «Ist sie als Zeugin geladen worden?»

«Ja, aber sie konnte sich an nichts erinnern.» Elisabeth warf einen besorgten Blick auf Tron. «Ist alles in Ordnung, Commissario?»

«Dieses Mädchen …», sagte Tron langsam. Dann schwieg er und presste die Lippen einen Moment lang so fest zusammen, dass sie einen weißen Strich bildeten. «Dieses Mädchen war Passagier auf der *Erzherzog Sigmund*. Und sie hat Haslinger erkannt. Es handelt sich um die Prinzessin von Montalcino.»

«Woher wissen Sie, dass die Principessa Haslinger wiedererkannt hat?»

«Als ich mit der Principessa im Fenice war, sind wir ihm begegnet. Da hat sie ihm gesagt, dass sie ihn an Bord gesehen hat. Aber sie hat mehr gemeint als nur das. Das war mir an Ort und Stelle nicht klar.»

«Wie hat Haslinger reagiert?»

«Er hatte es plötzlich sehr eilig zu verschwinden. Ich habe dem keine große Bedeutung beigemessen. Aber jetzt bin ich mir sicher, dass er die Principessa erkannt hat – oder Maria Galotti, wie sie damals hieß. An ihren Sommer-

sprossen, ihren blonden Haaren und den grünen Augen.»
«Aber wenn die Principessa gewusst hat, wer Haslinger war – warum hat sie Ihnen nichts davon gesagt?»
«Sie hätte über das sprechen müssen, was damals mit ihr in Gambarare passiert ist», sagte Tron. «Was sie verständlicherweise nicht wollte. Außerdem musste sie damit rechnen, dass Oberst Pergen wieder seine Hand über Haslinger halten würde. Genauso wie vor zwölf Jahren.»
«Das würde allerdings bedeuten, dass die Principessa – falls Pergen die Papiere findet – genauso gefährdet ist wie der Oberst. Wenn Haslinger konsequent weitermordet, steht sie auch auf seiner Liste.»
«Kaiserliche Hoheit reden, als wäre der Oberst bereits tot. Dabei ist das alles nicht mehr als eine Hypothese.»
«Eine gut begründete Hypothese, wie ich meine. In dem Moment, in dem Pergen seine Unterlagen gefunden hat, wetzt Haslinger das Messer. Und dann …»
Die Kaiserin fuhr sich langsam mit dem Zeigefinger ihrer rechten Hand über die Kehle. Tron fand,

dass diese Geste, ausgeführt von einer Hand in einem eng anliegenden schwarzen Handschuh, etwas außerordentlich Elegantes hatte.

«Aber ich will Ihre Zeit nicht länger in Anspruch nehmen, Conte.» Die Kaiserin lächelte. «Wie erreiche ich Sie, wenn ich nicht über die Questura mit Ihnen Kontakt aufnehmen will?»

«Kaiserliche Hoheit können mir eine Nachricht in den Palazzo Tron schicken. Adressiert an Signor da Ponte.»

Tron hatte erwartet, dass die Kaiserin sich jetzt erheben würde, doch stattdessen sagte sie: «Da wäre noch etwas, Conte.»

«Ja?»

«Stimmt es, dass das Auge des Ermordeten das Bild des Mörders festhält?»

Tron kannte diese Theorie. Er vermutete, dass sie mit der Entstehung der Fotografie aufgekommen war: das Auge als Linse und die Netzhaut als lichtempfindliche Platte. Er sagte: «Es kommt darauf an.»

«Worauf?»

«Auf die Entfernung des Mörders zum Opfer, auf den Lichteinfall und darauf, wie weit das Opfer im Augenblick des Todes die Augen geöffnet

hatte. Der Vorgang beruht auf den ganz normalen optischen Gesetzen.» Tron hatte keine Ahnung, was die *ganz normalen optischen Gesetze* waren, aber es hörte sich gut an.
Die Kaiserin machte ein nachdenkliches Gesicht. «Gesetzt den Fall, Sie würden mich jetzt ermorden, Conte.»
Tron lächelte. «Kaiserliche Hoheit überfordern mein Vorstellungsvermögen.»
Aber die Kaiserin blieb ernst. «Wie nahe müssten Sie mir kommen, damit sich Ihr Gesicht auf meiner Netzhaut abbildet?»
«Wahrscheinlich näher als einen halben Meter. Aber ich müsste zugleich ausreichend Licht im Gesicht haben», sagte Tron.
«Und würde das Licht einer Kerze ausreichen, um Ihr Gesicht auf meiner Netzhaut abbilden zu lassen?»
«Möglicherweise.»
«Dann halten Sie eine Kerze neben Ihr Gesicht und kommen Sie näher.»
Tron stand auf und nahm eine Kerze vom Altar. Er trat vor die Kaiserin und bückte sich. Die Kaiserin hatte sich nach vorne geneigt, ihren Kopf zurückgelegt und blickte ihn erwartungsvoll an.

«Und nun? Was sehen Sie in meinen Augen? Sehen Sie Ihr Bild?»
Tron schüttelte den Kopf. «Ich bin zu weit weg, Kaiserliche Hoheit.»
«Dann kommen Sie näher.»
Tron beugte sich noch ein Stückchen herab. Da er befürchtete, das Gleichgewicht zu verlieren, sank er auf die Knie. Er beugte sich nach vorne und reckte sein Gesicht dem Gesicht der Kaiserin entgegen.
«Erkennen Sie jetzt Ihr Gesicht, Conte?»
Aber selbst aus zwanzig Zentimeter Entfernung konnte Tron sein Gesicht in den Augen der Kaiserin nicht erkennen. Er sah die Iris und die Pupille der Kaiserin, eingefasst vom Weiß ihrer Augen, und auf der Pupille den Reflex der Kerze, die er in der rechten Hand hielt, aber er sah kein Gesicht. Er schob sich noch ein Stück nach vorne. Fünfzehn Zentimeter und immer noch kein Gesicht. Doch! Jetzt! Etwas Rundes, Gewölbtes mit zwei kleinen Schatten im unteren Teil der Wölbung tauchte in der Pupille der Kaiserin auf. Tron brauchte ein paar Sekunden, um zu begreifen, dass er seine von der Rundung ihrer Pupille grotesk verformte Nase erblickte. Und dann sah

er auch den Rest seines Gesichts – ebenfalls absurd verzerrt auf der Oberfläche dieses kleinen runden Spiegels –, eine wulstige Stirn, hervorquellende Augen und dicke, aufgedunsene Lippen. Tron fand, er sah aus wie ein Karpfen.

Inzwischen war sein Gesicht höchstens noch zehn Zentimeter von dem Gesicht der Kaiserin entfernt. Er konnte den nach Veilchensorbet duftenden kaiserlichen Atem riechen, und einen Augenblick lang bildete er sich ein, ihren Herzschlag zu hören. Großer Gott, dachte Tron entsetzt, jeder, der in diesem Augenblick die Kapelle betrat, müsste den Eindruck haben, er und die Kaiserin wären gerade dabei …

«Alvise?»

Die Stimme kam von der Kapellentür, und sie war so scharf wie ein Peitschenknall.

48

«Störe ich euch, Alvise?» Die Contessa räusperte sich anzüglich.

Tron erhob sich, wobei er sich Mühe gab, die

Kaiserin mit seinem Körper zu verdecken. «Wir waren gerade bei einem wissenschaftlichen Experiment», sagte er. «Es geht um Spiegelungen auf der Pupille, die sich einbrennen, wenn ...» Er brach ab. Es war sinnlos, der Contessa den Vorgang zu erklären. Das Abbild des Mörders auf der Netzhaut des Toten! Die Geschichte war zu absurd, um auch nur damit anzufangen.

Die Contessa machte zwei Schritte in Richtung Altar, dann blieb sie stehen. Tron sah, dass sie die Tür hinter sich geschlossen hatte.

«Ein Experiment mit Spiegelungen auf der Pupille?» Die Contessa warf Tron einen verständnislosen Blick zu.

Die Konvention erforderte, dass er die Damen miteinander bekannt machte. Aber konnte er der Kaiserin die Contessa vorstellen? Nein – dazu hätte er das Inkognito der Kaiserin lüften müssen, und das durfte nur sie selber. Und konnte er die Gräfin Hohenembs mit der Contessa bekannt machen? Nein – das war ebenso unmöglich, denn es war damit zu rechnen, dass die Contessa die Kaiserin erkennen würde. Tron merkte, wie er anfing zu schwitzen.

Es war die Kaiserin, die ihn erlöste, indem sie aufstand (er konnte das Rascheln ihres Kleides hören) und neben ihn trat. Aus den Augenwinkeln sah Tron, dass sie darauf verzichtet hatte, ihre Maske wieder aufzusetzen. Als sie sprach, klang ihre Stimme überraschend gelassen.

«Es tut mir Leid, Contessa», sagte die Kaiserin, «dass ich Sie vorhin verpasst habe.»

Das war nicht ganz korrekt, denn die Kaiserin hatte nicht die geringsten Anstrengungen unternommen, die Contessa im Getümmel der Gäste ausfindig zu machen.

«Wenn ich den Conte von seinen Gastgeberpflichten abgehalten habe», fuhr die Kaiserin fort, «dann bitte ich um Nachsicht.»

Die Contessa blickte die Kaiserin an – aus einer Entfernung, die höchstens zwei Meter betrug. Tron konnte hören, wie seine Mutter einen tiefen Atemzug machte. Sie beugte das rechte Knie wie ein junges Mädchen, raffte mit der linken Hand ihr Kleid nach oben und neigte den Kopf. Dann sagte sie – und ihr hartes böhmisches Deutsch klang nicht im Mindesten aufgeregt: «Dass Kaiserliche Hoheit eine Unterredung mit dem Conte hatten, wusste ich nicht.»

Würdevoll verneigte sie sich ein zweites Mal und

ging langsam, ohne sich umzudrehen – also rückwärts –, mit kleinen, vorsichtigen Schritten und leicht nach vorne gebeugtem Oberkörper zur Tür. Hätte es sich um eine Audienz in der Hofburg gehandelt, wäre es ein perfekter, dem Hofprotokoll entsprechender Abgang gewesen. Aber hier, wo kein Lakai bereitstand, um der Contessa die Tür zu öffnen, ergab sich ein Problem: Kurz vor der Tür würde sie gezwungen sein, der Kaiserin den Rücken zuzukehren. Tron sah, wie die Schritte der Contessa zögernder wurden. Auch der Kaiserin war das Dilemma der Contessa nicht entgangen.

«Einen Moment noch, Contessa», sagte sie. Die Kaiserin hatte ihre Maske wieder aufgesetzt und sich in die Gräfin Hohenembs zurückverwandelt. «Von dem Gespräch», fuhr sie fort, «das ich mit dem Conte geführt habe, darf niemand etwas erfahren. Das Einzige, was Sie wissen dürfen, ist, dass heute Abend eine Gräfin Hohenembs in Begleitung der Königseggs an Ihrem Ball teilgenommen hat.» Sie machte einen halben Schritt nach vorne und blieb wieder stehen. «Und Sie, Conte, hatten mir etwas in Aussicht gestellt.»

Wieder sah Tron den Blick der Maske auf sich gerichtet, aus Augen, in denen es kurz aufblitzte, als der Schein der Kerze auf sie fiel. Die Kaiserin lächelte. Einen Moment lang wusste Tron nicht, was sie damit sagen wollte, doch dann fiel es ihm ein. Er sagte: «Als ich die Absicht hatte, Kaiserliche Hoheit zum Tanz aufzufordern, wusste ich nicht, wen ich vor mir hatte.»

«Soll das bedeuten, dass Sie einen Rückzieher machen, Conte?» Die Kaiserin schob ihre Unterlippe nach vorne. Ihre Maske hob sich ein wenig – vermutlich weil die im Unmut emporgezogenen Augenbrauen sie nach oben drückten.

Tron verneigte sich. Er sagte: «Ich würde nie im Traum daran denken, Kaiserliche Hoheit zu kompromittieren.»

Tron sah, wie sich der kaiserliche Mund entspannte. Eigentlich hatte das, was er geäußert hatte, bedeuten sollen, dass er es nie gewagt haben würde, eine Kaiserin zum Tanz aufzufordern. Aber die Kaiserin zog es offenbar vor, das Gegenteil zu verstehen, nämlich dass er es nicht wagen würde, ihre – indirekte – Bitte, sie zum Tanz aufzufordern, zurückzuweisen.

Sie sagte: «Worauf warten Sie dann noch, Conte?»

In diesem Augenblick setzte die Musik wieder ein – sie war irgendwann im Laufe des Gesprächs verstummt, ohne dass Tron es bemerkt hatte. Es war derselbe Walzer, den sie am Anfang ihrer Unterredung durch die geschlossene Tür gehört hatten. Die Musik war nicht lauter als zu dem Zeitpunkt, als er die Kapellentür hinter sich geschlossen hatte, um zu erfahren, was die angebliche Gräfin Hohenembs ihm zu sagen hatte. Aber jetzt, da niemand in der Kapelle sprach, war jeder einzelne Ton der Musik deutlich zu vernehmen.

Tron verbeugte sich und sagte: «Dann … bitte ich um den Tanz, Kaiserliche Hoheit.»

Er war vor seiner Verbeugung einen halben Schritt nach links getreten und hatte sich dann nach rechts gedreht, um sich in eine halbwegs frontale Position zu bringen. Als er seine Bitte ausgesprochen hatte, richtete er sich auf und blickte die Kaiserin an, aber die reagierte nicht. Sie ließ vier oder fünf Sekunden verstreichen, Sekunden, in denen die unsichtbaren Augen unter der Maske ihn musterten (das nahm er jedenfalls an) und in denen er sich bereits fragte, ob er irgendetwas falsch gemacht hatte. Doch dann, als

Tron begriff, dass die Kaiserin sich lediglich Zeit genommen hatte, diesen Satz, den sie vielleicht lange nicht mehr gehört hatte, in ihr Gedächtnis aufzunehmen, sagte sie:
«Ihren Arm, Conte.»
Tron streckte ihr seinen Arm entgegen, und die Kaiserin hängte sich lachend ein.

49

Als sie die *sala* wieder betraten, hatte der Maskenball seinen Höhepunkt erreicht. Es war jetzt kurz vor Mitternacht. Auch diejenigen Gäste, die es für unter ihrer Würde hielten, einen Maskenball vor elf Uhr nachts zu besuchen, schienen inzwischen gekommen zu sein. Der Ballsaal war brechend voll, und es war unmöglich, mitten im Tanz auf die Tanzfläche zu gelangen – ebenso gut hätte man versuchen können, auf ein schnell fahrendes Karussell zu springen. Also standen Tron und die Kaiserin am Rand und beobachteten, wie die wirbelnden Paare aneinander stießen und sich lachend für ihr Ungeschick entschuldigten.

Dann endete der Walzer. Applaus brandete auf, Beifallsrufe waren zu hören und Händeklatschen, so als wäre man in einem Konzert. Kleine Gruppen bildeten sich auf der Tanzfläche, viele Gäste hatten ihre Masken bereits nach oben geschoben, um Luft an ihre erhitzten Gesichter zu lassen. Ein dicker, maskierter Watteau-Schäfer schob mit seinem Hirtenstab die Veilchensträuße zusammen, die den Damen während des Tanzes aus den Händen gefallen waren. Der Schäfer schwankte ein wenig, ob von der Hitze des Ballsaals oder vom Champagner, den die Diener überall auf silbernen Tabletts servierten, war schwer zu sagen.
Plötzlich setzte die Musik wieder ein, mit drei langsamen, auftaktähnlichen Sekundschritten, an denen nur die Celli und der Kontrabass beteiligt waren. Man sah, wie sich die Gruppen auf der Tanzfläche auseinander fädelten, wie bunt gekleidete Damen nach ihren Kavalieren suchten und wie Herren, im Frack und mit Ordensbändern an den Revers, ihre Damen bereits um die Taille gefasst hatten, um auf die ersten Dreivierteltakte zu warten.
Tron und die Kaiserin machten zwei hastige Schritte auf die Tanzfläche und landeten direkt

vor einem Paar mit geröteten, verschwitzten Gesichtern, die sich ihrer Masken bereits entledigt hatten – sie hingen ihnen wie heruntergeklappte Visiere auf der Brust. Tron erkannte Pietro Calògero, den Direktor der *Banca di Parma*, und seine Frau, eine vierschrötige, stumpfnasige Person, mit der die Contessa in irgendeinem Wohltätigkeitskomitee saß. Der Direktor und seine Frau steckten in brandneuen, aufwendig gearbeiteten *Settecento*-Kostümen, die bunt und billig aussahen, obwohl sie sicherlich ein kleines Vermögen gekostet hatten. Beide erwiderten Trons freundliches Kopfnicken mit einem Lächeln, in dem sich Neid und Herablassung mischten: Neid auf den Glanz, den der Palazzo Tron noch immer entfaltete, Neid auf die illustre Gästeliste der Contessa – und Herablassung, weil sie genau wussten, wie es in finanzieller Hinsicht um die Trons bestellt war. Sich von ihnen wegdrehend, sah Tron gerade noch, wie der dicke Calògero den Mund aufriss und dann etwas zu seiner Frau sagte, einen ungläubigen Ausdruck auf dem Gesicht.

Aber Tron hatte keine Zeit, darüber nachzudenken, ob Calògero die Kaiserin erkannt hatte oder nicht. Der Walzer hatte seine Fahrt aufgenommen, und jetzt kam es darauf an, die Kaiserin unbeschädigt durch die Menge der wirbelnden Paare zu steuern und ihr vor allem nicht auf die kleinen, perlenbestickten Atlasschuhe zu treten. Zu Trons Überraschung war die Kaiserin eine ausgezeichnete Tänzerin. Ihre schmale, biegsame Figur ließ sich führen, ohne dass Trons rechte Hand einen unziemlichen Druck auf die kaiserliche Taille ausüben musste. Die Kaiserin schien jedes Mal auf eine wundersame Weise vorauszuahnen, in welche Richtung Tron sie lenken wollte. Sie wichen geschickt einem schwerfüßigen Domino aus, der eine üppige, als Marie Antoinette ausstaffierte Blondine über die Tanzfläche schob, streiften lachend einen befrackten Herrn, der die nachlässig maskierte und in eine rosige Krinoline gekleidete Comtesse de Chambord in den Armen hielt, und mit jeder Drehung des Tanzes schien die Kaiserin ausgelassener und übermütiger zu werden.

Das Gesicht einer Frau mit einer schwarzen *baùla* und blonden Haaren flog an Tron vorbei. Plötzlich fiel ihm die Principessa ein, ihre grünen Augen und die Begegnung mit Haslinger im Fenice, aber dann stellte er fest, dass es unmöglich war, sich auf etwas zu konzentrieren, was außerhalb der Tanzfläche lag und außerhalb der paar Quadratmeter, über die ihre Füße glitten. Das Tempo des Walzers beschleunigte sich, und Tron sah, dass die Kaiserin unter ihrer Maske die Augen geschlossen hatte. Sie tanzten jetzt – völlig in den Wellenschlag des Dreivierteltaktes versunken –, ohne ihre Umgebung noch im Einzelnen wahrzunehmen. Die vorbeihuschenden Paare hatten sich in ein Gewoge aus nackten Schultern, luxuriösen Halsbändern und phantastischen Masken aufgelöst, das sich zu den Klängen des Orchesters drehte und wiegte. Manchmal öffnete die Kaiserin ihre Augen, legte den Kopf in den Nacken und richtete ihren Blick auf das Deckenfresko der *sala.* Tron wusste, was sie sah: geflügelte Amoretten, die sich lächelnd an den Händen fassten und über einen azurblauen Himmel flogen, auf dem selbst die kleinen zerzausten Schäfchenwolken im Walzertakt zu vibrieren schienen.

50

Vier Stunden später – es war jetzt kurz vor drei – standen Tron, die Contessa und ein sprachloser Alessandro am Wassertor des Palazzo und sahen der Gondel nach, in der die Kaiserin, der Graf und die Gräfin Königsegg saßen, um den Canal Grande hinab zurück zum Palazzo Reale zu fahren. Der Schein der Fackeln, die auf dem Steg vor dem Wassertor befestigt waren, reichte vier, höchstens fünf Meter in die Dunkelheit des Kanals, sodass die kaiserliche Gondel mit ihrer aus dünnem Holz gefertigten schwarzen *felze* bereits nach ein paar Augenblicken unsichtbar wurde. Es war windstill, aber deutlich kälter als am Tag zuvor.

«Die Kaiserin tanzt nicht schlecht», sagte die Contessa, indem sie sich umwandte, um in den Palazzo zurückzugehen. «Wenn man bedenkt, dass sie auf den Hofbällen meist nur zugucken darf.»

«Ist das wahr?», fragte Tron.

«Tanzen ist nicht mit ihrer kaiserlichen Würde vereinbar», sagte die Contessa. «Die Kaiserin muss meistens zusehen, wenn die anderen sich amüsieren. Sie wird sich fragen, warum ausgerechnet *sie* das Pech hatte, den Kaiser zu heiraten. Dort, wo sie herkommt, ging es ja wohl etwas lockerer zu.»

«Meinst du, sie ist unglücklich?»

Die Contessa sah Tron an. «Heute war sie glücklich, und das wird sie dir nicht vergessen, Alvise.»

«Ihr habt wunderbar getanzt», sagte Alessandro. «Es sah fast aus, als hättet ihr vorher geübt.»

Tron lachte. «Haben wir nicht. Ich wusste gar nicht, dass sie kommt. Denkst du, es hat irgendjemand gemerkt, dass die Kaiserin auf unserem Ball war?»

Sie hatten den *portego* durchquert und stiegen die Stufen des großen Treppenhauses empor. Die Diener hatten, als sie merkten, dass der Ball sich dem Ende näherte, die Kerzen in den Wandleuchtern nicht mehr ausgewechselt, und die kurzen Stümpfe verbreiteten ein düsteres, rauchiges Licht.

«Ich hoffe», sagte die Contessa trocken.

«Soll das bedeuten, du hast …»

«Chiara Pisani hat mir auf den Kopf zugesagt, dass deine Tanzpartnerin die Kaiserin war.»

«Und was hast du ihr geantwortet?», fragte Tron.

«Dass ich mich nicht daran erinnern kann, den Namen der Kaiserin auf der Gästeliste gesehen zu haben», sagte die Contessa.

«Du hast es nicht ausdrücklich dementiert?»

«Ich habe ihr gesagt, dass der Graf und die Gräfin Königsegg anwesend seien und dass sie noch einen Gast mitgebracht hätten, eine Gräfin Hohenembs. Hast du gewusst, dass sie die Kaiserin war?»

«Ich habe es erst erfahren, als sie in der Kapelle ihre Maske abgenommen hat. Sie wollte über den Lloydfall reden.»

«Wieso hat sie dich nicht in den Palazzo Reale gebeten?»

«Unser Treffen sollte nicht bekannt werden.»

«Wenn es ihr darauf ankam, dich unauffällig zu treffen, hätte sie nach eurem Gespräch den Ball verlassen sollen, anstatt mit dir zu tanzen.»

«Wir dachten, es würde nicht auffallen, wenn wir tanzen. Schließlich waren wir nicht die Einzigen.»

«Der ganze Saal hat sich gefragt, wer diese maskierte junge Frau war, mit der du getanzt hast.»

Sie hatten den ersten Treppenabsatz erreicht und wandten sich vor den beiden großen Schiffslaternen nach rechts, um die letzten paar Stufen zum Vestibül des Ballsaals emporzusteigen. Ein Pulk Gäste, bereits in Pelzmänteln und langen Überziehern, kam ihnen entgegen. Die Damen waren bleich; die Schminke auf ihren Gesichtern begann zu verwischen. Wer sich noch nicht im Ballsaal oder in einem der Salons von der Contessa verabschiedet hatte, tat es auf der Treppe.

«Hat Pergen registriert, dass die Kaiserin auf dem Ball war?», fragte Tron, als sie das Vestibül erreichten.

«Woher soll ich das wissen?»

«Du hast doch mit ihm gesprochen», sagte Tron.

«Das war vor eurem Pas de deux», sagte die Contessa. «Ein Kavalier übrigens, dieser Pergen. War ganz glücklich über die Einladung. Er hat sich bei mir dafür entschuldigt, dass er dir in die Quere gekommen ist. Aber er muss tun, was Toggenburg verlangt, sagt er, und Toggenburg erhält seine Anweisungen aus Wien.»

«Ist der Oberst noch da?», fragte Tron.

«Er hat sich nicht verabschiedet. Ich nehme an, dass er noch da ist.»

Aber im Ballsaal war Pergen nicht. Tron traf lediglich ein halbes Dutzend Lohndiener an, die den

Terrazzo fegten, Stühle rückten und Geschirr einsammelten. Jemand hatte eines der großen Fenster geöffnet, und vom Canal Grande wehte ein Schwall kalter Luft in den überheizten Ballsaal, der die Kerzen an den Wänden und in den beiden riesigen Kronleuchtern zum Flackern brachte. Die Hälfte der Kerzen war bereits von selber erloschen. Tron sah, wie zwei Männer unter Anleitung Alessandros auf eine Leiter stiegen, um die restlichen zu löschen und aus den gläsernen Halterungen zu nehmen.

Jetzt, wo alle Gäste den Saal verlassen hatten, wirkte die *sala* überraschend klein. Die Decke, nicht länger durch den Glanz der Kerzen emporgehoben, hatte sich herabgesenkt, und selbst die noch immer zwischen den zyklamfarbenen Wolken umherflatternden Amoretten schienen tiefer zu fliegen.

Im grünen Salon waren vier Männer, alle in der gelb-weißen Hausuniform der Trons, damit beschäftigt, das schmutzige Geschirr in drei riesige Körbe zu laden. Sie würden es anschließend in die Küche tragen und spülen, damit es morgen unter der Aufsicht Alessandros in der Geschirrkammer verstaut werden konnte.

Tron nahm sich eines der letzten *beignets Dauphin* von der silbernen Platte, auf der das Gebäck sich zu Beginn des Balls noch hochgetürmt hatte, und schlenderte weiter in die *sala degli arazzi*, das Gobelinzimmer, so genannt wegen der drei flämischen Gobelins, die an den Wänden aufgehängt waren.

Ein schwerer Geruch nach Parfüm, Schweiß und Essensresten hing in der Luft. Überall im Raum standen benutzte Teller und Gläser herum: auf den Konsoltischen, auf den gepolsterten Stühlen, dem dreisitzigen, mit gelbem Damast bespannten Sofa; selbst der Fußboden war – jedenfalls am Rand – voll gestellt mit schmutzigen Tassen und Tellern, auf denen sich alle möglichen Reste häuften.

Tron fiel ein, dass es in der Kapelle noch den Champagnerkübel mit einer halben Flasche Champagner gab. Er durchquerte mit zwei Schritten den Vorflur, stieß die Tür auf und betrat die Kapelle. Es war Punkt vier, und über das Klirren des Geschirrs hinweg hörte Tron die hellen Glocken von San Marcuola und nach der üblichen Verzögerung von ein paar Sekunden die dumpfen Glockenschläge von San Stae.

Nach Trons Gespräch mit der Kaiserin in der Kapelle hatte niemand daran gedacht, die Kerzen auf dem Altar zu löschen. Sie brannten noch und warfen ihren Schein auf den Champagnerkühler, der auf dem Altar stand. Der Rest der Kapelle, die tagsüber ihr Licht von drei Fenstern empfing, die zum Rio Tron hinausgingen, lag im Dunkeln. Tron machte fünf vorsichtige Schritte auf den Altar zu (es war so dunkel, dass er seine Füße nicht sehen konnte), zog die Flasche aus dem Champagnerkühler und setzte sich.

Er hätte die Maske nicht bemerkt, wenn er sich nicht nach seinem Glas gebückt hätte, das auf den Stufen stand, die zum Altar führten. Die Maske, eine dunkle Halbmaske, deren Farbe Tron nicht erkennen konnte, lag unmittelbar vor der roten Brokatdecke, die den Altartisch bedeckte und dort, wo sie den Boden berührte, dicke, steife Falten warf. Die Hand daneben (Tron sah sie erst, als er seinen Kneifer aufgesetzt hatte) war dicht behaart, und über dem Gelenk bauschte sich die Brokatdecke wie eine Manschette. Es bestand kein Zweifel daran, dass Hand und Gelenk zu einem Körper gehörten, der unter dem Altartisch lag.

Tron widerstand dem Impuls, laut nach Alessandro zu rufen. Stattdessen begann er, langsam und systematisch, den Altar freizuräumen. Er nahm den Champagnerkübel herab und stellte zwei silberne und einen goldenen Abendmahlskelch neben den Altar. Schließlich schlug er das Vorderteil und die beiden Seitenteile der Brokatdecke nach oben, sodass sie auf dem Altartisch lag wie ein sauber gefaltetes Hemd. Als er fertig war, trat er einen Schritt nach links. Dann bückte er sich, beugte ein Knie, fast so, wie er es vor ein paar Stunden bei seiner Mutter gesehen hatte. Er stellte einen Kerzenleuchter neben eines der vier Tischbeine, sodass das Gesicht des Mannes gut zu erkennen war. Dann hielt er den Atem an.

Pergen lag auf dem Rücken und starrte mit weit aufgerissenen Augen auf die Unterseite des Altars. Sein Mund war leicht geöffnet, so als wäre er im Begriff, etwas Kompliziertes zu sagen. Er trug einen schwarzen Frack mit schwarzer Fliege und gestärkter Hemdbrust, und auf den ersten Blick sah es aus, als hätte er sich eine große Portion Erdbeersorbet auf das makellose Weiß seines Hemdes gekleckert. Aber die rötliche Flüssigkeit,

die seine Hemdbrust verunzierte, war kein Erdbeersaft, sondern Blut.
Tron machte sich nicht die Mühe, seinen Kopf so weit unter den Altar zu stecken, dass er Pergens Hals erkennen konnte. Er wusste, was er sehen würde. Pergens Kehle würde aufgeschlitzt sein – mit demselben scharfen Messer, das auch den Steward im Lagerhaus der Witwe Pasqua ins Jenseits befördert hatte. Vielleicht wäre der Schnitt nicht so tief und breit wie bei Moosbrugger, aber er war dennoch wirksam genug gewesen, um Pergen am Schreien zu hindern und ihn auf der Stelle zu töten.
Aus dem grünen Salon kamen immer noch Geräusche und Stimmen, aber sie waren leiser als noch vor einigen Minuten; offenbar waren die Männer jetzt damit beschäftigt, die Körbe, die sie mit Geschirr gefüllt hatten, in die Küche zu tragen. Tron drehte sich langsam um. Einen Augenblick lang hatte er die Hoffnung, er hätte sich die Leiche Pergens nur eingebildet, und alles, was er jetzt, wenn er sich wieder zum Altar wandte, sehen würde, wäre ein Altar mit grundlos hochgeschlagener Decke. Aber als er sich umwandte, stellte er ohne Überraschung

fest, dass Pergens Leiche tatsächlich unter dem Altartisch lag und dass das Bild noch klarer und intensiver war als zuvor. Tron sah, dass durch Pergens rechte Hand (die immer noch so lag, wie er sie zuerst gesehen hatte) ein langer, blutiger Schnitt ging, und er sah auch, dass sich auf dem Marmorboden der Altarplattform ein Muster gebildet hatte, das er noch nie bemerkt hatte. Und dann stellte er entsetzt fest, dass jedes Mal, wenn er einen Fuß vom Boden der Kapelle hob, sein Schuh für einen Sekundenbruchteil am Boden kleben blieb – was darauf zurückzuführen war, dass er in einer Pfütze aus halb getrocknetem Blut stand.

51

«Und jetzt, Alvise?»
Die Contessa stand vor dem Altar und sah auf Pergens Hand hinab, die unter dem Altar hervorragte. Sie war bemerkenswert gelassen. «Soll der Oberst unter dem Altar liegen bleiben?»
Es war kurz nach vier, und sie standen dort, wo

die Kaiserin ein paar Stunden zuvor den Tod Pergens vorhergesagt hatte.

Tron sagte: «Wir können die Kommandantur entweder sofort benachrichtigen oder Pergen von den Leuten finden lassen, die morgen früh fegen und wischen.»

«Und dann?»

«Sie werden hier auftauchen. Ein Dutzend Soldaten, ein Stabsarzt und vermutlich Oberleutnant Bruck. Das ist Pergens Stellvertreter. Vielleicht kommt auch Toggenburg selber. Sie werden den Tatort untersuchen und die Spuren sichern. Sie werden die Namen der Gäste, der Lohndiener und der Musiker wissen wollen.»

Die Contessa fragte: «Um alle zu vernehmen? Jeden Einzelnen?»

Tron nickte. «Das ist das übliche Verfahren.»

«Aber es stehen hundertfünfzig Personen auf der Gästeliste», sagte die Contessa. «Zusammen mit den Musikern und den Lohndienern kommt man auf ungefähr zweihundert Personen. Die kann man unmöglich alle verhören.»

«Kann man schon», sagte Tron. «Wenn das Personal nicht ausreicht, wird Toggenburg Verstärkung aus Verona holen. Für Toggenburg ist das kein normaler Mord. Er glaubt, dass Oberst Pergen dabei war, ein Attentat auf die Kaiserin aufzudecken.»

«Großer Gott! Ist das wahr?», fragte Alessandro.

«Toggenburg glaubt, dass es wahr ist. Und Spaur hat durchblicken lassen, dass Toggenburg mich für politisch unzuverlässig hält.»

«Soll das bedeuten, er könnte auf den Gedanken kommen, dass du in diese Geschichte verwickelt bist, Alvise?», fragte Alessandro.

«Ich war eine gute Stunde vom Ball verschwunden, und man wird mich fragen, wo ich in dieser Stunde war. Soll ich ihnen erklären, dass ich mit einer Gräfin Hohenembs gesprochen habe? Einer Person, die es gar nicht gibt? Die weder auf der Gästeliste steht noch in der Lage ist, meine Aussage zu bestätigen?»

«Wenn man die Leiche Pergens unten im Hof finden würde – macht dich das dann weniger verdächtig?», fragte die Contessa.

«Es macht keinen großen Unterschied. Sie würden trotzdem darauf bestehen, die Gäste und das Personal zu verhören.»

Die Contessa sah Tron nachdenklich an. «Wie ist Oberst Pergen gekommen?»

«Wahrscheinlich zu Fuß. Er wohnt hinter dem Palazzo Pesaro. Für die paar Schritte braucht er keine Gondel.»

«Nehmen wir an», sagte die Contessa, «der Mörder hätte den Oberst auf dem Heimweg ermordet, irgendwo zwischen uns und dem Palazzo Pesaro. Meinst du, man würde auch dann darauf bestehen, sämtliche Gäste zu verhören?»

«Worauf willst du hinaus?»

Die Contessa trat an eines der ovalen Fenster der Kapelle und schob den Vorhang zur Seite. Dann sagte sie: «Es ist stockdunkel draußen, und es schneit. Man könnte alles Mögliche durch die Gegend tragen, ohne dass es jemand bemerkt.»

Tron stellte das Glas, das er in der Hand hatte, auf den Altar. «Moment mal. Du meinst, wir sollten Pergen …»

«Genau das meine ich. Schafft ihn raus und legt ihn vor den Palazzo Pesaro.»

«Das ist nicht dein Ernst», sagte Tron.

Die Contessa funkelte ihn wütend an. «Jetzt hör mal zu, Alvise. Dieser Maskenball war der beste Maskenball seit Jahrzehnten. Wir hatten drei Herzöge zu Gast, den französischen Kronprätendenten und die Kaiserin von Österreich. Meinst du, ich habe Lust, mir das verderben zu lassen?» Sie zögerte, bevor sie weitersprach. «Abgesehen davon gibt es eine noch bessere Möglichkeit, den Oberst loszuwerden. Wann ist Flut?»

«In knapp einer Stunde ist der höchste Wasserstand.»

«Das könnte die Sache erleichtern.» Die Augen der Contessa glänzten im Widerschein der Kerzen. Einen Augenblick schien sie zu lächeln.

«Würdest du uns bitte verraten, was du meinst?», fragte Tron.

«Wenn ihr Pergen in den Canalazzo werft», sagte die Contessa ruhig, «zieht ihn die Ebbe in die Lagune.»

«Es gibt nachts wieder Militärpatrouillen. Wenn die mich mit der Leiche Pergens erwischen, bin ich erledigt.»

«Stell dich doch nicht so an, Alvise. Die hört ihr rechtzeitig.»

Tron schüttelte den Kopf. «Das kann ich nicht machen.»

«Ich denke, du willst nicht, dass man dich mit der Leiche Pergens erwischt. Aber genau darauf läuft es hinaus, wenn Pergen hier liegen bleibt.»

Alessandro sagte: «Dann mache ich das. Alvise

wischt das Blut auf, und ich bringe Pergen weg. Die Contessa hat Recht, Alvise. Es ist stockdunkel, und um diese Zeit wird mir niemand begegnen.» Er schürzte einen Moment lang nachdenklich die Lippen. Dann sagte er: «Aber eins verstehe ich nicht.»

«Was?», fragte Tron.

«Ich verstehe nicht», sagte Alessandro langsam, «warum der Mörder Oberst Pergen nicht draußen getötet hat. Er hätte nur vor der Tür auf ihn warten müssen. Den Oberst in der Kapelle zu töten war leichtsinnig. Es hätte jederzeit jemand hereinkommen können.»

«Vielleicht hat er einen ganz bestimmten Grund gehabt, dieses Risiko einzugehen», sagte Tron.

Die Contessa hob die Augenbrauen. «Und was für ein Grund wäre das?»

Tron sah seine Mutter an. Auf einmal spürte er, wie ihm die Kehle eng wurde. «Du hattest Recht mit dem, was du eben gesagt hast. Wenn Pergen hier liegen bleibt, erwischt man mich mit seiner Leiche. Und genau das wollte der Mörder.»

«Dass man dir den Mord in die Schuhe schiebt?»

«Mich verhaftet und womöglich nach Verona überführt. Mich daran hindert, ihn zu stellen.»

Alessandro fragte: «Willst du damit sagen, dass du jemanden im Verdacht hast?»
Tron nickte. «Ja, das habe ich.» Er war unfähig, die Besorgnis aus seiner Stimme herauszuhalten, als er weitersprach. «Und ich befürchte, dass er es weiß. Mir ist völlig schleierhaft, wie er es erfahren hat, aber er weiß es. Es gibt keine andere Erklärung dafür, dass er den Mord hier in unserer Kapelle begangen hat.»
«Und das bedeutet?», fragte Alessandro.
Dass Haslinger mich aus dem Weg schaffen will, dachte Tron. Dass ihn niemand daran hindern wird, sich mit der Principessa zu befassen, wenn ich verhaftet worden bin.
Es sei denn, er tat etwas, was Haslinger nicht erwartet hatte. Zum Beispiel dafür sorgen, dass die Leiche Pergens erst nach ein paar Tagen entdeckt wurde. Indem man sie irgendwo aus der westlichen Lagune fischte.
Tron zuckte mit den Schultern. «Das bedeutet, dass wir Pergen loswerden müssen», sagte er laut.
Er öffnete das Fenster und streckte die Hand hinaus. Die Contessa hatte Recht. Es war stockdunkel und es schneite. Er drehte sich um.

«Wir machen es zusammen», sagte er. «Wir wickeln Pergen in ein Tischtuch und bringen ihn an die Riva di Biasio.»

52

Zuerst wickelten sie den Oberst in ein Tischtuch. Dann fiel ihnen auf, dass alle Tischtücher mit dem Wappen der Trons bestickt waren. Also wickelten sie Pergen wieder aus und benutzten ein Bettlaken. Tron hatte gehofft, dass das Paket wie ein Teppich aussehen würde, aber am Ende sah das Bündel genau so aus, wie es nicht aussehen sollte, nämlich wie eine eingewickelte Leiche.

Auf den Pflastersteinen der kleinen Gasse hinter dem Palazzo Tron war es fast vollständig dunkel. Zwar dämpfte der Schnee das Geräusch ihrer Schritte, aber Tron machte sich Sorgen wegen der Spuren, die sie im Schnee hinterlassen würden. Außerdem schien Pergen mit jedem Schritt schwerer zu werden, sodass sie den Leichnam alle zwanzig Schritte ablegen mussten, um frische Kräfte zu sammeln. In der Kapelle war Tron die Kordel, die sie um das Bettlaken gewickelt hatten, so dick wie ein Tau vorgekommen. Jetzt erwies sie sich als dünne, scharfe Schnur, die ihm trotz der Handschuhe in die Finger schnitt.

An der Calle Tintor wandten sie sich nach rechts, überquerten den Rio dei Turchi und erreichten ein paar Minuten später den kleinen Campo vor der Kirche San Degolà. Trotz der Dunkelheit konnte Tron ein paar Meter vor ihnen ein graues Band auf dem Boden ausmachen – die Uferkante des Rio Degolà.

Vorsichtig traten sie an die Kante, immer darauf bedacht, mit ihrer Last nicht auszurutschen und ins Wasser zu fallen. Außer einer schwarzen Fläche, von der ein kühler Luftzug aufzusteigen schien, konnte Tron nichts erkennen. Aber er wusste, dass das Wasser im Rio Degolà in Bewegung war – die einsetzende Ebbe erzeugte bereits eine schwache Strömung, die auch den Leichnam Pergens in den Canalazzo treiben würde.

Tron und Alessandro mussten sich nicht darüber verständigen, was zu tun war. Sie ließen den Oberst vorsichtig an der Kante der Uferbefestigung in den Schnee gleiten. Tron spürte, wie sich die Kordel um das Bettlaken löste, aber das spielte jetzt keine Rolle mehr. Dann stießen sie Pergen über die Steinkante. Tron hörte das leise Aufklatschen des Leichnams auf dem Wasser und stellte sich vor, wie die schwarze Wasseroberfläche sich jetzt über Pergen schloss. Die Contessa hatte Recht gehabt. Mit ein bisschen Glück würde das zurückweichende Wasser den Leichnam in den Canalazzo treiben, und vielleicht, falls ihn morgen niemand entdeckte, zog der Sog des Wassers den Oberst sogar in die Lagune. Ein Seebegräbnis, dachte Tron. Er musste lächeln, während er sich umdrehte.

Tron lächelte immer noch, als er die Soldaten sah, denn ein, zwei Augenblicke lang weigerte sich sein Gehirn, zur Kenntnis zu nehmen, was seine Netzhaut bereits registriert hatte.

Die Patrouille stand so plötzlich vor ihnen, als wäre sie aus dem Schnee emporgewachsen, eine kleine Gruppe kroatischer Jäger, die sich zu einem drohenden Halbkreis formierten und ihre Blendlaternen aufleuchten ließen. Alles, was Tron erkennen konnte, waren drei oder vier sich überlappende Lichtkreise voller Schneeflocken, die träge nach unten sanken, so als würde die Zeit langsamer ablaufen als gewöhnlich.

«Sie haben etwas ins Wasser geworfen», sagte eine sachliche Stimme, die aus dem Licht heraus zu ihm sprach. Dann senkten sich die Laternen, und Tron konnte den Mann sehen, der gesprochen hatte – ein junger Leutnant, der sich wahrscheinlich fragte, ob es sinnvoll war, seine Zeit mit Leuten zu verschwenden, die nur ein wenig Müll entsorgt hatten.

Tron brachte ein schuldbewusstes Grinsen zustande. «Ich weiß, dass das verboten ist.»

Der Leutnant zuckte mit den Achseln. «Es sind *Ihre* Kanäle», sagte er. «Und was haben Sie ins Wasser geworfen?»

«Einen Hund», sagte Tron. Erstaunlich, dass er so schnell auf eine Antwort gekommen war, die sich einigermaßen plausibel anhörte. Er entspannte sich ein wenig.

«Und wo?»

«Direkt hinter mir», sagte Tron. Es wäre sinnlos gewesen, etwas anderes zu behaupten. Die Spuren, die sie im Schnee hinterlassen hatten, waren deutlich genug.

Der Leutnant erteilte einen Befehl, und aus den Augenwinkeln sah Tron, wie einer der Soldaten niederkniete und seine Laterne über die Stelle hielt, die Tron bezeichnet hatte. Der Lichtkegel schaukelte von rechts nach links, beschrieb über der steinernen Uferkante eine Acht und kam schließlich zur Ruhe. Dann sagte der Soldat schnell und laut etwas auf Kroatisch, das Tron nicht verstand. Er klang erschrocken, fast panisch. Aber die Geste mit dem Zeigefinger war unmissverständlich. Er wollte, dass der Leutnant sah, was er eben entdeckt hatte.

Der Leutnant machte einen Schritt an die Uferbefestigung und beugte sich vorsichtig hinab. Tron drehte den Kopf, aber alles, was er erkennen konnte, war der Rücken des Leutnants und die steinerne Kante, die sich hell vom Wasser des Rio Degolà abhob. Dann richtete sich der Leutnant wieder auf, und in seinen Augen lag plötzlich ein Ausdruck, der Tron nicht gefiel. «Ist das Ihr Hund?»

Tron ging in die Hocke. Er stützte sich mit beiden Händen auf die Steinkante, beugte sich vor – und sah nach unten.

Oberst Pergen war weder untergegangen, noch hatte ihn das ablaufende Wasser auch nur eine Handbreit von der Stelle bewegt. Sie hatten den Oberst in ein leckes Ruderboot geworfen, das, unsichtbar für sie, an der Ufermauer vertäut gewesen war. Pergen war mit dem Rücken auf das Dollbord gefallen, sodass Kopf, Schultern und die aufgeschnittene Kehle aus dem Wasser ragten. Sein rechter Arm, der sich im Herabfallen aus dem Bettlaken gelöst hatte, trieb auf der Wasseroberfläche leicht hin und her – es sah aus, als würde der Oberst winken. Das Monokel, das an einem Band um Pergens Hals hing, und der sorgfältig gestutzte Schnurrbart gaben seiner Erscheinung selbst hier noch etwas Militärisches. Pergen sah aus wie ein toter Offizier in Zivil. Das war nicht überraschend, denn er *war* ein toter Offizier in Zivil.

Noch bevor die Mündung seine Schläfe berührte, spürte Tron den Revolver des Leutnants an seinem Kopf.

«Hinlegen! Beide!»

Wieder beugte Tron die Knie, und ein Fußtritt beförderte ihn auf den Bauch. Der Soldat, der ihm den Fußtritt verpasst hatte, drehte ihm die Arme auf den Rücken und band sie zusammen. Dann hörte Tron, wie der Leutnant (der jetzt italienisch sprach) einem der Soldaten den Befehl gab, Verstärkung zu holen. Offenbar hielt er es für sicherer, den Transport der Leiche und der Gefangenen einer größeren Abteilung anzuvertrauen.

53

«Sie sagen also, Signor Tron, dass Sie die Leiche von Oberst Pergen gegen vier Uhr vor dem Palazzo Tron entdeckt haben, als Sie und Signor da Ponte noch einen Spaziergang machen wollten. Und um zu vermeiden, dass der Mord mit dem Hause Tron in Verbindung gebracht wird, haben Sie beschlossen, die Leiche von Oberst Pergen in den Rio San Degolà zu werfen. Ist das korrekt?»

Tron schüttelte den Kopf. «Wir wollten den Oberst gar nicht in den Rio San Degolà werfen. Wir wollten ihn an die Riva di Biasio legen. Aber als die Soldaten auf uns zukamen, haben wir die Nerven verloren.»

Tron blickte in das gleich bleibend höfliche Gesicht von Oberleutnant Bruck, der ihm am Tisch direkt gegenübersaß. Er fragte sich, ob ihm wohl geglaubt würde. Oberleutnant Bruck hatte braunes, schütteres Haar und einen sorgfältig gestutzten Bart, wie ihn der Kaiser trug. Obwohl er höchstens dreißig zu sein schien, war die vordere Hälfte seines Schädels bereits völlig kahl. Nur in der Mitte erhob sich ein drahtiger Bewuchs aus bräunlichen Locken, die so fettig waren, dass sie aussahen wie ein frittiertes Stück Polenta. Er hatte kleine Zähne und merkwürdig rote Lippen, die geschwungen waren wie die Lippen einer Frau. Es war abstoßend, ihn mit diesem Frauenmund reden zu sehen, der mitten in diesen pedantisch geschnittenen Kaiserbart gesetzt war.

Tron und Alessandro hatten eine knappe Stunde im Schnee liegen müssen, bis kurz vor sechs zwei Dutzend Soldaten eintrafen, die sie in den Palazzo Ducale brachten. Dort hatte man sie, nachdem ihre Personalien festgestellt worden waren, getrennt. Oberleutnant Bruck war kurz vor acht eingetroffen und hatte sofort damit begonnen, ihn zu verhören. Dann war er eine Stunde lang verschwunden und hatte die Befragung um elf wieder aufgenommen. Jetzt war es kurz vor zwölf, und Tron bekam den Eindruck, dass sich die Fragen wiederholten.

Der Raum, in dem sie saßen, war eine schauerliche Kiste von einem Büro, spärlich möbliert, mit abgewetzten Aktenschränken und einem schmierigen Waschtisch, auf dem ein fleckiger Rasierspiegel stand.

Tron hatte Oberleutnant Bruck die Version erzählt, auf die er sich mit Alessandro geeinigt hatte, als sie im Schnee liegend auf die Soldaten gewartet hatten: dass sie den Oberst auf dem Ramo Tron gefunden hatten und ihn lediglich ein paar hundert Meter vom Palazzo Tron wegtragen wollten. Wenn Oberleutnant Bruck ihm diese Geschichte glaubte, dann würde er, Tron, in spätestens zwei Stunden das Protokoll unterschreiben und als – vorläufig – freier Mann den Palazzo Ducale verlassen können. Und das musste er auch. Wenn die Kaiserin Recht gehabt hatte, schwebte die Principessa nun tatsächlich in großer Gefahr. Für Haslinger war sie die einzige verbliebene Person, die wusste, was auf der *Erzherzog Sigmund* geschehen war, und noch lebte. Es war unbedingt erforderlich, die Principessa so schnell wie möglich zu warnen. Tron hörte die Glocken vom Campanile und kurz darauf den mittäglichen Salut von der Isola di San Giorgio. Zwölf Uhr.

Jetzt beugte sich Oberleutnant Bruck über den Kanzleibogen, der vor ihm lag. Die fettige Locke auf seinem kahlen Schädel rutschte nach vorne.
«Sie meinten also, es entspräche Ihren Gastgeberpflichten zu verhindern, dass dieser Mord mit Ihrem Maskenball in Verbindung gebracht werden würde?»
Tron nickte. «Wir wollten vermeiden, dass womöglich noch unsere Gäste vernommen werden. Jetzt sehe ich, dass das ein Fehler war.» Tron starrte zerknirscht auf die Tischplatte.
«Haben Sie nicht damit gerechnet, einer Patrouille zu begegnen?», fragte Oberleutnant Bruck.
Tron hob die Schultern. «Es waren ja nur ein paar hundert Schritte.»
Oberleutnant Bruck schüttelte traurig den Kopf.
«Sie haben uns um die Möglichkeit gebracht, den Tatort auf Spuren zu untersuchen.»
«Der Oberst wurde nicht auf der Ramo Tron ermordet.»
«Woher wissen Sie das?»
«Der Mörder hat Oberst Pergen die Kehle durchgeschnitten. Auf dem Schnee hätten sich Blutspuren gefunden. Da wir keine gesehen haben, ist davon auszugehen, dass der Mord irgendwo an-

ders geschehen ist und man die Leiche nur vor den Palazzo Tron gelegt hat.»

Oberleutnant Bruck zog die Augenbrauen zusammen. «Sie behaupten, der Mörder hätte die Leiche Pergens durch den Schnee gezogen, um sie vor den Palazzo Tron zu legen? Was ergäbe das für einen Sinn?»

«Es lenkt den Verdacht in eine falsche Richtung», sagte Tron.

«Und in welche falsche Richtung?»

«Die falsche Richtung ist der Palazzo Tron.»

Bruck nickte. «Ich verstehe. Also haben Sie, nachdem Sie festgestellt hatten, dass der Mörder eine falsche Spur legen wollte, indem er die Leiche des Obersts vor dem Palazzo Tron deponierte – also haben Sie beschlossen, diese Irreführung zu korrigieren.»

«So könnte man es ausdrücken. Auf jeden Fall haben wir die Leiche von Oberst Pergen nicht vom Tatort entfernt. Denn der Tatort lag woanders.»

«Wo vermuten Sie den Tatort?»

«Ich weiß es nicht», sagte Tron. «Es gab Schleifspuren, die in Richtung der Riva di Biasio gingen.»

«Sie fassten den Entschluss und gingen sofort an

seine Ausführung – ohne über die Folgen nachzudenken. Habe ich Sie da richtig verstanden?»

Tron nickte. «Ja, so könnte man es sagen.»

«Und das Bettlaken? Das hatten Sie zufällig bei sich?»

«Das haben wir vorher geholt.»

«Auch die Kordel, die Sie um das Laken gewickelt haben?»

«Auch die Kordel.»

«Eben sagten Sie noch, Sie hätten die Leiche von Oberst Pergen entdeckt und ihn, ohne nachzudenken, weggeschleppt. Sie hatten angedeutet, dass Sie den Kopf verloren haben, als Sie die Leiche des Obersts entdeckten. Jetzt stellt sich aber heraus, dass Sie offenbar doch über Ihr Vorhaben nachgedacht haben.» Bruck lächelte. «Ich nehme an, Sie sind nicht selber gegangen, sondern haben Signor da Ponte in den Palazzo geschickt, um das Laken und die Kordel zu holen, ist das richtig?»

Tron nickte.

«Um vom Ramo Tron in den Palazzo zu kommen, müssen zwei Innenhöfe durchquert und ein großes Treppenhaus erstiegen werden. Wie lange, denken Sie, dauert das?»

«Vielleicht fünf Minuten.»
«Also hatten Sie zehn Minuten Zeit, darüber nachzudenken, ob es eine gute Idee war, die Leiche des Oberststs wegzutragen oder die Militärverwaltung zu benachrichtigen.»
«Darüber habe ich gar nicht nachgedacht.»
«Und worüber haben Sie in diesen zehn Minuten nachgedacht, Commissario?»
«Darüber, wer den Oberst getötet haben könnte.»
«Haben Sie einen Verdacht?»
«Es muss jemand gewesen sein, der vor dem Palazzo auf den Oberst gewartet hat. Er hat ihn dann verfolgt und getötet.»
«Meinen Sie nicht, wir wären selber darauf gekommen, dass der Mord woanders geschehen ist, wenn es keine Blutspuren im Schnee gab? Haben Sie so wenig Vertrauen in die Ermittlungsfähigkeiten des Militärs gehabt?»
Tron hatte jetzt den Eindruck, dass sich Oberleutnant Brucks Tonfall geändert hatte. Seine Stimme klang schärfer, und auch das, was er sagte, die Art, wie er seine Frage stellte, war weniger konziliant, fast misstrauisch.
«So würde ich das nicht sagen.»
«Wie würden Sie es denn sagen?»

«Ich … dachte, ich könnte die Situation besser beurteilen als die Offiziere, die ermitteln würden.»
Oberleutnant Bruck schüttelte den Kopf. «Ich glaube, Sie haben deshalb die Militärbehörden nicht eingeschaltet, weil Sie zu *viel* Vertrauen in die Ermittlungsfähigkeiten des Militärs hatten.»
«Ich verstehe nicht, worauf Sie hinauswollen, Herr Oberleutnant.»
Oberleutnant Bruck stand auf. Er ging auf das Waschbecken zu, warf einen flüchtigen Blick in den Spiegel und strich mit der rechten Hand über seine widerspenstige Locke. Dann kam er zurück und setzte sich wieder. «Ich will darauf hinaus, dass Sie möglicherweise nicht das geringste Interesse daran hatten, die Ermittlungsarbeiten der Militärbehörden zu unterstützen», sagte er. «Jedenfalls ist das der Eindruck von General von Toggenburg.»
«Und wie kommt General von Toggenburg zu diesem Eindruck?», fragte Tron.
«Der General glaubt, dass es in dieser Stadt ein Netz von Personen gibt, die vor Hochverrat nicht zurückschrecken. Das Gefährliche der Situation liegt für ihn darin, dass an diesem Netz auch Staatsdiener beteiligt sind.»

«Wollen Sie damit sagen, ich wüsste, wer Oberst Pergen getötet hat, und hätte mich daran beteiligt, dieses Verbrechen zu verschleiern?»
«Ich persönlich ziehe gar keine Schlüsse, Signor Tron. Ich stelle lediglich einen Vorbericht zusammen. Dieser Bericht wird weder Folgerungen noch Wertungen enthalten. Lediglich Tatsachen. Die Auswertung dieser Tatsachen ist dann eine Angelegenheit des ermittelnden Beamten.»
«Ich dachte, Sie würden die Ermittlungen leiten.»
Oberleutnant Bruck schüttelte den Kopf. «Sie und Signor da Ponte werden nach Verona überstellt. Sie stehen unter Mordverdacht. General von Toggenburg glaubt, dass *Sie* diesen Mord begangen haben. Sie werden diese Nacht in den Bleikammern verbringen und morgen mit dem ersten Zug nach Verona gebracht.»

54

Tron lag auf einer hölzernen Pritsche und starrte die Decke der Zelle an, in die sie ihn vor einer halben Stunde gesperrt hatten. Aus einer zugeschneiten Dachluke sickerte fahles Licht auf ihn herab. Neben seiner Pritsche standen ein hölzerner Schemel und ein Eimer. Ratten hatte Tron noch nicht gesehen, aber er war sicher, dass es hier welche gab. Als Kind hatte er gehört, dass die Ratten in den Bleikammern so groß werden konnten wie Dackel.

Aber er befand sich nicht in den Bleikammern. Zwar war die Zelle im obersten Stock des Palazzo Ducale und, der Richtung nach zu urteilen, aus der die Glockenschläge des Campanile kamen, auf der San Marco zugewandten Seite des Dogenpalastes, doch wenn es stimmte, dass die Bleikammern nie modernisiert worden waren und die Beschreibung Casanovas zutraf (eisenbeschlagene Tür von drei Fuß Höhe, in der Mitte ein rundes Loch von acht Zoll Durchmesser), dann hatte man ihn in einem anderen Teil des Dachgeschosses untergebracht. Die Zellentür war eine normale Tür, und in Augenhöhe befand sich anstelle des runden Loches, das Casanova beschrieben hatte, eine hölzerne Klappe.

Tron nahm an, dass man ihn bis morgen früh in totaler Isolation halten würde. Das gehörte zur Strategie des Mürbemachens – Gelegenheit für den Gefangenen, ausgiebig über sein Verbrechen und seine Hilflosigkeit nachzudenken. Zeit genug auch, sich ein Glas Wasser, eine Scheibe Brot vorzustellen. Ein Mann, der Hunger und Durst hat, wird irgendwann eine klägliche Dankbarkeit für kleine Gnadenbeweise empfinden. Und dann zeigt er sich meist erstaunlich kooperativ.

Seit ihn die beiden Soldaten über ein Labyrinth von Treppen und Korridoren in das Dachgeschoss des Dogenpalastes gebracht und die Zellentür hinter ihm verschlossen hatten, war vom Gang kein Laut mehr zu hören. Tron hatte mehrmals das Ohr an die Tür gelegt, aber jedes Mal war es totenstill gewesen.

Kein Zweifel, dachte Tron, Haslinger wusste bereits, dass man ihn und Alessandro verhaftet hatte. Kein Zweifel auch, dass Haslinger jetzt, in diesem Augenblick, daran arbeitete, auch die Principessa zum Schweigen zu bringen. Und Haslinger würde sie nicht einfach töten. Er würde sie vor ihrem Tod in seine Gewalt bringen.

Merkwürdigerweise schlief Tron über dieser Überlegung, die ihm eigentlich den Schlaf rauben sollte, ein. Er schlief ziemlich genau drei

Stunden, und als er wieder aufwachte, wusste er, was er zu tun hatte.
Zuerst stellte er den Schemel auf die Pritsche. Dann kletterte er auf den Schemel und holte tief Atem. Er hob beide Arme, setzte die Hände auf den hölzernen Rahmen der Dachluke und stieß mit aller Kraft zu. Die Luke flog nach oben, als würde sie explodieren. Eine Ladung Schnee stürzte in die Zelle – Schnee, der nicht klumpig herabfiel, sondern so fein war, dass er auf dem Weg zum Boden zerstäubte.
Beim ersten Anlauf, sich durch die Luke zu stemmen, blieb Tron mit dem Ärmel seines Mantels an der Pritsche hängen und wäre fast gestürzt. Erst im zweiten Anlauf gelang es ihm, seinen Oberkörper so weit aus der Luke zu ziehen, dass er beide Ellenbogen auf das Dach setzen konnte. Dann stemmte er den Rest seines Körpers aus der Luke und glitt auf die Dachschräge. Dort drehte er sich um und kroch langsam nach oben. Zwei Meter höher, auf dem Dachfirst, nahm er vorsichtig eine sitzende Position ein und sah sich um.
Der Himmel schien sich bis auf eine Mastlänge über die Stadt und den Dogenpalast gesenkt zu

haben. Über alles hatte der unablässig fallende Schnee einen Vorhang aus grauer, fetter Seide geworfen. Tron hatte erwartet, die Masten der Schiffe zu sehen, die an der Riva degli Schiavoni angelegt hatten, den Umriss des Campanile und des Uhrenturms an der Nordseite des Markusplatzes, aber alles, was er sah, während ihm ein eisiger Ostwind unablässig Hiebe aus Schnee versetzte, waren unter ihm die beiden Ränder des Daches und der First des Flügels, auf dem er saß. Irgendwo vor ihm im Unsichtbaren würde der mit dem First des Moloflügels zusammenstoßen.

Tron brauchte fünf Minuten bis zum Ende des Seitenflügels, weitere zehn Minuten bis zum Ende des Moloflügels. Dort ließ er sich vorsichtig bis an den Rand des Daches hinabgleiten.

Er hatte Glück. Das Baugerüst reichte fast bis an das Dach heran, und Minuten später stand Tron unten. Zwei vermummte Gestalten, die eine Leiter trugen – vielleicht die Laternenanzünder –, gingen dicht an ihm vorbei, ohne ihn zu bemerken. Um zum Palast der Prinzessin zu kommen, hätte Tron am Giardino Reale vorbeilaufen müssen. Stattdessen bog er nach rechts ab, überquerte die menschenleere Piazzetta und lief zügig über den Markusplatz. Er brauchte noch etwas, und er wusste, wo er es bekommen würde.

Als Tron die Tür zu Sivrys Laden aufstieß, erblickte er sich in Sivrys elegantem Rokokospiegel, der fünf Schritte von ihm entfernt an der Wand hing, und blieb erschrocken stehen. Über seine Stirn zog sich eine blutige Schramme. Der linke Ärmel seines Mantels war bis zum Ellenbogen aufgerissen, seine Kleidung völlig durchnässt. Wasser tropfte vom Saum seines Mantels.

«Commissario!»

Sivry war erschrocken von seinem Schreibtisch aufgesprungen und starrte Tron mit weit aufgerissenen Augen an. Dann ging er zur Tür und schloss ab.

«Was ist passiert?», fragte er.

Tron lächelte schief. «Zu viel, als dass ich es Ihnen jetzt erzählen könnte.» Mit Rücksicht auf Sivrys kostbare Fauteuils blieb er stehen.

«Sind sie hinter Ihnen her?», fragte Sivry. In seinen Augen zeigte sich ein anerkennendes Flackern.

Tron nickte. «Könnte man so sagen. Ich komme direkt aus den Bleikammern.»

Sivry war Anfang der fünfziger Jahre in Venedig aufgetaucht, und es gab Gerüchte, dass er gezwungen gewesen sei, Paris aus politischen Gründen zu verlassen. «Sie sind aus den Bleikammern geflohen?» Die Bewunderung in Sivrys Stimme war nicht zu überhören.

Tron lächelte bescheiden. Er machte eine Handbewegung, als wolle er sagen: Das ist doch nicht der Rede wert.

«Was kann ich für Sie tun, Conte?»

«Erinnern Sie sich an den Revolver, den ich eigentlich hätte beschlagnahmen müssen?»

«Selbstverständlich.»

«Ich brauche ihn», sagte Tron.

Sivry trat an die Kommode, nahm den Revolver aus der obersten Schublade und reichte ihn Tron. «Er ist geladen», sagte Sivry. «Ich nehme an, Sie werden mir nicht sagen, was Sie damit vorhaben. Und deshalb frage ich Sie auch nicht.» Sein Blick fiel auf Trons Gehpelz. «Aber ich glaube, Sie brauchen einen anderen Mantel und einen Hut.» Er wartete Trons Antwort nicht ab, sondern nahm einen pelzgefütterten Mantel aus dem Garderobenschrank und reichte ihn dem Commissario. «Ich bestehe darauf.» Als Tron den Mantel angezogen

hatte, sagte er: «Sie sind in Schwierigkeiten, nicht wahr?»
«Es sieht ganz danach aus», sagte Tron.
«Müssen Sie die Stadt verlassen?»
«Nicht, wenn ich Glück habe.»
«Dann wünsche ich Ihnen Glück.»
«Danke, Monsieur de Sivry. Danke für den Revolver und den Mantel.»
Sivry machte eine wegwerfende Handbewegung. Dann öffnete er die Tür, warf einen forschenden Blick auf die Piazza und nickte Tron zu.

55

Tron hätte die Fähre hinter Santa Maria del Giglio nehmen können, um auf die andere Seite des Canal Grande zu gelangen, aber dann entschied er sich für die Brücke an der Accademia. Auf diese Weise würde er zehn Minuten länger zum Palast der Principessa unterwegs sein, aber die Fähre war bei jedem Wetter besetzt, und Tron hielt es für besser, möglichst wenig Leuten zu begegnen.

Eine halbe Stunde später hatte er die Gewissheit, dass auch die zweite Vorhersage der Kaiserin eingetroffen war. Ihre Hoheit, erklärte ihm der erstaunte Majordomus im Palazzo der Principessa, habe das Haus heute Nachmittag gegen drei verlassen, um ihn, den Conte, zu treffen. Ein Gondoliere der Trons habe eine schriftliche Nachricht des Conte präsentiert und Ihre Hoheit abgeholt. Es tue ihm Leid, sagte er noch, wenn dem Conte Unbequemlichkeiten entstanden seien. Offenbar liege ein Missverständnis vor und er hoffe, es ließe sich aufklären. Wo denn die Principessa sei?

Als Tron wieder vor den Palazzo der Principessa trat, schien das Schneetreiben noch heftiger geworden zu sein. Der Wind, mittlerweile zur Stärke eines Sturms angeschwollen, kam böig aus allen Richtungen, türmte Schneeverwehungen auf seinen Weg und fegte Pulverschneelawinen von den Dächern, Wolken aus winzigen, stechenden Kristallen, die wie kalte Funken auf der Gesichtshaut brannten. Die Sicht war auf ein paar Meter zusammengeschrumpft, zugeschneit, verwischt. Wenn Tron den Kopf hob und versuchte, das Weiß zu durchdringen, peitschte der

Sturm ihm Schneestaub in die zusammengekniffenen Augen.

Nein, dachte Tron, während ihm eine Windhose voller Schnee ins Gesicht klatschte und er gerade noch rechtzeitig die Luft anhalten konnte – nein, er würde natürlich nicht bei Haslinger *klingeln*, so als wären sie zum Kaffee verabredet. Ein Mann, der gerade eine Frau entführt hatte und beabsichtigte, sie in aller Ruhe zu töten, würde das Klingeln der Türglocke zweifellos ignorieren. Schon der Gedanke, dass Haslinger ihm die Tür öffnen würde, war lachhaft – der Ingenieur würde sich mausetot stellen. Aber Haslinger würde auch keinen Besucher erwarten, überlegte Tron weiter. Und schon gar keinen Besucher, der auf die Betätigung des eisernen Klingelzuges neben der Tür verzichtete und stattdessen unangemeldet in seinen Salon spazierte – mit einem großen Trommelrevolver in der Hand.

Die meisten der stattlichen Paläste, die den Canalazzo säumten, waren zur Wasserseite hin gut gesichert, hatten jedoch zur Landseite oft Fenster, die – auch im Erdgeschoss – lediglich von einfachen Haken verschlossen gehalten wurden, und viele Schlösser an den Haustüren waren nicht schwieriger aufzubrechen als die Deckel von Pralinenschachteln. Das war unlogisch, hing aber vermutlich damit zusammen, dass für die Venezianer jahrhundertelang die Bedrohung von der Wasserseite her gekommen war. Tron hoffte, dass es sein Vorhaben erleichtern würde.

In der Dunkelheit verirrte er sich beinahe in dem Labyrinth der kleinen Gassen zwischen dem Rio San Lio und dem Rio Santi Apostoli. Zweimal musste er umkehren, weil er in eine Sackgasse geraten war, und es dauerte quälend lange, bis er endlich den Campiello del Lion Bianco gefunden hatte, an dessen Westseite sich der Palazzo da Mosto erhob.

Tron legte den Kopf in den Nacken, um festzustellen, ob in den oberen Stockwerken des Gebäudes Licht zu entdecken war, doch die Fassade war vollständig dunkel, eine schweigende, undurchdringliche Festung. Auch die schwere Eichentür sah ungewöhnlich solide aus, so als könnte allenfalls eine Schar Gallier oder Goten sie aufstemmen. In der unteren Fensterreihe jedoch entdeckte Tron ohne Überraschung ein Fenster, dessen Laden einen Spaltbreit offen stand. Das

Fenster erinnerte ihn an die Luke im Dach der Bleikammern und gab ihm ein gutes Gefühl.

Drei Minuten später war er eingestiegen und lauschte mit angehaltenem Atem in die Dunkelheit, um festzustellen, ob sich im Inneren des Hauses etwas rührte.

Er hörte nichts.

Das einzige Geräusch, das an seine Ohren drang, war das gedämpfte Pochen seines Herzens und – direkt zu seinen Füßen – ein hektisches Trippeln, so als würden Ratten (er hatte den Eindruck, dass es sich um *ziemlich große* Ratten handelte) sich eilig in Sicherheit bringen.

Tron tastete sich in fast vollständiger Dunkelheit zehn Schritte geradeaus, dann stand er plötzlich in einem schwach erleuchteten Gang, an dessen Ende eine an der Wand befestigte Öllampe zu sehen war. Die Tür daneben führte, wie erwartet, auf einen Innenhof, ein zugeschneites Geviert, das Tron überqueren musste, um in den eigentlichen Palazzo da Mosto zu gelangen – in den Teil des Gebäudekomplexes, der direkt am Canalazzo lag. Tron drehte den Kopf in den Nacken, aber auch hier war an keiner der vier Fassaden, die den Innenhof umschlossen, ein Lichtschein zu sehen. Der Himmel über ihm war ein sternenloses dunkelgraues Quadrat, das sich kaum vom Schwarz der Fassaden abhob.

Das einzige Licht kam von zwei brennenden Fackeln, die in einem kurzen Bogengang befestigt waren, der in den Palazzo führte. Ein Luftzug im Inneren des Gebäudes schien das Licht der Fackeln an- und abschwellen zu lassen – ein pulsierendes Strahlen, dem Schlag eines Herzens vergleichbar. Einen Moment lang hatte Tron die absurde Vorstellung, dass der Palazzo da Mosto, dessen Mauern die Gefühle seiner Bewohner jahrhundertelang aufgesogen hatten wie ein Schwamm, lebendig geworden war, ein eigenständiges, vielleicht sogar empfindendes Wesen.

Tron überquerte den Innenhof und registrierte das fast lautlose Knirschen, das sein Fuß auf der Schneedecke verursachte – ein Geräusch, das er aus Gründen, die er nicht benennen konnte, als beruhigend empfand. Dann lief er durch den Bogen, an den Fackeln vorbei, und als er den Palazzo da Mosto betrat, zog er seinen Revolver. Er spannte den Hahn (der mit einem metallischen Klicken einrastete) und sah sich, mit dem Finger auf dem Abzug, vorsichtig um.

Er stand in einem geräumigen Vestibül, fünf Schritte vom Fuß einer breiten Treppe entfernt, die nach oben zum *piano nobile* führte. Alle fünf Stufen war eine Öllampe an der Wand des Treppenhauses befestigt – fast so, dachte Tron, als würden ihn die Lampen nach oben geleiten wollen.

Den Schrei, von oben kommend und so dünn wie aus Papier geschnitten, hörte er, als er seinen Fuß auf die erste Treppenstufe setzte. Fast gleichzeitig spürte er eine Bewegung hinter seinem Rücken, gefolgt von einem pfeifenden Luftzug.

Aber da war es bereits zu spät, um dem Schlag auszuweichen und mit der Waffe in der Hand herumzuwirbeln. Der Knüppel (der – wie sich später herausstellen sollte – mit Filz umwickelt war) traf ungehindert seine Schläfe. Tron ließ den Revolver fallen, sein Oberkörper kippte ruckartig nach vorne, seine Füße verhakten sich, und er stürzte.

Das Letzte, was ihm durch den Kopf schoss, bevor er das Bewusstsein verlor, war die Frage, wie Haslinger erfahren haben könnte, dass er kommen würde.

56

Zuerst war das Bild grau und unscharf – wie eine Fotografie, die man unter Wasser betrachtet. Dann wurde es farbig, gewann Konturen, und Tron, der zusammengesackt wie ein Betrunkener auf einem Stuhl kauerte, erkannte auf der anderen Seite des Tisches Haslinger. Der Ingenieur hatte den Lauf von Sivrys Revolver auf Trons Stirn gerichtet und sah ihn erwartungsvoll an.

Tron hob den Kopf und stellte fest, dass die *sala* des Palazzo da Mosto deutlich kleiner war als der Ballsaal des Palazzo Tron. An der linken Wand sah er eine gewaltige Florentiner Kredenz, auf der eine hüfthohe Marienstatue stand – eine wunderbare, grazile Holzfigur aus dem 15. Jahrhundert. Die drei Fenster an der Schmalseite des Raumes, der ganz unvenezianisch mit dunklem Holz vertäfelt war, gingen vermutlich zum Canal Grande hinaus.

Offenbar hing Haslinger im privaten Bereich einer konservativen Beleuchtungspolitik an, denn er benutzte nicht einmal Petroleumlampen. Stattdessen wurde der Raum von mindestens zwei Dutzend Kerzen erleuchtet, die im Zusammenspiel mit den dunklen Tönen der Wandverkleidung eine feine Patina aus Kupfer über den Tisch zu legen schienen.

Als Haslinger sprach, wirkte seine schnarrende Stimme wie ein Kratzer auf dieser schönen Oberfläche. «Ich hatte Milan gebeten, seine Kräfte zu zügeln», sagte er mit einem Blick auf den livrierten Diener, der sich neben Trons Stuhl aufgebaut hatte. «Der Schlag sollte Sie nur außer Gefecht setzen, damit wir Ihnen die Waffe wegnehmen konnten.»

Aus den Augenwinkeln registrierte Tron, dass Haslingers Diener allen Grund hatte, seine Kräfte zu zügeln – er war der größte Mann, den er jemals gesehen hatte. Tron schätzte, dass der Bursche ihn um mindestens drei Köpfe überragte – die Schultern waren so breit, dass er vermutlich gezwungen war, durch die meisten Türen schräg hindurchzugehen. Es wäre Wahnsinn, sich mit ihm anzulegen.

Tron sah Haslinger ins Gesicht. «Was haben Sie mit mir vor?» Er war überrascht, wie gelassen sich seine Stimme anhörte.

Haslinger lächelte. «Ich dachte, wir trinken ein Glas zusammen. Wie alte Freunde. Und reden über das, was passiert ist. Ich finde, das ist die gnädigste Methode.»

Der Ingenieur deutete auf eine Flasche und ein Wasserglas mit einer gelblichen Flüssigkeit. Neben der Flasche und dem Glas stand ein Kerzenleuchter auf dem Tisch. Er verdeckte eine Hälfte von Haslingers Gesicht, und jedes Mal, wenn er sprach, brachte sein Atem die Kerzen zum Flackern. «Rum aus Jamaika. Brennt wie Petroleum. Aber schmeckt hervorragend.»

«Warum sagen Sie mir das?», fragte Tron.

«Weil ich möchte, dass Sie das Glas austrinken. Ich will es Ihnen leicht machen. Ein Schuss ins Herz ist eine angenehme Art zu sterben. Sie verlieren das Bewusstsein, bevor der Schmerz einsetzt. Und ich möchte, dass Sie ruhig auf Ihrem Stuhl sitzen, wenn ich abdrücke.»

Haslinger lächelte wieder. Diesmal leuchtete sein Lächeln regelrecht, erfüllt von widerlichem Triumph, und auf einmal begriff Tron, warum Haslinger ihn nicht sofort getötet hatte. Er begriff auch, warum die Principessa noch am Leben war. Haslinger wollte noch ein bisschen Spaß mit ihnen haben, bevor er sie ins Jenseits beförderte.

«Ich habe Sie nicht sofort getötet, weil ich noch etwas klarstellen möchte, bevor Sie sterben», sagte Haslinger, als hätte er Trons Gedanken gelesen.

«Und das wäre?»

Haslinger schwenkte den Revolver in Richtung des Glases. «Trinken Sie, Commissario. Dann erzähle ich Ihnen alles. Wenn nicht ...» Er spannte den Hahn.

Tron setzte das Glas an die Lippen, nahm einen Schluck (verdammt, warum hatte er nur so einen *großen* Schluck genommen?), und der Rum versengte seinen Mund, lief lodernd seine Speiseröhre hinab und explodierte in seinem Magen. Einen Augenblick rang Tron nach Luft, aber als er schließlich wieder atmen konnte, war die Panik, die an seine Schläfen gehämmert hatte, verschwunden. Zumindest für den Moment konnte er wieder klar denken.

Allerdings wusste Tron auch, dass dieser Effekt nicht lange anhalten würde. Er hatte in den letzten zwölf Stunden viel zu wenig geschlafen und kaum etwas gegessen. Seine Toleranzgrenze in Bezug auf Alkohol lag gefährlich niedrig. Wie viel Zeit würde ihm bleiben? Eine Viertelstunde? Eine halbe Stunde? Natürlich kam alles darauf an, wie viel er von dem Zeug noch trinken musste. Nach dem zweiten Glas würde ihn der Rum ohnehin umhauen wie ein Schlag mit dem Sandsack, und Haslinger konnte sich die Mühe sparen, ihn zu erschießen.

Sollte er sich blitzschnell nach vorne beugen und Haslinger den Kerzenleuchter ins Gesicht stoßen? Oder ihm eins mit der Flasche überziehen, sich dann den Revolver schnappen und anschließend den Hünen, der … Unsinn. Es würde nicht funktionieren. Haslinger würde sich einfach zurücklehnen und lachen. Das war genau das, was er brauchte, um sich zu amüsieren, bevor er abdrückte.

«Was wollen Sie klarstellen?», fragte Tron.

«Dass ich von einem bestimmten Punkt an keine Wahl mehr hatte.»

«Von welchem Punkt an?»

«Nach dem Tod dieses Mädchens.» Haslinger schwieg und starrte das Tischtuch an. Dann sagte er unwirsch: «Ich … wollte den Tod des Mädchens nicht, Commissario. Es war mehr oder weniger ein … Unfall. Aber danach musste ich sie mir vom Hals schaffen. Auf dem Gang sah ich, dass eine Kabinentür offen stand. Zuerst dachte ich, es wäre eine unbenutzte Kabine, aber dann lag ein Toter auf dem Bett. Mit zwei Einschüssen in der Schläfe. Es schien alles so unwirklich, dass ich mich gar nicht gefragt habe, wer den Mann getötet hat. Jedenfalls war diese Kabine der ideale Ort, um die Leiche loszuwerden.»

«Wussten Sie, dass der Hofrat Papiere in seiner Kabine hatte, die Pergen unbedingt haben wollte?»

«Nein.» Haslinger grinste. «Aber Pergen war so töricht, es mir mitzuteilen. Er hat mir genau erklärt, was es mit diesen Unterlagen auf sich hatte. Und dass er erledigt sei, wenn diese Papiere in falsche Hände fallen.»

«Dass Pergen korrupt war, wussten Sie doch, oder?»

«Natürlich. Aber ich kannte keine Einzelheiten, hatte keine Beweise.»

«Und dann wollte Pergen diese Papiere von Ihnen haben. Richtig?»

«So ist es. Pergen hat mir ein Geschäft angeboten. Er deckt mich, und im Gegenzug übergebe ich ihm die Unterlagen.» Haslinger zögerte einen Moment, bevor er weitersprach. «Das hat sich nur leider so angehört, als würde er mich ohne diese Gegenleistung nicht decken. Keine Unterlagen, keine Protektion.»

«Also waren Sie gezwungen, so zu tun, als hätten Sie diese Unterlagen», sagte Tron.

«Was ich auch getan habe. Das Problem war nur, dass ich die Unterlagen gar nicht hatte und Pergen das auch ahnte. Sonst hätte er nicht so intensiv danach gesucht.»

«Sie mussten also damit rechnen, dass Pergen diese Unterlagen irgendwo findet.»

Haslinger nickte. «Allerdings. Und in diesem Fall bestand für mich die Gefahr, dass Pergen …»

«… Ihnen Schwierigkeiten bereiten würde.»

«*Erhebliche* Schwierigkeiten. Und das Risiko wollte ich nicht eingehen. Als Pergen am Donnerstag diese Putzfrau verhaftet hat, war mir klar, dass ich handeln musste.»

«Welche Putzfrau?»

«Sie wissen nicht Bescheid?»

Tron schüttelte den Kopf.

Haslinger lachte. «Es war die Putzfrau, die diese Papiere an sich genommen hat. Sie hat dann versucht, Pergen mit ihnen zu erpressen. Jedenfalls wusste der Oberst definitiv, dass ich die Unterlagen nicht hatte.»

«Folglich musste er sterben.»
Haslinger zuckte bedauernd die Achseln. «Es war nicht auszuschließen, dass mich der Oberst ans Messer liefern würde. Was selbstverständlich auch von Ihnen zu befürchten war», fügte er hinzu. «Ich nehme an, Sie wissen, warum ich mich gezwungen sah, Pergen im Palazzo Tron zu töten.»
«Um den Verdacht auf *mich* zu lenken. Weil man *mich* verhaften würde. Ich gelte als politisch unzuverlässig.»
«Richtig. Aber eine bloße Verhaftung hätte mir nichts genützt. Es wäre zu einem Prozess gekommen, und Sie hätten geredet. Nein – Ihre Verhaftung war nur eine – sagen wir – *Zwischenstufe.*» Haslinger lächelte selbstgefällig. «Dachten Sie wirklich, es war ein Zufall, dass diese Dachluke aufstand?»
Tron spürte, wie seine Wangen heiß wurden. «Heißt das, *Sie* haben dafür gesorgt, dass ich …»
Haslinger nickte. «Oberst Bruck war mir aus alten Tagen noch einen Gefallen schuldig. Er hat Sie in eine Zelle stecken lassen, aus der Sie entkommen konnten. Mir war klar, dass Sie sich sofort zum Palazzo der Principessa begeben wür-

den. Und von dort aus hierher in meine Gewalt. Und zwar durch ein …», der Ingenieur lehnte sich zurück und lachte lauthals, «… ungesichertes Fenster. Sie haben so reagiert, wie ich es vorausgesehen hatte.»

«Wie sind Sie darauf gekommen, dass ich Ihnen auf der Spur war?»

«Reiner Zufall. Ich habe Oberst Bruck gestern auf der Piazza getroffen. Und er hat mir gesagt, dass jemand meine Militärakten aus dem Zentralarchiv in Verona angefordert hat – was er ebenso durch einen Zufall erfahren hatte. Und dieser Jemand konnten nur Sie gewesen sein.»

Tron hielt es für überflüssig, diese Annahme zu korrigieren. Es machte ohnehin keinen Unterschied. «Womit ich ebenfalls auf Ihrer Todesliste stand», sagte er. «Genauso wie Pergen und die Principessa.»

«So ist es. Nach Lektüre der Akten über den Prozess in Gambarare kannten Sie meine Verbindung mit Pergen und Maria Galotti», sagte Haslinger.

«Die Sie im Fenice wiedererkannt haben.»

«An ihren grünen Augen und ihren Sommersprossen. Und als mir klar war, wer die Principessa ist,

da wusste ich auch, was sich auf dem Schiff zugetragen hatte.»
«Ich kann Ihnen nicht ganz folgen.»
«Die Principessa hat versucht, mich zu töten. Aber stattdessen hat sie auf den Hofrat gefeuert.»
«Das verstehe ich nicht.»
«Ich werde es Ihnen erklären», sagte Haslinger lächelnd. «Aber nur, wenn Sie ein braver Junge sind.» Er kicherte über seinen kleinen Scherz. Dann beugte er sich über den Tisch und berührte das Glas mit dem Lauf des Revolvers. «Trinken Sie aus, Commissario.»
Diesmal brannte der Rum ins Trons Mund weniger stark als beim ersten Mal. Aber ein paar Sekunden später schon registrierte er, dass die Klarheit in seinem Kopf, die sich nach dem ersten Schluck eingestellt hatte, jetzt in beängstigendem Tempo von einem Gefühl dumpfer Benommenheit ersetzt wurde. Tron schätzte, dass ihm höchstens fünf Minuten blieben, um etwas zu unternehmen. Außerdem wurde ihm übel.
«Es ist ganz einfach», sagte Haslinger lebhaft. «Es hat mit den beiden Schiffen zu tun.» Er sah Tron aufmerksam an. Seine Augen strahlten – wie bei einem Schauspieler, der eine aufregende Vorstel-

lung gibt und sich der Aufmerksamkeit des Publikums sicher sein kann.

«Die *Erzherzog Sigmund* und die *Prinzessin Gisela* sind Zwillingsschiffe», fuhr er fort. «Sie gleichen sich bis in die Einrichtung der Kabinen. Die Principessa fährt normalerweise mit der *Gisela* und immer in der mittleren Kabine auf der Steuerbordseite. Das hat mir der Kabinensteward der *Prinzessin Gisela* gesagt. Am Sonntag sah sie, dass ich die Kabine unmittelbar hinter der ihren hatte, vom Restaurant aus gesehen auf der rechten Seite des Ganges.

Die Principessa musste also nur vor ihre Kabine treten und sich nach rechts wenden. Genau das hat sie während des Sturms getan. Sie hat an die Tür gehämmert, und vermutlich hatte sie vor, mich noch auf der Schwelle zu erschießen, denn niemand hätte bei dem Höllenlärm einen Schuss gehört. Als niemand öffnete, hat sie festgestellt, dass die Tür nicht verriegelt war. Also hat sie die Kabine betreten und zwei Schüsse auf den Mann abgegeben, der in der Koje lag.»

«Warum traf sie dann den Hofrat?»

«Weil sie vergessen hatte, dass sie sich auf der *Erzherzog Sigmund* befand und nicht auf der *Gisela*.»

Haslinger strahlte geradezu. «Auf der *Erzherzog Sigmund* lag ihre Kabine nicht auf der Steuerbordseite, sondern auf der Backbordseite. Die rechts angrenzende Kabine war also nicht meine Kabine, sondern die Kabine Hummelhausers. Bei ruhigem Seegang hätte sie ihren Irrtum an der Bewegungsrichtung des Dampfers bemerkt, aber das war während des Sturms unmöglich.»

«Mit anderen Worten, die Principessa hat …»

«… die Kabinen verwechselt.» Haslinger lachte schallend. «Es muss ein Schock für sie gewesen sein, mich am nächsten Morgen auf Deck zu sehen.»

«Die Principessa wusste also, dass weder Grillparzer noch Pellico den Hofrat getötet hatte.»

Haslinger senkte zustimmend den Kopf. «Sie dachte, *sie* hätte den Hofrat erschossen. Und sie hat sehr richtig vermutet, dass ich es war, der das Mädchen getötet hatte. Vermutlich stammt die Theorie, dass ein dritter Passagier an dem Verbrechen beteiligt war, von ihr.» Haslinger füllte Trons Glas mit der linken Hand wieder auf. Den Revolver hielt er noch immer in der rechten. «Trinken Sie, Commissario.»

«Wann werden Sie mich erschießen?»

«Kurz bevor Sie zu Boden gehen.» Haslinger beugte sich über den Tisch und entblößte die Zähne zu einem hässlichen Grinsen. Jetzt war sein Gesicht dicht hinter den Kerzen.
Tron nahm das Glas langsam in die Hand, und was anschließend geschah, schien im Wesentlichen auf einer Entscheidung seines Körpers zu beruhen, genauer gesagt seines Armes.
Trons Arm – so schnell wie eine Möwe, die auf eine brechende Welle hinabschießt, um nach einem Fisch zu schnappen – schüttete den Rum mit einer zustoßenden Bewegung knapp über die brennenden Kerzen hinweg in Richtung Haslingers Gesicht.

57

Hätte Tron den Rum eine Handbreit niedriger über den Tisch geschüttet, hätte er lediglich die Kerzen ausgelöscht. Aber so landete der Inhalt seines Glases mitten in Haslingers Gesicht und entzündete sich vorher an den Flammen. Haslinger hatte Recht gehabt. Der Rum brannte wie

Petroleum. Erst umschloss der brennende Alkohol Haslingers Kopf wie eine leuchtende Hülle, dann begannen die Flammen zu lodern und bildeten kleine rote Zungen. Innerhalb von Sekunden brannte nicht nur der Alkohol, sondern Haslinger selber.

Haslinger war aufgesprungen. Er hatte den Revolver fallen gelassen und versuchte, die Flammen auf seinem Gesicht mit den Händen zu ersticken. Ohne nachzudenken, presste Tron beide Hände gegen die Tischkante und stieß so heftig zu, wie er konnte. Die Tischbeine machten ein quietschendes Geräusch auf dem Terrazzo, als der Tisch gegen Haslingers Oberschenkel prallte. Alles, was auf dem Tisch lag, rutschte polternd zu Boden, einschließlich des Revolvers.

Als Haslinger sich bückte, stieß Tron den Tisch ein zweites Mal mit aller Kraft nach vorne. Diesmal traf die Tischkante Haslingers Gesicht, brach seine Nase und seinen linken Wangenknochen. Er stürzte zu Boden und blieb dort liegen – ein Bündel glimmender Wäsche, von dem ein scharfer Brandgeruch ausging. Der Ingenieur zuckte noch einmal, dann hörte er auf, sich zu bewegen.

Was anschließend geschah, spielte sich sehr

schnell ab – es dauerte nicht länger als zwei, drei Minuten, vielleicht sogar noch weniger. Aus den Augenwinkeln registrierte Tron eine Bewegung am linken Rand seines Gesichtsfeldes, und zugleich hörte er ein wütendes Schnauben. Er sprang auf und wirbelte herum – mit einer Schnelligkeit, die er sich nicht mehr zugetraut hätte.

Der Riese stand vor ihm, und seine rechte Pranke hielt den Kopf der Marienstatue umfasst wie den Griff einer Keule. Er wiegte den Oberkörper hin und her wie eine Schlange, die gerade aus ihrem Korb kommt. Tron schnellte zurück, um dem Schlag auszuweichen. Er riss die Arme vor sein Gesicht, aber seine Reaktion kam den Bruchteil einer Sekunde zu spät. Die Statue streifte seine Stirn und riss seine linke Augenbraue auf. Blut sprudelte über sein Gesicht wie Wasser aus einem Hydranten, und einen Augenblick lang war er vollständig blind. Er ging zu Boden, wälzte sich keuchend zur Seite, um dem zweiten Schlag zu entgehen. Aber auch diesmal war er zu langsam. An seiner rechten Seite explodierte der Schmerz, als der Leib der Jungfrau ihm drei Rippen brach. Tron versuchte sich aufzurichten, stieß mit den verletzten Rippen gegen den Stuhl und fiel auf die Seite. Der nächste Schlag zerschmetterte sein rechtes Schlüsselbein mit einem Geräusch wie splitterndes Sperrholz. Tron schrie. Er kroch reflexartig weiter. Blut lief in seine Augen, und er musste blinzeln, um etwas erkennen zu können. In diesem Augenblick sah er den Revolver. Die Waffe lag eine Armeslänge von ihm entfernt auf dem Terrazzofußboden, halb versteckt unter der Tischdecke. Tron streckte die Hand aus und erwischte den Revolver am Kolben. Dann drehte er sich mit letzter Kraft auf den Rücken, riss die Waffe hoch und zog den Abzug durch, ohne zu zielen.

Das Krachen in dem holzgetäfelten Raum war ohrenbetäubend. Die Detonation versetzte die Kerzen in hektisches Flackern, so als hätte jemand plötzlich die Fenster geöffnet. Beißender Pulvergeruch breitete sich aus. Die Kugel hatte den Riesen in die Brust getroffen und ließ ihn mitten in der Bewegung erstarren, so als wäre er auf ein unsichtbares Hindernis gestoßen. Dann taumelte er mit rudernden Armbewegungen nach vorn, und Tron musste einen Augenblick lang an einen Nichtschwimmer denken, der vergeblich versucht, über Wasser zu bleiben. Schließlich stürzte der Riese krachend auf den Rücken. Der Aufprall seines Körpers erschütterte den Raum, schickte eine Schockwelle durch die Luft und brachte die Kerzen ein weiteres Mal zum Flackern. Seine Augen hefteten sich starr auf die Decke der *sala* und bewegten sich nicht mehr – würden sich nie wieder bewegen. Auf seinem Gesicht lag ein Ausdruck der Verwunderung.

Da Tron keine Kraft mehr hatte aufzustehen, kroch er langsam zur Tür. Im Treppenhaus kam er auf die Beine, indem er seinen Rücken gegen die Wand stemmte und sich hochstieß. Sein Atem ging rasselnd, und er hielt den Kopf gesenkt. Dann übergab er sich. Es war ein würgendes Erbrechen, das seinen ganzen Körper in Wellen verkrampfte und jedes Mal einen stechenden Schmerz durch seinen Brustkorb schickte.

Danach fühlte Tron sich besser. Zwar schmerzten seine gebrochenen Rippen noch genauso wie vorher, doch sein Kopf schien klarer zu sein. Tron hoffte, dass sein Magen auch einen Teil des Alkohols von sich gegeben hatte.

Er hinkte zur Treppe und begann mühsam, die Stufen emporzusteigen. Nach einer Zeitspanne, die ihm wie eine Ewigkeit erschien, hatte er das Ende der Treppe erreicht und befand sich in einer langen, von einer Ampel schwach erleuchteten Galerie, deren Wände mit einer Waffensammlung bedeckt waren. Tron war klar, dass er sich im dritten Stock des Palastes befand, aber die Galerie wirkte wie ein Stollen eines Bergwerks, der jahrhundertelang verschüttet gewesen war. Wenn der Schrei, den er gehört hatte, aus einem Raum direkt über ihm gekommen war, musste die Principessa auf der rechten Seite der Galerie sein. Tron hinkte zur ersten Tür rechts und drückte die Klinke hinunter.

58

Tron stand in einem fensterlosen Raum, dessen Wände vollständig von Spiegeln bedeckt waren. Alle Spiegel hatten goldene Rahmen mit zierlich gearbeiteten Blumengirlanden, die zum Teil in die Spiegelfläche hineinreichten, sodass es aussah, als würden goldene Schlingpflanzen die Spiegel überwuchern.

Das einzige Möbelstück in diesem Raum war ein breites, mit rotem Samt gepolstertes Bett. Die Principessa lag auf dem Rücken, die Hand- und Fußgelenke an die Pfosten gefesselt. Sie drehte ihren Kopf zur Tür, als Tron den Raum betrat, konnte aber nichts erkennen, weil die obere Hälfte ihres Gesichts mit einer Maske bedeckt war. Tron sah, wie sie sich kurz aufbäumte und dann kraftlos auf das Bett zurückfiel.

«Principessa?»

Der Kopf der Principessa bewegte sich in die Richtung, aus der Tron gesprochen hatte. «Wer sind Sie?»

«Commissario Tron.» Er hinkte zum Kopfende des Bettes, entfernte die Maske und löste die Stricke, mit denen die Principessa gefesselt war. Seine Rippen schmerzten bei jeder Bewegung. Etwas Spitzes stach in seinen linken Lungenflügel und hinderte ihn daran, durchzuatmen.

Die Principessa hatte ihre Augen noch nicht geöffnet. Ihr Brustkorb hob und senkte sich immer schneller, und ihre Atmung wurde hastiger. Dann stöhnte sie kurz und begann zu schluchzen. Sie warf sich nach links und erbrach sich.

Als sie sich umdrehte, war ihr Gesicht kalkweiß.

«Wo ist Haslinger?» Die Stimme der Principessa war schwach, aber sie klang so klar wie immer.
«Er ist tot.»
«Und sein Diener?»
«Ebenfalls tot. Sind Sie verletzt?»
Die Principessa schüttelte den Kopf. «Nein. Er hat mich nicht angerührt. Wie haben Sie herausgefunden, dass ich im Palazzo da Mosto bin?»
«Haslinger hat alle Personen, die wussten, dass er das Mädchen auf der *Erzherzog Sigmund* erwürgt hat, getötet. Erst Moosbrugger, dann Moosbruggers Geliebte in Triest und schließlich Pergen.»
«Großer Gott. Auch *Pergen*?»
«Auch Pergen.»
«Also war nur noch ich übrig.»
Tron nickte. «Das war mir spätestens klar, als Pergen tot war. Als ich erfahren habe, dass eine angebliche Gondel des Palazzo Tron Sie abgeholt hat, wusste ich, dass Sie in Haslingers Gewalt waren.»
«Warum sind Sie allein hier?»
«Das ist eine lange Geschichte. Vielleicht sollten wir lieber verschwinden. Können Sie gehen?»
«Ich denke schon.»
Es waren genau fünf Schritte bis zur Tür. Tron

schaffte sie mit zusammengebissenen Zähnen. Dann humpelte er weiter, aber in der Mitte des Flurs wurde der Schmerz in seiner Brust so stark, dass er stehen bleiben musste. In diesem Augenblick spürte Tron, wie die Principessa an seiner Seite erstarrte. Als Tron aufblickte, sah er den Mann auf dem Treppenabsatz.

Das ist das Erste, was Tron registriert: Ein Mann steht auf dem Treppenabsatz und hat einen Revolver in der Hand. Der Mann scheint zu grinsen, aber die entblößten Zähne und die nach oben gebogenen Mundwinkel sind nicht zwangsläufig mimischen Ursprungs – der Ausdruck kann auch dadurch zustande kommen, dass Teile seines Gesichts verbrannt sind.

Und nun geschieht alles gleichzeitig oder so schnell hintereinander, dass Tron nicht mehr in der Lage ist, die Geschehnisse voneinander zu trennen. Aus den Augenwinkeln sieht er, dass die Principessa sich von seiner Seite löst. Ihr Körper wirft sich nach vorne, scheint mit Haslinger zusammenzuprallen. Tron hört den Schuss und riecht wieder den scharfen Pulvergeruch. Die Kugel durchschlägt seinen linken Arm, lässt ihn um seine eigene Achse rotieren und wirft ihn um. Ein zweiter Schuss fällt, und Tron sieht, wie sich die Principessa aufbäumt und nach hinten geschleudert wird. Irgendetwas fällt polternd zu Boden. Tron weiß, dass sich die kleine Zeitspanne, die dem Tod unmittelbar vorausgeht, fast unbegrenzt dehnen kann, insofern verwundert es ihn nicht, dass die Bewegungen, mit denen Haslinger auf ihn zukommt, so langsam sind. Anstelle des Revolvers hält er jetzt einen Degen in der Hand. Die Degenspitze streicht über Trons Bauch, streift sein Herz, pendelt unschlüssig über seiner Kehle. Dann kommt sie über Trons rechtem Auge zur Ruhe. Tron schließt die Augen. Er versucht, seinen Kopf zu drehen, stößt aber gegen die Wand. Jetzt kann er nur noch hoffen, dass es schnell geht.

Im Rückblick schien alles viel länger gedauert zu haben, aber tatsächlich waren es nur ein paar Sekunden gewesen, in denen sich Haslinger noch auf den Beinen hielt. Der Schuss traf ihn von hinten in die Schläfe und trat unterhalb des einen Auges, das ihm noch geblieben war, wieder aus. Seine linke Wange explodierte, und ein Regen aus Blut und Knochensplittern ergoss sich auf Tron. Die Wucht des Geschosses schleuderte Haslingers Kinn auf seine Brust. Er fiel auf die Knie, breitete die Arme aus und ähnelte einen Augenblick lang einem leidenschaftlichen Freier, der einen theatralischen Heiratsantrag macht. Dann fielen seine Arme herab, und er stürzte auf die Seite, direkt vor die Füße der Principessa, die jetzt breitbeinig neben ihm stand. Sie hielt den Revolver in der rechten Hand, ihre linke umschloss das Handgelenk des Waffenarms. Sie war bereit, bei der geringsten Bewegung Haslingers erneut zu feuern.

Aber Haslinger rührte sich nicht. Ein Mann, dem ein Geschoss die Schläfe zerfetzt und ein faustgroßes Loch in die Wange gerissen hat, lebt nicht mehr.

Und dann verlor Tron das Bewusstsein. Es war keine plötzliche Ohnmacht, sondern eher ein langsames Weggleiten in ein Schattenreich, während die Principessa seine Hand hielt und immer wieder seinen Vornamen rief.

59

Von Zeit zu Zeit tauchte er aus der Dunkelheit auf, die ihn umgab, aber dann kamen sofort die Schmerzen, sodass er es vorzog, in die Bewusstlosigkeit zurückzusinken. Die Schmerzen waren überall. Sie begannen an seinen Füßen, krochen in langen, stechenden Wellen in seinem Körper empor und endeten in seinem Kopf. Sie pulsierten mit dem Schlag seines Herzens, und manchmal waren sie unerträglich. Dann wünschte er sich, er wäre tot.

Einige Zeit später (Tage? Monate?) stellte er fest, dass die Schmerzen weniger stark waren, wenn er aus der Dunkelheit kam. Dann konnte er auf die Geräusche in dem Zimmer achten, in dem er lag: Schritte, die sich näherten und entfernten, Wasser, das aus einem Krug in ein Glas gegossen wurde (ein schönes Geräusch), Stimmen, die in endlose Unterhaltungen verstrickt zu sein schienen.

Er hatte keine Vorstellung davon, wie er dorthin, wo er lag, gelangt war und was sich an den Rändern der Dunkelheit, durch die er trieb, zutrug. Es interessierte ihn auch nicht. Nur einmal, als er wie aus weiter Ferne ein Glockenläuten hörte, erinnerte er sich an etwas: an grünes Wasser vor dem Fenster (eines Hauses, das er bewohnt hatte?) und schwarze, schlanke Boote, die über das Wasser fuhren. Aber er wusste nicht, wo sich dieses Wasser befand, und auch nicht, in welcher Beziehung es zu ihm stand.

Auch an seinen Namen konnte er sich nicht erinnern, nur daran, dass ein (strenger?) Mann (der mit einem Stückchen Kreide vor einer schwarzen Tafel stand) einmal gesagt hatte, sein Name klinge so, als würde ein dicker Mann die Treppe herunterfallen. Darüber wollte er lachen, auch darüber, dass ihm dieser Name (Plonk? Dong? Momp?) nicht einfiel. Aber lachen konnte er nicht, weil jede Bewegung seines Gesichts sofort Schmerzen verursachte.

Am Sonntag, dem 5. März 1862, weckte Tron das Geräusch, mit dem ein Glas auf seinem Nachttisch abgestellt wurde, aber er schlug die Augen nicht auf. Jemand saß auf dem Stuhl neben seinem Bett – eine Frau, denn Tron hörte das Knistern eines Kleides.

Dann sagte die Stimme der Contessa: «Hier,

trink etwas. Dr. Wagner sagt, du musst viel trinken.»

Tron schlug die Augen auf. «Dr. Wagner?» Er hatte das Gefühl, als würde jedes Wort, das er sprach, aus gefrorenem Eis bestehen, das er erst in seinem Mund auftauen musste.

«Der Arzt, der dich behandelt. Er hat den Verband für deine gebrochenen Rippen angelegt. Er kümmert sich auch um dein Schlüsselbein und deinen Arm.»

Tron tastete nach seinem linken Arm, und seine Hand traf auf einen dicken Verband. «Ist der Knochen verletzt?»

«Nein. Da hattest du Glück. Aber du hast trotzdem viel Blut verloren. Dr. Wagner hat heute Morgen den Verband gewechselt. Er sieht am Abend wieder nach dir.»

«Ich kenne keinen Dr. Wagner. Wieso behandelt mich nicht Dr. Manin?»

«Er hätte dich normalerweise behandelt, Alvise, aber uns ist Dr. Wagner vorbeigeschickt worden, und ich konnte unmöglich ablehnen, dass er dich behandelt.»

«Vorbeigeschickt? Ich verstehe kein Wort.»

«Dr. Wagner kam mit einem Brief.» Die Contessa

lächelte verklärt. «Einem persönlichen Brief. An mich persönlich.»

«Ein persönlicher Brief an dich persönlich?»

Wieder das verklärte Lächeln. «Ganz persönlich. Mit dem Wunsch, die persönliche Bekanntschaft zu vertiefen.»

«Würdest du mir bitte verraten, wovon die Rede ist? Wer schreibt dir persönlich persönliche Briefe und schickt uns seinen Arzt vorbei?»

«Deine charmante Tanzpartnerin. Erinnerst du dich nicht?»

Tron richtete sich ruckartig auf. Seine bandagierten Rippen schickten eine Schmerzwelle durch seinen Körper und sandten ihn zurück auf sein Kissen. «Redest du von der Kaiserin?»

Die Contessa nickte. «Ich rede von Elisabeth von Österreich. Sie nimmt großen Anteil an deinem Schicksal. Sie hat darauf bestanden, uns ihren Arzt vorbeizuschicken.»

Tron schüttelte ungläubig den Kopf. «Hättest du dir so etwas je träumen lassen?»

Die Contessa zuckte mit den Schultern. «Wir haben schon immer mit den Habsburgs verkehrt. In diesem Sinne habe ich mich auch Bea Mocenigo gegenüber geäußert. Sie musste mir Recht geben, auch wenn sie einen gewissen Neid auf die alte Bekanntschaft zwischen den Habsburgs und den Trons nicht verhehlen konnte.»

Tron gähnte. «Wie lange habe ich geschlafen?»

«Eine gute Woche lang. Du hattest hohes Fieber. Wenn du aufgewacht bist, hast du phantasiert. Du hast niemanden erkannt, und du schienst auch nicht zu wissen, wer du bist. Wir alle haben uns große Sorgen gemacht.»

«Wer ist wir?»

«Alessandro, Spaur, die Kaiserin und dein Freund Sivry.» Die Contessa warf einen Blick auf die Repetieruhr, die auf Trons Nachttisch lag.

«Du bekommst übrigens gleich Besuch.»

«Wer kommt denn?»

Die Contessa lächelte. «Die Principessa di Montalcino. Sie kommt jeden Tag zweimal. Morgens um zehn und nachmittags um vier.»

«Sie kommt *zweimal* am Tag?»

Die Contessa nickte. «Ja. Und sie bleibt jedes Mal ziemlich lange. Alessandro ist immer völlig aus dem Häuschen, wenn die Principessa hier ist. Er schwärmt regelrecht für sie. Gestern hat er vor lauter Aufregung von der falschen Seite serviert. Kannst du dir das vorstellen? Alessandro? Wie er von der falschen Seite Braten nachlegt?»

«Wie? War die Principessa zum Essen da?»

«Gestern und vorgestern. Und dann redet sie mit Alessandro so, als würde er zur Familie gehören.»

«Alessandro gehört zur Familie. Du redest doch auch so mit ihm.»

«Ja, aber nicht, wenn er serviert und wir Gäste haben. Aber vielleicht bin ich da etwas altmodisch. Die Principessa verwickelt ihn während des Servierens in regelrechte Gespräche. Fehlt gerade noch, dass sie Alessandro auffordert, Platz zu nehmen.»

«Das gefällt mir.»

«Alessandro gefällt es auch. Wenn sie wieder weg ist, kann er gar nicht aufhören, über sie zu reden. Die Principessa hier! Die Principessa da! Und dabei glänzen seine Augen. So kenne ich ihn gar nicht.» Die Contessa schüttelte den Kopf. «Liebe Güte, dieser Mann ist bald siebzig!»

«Wie spät ist es?»

«Halb vier.»

«Um Himmels willen! Dann kommt die Principessa gleich! Gib mir einen Spiegel! Und meinen Kneifer!»

Zuerst hatte Tron Schwierigkeiten, in dem bärtigen Gesicht, das ihm aus dem Spiegel entgegenblickte, eine Ähnlichkeit mit sich selber festzustellen. Seine Nase war groß und spitz, seine Wangen eingefallen und die Gesichtsfarbe überwiegend grau, während seine Stirn ein Experiment mit Regenbogenfarben angestellt zu haben schien; ihre Farbe wechselte von Blau zu Grün und von Grün zu Gelb und war mit kleinen rötlichen Beulen überzogen. Offenbar war er bei einem seiner zahlreichen Stürze mehrmals mit der Stirn aufgeschlagen. Tron fand, er sah aus wie ein gealterter Pinocchio, der gerade in den Malkasten gefallen war.
Aber zugleich lag in seinem Blick etwas, das ihm gefiel. Zwar war sein linkes Auge immer noch ein wenig zugeschwollen, und der Verband auf seiner Augenbraue gereichte seinem Gesicht nicht unbedingt zum Vorteil, aber das änderte nichts am *Ausdruck* der Augen, die ihm aus dem Spiegel entgegenblickten. Es lag eine Art heiterer Entschlossenheit in diesen Augen, eine absurde Zuversicht, die ihn angesichts seines Zustandes erstaunte.
Er gab der Contessa den Spiegel zurück und ließ sich wieder in sein Kissen sinken. Das Hochhal-

ten des Spiegels hatte ihn erschöpft. Er stellte fest, dass er immer noch nicht tief durchatmen konnte, ohne dass seine Rippen schmerzten.

«Liegt der Schnee noch?»

Die Contessa schüttelte den Kopf. «Nein. Der Schnee ist seit zwei Tagen weg. Es ist erheblich wärmer geworden. Deshalb hat Alessandro auch das Fenster aufgelassen.»

Tron drehte den Kopf nach rechts und sah, dass die beiden Fensterflügel weit geöffnet waren. Der Himmel dahinter war blau, mit einem ganz schwachen Wirbel dünner Bewölkung, wie ein abgewischter Tisch in den letzten Sekunden vor dem Trocknen der Feuchtigkeit.

60

Als die Principessa eine halbe Stunde später Trons Zimmer betritt, steht das Fenster immer noch weit offen. Inzwischen haben sich ein paar Wolken über den Himmelsausschnitt geschoben, keine dräuenden Schneewolken, sondern heitere Vorfrühlingswolken, die wie Zuckerwatte über den Himmel treiben. Aber Tron sieht weder die Wölkchen noch den Himmel. Seine Augen sind geschlossen. Wenn er der Principessa gewisse Dinge sagen möchte, das fühlt er, dann muss er sie *jetzt* sagen, solange sie noch unter dem Eindruck seiner Heldentaten steht. Andererseits, sagt sich Tron, so wie er aussieht, in seinem zerschlissenen Nachthemd, unrasiert, mit dem Verband über dem linken Auge und den Regenbogenfarben auf der Stirn – wie kann er da die richtigen Worte finden?

Das alles verwirrt ihn, und so lässt er seine Augen bis auf einen schmalen Schlitz geschlossen und beschränkt sich darauf, dem Klopfen des eigenen Herzens zu lauschen, das Bergamotte-Parfüm der Principessa zu riechen und ihren Schattenriss zu beobachten.

Die Principessa hat das Zimmer mit eiligen Schritten durchquert und das Fenster geschlossen. Jetzt nimmt sie das Wasserglas von seinem Nachttisch, füllt es auf und stellt es wieder hin. Sie entdeckt einen Wasserfleck auf dem Nachttisch und wischt ihn mit einer Serviette auf. Anschließend benutzt sie die Serviette, um ein paar Krümel von der Tischplatte zu fegen.

Tron spürt, dass die Geschäftigkeit der Principessa lediglich ihre Verlegenheit überdeckt: die gleiche Verlegenheit, die ihn daran hindert, die Augen zu öffnen. Schließlich klopft die Principessa, ohne Tron zu beachten, wie eine professionelle Pflegerin sein Bett zurecht und zupft sein Kopfkissen in eine bessere Position. Dann setzt sie sich und sagt in einem Ton, den Tron sich etwas wärmer gewünscht hätte: «Ich weiß, dass Sie wach sind, Conte. Alessandro hat es mir gesagt. Außerdem sehe ich es an Ihrer Atmung. Sie können die Augen ruhig aufmachen.»

Allerdings hat die Principessa jetzt seine Hand ergriffen, und Tron findet, dass sie dabei ziemlich stark zudrückt – so als müsste sie ihn daran hindern zu flüchten, was ja nun wirklich nicht zu befürchten ist.

«Wie geht es Ihnen?»

«Mir geht es besser, als ich aussehe.» Jetzt öffnet Tron die Augen, und das, was er sieht, nimmt ihm den Atem. Die Principessa hat sich leicht über ihn gebeugt. Ihre blonden Haare sind hochgesteckt. Tron kann jede einzelne Sommersprosse auf ihrer Botticelli-Nase erkennen. Eine Strähne hat sich aus ihren Haaren gelöst und fällt über ihre Wange. Ihre grünen Augen blicken mit einem Ausdruck, den Tron nicht deuten kann, auf ihn herab.

«Und Sie sehen wesentlich besser aus als noch vor ein paar Tagen», sagt die Principessa sachlich.

«Wie habe ich denn dann vor ein paar Tagen ausgesehen?»

Die Principessa verzieht ihren Mund zu einem kleinen Lächeln. «Furchtbar. Noch bleicher und noch spitzer um die Nase. Sie haben phantasiert. Krauses Zeugs geredet. Dr. Wagner hat ein ziemlich ernstes Gesicht gemacht.»

«Meine Erinnerungen enden im Palazzo da Mosto. Wie ich auf dem Boden liege und ... verblute.»

Die Principessa nickt. Ihre Augenlider klappern hektisch auf und zu, so als wäre ihr ein Staubkorn ins Auge geraten.

«Sie wären auch fast verblutet», sagt die Principessa. «Ich hatte Schwierigkeiten, Ihren Arm abzubinden. Der Schuss hatte Sie in die Schulter getroffen. Ich habe es schließlich mit einem Schnürsenkel geschafft. Da hatten Sie aber bereits sehr viel Blut verloren. Der ganze Fußboden war nass. Die Wunde wollte einfach nicht aufhören zu bluten.»

An dieser Stelle nimmt die Principessa ihren Kneifer ab und schnieft. Dann sagt sie: «Ich habe gedacht, du stirbst, Alvise.» Danach schnäuzt sie sich. Es klingt wie ein wütender Trompetenstoß.

Eigentlich wäre das jetzt die Gelegenheit für Tron auszusprechen, was er schon die ganze Zeit auf der Zunge hat. Aber Tron zögert, hauptsächlich weil er sich nicht entscheiden kann, ob er weiterhin «Sie» zu der Principessa sagen soll oder ob er ebenfalls zum «Du» übergehen darf. Wobei sich Tron auch fragt, ob er sich nicht eben schlicht und einfach verhört hat oder – auch das ist denkbar – lediglich kurz eingenickt ist und das mit dem «Alvise» und dem «Du» nur geträumt hat. Jedenfalls kann er regelrecht zusehen, wie sich die Principessa von ihrem sentimentalen Anfall erholt, wie sich ihr Gesicht, das eben noch ganz weich und offen gewesen ist, strafft und wieder schließt.

Also fragt Tron, nur um das peinliche Schweigen zu brechen, das sich jetzt eingestellt hat, und ohne echtes Interesse: «Warum steht keine Wache vor der Tür? Ich hatte erwartet, dass ich zumindest unter Hausarrest stehe.»

Die Principessa schüttelt den Kopf. «Nein, stehst du nicht. Du bist rehabilitiert.»

«Was ist passiert?»

«Die Unterlagen, die Pergen gesucht hat, sind aufgetaucht. Zusammen mit der Post der Kaiserin. Bruck hat sofort einen Bericht an Toggenburg geschrieben und eine Abschrift des Berichtes an Spaur und die Kaiserin geschickt. Toggenburg hatte keine Möglichkeit mehr, die Sache zu vertuschen. Er wollte dich trotzdem ins Militärkrankenhaus bringen lassen, aber im letzten Moment kam eine Anweisung von oben.»

«Kam die Anweisung von der Kaiserin?»

Die Principessa schüttelt den Kopf. «Nein. Die Anweisung kam telegraphisch direkt aus Wien. Von *ganz* oben.»

«Woher weißt du das alles?»

«Von Spaur. Er leitet die Ermittlungen. Ich war vorgestern in der Questura. Spaur war bemerkenswert entgegenkommend. Und bemerkenswert gelassen, was Haslinger angeht. Dass du aus einem Militärgefängnis ausgebrochen bist, hat ihm gefallen. Ganz Venedig redet von deiner Flucht aus den Bleikammern.»

«Ich bin nicht aus den Bleikammern geflohen. Das ist ein reines Gerücht.»

«Aber das Gerücht wird an dir kleben bleiben. Du bist der Mann, der aus den Bleikammern geflohen ist. Im Schneesturm und über das Dach des Dogenpalastes.»

«Das ist Unsinn. Was gibt es sonst noch für Gerüchte?»

«Es gibt das Gerücht, dass die Kaiserin auf eurem Ball gewesen ist und du mit ihr getanzt hast.»

«Es wäre unhöflich gewesen, wenn ich es nicht getan hätte.»

«Gefällt dir die Kaiserin?»

Tron überlegt einen Augenblick. Dann sagt er: «Ich denke schon.»

«Was gefällt dir an der Kaiserin?»

«Dass sie so ist wie du.»

«Und wie bin ich?»

«Du bist anders als die anderen», sagt Tron. «Einer Frau wie dir bin ich noch nie begegnet.» Er zögert einen Moment, bevor er fragt: «Werde ich dich ebenso oft sehen, wenn ich wieder gesund bin?»

«Wenn du möchtest.»
«Jeden Tag?»
«Jeden Tag.»
«Jeden Morgen? Jeden Mittag? Jeden Abend?»
Die Principessa lacht. «Soll das ein Heiratsantrag sein?»
Hier hätte Tron einfach «Ja» sagen können, aber die Frage bringt ihn aus dem Konzept, weil es jetzt so aussieht, als würde die Principessa *ihm* einen Heiratsantrag machen. Das verwirrt ihn, und noch mehr verwirrt ihn, dass sich die Principessa nun über ihn herabbeugt und ihn küsst.